C. D. Payne wurde 1949 in Akron, Ohio, geboren und machte 1971 seinen Abschluß am Harvard College. Er ist verheiratet und lebt bei San Francisco.

Von C. D. Payne ist außerdem erschienen:

Crazy Days (Band 60342)
Crazy Nights (Band 60343)

Dieses Buch wurde auf chlor- und säurefreiem Papier gedruckt.

Deutsche Erstausgabe August 1996

Titel der Originalausgabe: »Youth in Revolt«

Originalverlag: Aivia Press, Sebastapol/CA
Umschlaggestaltung: Andrea Schmidt, München
Satz: Ventura Publisher im Verlag
Druck und Bindung: Ebner Ulm
Printed in Germany
ISBN 3-426-60344-6

2 4 5 3 1

C. D. PAYNE

CRAZY TIMES

Die Tagebücher
des Nick Twisp
III

Aus dem Amerikanischen von
Angelika Bardeleben

Knaur

FÜR JOY

NOVEMBER

FREITAG, 21. November – Also, was würden Sie an meiner Stelle tun? Was würden Sie tun, wenn Sie ein vierzehnjähriger, intellektueller Minderjähriger wären, geächtet von den alten Freunden, gnadenlos verfolgt von den Polizeibehörden dreier Staaten, und in einer gottverlassenen Gegend festsäßen, hundert Meilen von dem Flughafen entfernt, der Ihnen die einzige Fluchtmöglichkeit bietet.

Als ich gestern mit dieser ausweglosen Situation konfrontiert wurde, tat ich das einzig Vernünftige. Ich wandte mich mit meinem Problem an François Dillinger, mein stets einfallsreiches und hilfsbereites Alter ego.

»Gib mir zwanzig Cent«, sagte er barsch und wischte wie Jean-Paul Belmondo mit dem Handrücken über seinen sinnlichen Mund.

François nahm die Geldstücke und warf sie in den Schlitz eines verdreckten Münztelefons neben den Dörrfleisch- und Gürtelschnallenauslagen in Irmas Selbstbedienungstankstelle, unmittelbar an der staubigen Stadtgrenze von Ukiah, Kalifornien. Er kratzte sich am Sack und wählte eine Nummer.

»Hallo«, sagte François, »ich möchte mit Tina Manion sprechen. Hier ist Nick, Nick Twisp. Ich bin ein Schulfreund von ihr.«

Vierzig Minuten später brausten wir über den Highway 101 durch die schwarze Nacht nach Süden. Tina fuhr den großen Buick-Kombi genauso, wie sie Berichte für die High-School-Zeitung schrieb: ungeschickt, aber mit einer merkwürdigen erotischen Intensität. Sie hat feurige dunkle Augen, eine weiche olivfarbene Haut, eine interessante Stupsnase und einen kunstvoll gestalteten Journalistinnenkörper. Muss ich mir merken!

»Bist du sicher, daß ich dich nicht den ganzen Weg bis nach San Francisco bringen soll, Nick?« fragte sie.

»Nein, vielen Dank, Tina. Ich kann in Santa Rosa den Flughafenbus nehmen. Ich bin dir wirklich dankbar, daß du an Thanksgiving hergekommen bist, um mir aus der Patsche zu helfen.«
»Die Feiertage langweilen mich zu Tode«, entgegnete sie. »Außerdem fehlt es mir an Fahrpraxis bei Nacht. Ich hab meinen Führerschein erst seit einem Monat. Warum blenden diese Autos eigentlich alle auf?«
»Weißt du, Tina, ich glaube, du solltest bei Gegenverkehr besser das Fernlicht ausschalten.«
»Das geht nicht, Nick. Ich sehe ja jetzt schon kaum etwas.«
»Ach so«, erwiderte ich und stemmte meine Beine lässig gegen das Handschuhfach, während die Rotholzbäume im Nebel an uns vorbeihuschten.
»Nick, du bist wirklich ein Glückspilz. Nach Indien zu reisen, um da zu studieren! Wie lange wirst du dort bleiben?«
»Och, acht oder neun Jahre, schätze ich.«
»Toll! Und du nimmst noch nicht mal einen Koffer mit.«
»Nein, ich kaufe mir alles, was ich brauche, in Pune. Mit meinen zehntausend Rupien für den Eigenbedarf.«
»Redwood High wird dich vermissen, Nick.«
»Danke, Tina«, sagte François, lockerte meine verkrampften Beine und rutschte näher an unsere reizende Fahrerin heran. »Weißt du, Tina, du bist wahrscheinlich das letzte amerikanische Mädchen, das ich als Teenager zu Gesicht bekomme.«
»Tatsächlich, Nick?«
»Ja, genau«, bestätigte François. »Und ich bin froh, daß gerade du es bist.«
»Warum, Nick?« fragte sie, und die Sanftheit ihrer Stimme stand in einem seltsamen Kontrast zu der Bleischwere ihres Fußes auf dem Gaspedal.
»Weil du etwas ganz Besonderes bist.«
»Ach, an mir ist doch nichts Besonderes.«

Aber sicher doch! wäre jetzt wohl jedes Mädchen...

»O doch«, sagte François. »Du bist intelligent, schön und kannst wunderbar schreiben.«

»Glaubst du wirklich, daß ich schreiben kann, Nick?«

»Du bist ein Naturtalent, Tina. In dem Interview, das du mit mir gemacht hast, nachdem ich das Stipendium gewonnen hatte, hast du den wahren Kern meiner Persönlichkeit herausgeschält.«

»Mr. Perkins sagt, ich muß noch an meinem Satzbau arbeiten.«

»Dein Satzbau ist perfekt, Tina«, widersprach François. »Du bist überhaupt perfekt gebaut.«

»Nick, was sagtest du, wann dein Flugzeug startet?«

»Erst um fünf nach sieben«, antwortete François.

Fünf Minuten später hatten wir den Wagen hinter einem Regal voller gebrauchter Reifen an einer verdunkelten Tankstelle geparkt, und unsere gierigen Zungen tauschten die verbliebenen Aromen von Preiselbeersauce und mit Salbei gewürzter Truthahnfüllung aus. Als ich nach den verlockenden Wölbungen in ihrer Bluse tastete, fühlte ich, wie ihre Hand langsam den Reißverschluß über meiner pochenden M.E. (Mords-Erektion) öffnete.

»Nick«, flüsterte Tina, »das hier ist dein Abschiedsgeschenk von den Frauen Amerikas.«

Drei Minuten später strömten vierzehn Jahre gefährlich unterdrückter Libido in die Wärme von Tina Manions wißbegierigem Mund. Es schien ihr nichts auszumachen.

François war noch immer heftig erregt; er wollte mehr. »Tina«, flehte er sie durch den Bewußtseinsnebel der Ekstase hindurch an, »laß es uns tun!«

»Es geht nicht, Nick«, sagte sie, strich ihre Kleider glatt und ließ den Wagen an. »Ich muß meinem Freund treu bleiben.«

Zweiundzwanzig Stunden später, während die Welt weiterhin um mich herum wogt und schlingert, zehre ich noch von diesen Minuten, die ich allein mit Tina in der Dunkelheit verbrachte.

Zweifellos hat Gott diese Zerstreuung nur erfunden, um uns einen Anreiz zu geben, uns auch zukünftig tapfer durch die finstersten Zeiten unseres Heranwachsens hindurchzuquälen. Sie ist das Licht am Ende des Tunnels – und man braucht kein Sigmund Freud zu sein, um ihn zu identifizieren.
Ja, ich bestieg tatsächlich das Flugzeug nach Bombay.
Nein, ich bin nicht in Indien.
In letzter Minute schlüpfte ich in Los Angeles aus dem Flieger. Ich könnte unter keinen Umständen zwölftausend Meilen von Sheeni Saunders entfernt leben. Auch wenn sie leider (hoffentlich nur vorübergehend) den Smog verachtet, den ich atme. Es war auch sehr hilfreich, daß mein Sitznachbar, ein unternehmungslustiger Pakistani, mir hundertfünfzig Dollar in bar für mein Ticket anbot. Und dann ließ er noch einen Hunderter für meinen Paß springen!

SAMSTAG, 22. November – Mein zweiter Tag in Los Angeles. Bis jetzt habe ich immerhin noch einen festen Wohnsitz. Ich habe mich in der winzigen Eigentumswohnung meiner Schwester Joanie in Marina del Rey eingenistet. Aber sie ist nicht ganz so eng, wie man annehmen könnte; Joanie ist zur Zeit außer Landes, um aufgewärmte Airline-Menüs durch die Gegend zu balancieren. Kimberly, ihre hübsche, aber mißtrauische Mitbewohnerin, ließ mich zögernd herein, nachdem ich ihr einige intime Einzelheiten über Joanie verraten hatte, die nur ein enges Familienmitglied (oder ein erpresserischer Finanzbeamter) wissen konnte.
Noch immer von Mißtrauen erfüllt, weigerte sich Kimberly, mir einen Haustürschlüssel zu leihen. Deshalb habe ich es bis jetzt noch nicht gewagt, die Wohnung zu verlassen. Um meinen fiebrigen Geist von meiner verzweifelten Lage abzulenken, sehe ich fern und nasche von Joanies kümmerlichen Lebensmittelvorräten (alle Nahrungsmittel sind konsequent entsprechend

ihrer jeweiligen Besitzerin beschriftet). Kimberly hat sich einverstanden erklärt, mir zwei Dosen Diät-Pepsi zu verkaufen – für einen Betrag, der nur wenig über dem üblichen Einzelhandelspreis liegt. Sie bereitet sich an der University of South California auf ihr Examen in Betriebswirtschaft vor und ist deshalb vermutlich prädestiniert, mein unerwartetes Erscheinen als eine unternehmerische Chance zu betrachten. Wenn ich mit meinen Bargeldreserven nicht so sparsam umgehen müßte, dann würde ich ihr anbieten, einen Hausschlüssel von ihr zu leasen.

Alle paar Stunden muß ich die beängstigenden Anrufe von Polizeibeamten löschen, die sich auf Joanies Anrufbeantworter angesammelt haben. Ich weiß nicht, warum sie davon ausgehen, daß meine Schwester so gut über meinen Aufenthaltsort informiert ist. Wir sehen uns nicht häufiger als zweimal im Jahr und telefonieren so gut wie nie. (Ehrlich gesagt mag in meiner Familie keiner seine Verwandten besonders gern. Diese tief verwurzelte Abneigung ist vielleicht das, was uns am stärksten verbindet.)

Beim Löschen des Tonbands tilge ich auch jedesmal einige reichlich dämlich klingende Nachrichten eines gewissen Philip, bei dem es sich vermutlich um Joanies verheirateten Physiker-Freund aus Santa Monica handelt. Er ruft mindestens einmal pro Stunde an, um in einer kultivierten, aber ziemlich verunsichert klingenden Stimme von Joanie zu verlangen, sie solle »aufhören, herumzuspinnen, und bloß keine Dummheiten machen«. Ich habe keine Ahnung, wovon er redet, aber ich hoffe, daß die Angelegenheit immerhin ernst genug ist, um dadurch bei gegebenem Anlaß ein Druckmittel gegen Joanie in der Hand zu haben. Ich fragte Kimberly, ob meine Schwester irgendwelche Probleme habe, aber sie schimpfte nur wie ein Rohrspatz über drei fehlende Butterkekse und die unerklärliche Schrumpfung ihres Magermilchbestandes. Wie gewöhnlich leugnete François, irgend etwas darüber zu wissen.

14.30 – Nichts im Fernsehen außer USC Football. Ich sehe mir das Spiel wegen meines früheren Freundes Fuzzy an. Dieser ist ein äußerst ehrgeiziger Sportsmann, dessen erotisch reizvolle Mutter kürzlich versuchte, mich zu verführen. Ich frage mich, ob Dad noch mal mit ihr ausgehen wird, trotz des Prozesses, den ihr Ehemann gegen ihn angestrengt hat. Dad hat gerade eine Nachricht auf Joanies Band gesprochen, in der er seinem Wunsch Ausdruck verlieh, mich mit bloßen Händen zu erwürgen. Vielleicht hat Mom ihn schon darüber unterrichtet, daß sie die Unterhaltszahlungen für mich eingestellt hat. Gott sei Dank muß Dad möglicherweise ins Gefängnis, weil er das Auto seiner früheren Freundin mit Zement gefüllt hat. Ein solcher durch behördliche Maßnahmen erzwungener Rückzug von der Welt würde ihm reichlich Zeit geben, sich zu beruhigen.
15.30 – Halbzeit. USC führt mit 62 zu 14 Punkten. Dennoch schreit die Menge nach mehr Blut. Ich frage mich, ob Bruno Preston, der Sheeni in die Freuden der Liebe einweihte, auch unter den Zuschauern ist. Vielleicht gibt es einen Tumult, und er wird zu Tode getrampelt. Nicht sehr wahrscheinlich in Anbetracht meiner derzeitigen Pechsträhne. Eines der zünftigen Cheerleader-Mädchen sieht genau aus wie Millie Filbert, die hinterhältige Freundin meines früheren Freundes Lefty, die mich verpfiffen hat, um die Zehntausend-Dollar-Belohnung einzustreichen, welche das Brandstiftungsdezernat von Berkeley auf mich ausgesetzt hatte. François haßt sie, aber insgeheim frage ich mich, ob ich an ihrer Stelle nicht genauso gehandelt hätte. Wer würde in Zeiten wie diesen nicht seine Freunde verraten, um in einem unverhofften Geldsegen schwimmen zu können?
Ich habe gerade mit jemandem vom Krankenhaus in Santa Cruz telefoniert. Bernice Lynch ist aus ihrem Beruhigungsmittel-Koma erwacht und wird sich voraussichtlich wieder vollständig

erholen. Damit ist eine schwere Last von meinem Gewissen genommen. Nicht daß ich, wie François mich erinnert, in irgendeiner Weise dafür verantwortlich gewesen wäre, daß das Mädchen diese Tabletten geschluckt hat. Wenn ich so unbeliebt und unglücklich wäre wie sie, dann würde ich es wahrscheinlich auch schnell hinter mich bringen wollen. In der Tat erscheint mir die Vorstellung momentan gar nicht so übel. Allerdings möchte ich doch erst mal sehen, wie viele Punkte USC in der zweiten Hälfte macht.

17.15 – Endstand: 83 zu 17. Mom hat gerade eine Nachricht auf Joanies Band gesprochen; sie hat um einen Rückruf gebeten und dann hinzugefügt: »Sollte dein Nichtsnutz von einem Bruder dieses Flugzeug nach Indien genommen haben, so hoffe ich, daß er dort bleibt und wir nie wieder etwas von ihm hören!« Ich frage mich, ob ein Psychologe daraus schließen würde, daß ich starke »Existier-nicht«-Botschaften von meinen Eltern erhalte?

Genau am heutigen Tag haben sie vor all diesen Jahren Kennedy erschossen. Ich glaube, ich weiß jetzt, wie er sich gefühlt haben muß.

SONNTAG, 23. November – Joanie ist wieder da. Heute nacht um halb zwei kam sie hereingestolpert und sah aus wie etwas, das die Katze hereingeschleppt hat: zerzaustes Haar, verschmiertes Make-up, dunkle Ringe unter den Augen. Daß sie mich schlafend in ihrem Queen-size Einzelbett für alleinstehende Karrierefrauen vorfand, verbesserte ihre Laune nicht.

»Was zum Teufel machst du hier?« fragte sie, knipste das Licht an und ließ ihre Airline-Tasche auf den Boden fallen.

»Oh, hi, Joanie«, murmelte ich und rieb mir die Augen. »Hattest du einen anstrengenden Flug?«

»Ich wiederhole: Was zum Teufel machst du hier? Nick, bist du schon wieder in Schwierigkeiten?«

»Nun«, seufzte ich, »es gab da ein paar Mißverständnisse mit der Polizei. Aber das ist nicht weiter schlimm. Alle denken jetzt, ich wäre in Indien.«

»O mein Gott!« rief sie und ließ sich in einen Sessel fallen. »Auch das noch. Das hat mir gerade noch gefehlt.«

»Was ist los, Joanie?« fragte ich. »Philip ruft ununterbrochen an und hinterläßt Nachrichten, daß du keine Dummheiten machen sollst.«

»Ich wünsche nicht, mit dem Mann zu sprechen!« kreischte sie. »Wenn er noch mal anruft, dann sag ihm, es würde ihm noch leid tun. Sehr leid!«

»Was ist los, Joanie?«

»Das geht dich nichts an. Nick, du kannst hier nicht bleiben. Du mußt verschwinden.«

Ich schluckte. »Jetzt? Mitten in der Nacht?«

»Okay. Dann eben morgen. Aber mach, daß du aus meinem Bett kommst. Ich muß allein sein. Du kannst auf der Couch im Wohnzimmer schlafen.«

»Nein, kann ich nicht. Kimberly sagt, es sei ihre Couch, und sie wolle nicht, daß ihr irgendein Übernachtungsbesuch die Polsterung ruiniere. Deshalb bin ich hierher umgezogen.«

»Gut, dann schlaf auf dem Fußboden. Der Teppich im Wohnzimmer ist weich und bequem.«

Meine Schwester hatte gelogen. Der dünne beigefarbene Velours war weich wie eine Bowlingbahn aus massivem Ahornholz. Alle zehn Minuten mußte ich meine Lage verändern, um dem quälenden Druck auf die vorstehenden Partien meines Skeletts auszuweichen. Um fünf nach sieben stand ich auf und fühlte mich, als hätte ich die Nacht in einem Mammut-Wäschetrockner verbracht.

Als ich gerade in meine einzigen Klamotten schlüpfte (seit vier Tagen dieselben Socken und dieselbe Unterwäsche!), schlich sich ein unbekannter Mann im smarten Jogging-Outfit verstohlen aus Kimberlys Schlafzimmer. Er war Anfang Zwanzig, ungefähr einsachtzig, tief sonnengebräunt, mit gelichtetem Haar und dunklen Augen, mit denen er in beschleunigter Frequenz zwinkerte.

»Du mußt Nick sein«, sagte er zwinkernd.

»Und du mußt der Würger von der Westside sein«, entgegnete ich.

Er lächelte. »Nein, ich bin Mario, ein Freund von Kimberly, komme spät und gehe früh. Ich bin ein vielbeschäftigter Mann.« Er sah auf seine Armbanduhr und warf dann noch einen Blick auf einen zweiten Zeitmesser am anderen Arm. »Verdammt, ich bin spät dran mit dem Joggen. Ich muß los.«

Blitzschnell verschwand er durch die Tür.

Wow, Kimberly hat einen Freund. Ich frage mich, wieviel sie ihm dafür in Rechnung stellt.

14.10 – Um halb zwölf kam meine Schwester endlich aus ihrem Schlafzimmer. In ihrer alten Jogginghose und dem schäbigen Pullover sah sie so ausgeruht aus, wie ich mich fühlte.

»Noch immer hier?« fragte sie.

»Hm-hm«, antwortete ich.

»Was gefrühstückt?«

»Nein.«

»Lust, frühstücken zu gehen?«

»Okay.«

Obwohl der Coffeeshop am Venice Boulevard nur eine Viertelmeile entfernt war, fuhr Joanie mit ihrem alten braunen Honda Civic dorthin. Einmal eine Twisp, immer eine Twisp. Ich kurbelte das Fenster herunter und atmete in tiefen Zügen die warme Brise ein, die vom Meer herüberwehte. Ende November, und es war noch immer wie im Sommer. Kein Wunder, daß die Leute hier zu Millionen einfielen.

Joanie wartete, bis ich meine Pecanwaffeln verschlungen hatte, bevor sie mit ihrem Verhör begann.

»Okay, dann spuck sie mal aus, die ganze häßliche Geschichte«, seufzte sie und stürzte ihre sechste Tasse Kaffee herunter. Das Omelett auf ihrem Teller rührte sie nicht an.

»Ißt du deine Eier nicht?«

»Nein, Nick. Du kannst sie haben. Ich muß sie bloß wieder auskotzen.«

Als ich nach ihrem Teller griff, läutete eine wohlbekannte Alarmglocke in meinem Kopf. »Joanie, du bist doch nicht ... du erwartest doch nicht etwa was?« Nach meiner Mutter war Joanie die am wenigsten wahrscheinliche Kandidatin für Mutterschaft, die ich mir vorstellen konnte. Und meine Mutter, um das noch einmal in Erinnerung zu rufen, führt zur Zeit das Neueste in Sachen tief ausgeschnittene Schwangerschaftskleidung vor.

»Das geht dich nichts an«, antwortete sie gereizt. »Die Reproduktionsorgane einer Frau haben niemanden zu interessieren außer sie selbst. Andere Leute sollten sich da raushalten.«

»Andere Leute wie beispielsweise Philip?« fragte ich.

»Das verlogene, degenerierte Arschloch ganz besonders«, entgegnete sie. »Also, warum hast du schon wieder Ärger mit den Bullen?«

Da Joanie wie ein Röntgenapparat durch mich hindurchsehen kann, war ich gezwungen, ihr eine relativ aufrichtige und gründliche Schilderung der Ereignisse der letzten Woche zu liefern. Sie hörte mir mit finsterer Miene zu und schüttelte gelegentlich, wenn ich zu den besonders schaurigen Einzelheiten kam, den Kopf.

»Nick«, sagte sie, als ich am Ende war, »noch vor sechs Monaten warst du ein arschkriecherischer, überdurchschnittlich guter Schüler. Was ist passiert?«

»Ich bin mir nicht sicher«, antwortete ich nachdenklich. »Ich habe mich in Sheeni verliebt. Das einzige, was ich möchte, ist, mit ihr zusammenzusein. Alles andere ist ein großes Mißverständnis.«

»Ein schönes Mißverständnis! Vielleicht solltest du dich einfach stellen und die Konsequenzen auf dich nehmen.«
»Joanie, das kann ich nicht! Ich will nicht ins Gefängnis. Wie soll ich denn dann jemals auf einem anständigen College angenommen werden?«
Joanie seufzte und trank noch einen Schluck Kaffee. Wenn sie tatsächlich schwanger war, dann mußte das Kind bei der Überdosis an Koffein inzwischen Purzelbäume schlagen.
»Jetzt denken also alle, du wärst in Indien?« fragte sie.
»Richtig. Niemand wird mich hier suchen.«
»Aber sie werden bald herausfinden, daß du in dieser indischen Schule nie aufgetaucht bist.«
»Ja, doch zum Glück ist Indien ein sehr großes Land. Da können sie mich suchen, bis sie schwarz werden. Und bis dahin habe ich vielleicht ein volles Stipendium und studiere unter einem angenommenen Namen in Stanford. Mom und Dad ist das egal. Die sind froh, wenn sie mich los sind. Jedenfalls haben sie das auf dein Band gesprochen.«
»Was ist überhaupt mit all den Nachrichten passiert?« wollte Joanie wissen. »Das Band war leer.«
»Tatsächlich?« fragte ich mit Unschuldsmiene. »Dann muß ich es aus Versehen gelöscht haben.«
»Tja, unser nichtsnutziger Vater wird dich wahrscheinlich wirklich nicht vermissen. Ich weiß nicht, wie Mom die Sache betrachtet. Ich wünschte jetzt, ich hätte ihm nicht das Geld für seine Kaution geliehen. Das werde ich wohl nie wiedersehen. Und dabei brauche ich es so dringend für ... äh ... meine Ausgaben.«
»Dad ist total chaotisch«, stimmte ich ihr zu. »Er ist der letzte Mensch, dem ich jemals Geld leihen würde.«
»Das habe ich doch nur für dich getan, Nick. Damit du nicht bei Mom und Lance leben mußt.«
»Ja, Joanie, und das weiß ich wirklich zu schätzen. Ich vermute,

ich habe dir dein Leben auch ganz schön durcheinandergebracht.«
»Mach dir keine Sorgen«, seufzte Joanie. »Das war schon vorher durcheinander. Dafür hat ein echter Fachmann gesorgt.«
»Joanie«, sagte ich flehend, »kann ich für ein paar Tage bei dir bleiben? Bis ich einen Job und eine eigene Wohnung gefunden habe?«
»Nick, du bist doch erst vierzehn!«
»Das ist mir schon klar«, entgegnete ich, »aber ich bin ein sehr reifer Vierzehnjähriger.«
Joanie stöhnte. »Ich glaube, ich bringe mich um. Manchmal denke ich, das ist der einzig vernünftige Ausweg.«
»Wirklich?« fragte ich, neugierig geworden. »Genau das denke ich auch oft.«
»Auf der High-School war ich extrem selbstmordgefährdet«, gestand Joanie.
»Bist du deshalb mit all diesen Werbegraphikstudenten ausgegangen?«
»Paß bloß auf dein loses Mundwerk auf!«
Den Spruch habe ich doch irgendwo schon mal gehört.
18.30 – Joanie gab schließlich nach und händigte mir mit den Worten »aber nur für ein paar Tage« einen Wohnungsschlüssel aus. Einem Polizeibeamten aus Berkeley, der heute nachmittag anrief, erzählte sie, sie habe mich seit Monaten nicht gesehen und halte es für sehr wahrscheinlich, daß »mein Bruder im Moment irgendwo in Indien steckt. Wir machen uns alle große Sorgen um sein Wohlergehen. Also, ich hoffe, daß die Auskunft Sie zufriedenstellt«, erklärte sie abschließend und legte den Hörer auf. »Ich habe mich soeben der Verdunkelung von Straftaten und des Versteckens eines flüchtigen Kriminellen schuldig gemacht.«
»Danke, Joanie«, sagte ich. »Es wäre schön, wenn ich eines Tages das gleiche für dich tun könnte.«

Sie war erstaunt. »Was soll denn das heißen?«
»Es soll heißen, ich bin dir sehr dankbar, Joanie. Wenn du nicht wärst, dann stünde ich jetzt auf der Straße.«
»Tja, das kann schon bald der Fall sein«, erwiderte sie finster. »Ich wiederhole, Nick: Ich bin nicht für dich verantwortlich. Ich habe meine eigenen Probleme.«
Um meine Dankbarkeit in die Tat umzusetzen, saugte ich in der Wohnung Staub, kaufte Lebensmittel ein (mit meinem eigenen Geld!) und kochte ein Gourmet-Abendessen (Mrs. Cramptons berühmte mit Käse und Piment gefüllte Schweinekoteletts). Ich lud sogar Kimberly zum Essen ein, die nicht besonders erfreut ausgesehen hatte, als sie hörte, daß ich noch eine Weile bleiben würde.
Kurz vor dem Essen hatte Joanie in der Abgeschiedenheit ihres Schlafzimmers mit jemandem einen lautstarken Streit am Telefon (ich vermute, es war Philip). Dieser neuerliche emotionale Aufruhr hatte ihr offenbar den Appetit verschlagen. (Ich hoffte, daß das Kind umsichtig genug ist, ein paar Kalorien für magere Tage wie diesen zur Seite zu legen.) Während Joanie in ihrem Essen herumstocherte, aß Kimberly wie die hübsche, aber ungeheuer gefräßige Republikanerin, als die sie sich dann zu erkennen gab.
Sie erzählte, sie und Mario hätten kürzlich die neue Ronald-Reagan-Bücherei besichtigt und diese »zutiefst inspirierend« gefunden. Da ich unbedingt ihr Sofa erobern wollte, war ich gezwungen, mit geheucheltem Interesse zuzuhören.
Während des Desserts (Kürbisauflauf, auf den ich, seit die Umstände mich dieses Genusses an Thanksgiving beraubt hatten, einen seltsamen Heißhunger habe) redete Kimberly unentwegt über ihre »phantastischen Marketing-Seminare« an der USC.
Das war meine Chance. »Da wir gerade von Marketing sprechen, Kimberly, ich frage mich, ob du wohl Interesse daran

hättest, mir dein Sofa zu vermieten. Sagen wir, für die Zeit zwischen elf Uhr abends und acht Uhr morgens?«

»Zu welchem Zweck?« fragte sie und nahm sich, was schon recht unverschämt war, das letzte Stück meines Auflaufs.

Ich rief mir ins Gedächtnis, daß Republikaner stets erwarten, das größte Stück des Kuchens zu bekommen. »Ich dachte, ich könnte vielleicht darauf schlafen«, sagte ich. »Die Abnutzung ist voraussichtlich minimal. Ich wiege nur neunundfünfzig Kilo.« Ich lache mich schlapp!

»Wieviel bist du bereit zu zahlen?« fragte sie und schob ihre Brille hoch. Sie trägt eine teure Brille mit einem Schildpattgestell, die ihren funkelnden blauen Augen den Anschein aristokratischer Intelligenz verleiht.

»Wie wär's mit einem Dollar pro Nacht?«

Kimberly runzelte die Stirn. »So billig kann ich es dir nicht überlassen, Nick. Ich glaube, fünf Dollar pro Nacht kommt dem Marktpreis sehr viel näher.«

Wir einigten uns auf drei Dollar pro Nacht, mit der Bedingung, daß sich stets zumindest ein Bettlaken zwischen meinem Körper und der gemieteten Polsterung befand. Joanie erklärte zerstreut, sie sei bereit, mir das verlangte Bettlaken (ohne Bezahlung) zu leihen. Nachdem der Handel abgeschlossen war, bezahlte ich Kimberly für fünf Nächte im voraus. Sie steckte die Dollarscheine fröhlich ein und zog sich in ihr Schlafzimmer zurück; den Abwasch überließ sie mir.

Und sie glaubt, eine clevere Geschäftsfrau zu sein. Meine Güte, selbst bei meinem begrenzten Einkommen wäre ich bereit gewesen, bis zu zehn Dollar pro Nacht zu zahlen, um nicht auf diesem Folterteppich schlafen zu müssen. Vielleicht sogar noch mehr.

22.15 – Irgendwelche Leute haben gerade von der Eingangshalle aus geklingelt, und Joanie hat ihnen über die Gegensprechanlage erklärt, sie sollten »verdammt noch mal vom Pier von

Santa Monica ins Wasser springen«. Ich glaube, sie sind gegangen.
23.15 – Mario hat sich gerade zu seinem nächtlichen Sie-wissen-schon-was hereingeschlichen.
»Hi, Mario«, sagte ich.
»Oh, hi, Nick. Du darfst auf dem Sofa schlafen?«
»Kimberly hat es mir vermietet«, erklärte ich.
»Äh, typisch Kimberly«, sagte er, zwinkerte mit den Augen und konsultierte seine Armbanduhren. »Verdammt, ich bin spät dran.« Er wandte sich ab und verschwand lautlos im Schlafzimmer seiner Geliebten.
Ich fange an, mein Avancement zum Couch-Mieter zu bereuen. Abgesehen davon, daß Kimberlys Sofa die Festigkeit eines geschmolzenen Marshmallows bietet, ist es außerdem mindestens zwanzig Zentimeter kürzer als mein Körper.
Da gerade von heftigen Schmerzen die Rede ist – ich frage mich, wo Sheeni wohl in diesem Augenblick steckt. Ob sie sich Sorgen macht, wie ich in dem fernen, exotischen Indien zurechtkomme? Hör zu, Liebling, wo auch immer du im Moment sein magst, hier ist eine telepathische Liebesbotschaft: »Wir werden wieder vereint sein. Bald! Ich werde einen Weg finden!«

Hat man(n) mit 14 Bartwuchs?!

MONTAG, 24. November – Ich lasse mir einen Schnurrbart wachsen. Seit Donnerstag habe ich mich nicht rasiert, und ein allmählich dunkler werdender Schatten schließt sich über meiner Oberlippe. Ich hoffe, daß ich damit alt genug wirke, um legal von der Schulpflicht befreit zu sein. Kommt mir bekannt vor...
Ich habe beschlossen, einen kurzen Bildungsurlaub von der Schule zu nehmen, um in der Zeit zu versuchen, den Schutt meines jungen Lebens fortzuräumen. Ich habe das Gefühl, bei meiner momentanen emotionalen Verfassung wäre ich schlecht beraten, wenn ich in diesem Schuljahr noch eine dritte zweitklassige öffentliche Schule besuchte. Außerdem las ich gerade in

der *Los Angeles Times*, daß sich die Lehrer der Stadt auf einen Streik vorbereiten. Hier scheinen sich die Schulen in einem noch größeren Chaos zu befinden als anderswo. Zum Glück hat auch Joanie schon immer einen Haß auf die Schule gehabt und wird mich deshalb wahrscheinlich nicht zwingen, mich der Tyrannei dieser Institution so bald wieder zu unterwerfen.

Nach dem Frühstück (ich habe einen guten Donutladen nur eine Straße entfernt entdeckt) spazierte ich ein bißchen in Marina del Rey umher. Viele teure Yachten, aber wie konnte man bloß zulassen, daß alles mit diesen häßlichen Eigentumswohnungen zugebaut wurde? Das Gebäude, in dem sich Joanies Wohnung befindet, ist besonders häßlich. Es ist ein orangefarbener, stuckverzierter Kasten mit hier und da ein paar vorgetäuschten winzigen Balkonen unter den Fenstern. Von den oberen Stockwerken hat man vielleicht einen Blick aufs Meer, aber von Joanies Einheit schaut man nur auf den grauen Putz des benachbarten Apartments. Na ja, wenigstens hat sich der Bauherr wahrscheinlich eine goldene Nase verdient und genießt ein aktives Sexualleben.

Nach meinem Spaziergang nahm ich den Bus nach Santa Monica, um dringende Kleidungseinkäufe zu erledigen. In der Einkaufsstraße der Altstadt waren Arbeiter damit beschäftigt, weihnachtlichen Firlefanz und Lämpchen an den Laternenmasten anzubringen, wodurch die frühlingshafte Szenerie einen Hauch von Festlichkeit bekam. Nachdem ich in einem Computerladen mit blutendem Herzen die neuesten Laptops begutachtet hatte, entdeckte ich einen Ramschladen auf dem Lincoln Boulevard, der einen verspäteten Thanksgiving-Gala-Ausverkauf veranstaltete. Ich kaufte sechs Garnituren gebrauchte Unterwäsche, acht Paar beinahe zueinander passende Socken (keine Löcher), zwei Jeans, fünf Hemden, ein Paar fast neuer Schuhe und eine leicht zerkratzte Langspielplatte von Ravi Shamar. Das machte insgesamt 46,12 Dollar, und die nette alte Dame an der Kasse verzichtete sogar auf die Mehrwertsteuer, als François ihr erzählte, er sei obdachlos. Als nächstes ging ich in eine Discountdrogerie und erstand eine Zahnbürste (bis jetzt hatte ich Joanies benutzt), einen Rasierapparat (dito), Deodorant, Fußpuder, ein Notizbuch (für mein – *stöhn* – handgeschriebenes Tagebuch), Aknesalbe und ein Dreierpack Kondome (nur für den Fall, daß sich etwas ergeben sollte). Die Rechnung belief sich auf 21,08 Dollar. Mann, ich habe meine Lektion gelernt. In Zukunft werde ich stets einen gepackten Koffer für Notfälle bereitstehen haben. Ich glaube, jeder Teenager wäre gut beraten, eine solche Vorsichtsmaßnahme zu treffen.

Als ich in die (verlassene) Eigentumswohnung zurückkam, wechselte ich meine vor Schmutz starrenden Klamotten (welche Erleichterung!) und inspizierte Kimberlys unordentliches Schlafzimmer. Auf dem Schreibtisch aus unbehandeltem Pinienholz häuften sich stapelweise langweilige Marketing-Lehrbücher neben einem alten IBM-Computer (noch nicht einmal ein XT, das reinste Steinzeitalter!). In einer Schublade ihres Nachttisches entdeckte ich interessantere Dinge: eine Packung Sheiks, drei Exemplare des *Playgirl* (ziemlich zerlesen) und einen großen batteriebetriebenen Vibrator (der schwach nach Sie-wissen-schon-was roch).

Ich begutachtete die Jungs im *Playgirl.* »Nicht besonders eindrucksvoll«, murmelte François. Ich habe nicht erwähnt, daß diese Typen sich, im Gegensatz zu meinem Alter ego, im Zustand der Entspanntheit befanden. In einer Schreibtischschublade entdeckte ich unter einem roten Spitzenunterhöschen Kimberlys Sparbuch. Mir blieb die Luft weg, als ich sah, was sie an Ersparnissen hatte. Obwohl sie über ein verzinsliches Guthaben von 48 729,71 Dollar verfügt, hält Kimberly es für nötig, mir drei Dollar pro Nacht für das Schlafen auf ihrem schäbigen Sofa abzuknöpfen. Um ihr ihr Mitgefühl heimzuzahlen, suchte ich nach einer Stecknadel und pikste in jede der sich in Folie befindenden Kondompackungen ein kleines Loch. Darüber hinaus schraubte ich den Vibrator auf und entfernte die Batterien. So beginnt der Alptraum jedes Republikaners: der Klassenkampf.

19.00 – Joanie kam heute nachmittag von einer Sitzung mit ihrem Therapeuten zurück und fühlte sich etwas besser. Sie zerriß ein Telegramm (von Philip?), ohne es gelesen zu haben, und lud mich in ein mexikanisches Restaurant an der Uferpromenade in Venice zum Abendessen ein. Wahrscheinlich war das Baby äußerst erleichtert, daß sie wenigstens den größten Teil ihrer Enchilada aufaß. Ich frage mich nur, ob die beiden Erdbeer-Margaritas eine so gute Idee waren.

Joanie sagte, mein Schnauzer lasse mich wie einen »minderjähriger Möchtegern-Gigolo« aussehen. Ich war mir nicht sicher, aber ich glaube, ich fühlte mich geschmeichelt. Während ich meinen Pudding aß (Eischaum auf Latino-Art), hörte ich, wie sich am Nachbartisch einige Männer über »Wiederholungshonorarrechte« unterhielten. Ich vermute, sie haben irgend etwas mit dem Filmgeschäft zu tun. Vielleicht sind sie mächtige Agenten. Auf jeden Fall kippten sie ihre Cocktails herunter wie Männer, die das Geld nur so scheffeln. Schon drei Tage in dieser Stadt, und ich habe noch keinen einzigen Star zu Gesicht bekommen. Ich muß bald mal eine Wallfahrt nach Hollywood unternehmen.

23.20 – Noch keine Spur von Mario. Kimberly wird sich, genau wie ich, in dieser Nacht mit der kalten Umarmung sexueller Frustration begnügen müssen. Aber wenigstens hat sie ein bequemes Bett. Ich glaube, ich habe gerade gehört, wie meine Wirbelsäule zerbrochen ist.

DIENSTAG, 25. November – Heute morgen, als Joanie sich fertigmachte, um ihren Pflichten als Stewardeß nachzukommen, rief unsere Mutter an, die mit einem Bullen im wörtlichen Sinne

unter einer Decke steckt. Ich hörte am Apparat im Wohnzimmer mit.
»Joanie, warum hast du nicht zurückgerufen?« wollte Mom wissen.
»Tut mir leid, Mutter. Es war hier ziemlich hektisch.«
»Dein Bruder wird mich noch ins Grab bringen. Er ist verschwunden. Und diese unmöglichen Leute beim indischen Konsulat sind so unhöflich. Und was noch schlimmer ist, dein Vater und ich werden womöglich von den Versicherungen wegen der Feuerschäden in Berkeley haftbar gemacht.«
»Das tut mir leid, Mutter. Wie soll ich dir helfen?«
»Joanie, Liebes, kannst du nicht einen deiner Freiflüge nutzen, um nach Bombay zu fliegen und Nick zu suchen?«
»Was!?« rief Joanie entgeistert.
»Er ist in dieser Schule in Pune noch nicht aufgetaucht. Ich habe Lance auch schon darum gebeten, aber er weigert sich. Er sagt, Müll sollte man besser dort lassen, wo er hingehört.«
Ich finde dich auch wahnsinnig sympathisch, Lance!
»Woher weißt du denn, daß Nick in Indien ist?« fragte Joanie. »Er könnte doch ... doch noch immer irgendwo in Kalifornien stecken.«
»Nein, er ist in Bombay durch die Zollkontrolle gegangen. Soviel habe ich immerhin herausgefunden. Sie haben seine Paßnummer notiert, als sie ihm ein Visum erteilt haben.«
»Hör zu, Mutter, ich kann nicht nach Indien fliegen. Ich ... ich habe keine Zeit. Nick geht es sicher gut. Ich bin überzeugt, daß er sich bald mit dir in Verbindung setzen wird.«
»Joanie, er ist dein einziger Bruder!«
»Es tut mir leid, Mutter. Mach dir keine Sorgen um Nick. Ich muß zur Arbeit, ich bin spät dran. Ich werde jetzt auflegen.«
»Okay, dann bleibt mir wohl nichts anderes übrig, als selbst nach Indien zu fliegen«, erklärte Mom.
»Mutter!« rief Joanie. »In diesem Zustand kannst du unmöglich

eine anstrengende Reise unternehmen – in deinem Alter. Du mußt dich ausruhen.«

»Aber wer soll es denn sonst tun, Joanie?«

»Mutter, unternimm im Moment gar nichts. Versprich mir das. Ich bin sicher, daß Nick sich bald mit dir in Verbindung setzen wird. Sehr bald!«

»Na gut«, sagte Mom schwach. »Ich werde noch ein bißchen warten. Ich hätte nie zulassen dürfen, daß er bei seinem nichtsnutzigen Vater lebt. Er hat versucht, ein unschuldiges Mädchen in Santa Cruz zu vergiften. Und es war Nick, der in mein Haus eingebrochen ist und diese schreckliche Botschaft auf den Spiegel geschmiert hat. Lance meint, er sollte in eine Anstalt gesteckt werden – mindestens, bis er vierundzwanzig ist. Ich bin geneigt, ihm zuzustimmen. Was meinst du, Joanie?«

»Nick ist nur ... ein wenig irregeleitet, Mutter. Er hat schwierige Zeiten durchgemacht mit ... der Scheidung und so.«

»Oh, es ist vermutlich alles meine Schuld!« kreischte Mom. »Es ist immer die Schuld der Eltern!«

Mensch, endlich dämmert es ihr.

»Mutter, mach dir keine Sorgen. Nick wird sich bald bei dir melden. Ich muß jetzt los. Tschüs.«

Joanie stürmte aus ihrem Schlafzimmer und funkelte mich giftig an. »Du rufst Mutter heute noch an!«

»Okay«, sagte ich lässig. »Das hatte ich sowieso vor.«

Joanie griff nach ihrem Mantel von der Fluggesellschaft und ihrer Reisetasche. In ihrer schicken blauen Uniform sah sie überraschend attraktiv aus. Das gekonnt aufgetragene Make-up verdeckte die dunklen Ringe unter ihren Augen.

»Ich bin Freitag abend wieder da«, sagte sie. »Versuch bitte, nicht noch mehr Blödsinn anzustellen.«

»Okay.«

»Falls ein gewisser Philip Dindy anruft, kannst du ihm ausrichten, daß ich ihn nicht zu sprechen wünsche. Nie wieder. Und sag

ihm, er braucht sich keine Sorgen zu machen, ich werde seine Frau nicht informieren.«
»Worüber?«
»Das geht dich nichts an.« Sie öffnete die Tür und hielt dann inne. »Hast du überhaupt Geld?«
»Ungefähr zehn Dollar«, log ich.
Joanie griff in ihr Portemonnaie und fischte zwei Zwanziger heraus. »Mehr kann ich dir nicht geben. Ich bin nicht für dich verantwortlich, Nick.«
»Danke, Joanie. Tut mir leid, daß ich dir zur Last falle. Ich wünsche dir einen guten Flug.«
»Tschüs, Nick. Und vergiß nicht, in meinem Schlafzimmer hast du nichts verloren. Ich weiß, wie gerne du in fremder Leute Sachen herumschnüffelst.«
»Das mach ich nie«, erwiderte ich gekränkt.
Mensch, drei Tage völliger Freiheit mit geschenktem Geld! Ich fragte mich, ob ich François von der Leine lassen sollte, um Kimberly anzubaggern?
11.00 – Als ich von einer Donut-Orgie zurückkam, war meine hübsche republikanische Wohnungsgenossin bereits zur Uni gegangen. »Also gut, bringen wir es hinter uns«, sagte ich zu François. Ich legte meine Ravi Shamar-Platte auf und wählte Moms Nummer in Oakland. Beim zweiten Läuten nahm sie ab.
»Nick! Bist du es?«
»Ja, Mom.«
»Wo bist du?«
»Ich bin in Indien, Mom. Das ist ein Ferngespräch.«
»Nick, du kommst augenblicklich nach Hause.«
»Tut mir leid, Mom. Ich glaube, es wäre für uns alle besser, wenn ich noch ein Weilchen hierbliebe. Es tut mir leid, daß ich dir soviel Kummer gemacht habe.«
»Wo steckst du, Nick? Wie lebst du?«

»Mach dir keine Sorgen, Mom. Alles läuft bestens. Ich habe bei einer netten Familie eine Stelle als Mathelehrer gefunden.«

»Was für eine Familie? Wo?« wollte sie wissen.

»Das kann ich dir nicht sagen, Mom, aber sie sind wirklich nett und sehr reich. Er ist ein vermögender Geschäftsmann. Ich habe ihn im Flugzeug kennengelernt. Wir haben uns lange und sehr angeregt unterhalten. Seine Kinder sind alle in ihren Algebraprüfungen durchgefallen, und so hat er mich auf sein Anwesen eingeladen, damit ich ihnen Privatunterricht erteile. Es ist toll hier. Ich habe sogar einen eigenen Diener, Ravi. Nein danke, Ravi, im Augenblick möchte ich keine Samosas mehr.«

»Nick, du lügst mir doch nichts vor?«

»Nein, Mom. Ehrlich nicht. Ich bin wirklich glücklich hier. Und in Sicherheit. Und ich lerne, wie man den Sitar spielt. Mein Lehrer ist schon da und bereitet sich auf meine Stunde vor. Der Vater der Kinder sagt, er will mich auf eine gute Privatschule schicken, damit ich ein gebildeter Gentleman werde. Sie mögen mich hier sehr.«

»Wie alt sind die Kinder?« fragte sie. »Sind es Jungen oder Mädchen?«

»Oh, beides. Es sind eine ganze Menge. Ungefähr zwölf, würde ich sagen. Alle Altersstufen.«

»Hat der Mann auch eine Frau?« fragte sie mißtrauisch. »Er ist … er ist doch nicht …«

»Nein, Mom. Er ist verheiratet. Um ehrlich zu sein, er hat drei Frauen. Aber sie kommen alle prima miteinander zurecht. Mom, diese Ferngespräche kosten fünfundneunzig Rupien pro Minute.«

»Nickie, wie lautet deine Adresse? Wohin kann ich dir schreiben? Wie ist die Telefonnummer dort?«

»Tut mir leid, Mom. Es ist besser, wenn ich dich anrufe. Mach dir keine Sorgen, ich melde mich, sooft es geht.«

»Nickie, wasch alle Lebensmittel gründlich ab, bevor du sie ißt.

Da unten gibt es entsetzliche Krankheiten. Wenn du krank wirst, dann ruf mich sofort an.«

»Okay, Mom. Mach dir keine Sorgen um mich. Grüß Lance von mir. Und herzlichen Glückwunsch zum Geburtstag.«

»Nickie!« Mom begann zu schluchzen. »Daß du daran gedacht hast!«

»Tschüs, Mom.« *Klick.*

»Sie hat's geschluckt«, sagte François.

»Alles, von A bis Z«, erwiderte ich.

13.20 – Als ich gerade Joanies Kontoauszüge inspizierte, klopfte es an der Tür. Ihre Finanzen sind leider in einem ebenso jämmerlichen Zustand wie ihr Privatleben. Ich stieß rasch die Schublade zu, ging leise zur Tür und schaute durch den Spion. In dem von Neonlicht erleuchteten Flur stand eine hundertfünf Jahre alte Frau, die sich schwer auf ein Aluminiumgehgestell stützte. Vorsichtig öffnete ich die Tür einen Spalt.

»Ja?« sagte ich.

»Wer sind Sie?« fragte sie.

»Ich bin … äh … François, ich meine, Frank Dillinger«, antwortete ich, da ich mich daran erinnerte, daß ich meinen wirklichen Namen nicht preisgeben durfte. »Ein Freund von Joanie. Und wer sind Sie?«

»Ich bin Bertha Ulansky von der anderen Seite des Flurs. Ich warte auf meine Videos.« Trotz ihres hohen Alters war ihr Gesicht sorgfältig geschminkt. Ihre dünnen Augenbrauen waren mit einem Stift nachgezogen, und die dick aufgetragene schwarze Wimperntusche rieselte wie verschmutzter Schnee auf ihre von Rouge geröteten Wangen.

Ich war verwirrt. »Wie bitte?«

»Meine Videos. Meine Videos«, beharrte sie. »Joan holt mir doch immer meine Videos. Ich habe meine Liste fertiggestellt.«

»Oh, Joanie ist im Moment nicht da. Sie ist zur Arbeit gegangen, Mrs. Ulansky.«

»Miss Ulansky«, verbesserte sie mich pikiert. »Ich habe nie den Namen meines verstorbenen Mannes angenommen – aus professionellen Gründen.« Die alte Dame blickte auf meine Füße. »Haben Sie sich die Beine gebrochen?«
»Äh ... nein.«
»Dann setzen Sie sich mal in Bewegung, Frank. Sie müssen vor zwei Uhr dort sein, um den Seniorendiscount zu erhalten.«
16.10 – Als ich aus dem Videoladen zurückkam, lud mich meine betagte Nachbarin ein, mir mit ihr zusammen den Film anzuschauen. Ob Sie es glauben oder nicht, meine Schwester wohnt mit einer echten ehemaligen Filmschauspielerin auf demselben Flur. Miss Ulansky hatte als professionelle Statistin in mehr als vierhundert Filmen mitgewirkt. Ihre erste Rolle war die eines Cabaret-Mäuschens in *Morocco* im Jahre 1930 gewesen.
»Josef von Sternberg drehte den Film mit Gary Cooper und Marlene Dietrich«, bemerkte sie und wälzte ihren massigen Körper mühsam von dem Gehgestell in einen mit pinkfarbenem Velours bezogenen Lehnsessel, der vor dem größten Fernsehapparat stand, den ich je außerhalb einer Pizzeria gesehen hatte.
»Wow, Gary Cooper!« rief ich aus. »Haben Sie ihn persönlich kennengelernt?«
»Natürlich«, schnaubte sie. »Frank, ihr Fans scheint das nicht zu begreifen, aber die Statisten sind für einen Film genauso wichtig wie die namentlich erwähnten Schauspieler. Wir sorgen für die richtige Atmosphäre, um die Handlung glaubwürdig erscheinen zu lassen. Heutzutage versuchen die Produzenten zu sparen und filmen mit irgendwelchen Laien draußen auf der Straße. Meine Güte, die Hälfte dieser Schwachköpfe starrt direkt in die Kamera. Dadurch bleibt jede Glaubwürdigkeit auf der Strecke. Wenn wir es gewagt hätten, in die Kamera zu gucken, wären wir auf der Stelle gefeuert worden. Aber wir waren ja auch Profis. Wir wußten es besser.«
»Wie war Gary Cooper denn so?« fragte ich aufgeregt.

»Er war ein recht ansehnlicher junger Mann«, antwortete sie. »Zumindest damals. Alle seine Zähne waren falsch, wissen Sie. Sein Toupet kostete mehr als fünftausend Dollar, das war in jener Zeit ein Vermögen, glauben Sie mir. Das Haar war angeblich Strähne für Strähne bei einer bestimmten Familie irgendwo in Finnland gesammelt worden.«

»Gary Cooper hat ein Toupet getragen?« rief ich.

»Natürlich. Sie mußten einen bestimmten Klebstoff benutzen, damit es bei den Aufnahmen für die Wildwestfilme nicht herunterrutschte. Er bekam davon einen schrecklichen Ausschlag auf der Kopfhaut, der arme Kerl.«

Der Film, der heute auf dem Programm stand, war *You Were Never Lovelier*, ein Musical aus dem Jahre 1942 mit Fred Astaire, Rita Hayworth und Bertha Ulansky als einer vergnügungssüchtigen Partybesucherin. Als ihr großer Auftritt gekommen war, drückte Miss Ulansky den Fernbedienungsknopf für das Standbild.

»Sehen Sie, die in dem Crêpe de Chine-Ballkleid da hinten bei dem Blumentopf mit der Palme, das bin ich«, erklärte sie stolz. Auf dem riesigen Bildschirm gab der zuvorkommende Millionär Adolphe Menjou gerade eine elegante Party auf seinem Anwesen in Südamerika. Unter den regungslosen Partygästen, die auf dem flimmernden schwarzweißen Zelluloid erstarrt waren, erkannte ich meine Gastgeberin – erheblich schlanker, mit einem halben Jahrhundert weniger Falten.

»Miss Ulansky, Sie waren sehr hübsch«, stellte ich fest.

»Nein, war ich nicht«, entgegnete sie sachlich und ließ den Film weiterlaufen. »Ich hatte ein nettes, gewöhnliches Gesicht. Sie wollten nicht, daß die Mädchen oder Jungs zu gut aussahen, denn sie sollten den Stars ja nicht die Schau stehlen. Aber sehen Sie, tanzen konnte ich doch recht gut. Das ist ein Foxtrott. Bill Selter ließ uns die Szene vierzehnmal drehen. Meine Güte, meine Füße haben mich fast umgebracht.«

»Wer war Ihr Partner?« fragte ich.
»Ein Mann namens Doakes Farley«, sagte sie. »Er war ein guter Tänzer, aber er hatte einen entsetzlichen Körpergeruch. Inzwischen ist er natürlich tot. Das ist sein Freund Jim; Evelyn tanzt gerade mit ihm. Ich wohnte eine Zeitlang mit ihr zusammen in Hollywood, bevor ich meinen Mann Tom kennenlernte.«
»War er auch Statist?« fragte ich.
»Nein, Tom war nicht beim Film. Er war Buchhalter. Er starb 1972. Herzanfall.«
»O Mann, Rita Hayworth war aber wirklich schön«, bemerkte ich.
»Nicht, als sie noch Rita Cansino war«, erwiderte Miss Ulansky. »Sie haben ihren Haaransatz mit Hilfe von Elektrolyse zurückverlegt. Davor sah sie aus wie ein mexikanisches Bauernmädchen.«
»Was Sie nicht sagen! Wie war sie denn so?«
Miss Ulansky sah sich um und senkte ihre Stimme. »Sie war besessen.«
»Wirklich?« fragte ich entsetzt.
»Besessen«, wiederholte sie. »Deshalb mußte Orson sich ja von ihr scheiden lassen. Er ist bekanntlich ein ausgesprochener Kopfmensch. Außerdem frißt Rita wie ein Pferd. Sie hatte schon immer schreckliche Gewichtsprobleme.«
»Äh … Miss Ulansky«, sagte ich, »ich glaube, inzwischen sind sie tot.«
»Das weiß ich«, entgegnete sie gekränkt. »Ich bin noch immer einigermaßen auf dem laufenden.«
Miss Ulansky nahm es mit dem Gebrauch der Zeiten offenbar nicht sehr genau. Während wir uns den Rest des Films ansahen, stoppte sie ab und zu das Bild, um mir ihre Statistenfreunde zu zeigen und mir mehr von ihrem wertvollen Insiderwissen zu verraten.
Sie seufzte, als »The End« auf dem Bildschirm erschien. »Den

Film habe ich immer sehr gemocht«, sagte sie und drückte den Rückspulknopf. »Natürlich hat Jerome Kern niemals einen schlechten Song geschrieben.«
»Wie war Fred Astaire?« fragte ich. »Er war schon immer einer meiner Lieblingsschauspieler.«
»Ich mag Fred«, antwortete sie nachdenklich. »Er war auch gar nicht andersherum, wenn Sie wissen, was ich meine. Zumindest habe ich nie etwas Derartiges gehört. Heutzutage ist das in seinem Beruf ziemlich selten. Natürlich ist es ganz offensichtlich, daß er ein Toupet trägt. Außerdem ist er sehr klein.«
»Fred Astaire war klein?« fragte ich überrascht.
»Praktisch ein Zwerg. Für die Liebesszenen mit Rita ließ der Regisseur ihn auf eine Trittleiter steigen. Damals, in den dreißiger Jahren, mußte RKO ihm heimlich Unterricht geben, damit er lernte, in Schuhen mit dicken Sohlen zu tanzen. Zuerst haben sie versucht, ihn auf kleine Stelzen zu stellen, aber die guckten unter seinen Hosenbeinen hervor.«
»Das wußte ich ja gar nicht!«
»Ja, und haben Sie all diese Steptanzszenen in seinen Filmen gesehen?«
»Klar. Er war großartig.«
»Das war er nicht selbst«, flüsterte sie.
»Er war es nicht?« flüsterte ich zurück.
»Nein. Es war ein Neger, den sie heimlich aus Harlem einfliegen ließen, nur für diese Szenen. Später wurde Freds Kopf in die Szenen montiert. Das durfte natürlich nicht bekanntwerden. Nicht einmal Ginger war eingeweiht.«
»Das ist ja unglaublich!« rief ich aus.
»Behalten Sie das besser für sich, Frank«, sagte sie. »Die Studios engagieren noch immer bezahlte Schlägertrupps, die verhindern sollen, daß solch explosives Informationsmaterial weitergegeben wird.«
Als ich in Joanies Wohnung zurückkam, fand ich auf ihrem

Anrufbeantworter folgende Nachricht von Mom vor: »Gute Neuigkeiten, Joanie. Wir brauchen uns keine Sorgen mehr zu machen. Ich habe gerade mit Nick in Indien gesprochen. Er lebt bei einer netten Familie, die ihm vielleicht ein bißchen Vernunft und Manieren beibringt. Das wäre wirklich ein Wunder. Lance sagt, solange Nick nicht hier ist und man damit nicht in der Lage ist, ihn vor Gericht zu stellen, kann man uns auch nicht für die Brandschäden haftbar machen. Zudem wird dieses Mädchen, das ihn verpfiffen hat, keine Belohnung kriegen. Also war es vielleicht sogar am Ende ein Segen, daß Nick nach Indien geflohen ist. Mir ist es jedenfalls nicht unangenehm, daß er mir eine Weile nicht vor den Füßen herumläuft. Oh, und dein elender Vater wird auf dreieinhalb Millionen Dollar verklagt wegen eines gefährlichen Neonschilds, das Nick gefunden und an einen Mann verkauft hat, der dann einen tödlichen Stromschlag erlitt. Zum Glück geht mich das nicht das geringste an. Ich persönlich wünsche der Familie des Mannes alles Gute. Ich hätte nur gehofft, daß sie noch mehr verlangen. Also, ich muß jetzt los. Lance geht heute abend mit mir aus, um meinen Geburtstag zu feiern – aber der scheint dich ja nicht besonders zu interessieren.«
Dreieinhalb Millionen Dollar! Davon können sie lange träumen. Fuzzys Familie kann sich glücklich schätzen, wenn sie aus meinem arbeitslosen, nichtsnutzigen Vater dreieinhalb Dollar herausholt. Was mehr wäre, als diese beiden verräterischen Meuchelmörder Lefty und Millie jemals in ihre dreckigen Pfoten kriegen werden.
18.30 – Kimberly ist gerade, den Kopf voller Wirtschaftstheorien, von der Universität nach Hause gekommen.
»Gute Neuigkeiten, Kimberly«, verkündete ich. »Joanie sagte, ich könnte in ihrem Bett schlafen, solange sie weg sei. Also werde ich dein Sofa ein paar Tage nicht brauchen.«
Kimberly zuckte die Schultern mit gespielter Gleichgültigkeit,

aber ich konnte ihr ansehen, wie sie im Geiste diesen unerwarteten Angriff auf ihren Nettowert überflog.
»Kommt Mario heute abend vorbei?« wollte François wissen.
»Keine Ahnung«, antwortete sie, während sie ihre Post durchsah. »Warum fragst du?«
»Oh, ich dachte, wir könnten vielleicht ins Kino gehen oder so«, meinte François.
»Wer? Du und Mario?«
»Äh … nein, du und ich«, sagte François. »Ich lade dich ein.«
»Tut mir leid, Nick. Ich muß an meinem Marketingplan arbeiten.«
»Ich bezahle auch das Popcorn«, insistierte François.
»Es tut mir leid, Nick«, entgegnete Kimberly und wandte sich ihrem Schlafzimmer zu. »Vielleicht ein andermal.«
Sie ging in ihr Zimmer und schloß die Tür hinter sich.
»Sie mag mich. Ich weiß es«, bemerkte François.
»Warum hat sie dann die Tür zugemacht?« fragte ich.
»Die Versuchung«, gab er zurück. »Sie bemüht sich, der Versuchung zu widerstehen.«

MITTWOCH, 26. November – An diesem Nachmittag sahen wir uns einen Schwarzweißfilm aus dem Jahre 1942 an; es war die Komödie *The Talk of the Town* mit Ronald Coleman, Jean Arthur, Cary Grant und Bertha Ulansky als aufgebrachte Bürgerin. Cary spielte (nicht sehr überzeugend) das Mitglied einer radikalen Arbeiterbewegung, das irrtümlicherweise der Brandstiftung angeklagt wird. Vielleicht war John Garfields Terminkalender in jenem Monat völlig ausgebucht.
Anschließend versorgte mich Miss Ulansky wieder mit erstaunlichen Insiderinformationen.
»Cary Grant und Ronald Coleman hassen sich natürlich«, sagte sie. »Beide sind Engländer. Alle englischen Schauspieler in Hollywood hassen einander.«

»Warum?«
»Weil sie um dieselben Rollen konkurrieren. Normalerweise haben alle Probeaufnahmen für dieselbe Rolle gemacht, und am Ende hat Leslie Howard sie bekommen. Er war besonders unbeliebt. Ich habe Gerüchte gehört, wonach er nicht eines natürlichen Todes gestorben sein soll.«
»Wow!« rief ich und wollte mehr hören. »Wie war Ronald Coleman?«
»In sich gekehrt. Sehr in sich gekehrt«, sagte sie. »Diese samtige Stimme war gar nicht die seine. Wenn man ihn am Drehort reden hörte, dann glaubte man, er sei einer von den Kulissenschiebern. Er hat einen ziemlich groben Akzent und spricht normalerweise in einer hohen Falsettstimme. Außerdem ist er sehr klein.«
»Ronald Coleman war klein?« fragte ich.
»Winzig. Praktisch ein Zwerg. Er weigerte sich, für seine Liebesszenen eine amerikanische Trittleiter zu benutzen. Sie mußten extra eine aus England kommen lassen, mit den Sprossen auf der linken Seite.«
»War Cary Grant auch klein?« wollte ich wissen.
»Ja, auf charmante Weise winzig«, sagte sie. »Wenn er neben Ronnie Coleman stand, dann dachte man, man habe zwei Jockeys auf der Rennbahn vor sich.«
»Und wie war Jean Arthur?«
»Eitel. Entsetzlich eitel. Sie besteht darauf, daß man sie nur von links filmt. Oder war es von rechts? Ich hab's vergessen. Sie hat die Regisseure in den Wahnsinn getrieben. Und sie ist natürlich besessen.«
»Tatsächlich?« rief ich. »Auf der Leinwand hat sie diesen Eindruck nicht vermittelt.«
»Besessen«, wiederholte Miss Ulansky. »Mehr kann ich dazu nicht sagen.«
Ich frage mich, ob die Clique in Hollywood noch immer von

diesem Phänomen geplagt ist. Ich muß François mal dort hinschicken, um das zu untersuchen.

18.30 – Als ich aus der Nachbarwohnung kam, war Kimberly gerade dabei, das Abendessen für Mario, der ungeduldig zwinkernd am Tisch saß, in der Mikrowelle zu erwärmen. In der Hoffnung, eingeladen zu werden, hing ich eine Weile in ihrer Nähe herum, aber die Köchin widerstand erfolgreich sämtlichen Versuchungen in Richtung großzügige Gastfreundschaft. Und so ging ich zum acht Straßen entfernten McDanold's. Als ich zurückkam, saß Kimberly auf meiner Mietcouch und sah fern, während Mario den Abwasch erledigte.

»Sag mal, Nick, wie alt bist du?« fragte sie und schaltete *Die Wirtschaft am Abend* mit der Fernbedienung aus.

»Neunzehn«, log ich.

»Na, wohl eher vierzehn oder fünfzehn«, entgegnete sie. »Hättest du Lust, einige Fragen für unsere Erhebung zu beantworten?«

»Was für eine Erhebung ist das?« fragte ich mißtrauisch.

»Eine Marketing-Erhebung«, erklärte sie. »Mario und ich haben vor, eine Firma zu gründen, die einzigartige, hochmodische Produkte für jüngere Konsumenten vertreibt.«

Mario blickte von seiner Pfanne auf. »Nick, ihr amerikanischen Teenager verfügt über ein jährliches Einkommen von mehr als achtzig Milliarden Dollar.«

Achtzig Milliarden Dollar! Dann ist mir mein gerechter Anteil aber bisher entgangen.

»Okay«, sagte ich, »ich mach mit. Schieß los.«

Kimberly nahm ihr Clipboard zur Hand und begann mir eine lange Reihe ermüdend gründlicher, langweiliger, sich stets wiederholender Fragen zu stellen – über das mir zur Verfügung stehende Geld, meine Kaufgewohnheiten und meinen Geschmack in Sachen Kleidung, vor allem im Hinblick auf Schuhe. Abgesehen von den Fragen zum Einkommen, antwortete ich so

ehrlich wie möglich. Kimberly schien zu gefallen, was ich von mir gab.
»Und – wollt ihr mir nicht noch eine letzte Frage stellen?« erkundigte ich mich, als sie fertig war.
»Welche denn, Nick?« sagte Kimberly.
»Wollt ihr mich nicht fragen, ob ich mir vorstellen kann, gepunktete Sportschuhe zu kaufen?«
Kimberly schaute mich total verblüfft an. Mario hätte beinahe einen Teller fallen lassen. »Woher wußtest du das?« kam es von beiden wie aus einem Mund.
»Nun, das war doch aus euren Fragen ersichtlich«, erklärte ich. »Ihr habt vor, Sportschuhe mit fluoreszierenden orange- oder lilafarbenen Pünktchen zu verkaufen. Richtig?«
»Kein Kommentar«, erwiderte Kimberly.
»Ganz bestimmt nicht«, sagte Mario und zwinkerte noch schneller als sonst mit den Augen.
»Gut, denn ich würde in zehn Millionen Jahren keine derartigen Schuhe kaufen. Und auch keiner meiner Freunde.«
»Das ist nur deine persönliche Meinung«, entgegnete Kimberly spitz.
»Ja, und die wolltet ihr doch hören. Ich dachte immer, das sei der Sinn der Marktforschung.«
»Er hat recht, Kimmy«, sagte Mario und blinzelte mürrisch.
»Ja, aber sieh ihn dir doch mal an, Mario«, erwiderte sie. »Er ist wohl kaum ein Repräsentant unserer solventen, modebewußten Zielgruppe.«
Ich beschloß, diese Beleidigung zu ignorieren. »Ich habe eine Idee für ein Produkt, das viele Teenager kaufen würden«, erklärte ich.
»Was, Nick?« fragte Mario, eifrig zwinkernd.
»Das werde ich euch sagen«, antwortete ich. »Aber ich will ein Drittel des Gewinns – vertraglich zugesichert.«
Nach fünfzehn Minuten zähen, knallharten Verhandelns unter-

zeichneten meine neuen Partner einen Vertrag, der mir 19,6 Prozent Beteiligung am durch meine Idee erzielten Nettogewinn (nach Steuern) versprach.

»Also, was für eine Idee ist das?« fragte Kimberly skeptisch.

»Okay, stellt euch folgendes vor«, sagte ich. »Sportschuhe ... geformt wie ... Rennwagen! Mit Scheinwerfern und in die Sohlen eingelassenen Rücklichtern. Die auch richtig aufleuchten. Und mit kleinen Nummernschildern an den verchromten Gummistoßstangen, an denen die Kids mit aufklebbaren Buchstaben ihre Initialen anbringen können. Ich weiß sogar schon den perfekten Namen: Roadsters.«

Mario und Kimberly tauschten Blicke aus.

»Haut mich total vom Hocker«, erklärte Kimberly.

»Wo gedenkst du die Batterien einzubauen?« wollte Mario wissen.

»Scheinwerfer an Schuhen!« schnaubte Kimberly. »So ein Blödsinn!«

»Okay«, sagte ich. »Die Idee gefällt euch nicht. Ich habe noch eine andere.«

»Ich will sie nicht hören«, erwiderte Kimberly.

»Was denn?« fragte Mario.

»Gleiche Bedingungen?« fragte ich zurück.

»Okay, gleiche Bedingungen«, antwortete er und zwinkerte zweifelnd.

»In Ordnung«, sagte ich. »Diesmal geht es um eine Uhr. Es gibt Tausende von hübschen Armbanduhren auf dem Markt, richtig?«

»Richtig«, stimmten sie zu.

»Aber was ist mit den Millionen von Jungen und Mädchen, die nicht daran interessiert sind, sich hübsch zu kleiden? Die vielmehr versuchen, so provozierend wie nur möglich zu wirken. Wie wäre es mit einer richtig häßlichen Uhr? Das Zifferblatt könnte total rostig und kaputt aussehen – vielleicht sogar mit einem getürkten Einschußloch. Und dann ein ekliges fleischfarbenes Armband, mit Narben, Tätowierungen und einer großen, behaarten Warze drauf. Da hätten wir sogar schon den passenden Namen: die Warzenuhr.«

Ich schwieg und sah die beiden erwartungsvoll an.

Mario seufzte. Kimberly erhob sich.

»Also, was soll denn an der Idee verkehrt sein?« fragte ich.

»Haut mich total vom Hocker«, sagte Kimberly.

»Könntest du mir das vielleicht etwas genauer erklären?« bat ich.

»Nick, an deiner Idee ist meiner Meinung nach ein großer Haken«, erklärte Mario.

»Welcher?«

»Teenies, die sich so anziehen, interessiert es nicht, wie spät es ist.«

Oh! Damit mochte er recht haben.

»Und das wenige Einkommen, das diese Gestalten haben«, fügte seine Geschäftspartnerin hinzu, »geben sie bis auf den letzten Cent für Drogen und Heavy-metal-Platten aus.«

Damit mochte sie auch recht haben.

Nun ja, wie zahllose verarmte Twisps vor mir habe auch ich es nie auf den geschäftlichen Erfolg abgesehen. Wir sind eine Familie, die sich der Kunst widmet.

DONNERSTAG, 27. November – Es ist jetzt eine Woche her, seit ich Sheeni Saunders zuletzt in den Armen gehalten habe. Es kommt mir wie eine Ewigkeit vor. Wie unerträglich, in der Weihnachtszeit von der Geliebten getrennt zu sein. Jede romantische, weichgezeichnete Parfumreklame im Fernsehen stürzt mich in tiefere Verzweiflung. Vielleicht sollte ich ihr anonym ein hübsches, teures Fläschchen zukommen lassen. Nein, womöglich wird sie sich dann damit für ihre Verabredungen mit diesem Verräter Vijay Joshi besprühen.

16.05 – Ich beschloß, mir den heutigen Videofilm, *The Philadelphia Story* mit Cary Grant, Katharine Hepburn, James Stewart und Bertha Ulansky als heroinabhängige Dame der Gesellschaft, nicht anzuschauen. Ich hatte ihn schon gesehen. Außerdem bin ich nicht scharf drauf zu hören, daß Jimmy Stewart nur einsvierzig groß und Kathie Hepburn von Sie-wissen-schon-was besessen war. Also nahm ich den Bus (eine Fahrt neunzig Minuten) quer durch das lange, von Autos verstopfte Becken von L.A. zu der zauberhaften Traumfabrik selbst: HOLLYWOOD!

Was für eine Müllhalde! Die Welthauptstadt in Sachen Unterhaltung sah, wie ich bemerkte, aus wie Duluth mit Palmen. Endlose Straßen, gesäumt von schäbigen Bungalows, billigen Motels und Kitschläden. Die Tonfilmbühnen standen noch immer dort und umsäumten Gower Gulch, aber jetzt waren da nicht Befehle wie: »Action!«, »Cut!«, »Kopie!« zu hören, sondern das *Plonk, Plonk, Plonk* von Yuppies, die Racquetball spielten. Einen Augenblick lang nahm mich der Zauber des Ortes dennoch gefangen, und zwar, als ich zufällig auf den Boden schaute und entdeckte, daß ich auf dem *Walk of Fame*-Stern von Frank Sinatra stand. Ehrfürchtig berührte ich die abgetretenen Messingbuchstaben, sah mich um und stellte fest, daß das Goldene Zeitalter längst der Vergangenheit angehörte. Wie üblich war ich fünfzig Jahre zu spät gekommen. Und warum lungerten all diese finster ausschauenden Teenies an den Straßenecken herum? Sollten sie nicht in der Schule sein?

18.20 – Keine Spur von Kimberly und Mario. Auf dem Anrufbeantworter war noch eine weitere hysterische Nachricht von Philip. Der Kerl scheint wirklich ein Chaot zu sein. Ich beschloß, ein wenig Mitgefühl zu zeigen und ihn von seinem Elend zu erlösen. Im Telefonbuch fand ich einen Eintrag unter Philip Dindy, PhD, in Santa Monica und wählte die Nummer. Eine Frauenstimme meldete sich.

»Spreche ich mit Mrs. Dindy?« fragte ich mit einem außerordentlich lyrischen Bombay-Akzent.

»Ja.«

»Mrs. Dindy, ich glaube, Sie täten gut daran, Ihren Mann einmal nach der hübschen jungen Stewardeß aus Marina del Rey zu fragen.«

»Was für eine Stewardeß?«

»Die, die sein Kind erwartet.«

Nachdem ich die gute Tat des Tages vollbracht hatte, legte ich schnell auf und ging essen. Heute abend, nahm ich mir vor, würde ich mal Taco Bomb ausprobieren.

20.40 – Vier Rindfleisch-Burritos – für mich ein echter neuer Rekord.

Während ich mich davon erholte, beschloß ich, mich über die neuesten Entwicklungen oben in Ukiah zu unterrichten. Ich legte meine Ravi Shamar-Platte auf und wählte Fuzzy DeFalcos Nummer. Glücklicherweise war es der übermäßig behaarte junge Mann selbst, der den Hörer abnahm.

»Nick! Wo steckst du?«

»Ich bin in Bombay, Indien. Das ist ein internationales Ferngespräch.«

»Echt? Es klingt, als wärst du ganz in der Nähe.«

»Frank, es tut mir leid, daß ich diese Geschichte mit deiner Mutter und mir zusammen im Bett erfunden habe. Ich schätze, das war ein ziemlich schlechter Scherz.«

»Das ist schon in Ordnung, Nick. Ich bin dir deshalb nicht mehr böse. Mom hat mir bereits gesagt, daß es nicht stimmt. Du warst halt ziemlich durchgeknallt zu der Zeit. Mensch, ich kann es gar nicht fassen, daß du in Indien bist. Wie ist es denn da? Ist es warm?«

»Ziemlich heiß, Frank. Ungefähr fünfundvierzig Grad im Schatten. Aber für heute nachmittag ist ein Monsun angesagt; dadurch wird es sich wohl etwas abkühlen.«

»Wahnsinn! Ein Monsun!« rief er aus. »Nick, wie kommst du zurecht? Hast du eine Unterkunft?«

»Ja, und was für eine. Im Flugzeug habe ich eine Stewardeß von der Air India kennengelernt. Ich lebe jetzt in ihrer Penthousewohnung.«

»Du wohnst bei einer richtigen Stewardeß! Ist sie hübsch?«

»Umwerfend. Sie sieht genau aus wie Merle Oberon.«

»Wie wer?« fragte Fuzzy. »Merle Haggard?«

»Nein, Merle Oberon. Das war ein berühmter Filmstar. Rava denkt daran, auch zum Film zu gehen, wenn sie vom Leben als Stewardeß die Nase voll hat. Da – sie spielt gerade den Sitar.«

»Ach so«, sagte Fuzzy. »Ich dachte, die Verbindung wäre so schlecht.«

»Frank, wie läuft es bei euch denn so?«

»O Mann, Nick. Du hast dich genau im richtigen Augenblick dünngemacht. Ich vermute, die Bullen haben Vijays Fingerabdrücke identifiziert. Sie haben ihn geschnappt, und der Fiesling hat uns alle verpfiffen. Ich hatte Angst, meine Eltern würden mich umbringen, als rauskam, daß wir diejenigen waren, die Großmutters Auto geklaut hatten. Mein Dad hat wieder mit der Faust gegen die Wand gedonnert.«

»Und, hat er den Wandpfosten verfehlt?«

»Ja, Gott sei Dank. Aber er hat beide Schichten Putz durchschlagen. Ich habe bis Weihnachten Hausarrest. Und meine Telefonate mit Heather haben sie auf fünf Minuten pro Woche beschränkt. Mann, ich bin vielleicht geil.«

»Du Ärmster, Frank«, sagte ich. »Und was ist mit Vijay passiert?«

»Die Bullen haben ihn nicht festgenommen. Sie sind sehr viel mehr daran interessiert, dich zu finden, Nick. Mensch, ich glaube, ich habe noch nie von einem Jungen gehört, der soviel Ärger am Hals hat wie du. Ein Glück, daß du dieses Flugticket hattest, um das Land verlassen zu können. Hier wärst du bestimmt ein toter Mann.«

»Schon möglich«, räumte ich ein, weigerte mich aber, auf dem Negativen herumzureiten. »Frank, was haben Vijays Eltern gemacht?«
»Sie haben ihn ziemlich viel angeschrien, schätze ich. Ich rede mit dem Verräter kein Wort mehr. Nick, er hat Sheeni erzählt, du hättest all diese Gerüchte verbreitet, daß sie und Trent Antibabypillen geschmuggelt hätten.«
Noch mehr schlimme Neuigkeiten.
»Macht er sich an Sheeni ran?« fragte ich, mit dem Schlimmsten rechnend.
»Er tut sein Bestes. Heute mittag haben sie zusammen in der Cafeteria gegessen. Sie haben sich die ganze Zeit auf französisch unterhalten, diese eingebildeten Spinner.«
»Wie sieht Sheeni aus?« fragte ich.
»Irgendwie traurig. Ich glaube nicht, daß sie besonders glücklich darüber ist, wieder in der Redwood High zu sein. Sie hat Mr. Perkins im Englischunterricht heute ständig verbessert, und sie war dabei durchaus nicht so höflich wie früher. Ich wette, die meisten Lehrer würden am liebsten eine Sammelaktion starten, um ihr eine Busfahrkarte zurück nach Santa Cruz zu kaufen.«
»Sieht man sie noch manchmal mit Trent?«
»Nein, ich sehe sie häufiger mit Vijay, Nick.«
»Halten sie Händchen?«
»Noch nicht, Nick. Aber warum interessiert dich das? Du hast doch Merle, deine attraktive Stewardeß.«
»Sie heißt Rava«, korrigierte ich ihn. »Und kein Wort darüber zu Sheeni. Ich würde es sowieso sehr begrüßen, wenn du niemandem erzählen würdest, daß du mit mir gesprochen hast.«
»Okay, Nick. Ich verstehe. Meine Lippen sind versiegelt.«
»Frank, deine Mutter geht doch nicht mehr mit meinem Dad aus, oder?«
»Gestern abend waren sie verabredet, Nick. Mir wird schlecht,

wenn ich bloß daran denke. Ich verstehe einfach nicht, was sie an dem Kerl findet. War nicht bös gemeint.«

»Ich nehm's dir nicht übel.«

»Vor allem, weil wir ihn doch wegen dieser riesigen Entschädigungssumme verklagt haben. Ich hoffe, Nick, es bleibt noch genug Geld für das College übrig, wenn wir deinen Dad derartig zur Kasse bitten.«

»Das ist schon in Ordnung, Frank. Dad hatte für meine Ausbildung ohnehin keinen Cent zurückgelegt. Er gibt sein Geld lieber für leichte Mädchen aus.«

»Sprichst du von meiner Mutter?« fragte Fuzzy gekränkt.

»Nein, Frank, ich meinte seine früheren minderjährigen Freundinnen wie Lacey. Deine Mutter ist eine sehr anständige Person.«

»Na, ich weiß nicht, ob ich so weit gehen würde«, erwiderte er.

Die Nadel war, wie ich feststellte, in einem Kratzer auf der Platte hängengeblieben. Aber zum Glück fällt so etwas bei Sitar-Musik nicht weiter auf.

»Gut, Frank, ich muß jetzt Schluß machen. Das Gespräch kostet zweihundert Rupien pro Minute.«

»Mann, deine Merle muß aber ganz schön Kohle haben, wenn sie dich so lange telefonieren läßt.«

»Sie ist sehr großzügig, Frank. In jeder Beziehung.«

»Ich hoffe, das bedeutet das, was ich meine, daß es bedeutet, Nick.«

»Dazu möchte ich mich nicht äußern, Frank. Okay, mach's gut. Ich meld mich wieder.«

François ist stinkwütend. Er würde am liebsten einen Skinhead anheuern, der sich mit Vijay befaßt. Er meint, dann würden die Bullen ohnehin denken, es wäre nur eine weitere willkürliche, unprovozierte Ausschreitung gegen Immigranten.

Aber wo findet man einen Skinhead? Und gibt es da jemanden, der es zu ermäßigten Preisen macht?

FREITAG, 28. November – Allmählich wird es voll in Joanies Eigentumswohnung. Heute nacht um halb zwei tauchte Dr. Philip Dindy mit zwei Koffern, seinem Squash-Schläger und einem äußerst reizvollen 586er Laptop auf – dem ersten, den ich jemals in der Realität und nicht auf einem Foto in einer Fachzeitschrift gesehen habe.

»Wer bist du?« fragte er, nachdem ich mich schläfrig aus Joanies Bett gerollt und ihn hereingelassen hatte.

»Ich bin Frank Dillinger«, antwortete ich gähnend. »Ein Freund von Joanie. Ein alter Freund der Familie.«

Philip musterte mich mißtrauisch durch seine dicken Brillengläser. Ich hatte nichts weiter am Leibe als meine Secondhand-Unterwäsche. »Joanie hat nie einen Freund namens Frank erwähnt.«

Er war, wie Miss Ulansky sagen würde, furchtbar klein, praktisch ein Zwerg, hatte wirres rotes Haar, Sommersprossen, eine hervorstechende Nase, kein Kinn, dafür aber einen Bierbauch. Nicht gerade der hochgebildete, attraktive Deckhengst, den ich mir vorgestellt hatte. Ich schmeiß mich weg!

»*Ihren Namen* hat Joanie allerdings ein paarmal erwähnt«, entgegnete ich. »Aber sie hat nichts davon gesagt, daß sie Sie heute nacht erwarten würde.«

»Ich … ich mußte kurzfristig umziehen«, erklärte er, noch immer mißtrauisch. »Wo ist Joanie?«

»Sie betreut Fluggäste«, antwortete ich. »Vor heute abend wird sie nicht zurück sein.«

Philip musterte das Wohnzimmer schnell und mit einem gehetzten Blick.

»Wohnst du in Kimberlys Zimmer?« fragte er.

»Nein, ich schlafe vorübergehend in Joanies Bett«, sagte ich. »Aber machen Sie es sich doch auf dem Teppich bequem. Er ist angenehm weich.«

Philip hatte andere Vorstellungen. Er nahm entschlossen seine territorialen Rechte wahr, stürmte in Joanies Schlafzimmer und drängte mich auf die Höllencouch.

»Das werden Sie noch bereuen, Dr. Dimby!« stieß ich aus und machte mir mein Folterbett zurecht. »Ich weiß genau, daß Joanie verdammt wütend sein wird.«

»Ich heiße Dindy«, sagte er. »Mit zwei Ds und einem N.«

»Es ist mitten in der Nacht«, knurrte ich. »Ich habe um diese Zeit kein Interesse an einem Buchstabierkurs. Gute Nacht!«

»Fick dich doch selbst«, sagte er, knallte die Tür zu und schloß sie dann ab.

Mann, Joanie hat mit ihren Typen wirklich ein glückliches Händchen, dachte ich und versuchte, es mir auf meinem Foltersofa bequem zu machen. Schöne teure neue Brustimplantate, und alles, was sie sich damit an Land ziehen kann, ist das *Horrorwesen vom Atombeschleuniger.*

10.30 – Philip war heute morgen ein wenig freundlicher. Er wollte etwas.

»Äh, wie war dein Name noch gleich?« fragte er.

»Frank Dillinger.«

»Äh … Frank, weißt du vielleicht, ob Joanie noch irgendwo einen Ersatzschlüssel für die Wohnung hat?«

»Nein, Dr. Dimby, ich glaube nicht«, antwortete ich kühl, während ich so tat, als überflöge ich die Stellenanzeigen in der *Los Angeles Times.*

»Äh … Frank, bist du denn wohl heute nachmittag hier, sagen wir, so gegen vier, um mich wieder in die Wohnung zu lassen?«

»Ich glaube nicht«, erwiderte ich. »Und ich glaube auch nicht, daß ich Sie überhaupt hätte hereinlassen sollen. Joanie hat mir ausdrücklich gesagt, daß sie Sie nie wiedersehen will.«

»Jetzt wird Joanie mich schon sehen wollen«, meinte er zuversichtlich. »Ich habe meine Frau verlassen.«

»Wie schön für sie«, sagte François. »Für Ihre Frau, meine ich.«

11.45 – Nachdem der zwergenhafte Physiker in sein Labor abgewandert war, schickte ich François in Joanies Zimmer, damit er ein bißchen in seinen Sachen herumschnüffelte. Seine Taschen schienen in beträchtlicher Eile gepackt worden zu sein. In dem Durcheinander von spießigen Strickpullovern (Größe S), Khakihosen, Synthetiksocken (manche mit Löchern) und Calvin-Klein-Bikini-Unterhosen (dito) fand ich ein Kontoauszugsheft (Saldo 273,12 Dollar), das gerahmte Foto einer einem Chihuahua ähnlichen Frau, die von drei sommersprossigen Kindern umgeben war (der Dindy-Clan?), zerknitterte Nachdrucke von einem Dutzend langweiliger Abhandlungen über Teilchenphysik, verfaßt von Sie-wissen-schon-wem, und eine Packung Trojans.

»Sieht so aus, als wollte Dr. Dimby die Scheune abschließen, nachdem das Porzellan bereits im Ofen ist«, stellte François, offenbar in der Wahl seiner Metaphern nicht ganz sicher, fest.

Als nächstes richtete François seine Aufmerksamkeit auf den glänzenden, hochmodernen Laptop. Er schaltete ihn ein und beobachtete fasziniert, wie der leistungsstarke Pentium-Prozessor seinen Betriebsbereitschaftstest durchführte.

»Ich frage mich, wie groß die Festplatte ist«, sagte François und rief das Verzeichnis ab. »Mann-o-Mann, 385 Megabyte! Und beinahe voll mit Programmen.«

François gab »Format C:« ein.

»Oh, François«, sagte ich nervös, »willst du das wirklich tun?«

»Hat es dir gefallen, letzte Nacht auf der Couch zu schlafen?« fragte er zurück. François gab verschiedene Befehle ein, und auf der Festplatte begann ein geschäftiges elektronisches Großreinemachen. Nach zehn Minuten hörte das Surren auf.

Joanies Wohnung mag ja überfüllt sein, aber Dr. Dimbys Festplatte ist so rein wie François' Gewissen.

15.45 – Heute schauten wir uns *My Man Godfrey* an, eine Komödie aus dem Jahre 1936 mit William Powell, Carole Lombard und

Bertha Ulansky als gestreßte, schmarotzerhafte Dame der Gesellschaft. Ich kannte den Film bereits, aber ich wollte ihn gerne noch einmal auf Miss Ulanskys gigantischem Bildschirm sehen. Diesmal paßte ich ganz genau auf und stellte fest, daß sich William Powell in verschiedenen Szenen vor dem Hintergrund von Objekten von allgemein bekannten Ausmaßen befand. Dieser Schauspieler war jedenfalls bestimmt kein Zwerg.

»Er ist vielleicht mittelgroß, möglicherweise etwas kleiner«, räumte Miss Ulansky ein, »aber er trägt ein Toupet. Der Mann ist so kahl wie ein Affenarsch.«

»Hatte Carole Lombard einen schlechten Ruf?« fragte ich.

»Ja, grauenhaft«, bestätigte meine Gastgeberin. »Sie ist das schlimmste Lästermaul der Stadt. Und nachdem sie Gable geheiratet hatte, besaß sie sogar die Frechheit, sich über seine Performance im Bett zu beschweren. Ganz schön unverschämt, das Weib, wenn Sie mich fragen. Wissen Sie, sie war auch mit Powell verheiratet.«

»Tatsächlich? Das wußte ich nicht.«

»Ja, tatsächlich. Einige Jahre. Sie ließen sich vier Jahre, bevor dieser Film gedreht wurde, scheiden.«

»Das ist erstaunlich«, sagte ich. »Sie wirkten auf der Leinwand so verliebt.«

»Alles Schauspielerei«, erwiderte sie. »Die beiden haßten einander.«

Ich versuchte mir Mom und Dad vorzustellen, wie sie vier Jahre nach ihrer Scheidung eine Liebesszene spielen sollten. Nicht für zehn Millionen Dollar in bar würden sie das überzeugend bringen. Natürlich ist Mom auch keine Carole Lombard. Und Dad konnte ich mir selbst mit Perücke nicht als einen William Powell vorstellen.

19.30 – Der düstere Dr. Dindy kam heute nachmittag pünktlich in die Wohnung zurück, aber leider war Kimberly da, um ihm zu öffnen. Er ließ mich links liegen, zog eines seiner unzähligen

Poloshirts an und rief seine Frau an, um durch Herumbrüllen am Telefon ein wenig Dampf abzulassen. Ich bin sicher, daß die Scheidung eine wahre Schlammschlacht werden wird. Wie viele Wissenschaftler ist auch Philip in allen Bereichen unglaublich rational, bloß nicht im Privatleben. Nur dort kann er seine Maske fallenlassen, um in primitiven Emotionen zu schwelgen, andere Menschen prinzipienlos zu manipulieren und seine Rachegefühle hemmungslos auszuleben.

Gerade als er den Hörer auf die Gabel knallte (ich hatte die heftigen Schluchzer seiner Frau hören können), kam Joanie von ihrem Kellnerjob in der Stratosphäre zurück.

»Philip!« kreischte sie.

»Joanie, Liebling«, sagte er und lächelte liebevoll, »ich habe Caitlin verlassen.«

»Oh, Philip!« rief sie und stürzte sich in seine sommersprossigen Arme.

Sie küßten und befummelten sich. Peinlich berührt, gab ich vor, in meinem Buch zu lesen *(Wie finanziere ich mein Leben in Los Angeles, wenn ich kein Geld habe)*.

Das Befummeln wurde immer intensiver. Ich fragte mich, ob Silicon wohl die richtige chemische Zusammensetzung habe, um dieses Begrabschen auf Dauer unbeschadet zu überstehen.

»Oh, Philip, Schatz«, flüsterte Joanie. »Vielleicht sollten wir besser ins Schlafzimmer gehen.«

Leidenschaftlich umschlungen, bewegten sie sich auf das Heiligtum zu.

Joanie blieb stehen. »Philip, Schatz, hast du schon meinen Bruder Nick kennengelernt?«

»Das ist dein Bruder?« fragte Philip. »Er hat mir gesagt, er heiße Frank Dillinger.«

»Nickie Twisp«, rief Joanie, trunken vor Glück, »warum hast du Phillie erzählt, dein Name wäre Frankie Dillinger?«

»Hab ich vergessen«, erwiderte ich.
»Bleibt er noch lange hier?« fragte der mit Lippenstift verschmierte Galan.
»O nein«, antwortete Joanie. »Er wird bald ausziehen.«
»Wir brauchen unsere Privatsphäre«, insistierte er.
»Die werden wir auch haben, Schatz«, beteuerte sie, als sie im Schlafzimmer verschwanden.
»Ruf die Polizei an«, schlug François vor. »Sag ihnen, ein sommersprossiger kleiner Vergewaltiger mache sich über deine Schwester her.«
Ich dachte darüber nach, aber dann fiel mir ein, daß ich die Bullen ja gar nicht anrufen kann. Ich bin ein Justizflüchtling!

SAMSTAG, 29. November – Heute morgen bestellte Joanie telefonisch Bagels und Lachs (sie bezahlte). Alle versammelten sich um den Tisch, um an dem Festmahl teilzunehmen – die beiden Bewohnerinnen des Apartments, beide Freunde und ich. Fast alle wirkten unausgeschlafen und sexuell erfüllt.
»Ich hätte nie gedacht, daß du deine Frau verlassen würdest«, bemerkte Kimberly, während sie in ihren dritten Bagel biß.
»Man hat mir ein bißchen auf die Sprünge geholfen«, gab Philip zu. »Ich glaube, einer meiner pakistanischen Studenten hat ihr von Joanie erzählt.«
»Ich bin froh, daß er es getan hat«, erklärte Joanie.
»Ich auch«, sagte Philip und legte seine sommersprossige Pranke auf ihre Schulter. »Aber trotzdem geht es ihn nichts an. Im nächsten Frühjahr hat der Junge seine mündliche Prüfung bei mir. Ich kann es gar nicht erwarten. Ich werde seinen mageren braunen Arsch auf dem Tandoori-Grill braten.«
»Das scheint mir moralisch sehr fragwürdig zu sein«, bemerkte François, »einen Mann wegen einer rein persönlichen Fehde beruflich zu ruinieren.«
»Was geht dich das an?« fragte Philip wissend und funkelte mich

über seinen dick mit Lachs belegten Bagel hinweg wütend an. »Was hast du damit zu tun, Junge?«
»Moral geht jeden etwas an«, erklärte François mit Überzeugung. »Sollte sie zumindest.«
10.45 – Joanie forderte uns alle dazu auf, im Flüsterton zu sprechen und auf Zehenspitzen herumzuschleichen, da Philip sich ins Schlafzimmer zurückgezogen hatte, um an seinem »wichtigen neuen Buch« zu arbeiten. Nach fünf Minuten wurden wir durch einen markerschütternden Schrei aufgeschreckt. Sekunden später schoß Philip – noch zerzauster als sonst – durch den Türrahmen.
»Es ist weg!« japste er. »Mein gesamtes Manuskript ist verschwunden! Drei Jahre harter Arbeit haben sich einfach in Luft aufgelöst!«
Das wird den Deppen lehren, Sicherungskopien zu machen. Als Wissenschaftler sollte er eigentlich wissen, daß die Unfehlbarkeit der Technologie nur ein grausamer Mythos ist.
16.30 – Bevor wir uns den Film des Tages ansahen (*The Long, Long Trailer* mit Lucille Ball, Dezi Arnez und Bertha Ulansky als gesellige Bewohnerin eines Wohnwagenparks), fragte François unsere Gastgeberin, ob sie wohl gerne einen Mitbewohner hätte, der sich um sie kümmern würde.
»Sie reden von sich, Frank?« fragte sie zweifelnd.
»Nun, ja«, antwortete ich, »dann könnte ich Ihnen jederzeit Ihre Videos besorgen. Und ich bin ein recht guter Koch. Sie könnten Ihr Essen auf Rädern abbestellen.«
»Aber Frank«, sagte sie und errötete unter ihrem Rouge, »Sie sind ein Mann.«
»Ja, und?«
»Nun – was würden die Leute denken?« fragte sie und hob ihre nachgezogenen Augenbrauen.
»Aber ich bin erst vierzehn«, erwiderte ich. »Sie sind doch entschieden … reifer.«

»Frank, ich fürchte, Sie haben zu viele von diesen schmutzigen neuen Streifen gesehen«, sagte sie und startete mit der Fernbedienung den Film. »Ich teile die derzeitige Sexbesessenheit der Filmindustrie nicht. Diesen Film haben wir 1954 bei Metro gedreht. Ich schlage vor, daß Sie ihn sich genau anschauen. Sie werden dann feststellen, daß Lucy und Dezi in dem Wohnwagencamp nicht ein einziges Mal zusammen übernachten, bevor sie nicht verheiratet sind.«

Sie hatte recht. Tatsächlich sah es sogar so aus, daß die beiden aufgrund chronischer Ermüdung durch Autofahren und einer schlimmen Doppelbettsituation auch nach der Hochzeit keine Nacht miteinander verbrachten. Was für ein anstrengender Film! Lucy und Dezi, die einen Wohnwagenanhänger von der Länge eines Straßenzugs durch den Schlamm und über die Sierras schleppten. Es war wie ein endloser Alptraum in Technicolor. Dennoch bekam ich Heimweh nach der gemütlichen Idylle von Little Caesar, meinem ehemaligen Zuhause und Liebesnest im fernen Ukiah.

»War Dezi klein?« fragte ich pflichtschuldig, als Miss Ulansky zurückspulte.

»Ja, winzig«, antwortete sie. »Praktisch ein Zwerg. Das hält ihn natürlich nicht davon ab, allen Weibern nachzustellen. Der Mann ist besessen.«

Das war neu. Mir war noch nicht klar gewesen, daß auch männliche Schauspieler zu diesem Charakterzug neigen.

»War seine Frau auch besessen?« erkundigte ich mich. Mir schien, daß diese Gemeinsamkeit für eine beträchtliche Stabilität in der Ehe sorgen müßte. Ich bin in der Tat der Ansicht, daß Sheeni und ich unsere glückliche Verbindung auf diesem Fundament aufbauen werden.

»Sie sind alle besessen, Frank«, antwortete Miss Ulansky. »Sie haben ja keine Vorstellung, was in der Filmbranche los ist. Nehmen Sie beispielsweise Lucy. Die Frau spart jeden Cent, den sie jemals verdient hat. So haben sie RKO gekauft. Sie hat das Unternehmen sozusagen mit ihrem Haushaltsgeld bezahlt. An dem Tag, als der Handel perfekt war, war die ganze Stadt in einem Schockzustand. Ich wünschte, sie hätte noch ein paar Jahre länger gelebt. Während die Japaner hier jedes Studio aufkaufen, hätte Lucy in aller Stille Tokio erwerben können. Das geschähe den Gaunern nur recht.«

François hatte noch ein As im Ärmel. »Miss Ulansky«, brach es plötzlich aus ihm hervor, »wollen Sie mich heiraten?«

»Nun, Frank, das kommt so unerwartet«, sagte sie und lächelte kokett. »Ich werde natürlich erst darüber nachdenken müssen.«

»Bitte tun Sie das.«

»Das ist der sechste Heiratsantrag, den ich bekommen habe«, bemerkte sie nachdenklich. »Vor meinem Ehemann Tom gab es vier junge Männer. Ich finde, das sollte ich Ihnen nicht verheimlichen, Frank.«

»Ich weiß Ihre Aufrichtigkeit zu schätzen, Miss Ulansky.«

»Das soll natürlich nicht heißen«, fügte sie hinzu, »daß ich in irgendeiner Weise promiskuitiv gelebt hätte. Ich war, als ich heiratete, völlig unschuldig.«

»Ich hätte mir nie etwas anderes vorstellen können«, erwiderte François. »Ich meine, Sie sollten wissen, Miss Ulansky, daß dies mein zweiter Heiratsantrag ist.«

»Die andere junge Frau lehnte ab?«

»Ja, sie zog es vor, erst die High-School zu beenden.«

»Die Pfade der Liebe sind stets verschlungen«, bemerkte Miss Ulansky. »Zumindest wollen Tausende von Drehbuchautoren uns das glauben machen.«

19.35 – Als ich in die Wohnung zurückkam, war Kimberly gerade dabei, Marios Abendessen in der Mikrowelle aufzuwärmen. Joanie und Dr. Dinge saßen eng nebeneinander auf der Couch. Sie aßen mit Stäbchen aus einem Plastikbehälter vom China-Imbiß. Ich hatte zum Glück Miss Ulanskys Einladung angenommen, das geheimnisvolle »Essen auf Rädern«-Menü mit ihr zu teilen. (Sie behauptete, es handle sich um Cordon bleu; ich hielt dagegen, es sei Schweinelende.)

»Oh, Nick«, sagte Kimberly, »bevor ich's vergesse – ich habe da etwas für dich.«

Ich betete, daß dazu nötig wäre, das Licht zu löschen und ihr USC-Sweatshirt auszuziehen. Wie gewöhnlich wurden meine Gebete nicht erhört. Kimberly trocknete sich die Hände mit einem Handtuch ab, schob die Finger in die Taschen ihrer hautengen Jeans und reichte mir drei Ein-Dollar-Noten.

»Was ist das?«

»Eine Rückerstattung«, erklärte sie. »Ich habe für das Sofa ein besseres Angebot bekommen.«

»In welcher Höhe?« fragte ich schockiert.

»Einhundert Dollar!« sagte sie strahlend. »Von Philip. Er mietet es für einen Monat.«

Ich wandte mich dem kinnlosen, Chow-Mein-mampfenden Liliputaner zu. »Wozu brauchen Sie es?« fragte ich. »Hab ich vergessen«, antwortete er mit einem unschuldigen Lächeln. »Aber du kannst auf dem Teppich schlafen, Frank. Er ist weich und bequem.«

Nur unter Aufbietung sämtlicher Kräfte war es mir möglich, François im Zaum zu halten.

2.45 – Ich kann auf diesem mörderischen Teppichboden nicht schlafen. Mein Körper fühlt sich an, als hätte ich beim Fallschirmspringen den Schirm vergessen. François weigert sich, das noch eine weitere Nacht mitzumachen. Ich würde mich ja heimlich auf die Couch legen, aber Dr. Dinge hat die Polsterelemente in Joanies Schlafzimmer in Verwahrung genommen.

8.20 – Ein scheußlicher Morgen. Grau und kalt. Ja, auch in Los Angeles gibt es einen Winter – eine Tatsache, die das Touristenbüro angestrengt verheimlicht. Ich schreibe diese Zeilen in der relativen Wärme und Bequemlichkeit des örtlichen Donutladens. Ich habe gerade acht große Buttermilchriegel, vom Fritieren noch warm, verspeist. Jetzt fühle ich mich entschieden besser – abgesehen von dem pochenden Kopfschmerz durch die extrem hohe Zuckerzufuhr.

9.55 – Die Erfolgsquote meiner Heiratsanträge liegt bei minus zwei. Nach einer ruhelosen Nacht entschied sich Miss Ulansky, mich zurückzuweisen. Sie sagte, sosehr sie sich auch bemühe, es sei ihr nicht möglich, über die Tatsache hinwegzusehen, daß mein Haar nicht gelockt sei.

»Nennen Sie mich oberflächlich, Frank«, sagte sie. »Ich weiß nicht, warum es so ist, aber ich konnte mich noch nie für Männer mit glattem Haar erwärmen. Mein Mann Tom hatte herrlich lockiges braunes Haar. Bevor er eine Glatze bekam, natürlich.«

»Ich könnte mir eine Dauerwelle machen lassen«, schlug François vor.

»Es tut mir leid, Frank, aber das wäre nicht dasselbe. Ich würde es wissen, verstehen Sie?«

»Ja, Miss Ulansky«, sagte ich. »Nun, trotzdem vielen Dank.«

»Ich danke Ihnen, Frank«, erwiderte sie und tätschelte meine Hand. »Sie sollen wissen, daß mir Ihr Antrag außerordentlich geschmeichelt hat.«

10.45 – Über die Fernauskunft habe ich die Nummer der Redwood High in Ukiah erfahren und dort Frank DeFalco verlangt.

»Es ist ein Notfall«, erklärte ich der mißtrauischen Sekretärin. »Es handelt sich um einen Flugzeugabsturz.«

Nach mehreren endlos langen Minuten hatte ich den leicht verängstigt klingenden Fuzzy am Apparat.

»Nick! Was ist passiert? Ist Merles Flieger abgestürzt?«

»Nein. Hör zu, Frank, der Monsun war sehr heftig. Unser Penthouse wurde zerstört. Überall bricht die Cholera aus. Ich denke daran, zurückzukommen.«

»Das ist nicht möglich, Nick. Ich habe gerade erfahren, daß das FBI jetzt nach dir sucht.«
»Frank, ich komme zurück. Kannst du mich in dem Zimmer über eurer Garage verstecken?«
»Ich weiß nicht, Nick. Mom geht manchmal da rauf, um zu schreien und mit dem Tennisschläger auf die Matratze einzuprügeln. Sie sagt, das hilft, den Streß abzubauen.«
»Hast du irgendeinen anderen Platz, wo du mich verstecken könntest? Frank, ich bin verzweifelt.«
»Es gibt da noch das Haus von Großmutter. Und das ist unbewohnt. Ich glaube, ich könnte mir heimlich den Schlüssel besorgen.«
»Phantastisch! Wie lautet die Adresse? Ich werde dich heute abend gegen acht dort treffen.«
»Das geht nicht, Nick. Ich habe Hausarrest. Aber ich könnte den Schlüssel morgen auf dem Weg zur Schule vorbeibringen. Im Garten ist eine Weinlaube; in der versteckst du dich, bis ich komme. Die Adresse ist 507 Cripton Street. Es ist ein kleines grünes Haus mit rosa Fensterläden.«
»Danke, Frank. Ich bin dir wirklich sehr dankbar. Dann bis morgen.«
»Warte mal, Nick! Wessen Flugzeug ist abgestürzt?«
»Buddy Hollys«, antwortete ich traurig. »Er wird keine einzige Note mehr singen können.«
14.15 – Ich sitze im Bus nach Ukiah. Vor drei Stunden habe ich meine Klamotten aus dem Ramschladen in eine braune Papiertüte gepackt und meiner Schwester folgende Nachricht hinterlassen:

Liebe Joanie,
danke für Deine Gastfreundschaft. Ich verstehe, daß es Zeit für mich war, zu verschwinden. Ich hoffe, daß Du mit Philip glücklich bist – trotz seiner vielen Unzulänglichkeiten. Solltest

Du zufällig in anderen Umständen sein, so hoffe ich, daß das ebenfalls in Ordnung geht. Ich hoffe für Dich, daß das Kind nicht mit Sommersprossen und einem fliehenden Kinn auf die Welt kommt.
Suche nicht nach mir. Ich werde meinen Namen ändern und in der unendlichen anonymen Weite Amerikas, Europas und/oder Asiens untertauchen. Wenn Du eines Tages zufällig meinen Namen im New York Review of Books *entdecken solltest, dann scheue Dich bitte nicht, Dich bei mir zu melden. Ich schlage vor, daß Du mir dann zu Händen meines Verlegers schreibst.*
Also, mach's gut. Sag Mom, daß sie sich nicht zu sorgen braucht.

Viele Grüße
Nick

PS Miss Ulansky wünscht sich heute You Can't Take it with You. *Versuch bitte, vor vierzehn Uhr zum Videoladen zu kommen.*

Ein grauer Regen rieselt auf die öden Baumwollfelder des Central Valley herab. Meine Hoffnungen haben einen vernichtenden Schlag erhalten.
Offen gestanden hatte ich mir von meinem Aufenthalt in Los Angeles mehr versprochen. Ich hatte mir aufregende Poolpartys erhofft, spannende Gespräche mit Gewinnern des Nobelpreises für Literatur, die in der Stadt ein paar schnelle Dollar verdienen wollen, aufregende Abende mit heiratswilligen Starlets, die verzweifelt nach Möglichkeiten suchen, ihre Karriere voranzutreiben. Nun gut, wenigstens werde ich bald wieder dieselbe staubige Landluft einatmen wie meine Angebetete.
Das überteuerte Busticket riß ein gewaltiges Loch in mein Budget. Jetzt besitze ich noch genau 68,12 Dollar.

18.30 – Ein zweistündiger Aufenthalt in Sacramentos modischem Vergnügungsviertel in der Altstadt. Ich bin von innerer Unsicherheit gepackt. Soll ich mich stellen? Auf keinen Fall! Lance würde mich für zehn Jahre in den Knast bringen. Ich habe jedoch nicht vor, mit fünfundzwanzig als vorbestrafte Jungfrau ohne Ausbildung herumzulaufen. Sheeni würde auch nicht auf mich warten, da bin ich mir sicher.
22.15 – Kann nicht viel schreiben. Zu kalt. Kein Licht. Bus traf vor ungefähr einer Stunde in Ukiah ein. Straßen der Altstadt zum Glück völlig menschenleer. Niemand hat mich bemerkt. Kann froh sein, daß Schnauzbart mich unkenntlich macht. Fand Haus von Fuzzys Großmutter. Nur zwei Straßen von Sheenis Zuhause entfernt! Befinde mich jetzt in der feuchtkalten Weinlaube. Teile mir alte Holzliege mit neunundachtzig haarigen schwarzen Spinnen. Bitte, Gott, laß es nicht regnen.

D E Z E M B E R

DIENSTAG, 1. Dezember – 0.45 – Gott offenbar taub, wie üblich. Eisregen fällt vom Himmel. Naß bis auf die Knochen. Zähne klappern. Mut sinkt.
2.30 – Es regnet noch immer. Fürchte beginnende Unterkühlung. Wird diese Höllennacht nie ein Ende haben?
4.45 – Tauwetter. Bin gezwungen, Weinlaube zu verlassen. Entdeckte Waschsalon, rund um die Uhr geöffnet. Menschenleer, bis auf furchterregend aussehende männliche Person; diese wäscht seltsam gefleckte Wolldecken. Verfärbungen sehen verdächtig nach Blut aus. Mit Sicherheit logische Erklärung möglich. Wahrscheinlich hat er einen Hirsch abgeschossen und den Kadaver im Doppelbett seines Winnebago nach Hause geschafft.
5.30 – Der graumelierte Hirschjäger mit dem unsteten Blick ist endlich fort. Ich zog fast alle meine Klamotten aus und steckte sie in den Trockner. Verdammt! War das ein Polizeiwagen, der da draußen gerade vorbeifuhr?
6.45 – Morgendämmerung. Regen unvermindert heftig. Extremer Erschöpfungszustand. Muß hier fort. Kann nicht riskieren, bei Tageslicht auf den Straßen gesehen zu werden.
7.45 – Wieder zurück in tropfender Weinlaube. Genauso naß wie zuvor. Bete, Fuzzy möge bald kommen.
8.30 – Wo bleibt dieser behaarte Drecksack?!!!
9.10 – Fuzzy ist endlich aufgetaucht. Hat mir Hintertür geöffnet. Gehe jetzt ins Bett.
19.30 – Ich erwachte in der Dämmerung nach einem tiefen, bleiernen, traumlosen Schlaf. Gähnend reckte ich mich und sah mich um: pinkfarbene Tapeten mit Rosenmuster, Vorhänge mit Blumenmuster, abgetretene Läufer, dunkle, kunstvoll geschnitzte Möbel, Bilderrahmen mit Fotos von südländisch aus-

sehenden Menschen in altmodischen Kleidern, großes, beunruhigendes Kruzifix über dem riesigen Nußbaumbett, verblichenes schwarzes Hauskleid, das an einem Haken an der dunkel gefleckten, holzverschalten Tür hängt.

»Also«, sagte François und kratzte uns unter der muffig riechenden Steppdecke am Sack, »du hast schließlich immer behauptet, du habest fünfzig Jahre zu spät das Licht der Welt erblickt. Willkommen in Little Italy, etwa 1943.«

»Ich frage mich, ob die Strom-, Gas- und Wasserversorgung noch funktioniert«, sagte ich.

»Für eine heiße Dusche würde ich auf der Stelle einen Mord begehen«, knurrte er.

Auf dem Weg zum Badezimmer blieb ich stehen, um in der Spiegelkommode meinen Schnurrbartflaum zu begutachten. Ziemlich distinguiert, würde ich sagen. Ich sehe aus wie ein junger Errol Flynn mit Pickeln.

François mußte sich mit einem heißen Vollbad begnügen. In dem schwarz und rosa gekachelten Badezimmer befand sich eine riesige Badewanne mit gußeisernen Füßen, jedoch ohne Duschvorrichtung. Aber aus dem Hahn aus angelaufenem Messing schoß dampfendes, heißes Wasser. Ich lehnte mich in der wohligen Wärme zurück und seifte mich ein. Das große viereckige Seifenstück duftete nach Veilchen.

Als ich mich später im Halbdunkel abtrocknete, schaltete jemand im Wohnzimmer eine Lampe an. Ich erstarrte. Plötzlich hörte ich ein schepperndes Klingeln. Mit wild klopfendem Herzen stand ich da und wartete darauf, daß der Eindringling den Hörer abnahm. Nach dreizehnmaligem markerschütternden Klingeln schwieg das Telefon. Ich lauschte angespannt. Absolute Stille. Mit dem Handtuch vor der Brust spähte ich durch den Flur in das altmodische Wohnzimmer. Niemand zu sehen. Aber jetzt brannte die Lampe auf der anderen Seite. Während ich über dieses Rätsel nachdachte, begann das Telefon erneut zu klin-

geln. Nach einigen Sekunden des Zögerns nahm ich den antiquierten schwarzen Hörer ab.
»Wer ist dort?« fragte Fuzzy.
»Dreimal darfst du raten«, flüsterte ich mit einem Seufzer der Erleichterung.
»Wie geht's dir, Alter?« fragte Fuzzy. »Warum hast du das erstemal, als ich anrief, nicht abgenommen?«
»Frank, es ist jemand hier! Irgend jemand hat die Lampe im Wohnzimmer angemacht.«
»Oh, das hab ich ganz vergessen, Nick. Die Lampe hat einen Zeitschalter. Damit das Haus bewohnt aussieht.«
»Und das sagst du mir jetzt! Ich hätte fast einen Herzanfall gekriegt.«
»Geht's dir gut, Nick? Du sahst heute morgen ziemlich mitgenommen aus.«
»So einigermaßen«, antwortete ich. »Bis jetzt noch keine Anzeichen einer Lungenentzündung. Wie stellt man die Heizung an? Hier ist es kalt wie in einer Gruft.«
»Der Thermostat befindet sich an der Wand im Wohnzimmer, direkt neben dem Bild vom Abendmahl. Aber achte darauf, daß die Vorhänge immer zugezogen sind.«
»Ich denk schon dran«, sagte ich. »Kann ich auch in den anderen Räumen Licht machen?«
»Ja, klar. Der Garten ist so verwildert, daß man das Haus nicht sehen kann, außer von vorn. Aber spiel nicht an der Lampe mit der Zeitschaltuhr herum.«
»Okay.«
»Ich bin heute nach der Schule bei dir vorbeigekommen«, sagte Fuzzy. »Du hast noch geschlafen. Ich hab ein bißchen Essen in den Kühlschrank gestellt.«
»Danke, Frank. Du bist ein Lebensretter.«
»Wie geht es Merle?«
»Wem?«

»Deiner Freundin, der Stewardeß.«
»Oh. Sie ist gestorben. Cholera.«
»Mann, Nick, das ist hart!«
»Ja, es war eine ganz schön harte Woche. Sag mal, Frank, wie kommt es, daß deine Eltern das Haus hier mit all den schönen Sachen von deiner Großmutter leer stehen lassen? Rechnen sie damit, daß sie als Geist wieder zur Erde zurückkehrt?«
»Dad meint, er habe keine Zeit, um sich jetzt darum zu kümmern. Der Streik und daß Onkel Polly gestorben ist und Moms Affäre mit deinem Vater, weißt du. Um Onkel Pollys Haus haben sie sich auch nicht weiter gekümmert. Aber ich dachte, daß du dort wohl nicht gerne wohnen würdest. Ich meine, schließlich war es deine Neonreklame, die …«
»Ich weiß, was du meinst«, unterbrach ich ihn. »Frank, was läuft denn so in der Schule?«
»Schlechte Nachrichten. Wir haben das letzte Spiel der Saison verloren, 57 zu 3. Bruno hat vier Abfangbälle geworfen.«
»Ich meine mit Sheeni«, sagte ich. »Was macht Sheeni?«
»Nicht viel, soweit ich sehen kann, Nick. Sie schaut gut aus wie eh und je. Versucht noch immer, den Lehrern ein bißchen Bildung beizubringen. Oh, und sie hat wieder mit Vijay zu Mittag gegessen.«
»Halten sie Händchen?«
»Nee. Ich glaube, die Flasche traut sich nicht. Er will sie wahrscheinlich erst mit seinem Französisch weich klopfen. So, Gary, ich mache jetzt besser Schluß. Mom will nicht, daß ich so oft telefoniere, weil ich Hausarrest habe.«
»Ist sie ins Zimmer gekommen?« fragte ich.
»Ja, Gary. Der Angriff macht einen ziemlich starken Eindruck.«
Klick.
Ich fand den Thermostat und stellte ihn auf semitropische fünfunddreißig Grad ein. Und jetzt nichts wie an den Kühlschrank! Ich bin total ausgehungert!

21.45 – In dem alten gelblichen Kühlschrank fand ich ein einsames Häufchen Lebensmittel: eine Packung fettarme Milch, ein großes rundes Weißbrot, ein Glas mit süßsauren Gurken und eine Packung eingeschweißter Mortadellascheiben. Nach Frank Sinatra DeFalcos Auffassung die vier Grundnahrungsmittel. Seufzend machte ich mir ein Bologna-Sandwich und inspizierte die Küche.

Dies war offensichtlich das Atelier einer leidenschaftlichen Köchin: doppelter Küchenherd mit Chromoberfläche (ebenfalls gelb), Arsenal von eisernen und kupfernen Töpfen, die in ordentlichen Reihen an Haken hingen, Regale voller Teller und Gläser, Schränke, die bis zur Decke mit allen erdenklichen Kochutensilien gefüllt waren (eingeschlossen einige rätselhafte Gerätschaften, deren Zweck ich mir auch nicht annäherungsweise vorstellen konnte). Alles war mindestens vierzig Jahre alt und glänzte dennoch wie neu. Dies war eine fast perfekt erhaltene historische Kücheneinrichtung aus den fünfziger Jahren. Selbst die grün und cremefarben gekachelten Tresen und das hellgrünpurpurrot marmorierte Linoleum waren klassische Relikte jener Epoche. (Ich werde hoffentlich eines Tages die Gelegenheit haben, jenes Linoleum unter Einfluß von Pilzen auf mich wirken zu lassen.)

Als ich die Tür zur Speisekammer öffnete, lachte mir das Herz: reihenweise große Gläser, gefüllt mit Mehl, Zucker, Bohnen, Linsen und Nudeln in jeder nur vorstellbaren Form; Dutzende von kleineren Gefäßen mit Gewürzen; große Kannen mit Olivenöl, ordentlich nebeneinander aufgereiht; ein Sortiment an Konservendosen, das einem Supermarkt alle Ehre machen würde.

»Mein lieber Mann«, sagte François und begutachtete die Konservenstapel. »Wozu braucht jemand achtundvierzig Dosen Kichererbsen?«

Ich entschied, daß eine Pilzcremesuppe eine gute Ergänzung

zur Mortadella sei. Fünfunddreißig entnervende Minuten später fand ich den Dosenöffner (ein großes verchromtes, mit einer Kurbel zu betreibendes Gerät, das heimlich an der Rückseite der Speisekammertür aufgehängt worden war). Ich erwärmte die Suppe auf dem Gasherd, deckte für eine Person in der gelben, verchromten Eßecke, schenkte mir ein Glas Rotwein ein (aus einem staubigen Krug, den ich auf dem Boden der Speisekammer gefunden hatte) und ließ mich zu meiner ersten Mahlzeit in meinem neuen Zuhause nieder.

François sprach einen Toast aus: »Lebe schnell. Spiele hart. Tod für Vijay Joshi.«

»Immer sachte«, entgegnete ich und nahm probeweise einen Schluck Wein.

Der Geschmack war eher komplex: Wildkirschen, gebleichte Eiche, Frühlingsblumen, ein Suspensorium nach dem Spiel, totes Stinktier, Batteriesäure und Giftmüll. Das erste Glas war eine Überwindung. Das zweite rann mir etwas leichter durch die Kehle. Das dritte war atemberaubend.

Wie kann man nur Wein trinken?!

MITTWOCH, 2. Dezember – 9.25 – Der Regen hat nachgelassen. Wenn jetzt nur noch das Hämmern in meinem Schädel aufhören würde, dann brauchte ich mich nicht mehr als selbstmordgefährdet zu betrachten.

Fuzzy kam auf dem Weg zur Schule vorbei, um guten Tag zu sagen und mich anzumotzen, weil ich schmutziges Geschirr in der Spüle gelassen hatte.

»Nick, du mußt dich hier völlig unauffällig verhalten«, schimpfte er.

»Warum?« wollte ich wissen und biß lustlos in mein getoastetes Baguette mit einer Extrascheibe gebratener Mortadella.

»Mensch, was ist, wenn meine Mom oder mein Dad zufällig hier vorbeikommen?«

»Frank, du hattest doch gesagt, sie kämen nie hierher?«

»Das tun sie normalerweise auch nicht, Nick. Aber sie könnten gelegentlich mal nach dem Rechten sehen.«
»Okay«, versprach ich, »ich werde mich völlig unauffällig verhalten. Sag mal, wie findest du eigentlich meinen Schnurrbart?«
»Schnurrbart nennst du das?«
Daß Fuzzy in Diskussionen über Gesichtbehaarung zum Prahlen neigte, war meiner Meinung nach verständlich.
»Ja, Frank. Und meine Frage läuft darauf hinaus: Nehmen wir an, du würdest mir auf der Straße zufällig begegnen. Verändert mein neuer Schnauzer mein Aussehen so radikal, daß du nicht in der Lage wärst, mich zu erkennen?«
»Selbstverständlich«, antwortete er. »Wenn ich blind wäre.«
»Also nicht, wie?«
»Absolut nicht. Du siehst aus wie Nick Twisp mit etwas auf der Oberlippe. Vielleicht ein Staubball.«
»Verdammt«, seufzte ich. »Ich schätze, ich hänge in diesem Haus hier fest. Zumindest tagsüber. Frank, kannst du mir ein paar Lebensmittel besorgen? Ich habe eine Liste geschrieben.«
Fuzzy überflog entsetzt meinen Einkaufszettel. »Nick, das sind Lebensmittel im Wert von etwa zwanzig Dollar. Soviel Kohle hab ich nicht.«
Ich nahm meine Brieftasche heraus und reichte ihm eine meiner kostbaren Zwanzig-Dollar-Noten. »Kauf möglichst keine Markenware«, bat ich ihn eindringlich. »Und bring mir das Wechselgeld zurück.«
15.30 – Medizinischer Ratschlag: Wenn du ein Aspirin nach dem anderen schluckst, dann werden alle Kopfschmerzen – wie quälend auch immer sie sein mögen – am Ende verfliegen. Und die andauernde Benommenheit kann sogar leicht euphorisierend wirken.
Ich erholte mich wieder so weit, daß ich in der Lage war, mir den Tag dadurch angenehm zu verkürzen, daß ich Schränke und Schubladen der verstorbenen Mrs. DeFalco durchstöberte. Was

für eine Packratte! Ich fand Programme von USO Tanzveranstaltungen im Zweiten Weltkrieg im Ukiah Tanzpalast. Andenken von der Weltausstellung von 1939 (auf der Schatzinsel in der Bucht von San Francisco), kunstvoll gehäkelte Platzdeckchen, gebündelte Briefe, beschriftet mit verblichenen, verschnörkelten Buchstaben, Pappbildchen von Heiligen in ätherischen Farben, eine Gebrauchsanweisung für eine 1952er Hudson Hornet, bizarre Hüte und Anstecknadeln, ein Dutzend Paare weißer Handschuhe, kunstvoll bedruckte Einbürgerungsurkunden der Vereinigten Staaten von Amerika, uralte Zigarren, verrostete Schlittschuhe, Dosen voller Knöpfe, merkwürdige Strumpfhalter, seltsame medizinische Gerätschaften und Tausende andere faszinierende Relikte aus einer fremden Zeit.

Großmutter DeFalcos Geschmack in Sachen Kleidung war gleichermaßen exzentrisch. In ihrem Schrank im Schlafzimmer hingen Dutzende fast identischer Kleider, alle waren alt, alle sorgfältig gebügelt, alle in verschiedenen Schwarzschattierungen. Auf dem Schrankboden standen Reihen altmodischer Damenschuhe, alle sauber gewienert und schwarz.

»Wer ist gestorben?« fragte François mit einem Blick auf die morbide Szene.

»Möglicherweise war es ihr Hobby, Beerdigungen zu besuchen«, erwiderte ich.

»Weißt du, was?« sagte François. »Vielleicht gehörte sie zu den ernsthaft verrückten Leuten, die zu Hause ein kleines Vermögen in bar an verschiedenen Stellen verstecken.«

Ich suchte an allen Plätzen, die in der Regel als Versteck in Frage kamen: unter der Matratze, in der Keksdose, im Spülkasten der Toilette, im Gefrierfach, hinter dem Wasserboiler, im Ofen, unter den Schreibtischschubladen und Sofakissen, hinter den Bildern an den Wänden, im Topfschrubberbehälter unter dem Spülstein. Die gesamte Ausbeute betrug 1,73 Dollar in Münzen und 12 Lira in fettiger italienischer Währung. Ich überprüfte gerade den Boden der Waschküche nach losen Planken, als Fuzzy mit den Einkäufen zurückkam.

»Hi, Nick. Was machst du da?«

»Äh … ich suche nach diesen Pilzen, die Trockenfäule verursachen. Der Schlauch der Waschmaschine hat ein kleines Loch.«

»Die Mühe lohnt sich nicht, Nick. Diese Müllhalde hier ist ohnehin am Vergammeln. Ich habe deine Sachen dabei. Du schuldest mir noch 1,28 Dollar.«

»Danke, Frank.«

Ich bezahlte ihn von meiner Ausbeute, aber die Lirascheine wies er zurück.

»Wie war's in der Schule?« fragte ich, während ich die Lebensmittel verstaute.

»Langweilig. Oh, beim Sportunterricht habe ich von Dwayne was Interessantes erfahren.«

Ich wurde sofort neugierig. »Was, Frank?«

»Erinnerst du dich noch an deine häßlichen Köter, Nick?«

»Natürlich. Ich hab drei Stück davon.«

»Nicht mehr. Trent Preston kam gestern vorbei und hat zwei von ihnen mitgenommen. Dein Dad war total begeistert. Trent will sich für Sheeni und seine Freundin Apurva um sie kümmern.« Hund = Kind der Liebe?! Aaaaha...

TRENT PRESTON HAT UNSER KIND DER LIEBE! MEINE EINZIGE UNVERLETZLICHE VERBINDUNG MIT SHEENI SAUNDERS – JETZT IN FEINDESHAND! DAS IST DER ALLER-, ALLERLETZTE TROPFEN, DER DAS FASS ZUM ÜBERLAUFEN BRINGT!

»Was ist los, Nick? Du bist so grün im Gesicht.«

»Oh, nichts. Sag mal, Frank, kannst du mir heimlich eine Pistole beschaffen?«

»Tut mir leid, Nick. Dad hält die Pistolenkammer ständig verschlossen. Ich glaube, er hat Angst, daß Mom ihn umbringen könnte. Wofür brauchst du denn eine Pistole?«

»Äh ... zum Schutz. Für den Fall, daß jemand versucht, hier einzubrechen.«

»Darüber würde ich mir keine Sorgen machen, Nick. Die Gegend hier ist ziemlich friedlich.«

Nicht mehr lange, wenn es nach François geht.

22.40 – Nach dem Abendessen (Rigatoni mit Muschelsauce, Kopfsalat mit marinierten Kichererbsen, Baguette, kein Wein) stahl ich mich durch die Hintertür nach draußen, schlich gebückt um die mit einem Vorhängeschloß versehene Garage herum (die noch immer einen kaum gefahrenen Falcon beherbergt) und ging den dunklen Gartenweg hinauf zur Straße. Ich schlug den Kragen hoch, um mein Gesicht zu verbergen, wanderte eine Straße in Richtung Süden hinunter, bog um die Ecke und näherte mich Sheenis Haus. Mein Herz begann unregelmäßig zu klopfen, als ich das imposante, vom Mond beschienene viktorianische Gebäude erreichte. In Sheenis Schlafzimmer brannte Licht! Während ich langsam an dem schmiedeeisernen Zaun und Tor vorbeischlenderte, spähte ich hinauf. Ich erblickte Spitzenvorhänge, einen Teil eines rüschenbesetzten Lampenschirms und einen Ausschnitt der jungfräulich weißen Zimmerdecke, aber leider Gottes nichts von der reizenden Bewohnerin des Zimmers. Zweifellos saß sie wieder einmal über ihre Bücher gebeugt am Schreibtisch und vergrößerte ihren ohnehin sehr reichhaltigen Fundus an Wissen.

»Ich liebe dich, Sheeni«, flüsterte ich im Vorbeigehen. *»Je t'aime«,* fügte François hinzu.

Fünf Minuten später erreichte ich ein noch stattlicheres Backsteingebäude, das weit zurückgesetzt hinter einer hohen, undurchdringlichen Hecke lag. Gemäß dem amtlichen Fernsprechbuch von Ukiah war dies das noble Zuhause des affektierten Idioten Trent Preston und meines in Geiselhaft genommenen Kindes der Liebe. Von irgendwo hinter dem Gebäude erhob sich ein vielstimmiges, verärgertes Kläffen. Diese auffällig hei-

seren Hundestimmen waren einfach unverwechselbar. Es waren Albert und Jean-Paul, die sich nach ihrer hündischen Freiheit sehnten.
Aber wie sollte ich ihnen dazu verhelfen? Das Anwesen wirkte so unzugänglich wie der Kreml. Selbst François mußte eingestehen, daß seine Idee mit den Molotowcocktails intensiverer Recherchen und einer gründlicheren Planung bedurfte.
»Ich hasse dich, Trent«, flüsterte ich im Vorbeigehen. Ich kann hier nicht wiedergeben, was François sagte. Es wäre zu belastend, falls dieses Tagebuch jemals in die Hände der Strafverfolgungsbehörde gelangen sollte.

DONNERSTAG, 3. Dezember – Ich befürchte einen unmittelbar bevorstehenden Anfall von Hüttenkoller. Die Abwechslungsmöglichkeiten, die einem modernen Teenager in einer lang anhaltenden Gefangenschaft im bescheidenen Gipsbungalow einer verstorbenen ältlichen italienischen Witwe offenstehen, sind begrenzt. Keine Videospiele, keine pikanten Romane, kein Billard, kein Tischtennis, keine dänischen Pornohefte, kein VCR, kein Swimmingpool. Kurzum, nicht eine der technologischen Errungenschaften, die die Menschheit entwickelt hat, um die unzähligen Stunden zwischen Geburt und Tod zu füllen. Ich fand allerdings einen Stapel alter 78-RPM-Schallplatten, die ich auf Mrs. DeFalcos Crosley Hifi/TV-Schrank abspielen konnte. Aber wie viele Stunden ist es einem möglich, dem Gejodel von Nelson Eddys »Stout Hearted Men« zu lauschen?
Also sah ich fern (in verwischtem Schwarzweiß). Ich sah mir Opra and Phil and Geraldo an. Ich sah mir Kochsendungen und Quizshows an. Ich sah mir Wiederholungen von Sendungen an, die mein Vater, damals, als er selbst noch ein gelangweilter Teenager war, sich anzuschauen pflegte. Ich sah mir Werbespots für Lkw-Fahrschulen und Schweißerschulen und Elektronikerschulen und Metzgerschulen und Radiosprecherschu-

len an. (Die bei den Fernsehsendern stellen sich offenbar vor, die Zuschauer sitzen ständig gelangweilt und arbeitslos vor der Flimmerkiste.) Ich sah mir Kindertrickfilme und die CBS Abendnachrichten an. Ich sah fern, bis meine Augäpfel schmorten und mein Verstand sich in einen Brei verwandelte. Dann sah ich noch ein bißchen mehr fern.

Und warum, fragte ich mich ungeduldig, kommt Fuzzy nach der Schule nicht vorbei? Vierundzwanzig Stunden sind verstrichen, und mein einziger menschlicher Kontakt ist der zu Geraldo Rivera gewesen. Kein Wunder, daß ich voller Selbsthaß bin.

FREITAG, 4. Dezember – Als Fuzzy heute nach der Schule hereinschaute, wartete eine Überraschung auf ihn. Auf dem mit Spitzendeckchen belegten Chintzsofa saß eine fremde Frau, die roten Nagellack auf ihre Fingernägel auftrug.

»Hallo, junger Mann«, sagte sie.

»Oh ... äh ... hi«, stammelte er. »Ich hatte eigentlich ... äh ... jemand anders hier erwartet. Wer sind Sie?«

»Ich bin die Avon-Beraterin«, antwortete sie und zeigte ihm fünf karmesinrote Fingerspitzen. »Dieser Farbton heißt ›Gymnasiasten-Leidenschaft‹. Gefällt er Ihnen?«

»Ja, doch, ich glaube schon. Hören Sie ... äh ... meine Großmutter ist gestorben.«

»Oh, tatsächlich? Das wußte ich nicht. Aber ich habe da einige ganz reizende Farbtöne, die wunderbar mit den gängigen Sarginnenverkleidungen korrespondieren. Hat sie ihr Make-up für die Beerdigung schon ausgewählt?«

»Sie ist bereits beerdigt.«

»Ach du Schreck. Das kommt mir aber wirklich sehr überstürzt vor. Man hätte mich vorher konsultieren sollen.«

»Äh ... ist Ihnen hier ein junger Mann namens Nick begegnet?«

»Ist das der gutaussehende Jüngling mit dem Schnauzer?«

»Nun ja, er hat einen Schnauzer. Oder so was Ähnliches.«

»Ja, ich habe mit ihm gesprochen. Er hat mir von Ihnen erzählt.«
»Tatsächlich?«
»Er sagte mir, Sie hätten eine Freundin in Santa Cruz, die Heather heiße, und daß Sie jetzt schon seit einiger Zeit getrennt und deshalb extrem geil seien. Ist das wahr?«
»Das hat Nick Ihnen erzählt?« fragte Fuzzy schockiert.
»O ja«, antwortete sie. »Das und noch mehr. Er sagte, Sie hätten einen geheimen Vorrat an Pornozeitschriften über Ihrer Garage versteckt, und Sie würden dort häufig Freunde zu Orgien einladen, auf denen Onanier-Wettkämpfe stattfänden.«
»Ich – niemals!« rief Fuzzy aus.
»Lügen Sie mich nicht an, junger Mann. Ich weiß mit Sicherheit, daß es wahr ist.«
»Woher?« fragte er.
»Ich war selbst dort«, erwiderte sie. »Ich wurde Zweiter.«
»Nick! Bist du das?«
»Natürlich bin ich es«, sagte ich mit meiner normalen Stimme. »Wie gefällt dir mein neues Aussehen?«
»Nick, ich glaube, der Streß hat dir den Verstand geraubt. Du bist ja völlig durchgeknallt.«
»Nicht völlig, Frank. Du hast mir selbst gesagt, mein Schnauzer würde als Tarnung nicht ausreichen. Also habe ich ihn abrasiert und die Kleider deiner verstorbenen Großmutter anprobiert. Sie passen perfekt. Sogar dic Schuhc.« Ich streckte einen Fuß aus, der in einer glänzenden schwarzen orthopädischen Schnürstiefelette steckte. »Deine Großmutter muß ja riesige Füße gehabt haben.«
»Nun, riesig auch wieder nicht«, entgegnete er gekränkt.
»Außerdem habe ich mir die Beine und Achseln rasiert. Mir ist nie so deutlich bewußt geworden, wieviel Zeit Frauen darauf verwenden müssen, sich herzurichten.«
»Was hast du denn als Titten genommen?«
»Vorerst mußten Apfelsinen herhalten. Die Festigkeit ist löblich,

aber sie haben die Tendenz, auf recht unattraktive Weise herunterzurutschen. Morgen gehe ich zu Flampert's und kaufe einen hübschen, gepolsterten Büstenhalter.«

»Das muß ich sehen.«

Ich stand auf und strich Mrs. DeFalcos schwarzes Kunstseidenkleid und die toupierte Kunstfaserperücke glatt. »Also, Frank, wie schau ich aus?«

»Wie eine häßliche Tussi mit Pickeln. Und mit einem echt ätzenden Geschmack in Sachen Kleidung.«

Ich wußte Franks Offenheit durchaus zu schätzen. »Ich sehe nicht aus wie Nick Twisp?«

»Überhaupt nicht. Es ist erstaunlich. Das liegt aber auch an Großmutters Brille. Kannst du denn dadurch was sehen?«

»Leider nicht. Alles verschwimmt im Nebel. Ich werd mir bei Flampert's eine normale Lesebrille besorgen müssen.«

»Die Stimme ist auch echt stark. Sag noch mal was, Nick.«

»Hallo, Frankie Darling. Möchtest du meinen knospenden Körper liebkosen?«

Fuzzy lachte. »Ich glaub es noch immer nicht, Nick. Ich hätte schwören können, du wärst ein Mädchen. Und das Make-up ist auch absolut professionell.«

»Danke, Frank. Ich habe Mom dabei beobachtet, wie sie es auflegte, als sie versuchte, Dads Lebensgeister wieder zu wecken.«

»Das macht meine Mom auch.«

»Für denselben Mann«, bemerkte ich.

»Mensch, Nick, erinnere mich bloß nicht *daran.* Also, wie soll ich denn dein neues Ich nennen?«

»Der Name ist Carlotta«, antwortete ich. »Carlotta Ulansky. Meine Mutter ist eine berühmte, unbekannte Filmgröße.«

»Wer ist dein Vater?«

»Auch eine Hollywood-Berühmtheit«, erwiderte Carlotta. »Der Kammerdiener des verstorbenen William Powell.«

21.10 – Trotz Carlottas ernsthaft beeinträchtigtem Sehvermögen beschloß ich, sie zu einem vorläufigen Feldversuch ins Golden Carp, Ukiahs budgetfreundlichen China-Restaurant, auszuführen. Als sie im Dämmerlicht in Richtung Altstadt schlenderte, folgten ihr zahlreiche prüfende Blicke neugieriger Passanten. Carlotta hüllte sich in ihre schwarze Stola und marschierte entschlossen voran; sie verlangsamte ihre Schritte nur, wenn sie sich vorsichtig um Hindernisse herumtasten mußte. Auf der Hauptstraße in der Nähe des Restaurants rannte sie geradewegs in einen schlecht beleuchteten Feuerhydranten, wobei sie sich schmerzhaft das Schienbein stieß und sich die Strumpfhose zerriß.

»Scheiße!« brüllte sie und erschreckte damit ein älteres Ehepaar, das gerade vorbeikam. Als sie sich hinabbeugte, um ihren verletzten Unterschenkel zu untersuchen, fiel eine Apfelsine aus ihrem Kleid und kullerte in den Rinnstein. »Gottverdammte Scheiße!« murmelte sie. Das Ehepaar blieb stehen, um sie anzustarren, während sie unter einem geparkten Wagen nach der wegrollenden Zitrusfrucht angelte.

»Ich glaube, Sie haben das hier fallen lassen, Ma'am«, sagte der Mann, hob die körperwarme Orange auf und reichte sie ihr.

»Tausend Dank«, erwiderte Carlotta.

Der Mann und seine Frau blickten fragend auf ihren einseitig gewölbten Brustkorb, woraufhin sich Carlotta noch fester in ihre Stola hüllte.

»Ich genieße es, auf einem Spaziergang ein schönes Stück Obst zu essen«, bemerkte Carlotta. »Das kann so … so erfrischend sein.«

Das Paar wich ein paar Schritte zurück und überquerte dann die Straße. Zum Glück waren die beiden nicht ebenfalls auf dem Weg zum China-Restaurant.

Im Restaurant stellte Carlotta die Speisekarte als einen Sicht-

Schier ausgedrückt!

schutz vor sich auf und machte sich diskret an die Rekonstruktion ihrer weiblichen Reize. Nachdem das erledigt war, bestellte sie das Sparmenü für eine Person: eine Frühlingsrolle, gebratenen Reis mit Schweinefleisch, Krabben mit Gemüse, Champagnersorbet, einen Glückskeks und Tee. Das alles und ein exotisches Ambiente gab es für nur 3,95 Dollar.

Später, als sie an dem Schwanz der letzten köstlichen Krabbe knabberte, stellte sie entsetzt fest, daß Steve, der Kellner, ein ihr bekanntes Paar zu einem Tisch am anderen Ende des Raums führte. Es handelte sich um Sheenis Trompete blasenden Bruder Paul und seine Liebesgöttin (und Dads frühere Gespielin) Lacey.

Während Carlotta hastig ihr Sorbet herunterstürzte, blieb Paul auf seinem Weg zur Toilette an ihrem Tisch stehen.

»Hi«, sagte er lächelnd.

»Äh … hallo«, erwiderte sie nervös. »Kennen wir uns?«

Paul entschied sich, die Frage zu ignorieren. »Hast du gehört, daß Bernice Lynch wieder auf den Beinen ist? Sie ist jetzt nicht mehr im Krankenhaus.«

»Ja, das hab ich gehört.«

»Aber sie hat der Polizei alles erzählt. Ich glaube, ihre Mutter will Nicks Eltern verklagen.«

»Sie sind inzwischen daran gewöhnt«, seufzte Carlotta.

»Vielleicht findest du in deinem Glückskeks ja eine erfreuliche Mitteilung«, fügte er hinzu.

»Ich könnte eine gebrauchen«, erwiderte sie. »Du wirst doch … äh … niemandem gegenüber erwähnen, daß du mich gesehen hast?«

»Ich habe nichts gesehen. Hübsches Kleid, übrigens. Sehr vorteilhaft … Carlotta.«

»Danke, Paul«, sagte sie, wie üblich beeindruckt von seiner Allwissenheit.

Nachdem er wieder an seinen Tisch gegangen war, brach sie

den Glückskeks auf. Ihr Spruch lautete: »Verzweifle nicht. Dich erwartet ein unverhoffter Geldsegen.«
Na dann!
23.30 – Bisher noch kein unverhoffter Geldsegen. Gehe jetzt ins Bett. Heute habe ich mich als Frau verkleidet und es aus tiefster Seele genossen. Um ehrlich zu sein, hatte ich gerade eben, als Carlotta sich auszog, eine einigermaßen spektakuläre M.E. Ich wünschte, ich könnte mir eine Psychoanalyse leisten, um herauszufinden, was genau das zu bedeuten hat. Ob es wohl einen Grund gibt, sich Sorgen zu machen?

SAMSTAG, 5. Dezember – ICH BIN REICH! Ich schwimme im Geld. Mein Schiff ist in den Hafen eingelaufen. Ich habe das große Los gezogen. Ich bin ein Mitglied der wohlhabenden Klasse. Bodybuilder könnten gewaltige Muskeln entwickeln, wenn sie meine Brieftasche zu stemmen hätten. Mit einem Wort, ich bin richtig high.
François hatte recht. Warum habe ich ihm nicht mehr Aufmerksamkeit geschenkt? Skrupellose Menschen wissen es immer am besten.
Heute morgen, als Carlotta sich zum Ausgehen fertigmachte, öffnete sie Mrs. DeFalcos Schublade für Unterwäsche. Als sie sie nach einem neuen Paar schwarzer Strumpfhosen durchwühlte, hatte sie plötzlich einen seltsamen Klumpen, eingewickelt in ein abstoßend aussehendes Kleidungsstück, in der Hand. Bei dem Kleidungsstück handelte es sich wahrscheinlich um einen Hüfthalter.
Ihre Neugier war stärker als ihr Widerwillen, also griff sie in das schrumpelige Spandex-Unterwäschestück hinein und zog ein dickes Bündel US-amerikanischer Banknoten heraus (ja, die echten grünen Scheine, mit verblüffend hohen Zahlen darauf).
Alles andere wurde auf später verschoben. Sie rollte das riesige

Bündel auseinander und zählte den beeindruckenden Vorrat an Bargeld durch.
Zweitausenddreihundertfünfundachtzig Dollar!
Mehr Geld, als ich jemals zuvor zu Gesicht bekommen hatte. Gemessen an meiner früheren mageren wöchentlichen Taschengeldration waren das fünf Lebensalter.
Ich könnte mir fast ein *de luxe* Computermodell kaufen, dachte Nick. Ich könnte mir einen großkalibrigen Revolver kaufen, plante François. Ich könnte mir elegante Strumpfhosen kaufen, überlegte Carlotta. Oder, mischte Nicks Sinn für das Praktische sich ein, ich könnte Lebensmittel kaufen. Ich könnte den unerfreulichen Hungertod für viele Monate hinausschieben. Zur Abwechslung waren alle meine Optionen angenehm. Das ist die ehrfurchterregende Macht des Geldes. François ist überzeugt, daß Reichtum das ultimative Aphrodisiakum darstellt. Darum sind die Republikaner so konservativ. Sexuelle Erfülltheit läßt das soziale Gewissen zwangsläufig verkümmern.
16.30 – Ich bin zurück. Was für ein herrlicher Tag. Carlotta, so entdeckte ich, ist dazu geboren, Einkäufe zu tätigen. Das Geld fließt ihr aus den Händen wie der Sabber aus dem Mund eines Kleinkinds. Natürlich war es hilfreich, daß sie in allen Geschäften der Altstadt mit festlicher Weihnachtsmusik berieselt wurde. Vom Geist der Weihnachtszeit beflügelt, gab Carlotta jeder spontanen Regung nach.
Sie begann den Tag mit einem vormittäglichen Imbiß in ihrem Donutladen. Dann ging es zu Flampert's, um Unterwäsche zu kaufen. Enttäuscht von den spärlichen Polstern in den wattierten Büstenhaltern (warum diese beklagenswerte Zurückhaltung auf seiten der Unterwäschehersteller?), mußte sie die erstandene Ware auffüttern, indem sie zwei große Schulterpolster aus der Kurzwarenabteilung hineinstopfte. Dann kaufte sie sich Eyeliner, Wimperntusche, Rouge, einen Lippenstift (Farbe: »Blutiger Liebhaber«), Parfum (»Zuckungen« von Calvin Klein), sechs

Gibt es das?

schwarze Strumpfhosen (Schluß mit den altmodischen Hüftgürteln!) und eine hübsche, mit Rheinkieseln besetzte Lesebrille. Von Flampert's zog sie weiter zu einem Elektronikgeschäft, wo sie ein teures tragbares AM/FM-Stereo-Tonbandgerät mit winzigen, unauffälligen Kopfhörern erstand. Leider waren weder ihr Kleid noch die Stola mit Taschen versehen. Nach einigem Herumprobieren stellte sie fest, daß ihre Stereoanlage sich bequem zwischen die Schulterpolster in ihrem BH stecken ließ (obwohl das Regeln der Lautstärke immer wieder unwillkommene Blicke der anderen Kunden provozierte).

Als nächstes kaufte sie sich im örtlichen Plattengeschäft zwei Frank Sinatra-Kassetten (die gesamte spärliche Auswahl in diesem Laden) und Bänder von Artie Shaw, Duke Ellington, Jeri Southern, Karen Akers, Ella Fitzgerald und Mildred Bailey.

»Sie verlieren da etwas, Lady«, sagte die Angestellte gelangweilt. Ich interpretierte diese Bemerkung als Kommentar zu meinem Musikgeschmack. Anscheinend war diese abgehalfterte junge Frau mit dem purpurroten Haar der Meinung, daß ich etwas verpaßte, wenn ich nicht die neuesten geisttötenden Heavy-Metal-Platten kaufte.

»Die sind für meine Tante in Cleveland«, rechtfertigte sich Carlotta. »Ihr Geschmack ist recht konservativ.«

»Sie verlieren da etwas«, wiederholte die phlegmatische Angestellte und deutete beiläufig auf ihr Young-Dickheads-Sweatshirt.

Meine Güte, dachte ich, die Frau ist ja völlig stoned. Sie scheinen ihr zu erlauben, direkt hier an der Kasse zu kiffen. Ich hoffe, sie gibt mir eine Zehn-Dollar-Note zuviel heraus.

Dann blickte Carlotta in ihrem Kleid hinab. Ein Ohrstöpsel hatte sich in einem Schulterpolster verfangen und es herausgerissen. Mehrere Zentimeter des weißen Polsters waren in ihrem wogenden Mieder sichtbar. Errötend bemühte sich Carlotta, das Kabel

zu befreien, und stopfte dann hastig das Polster wieder an seinen Platz zurück.
»Duftkissen«, erklärte Carlotta. »Die sind drüben bei Flampert's der letzte Schrei.«
»Ich gehe dort nie rein«, sagte die Kassiererin spitz und händigte mir das korrekte Wechselgeld aus. »Die verkaufen da den *Hustler*.«
Verdammt. Ich wußte doch, daß ich etwas vergessen hatte.
Nach einem netten Mittagessen im Golden Carp schleppte sich eine schwerbeladene Carlotta den Gartenweg entlang nach Hause. Als sie sich gerade geduckt hinter der Garage vorbeischleichen wollte, öffnete sich ein Gartentor auf der anderen Seite der Einfahrt, und heraus sprang eine riesige Mülltonne, gehalten von den starken, aber unkoordinierten Armen von Bruno Modjaleski, dem am meisten gefeierten mittelmäßigen Spieler der Redwood High.
»Oh, hallo«, keuchte die verstörte Carlotta schuldbewußt. Ich hatte noch immer Gewissensbisse, weil ich Bruno beinahe wegen Autodiebstahls in den Knast geschickt hatte.
»Hallo«, erwiderte er schüchtern, aber offensichtlich sehr interessiert. »Brauchen Sie Hilfe mit Ihren Paketen?«
Mit Frankies Gesang in beiden Ohren bekam Carlotta die Frage nicht mit. Sie stellte den Walkman leiser – eine Handlung, die Bruno mit großem Interesse beobachtete. »Wie bitte?« fragte sie.
»Ihre Pakete meine ich. Soll ich Ihnen beim Tragen helfen?«
»Oh ... äh ... nein, vielen Dank. Ich komme schon zurecht.«
»Sie wohnen in Mrs. DeFalcos Haus, hm?« fragte er.
»Äh ... ja?« erwiderte ich unsicher.
»Ich habe gesehen, wie Sie dort durch die Büsche rein- und rausgegangen sind.«
»Äh ... ja. Das ist eine praktische Abkürzung. Also – guten Tag.«
»Tschüs«, sagte er mit einem Blick, der vermuten ließ, daß er

Hätte ich nicht besser sagen können!

einen Teil seiner begrenzten Hirnsubstanz darauf verwandte, mich im Geiste zu entkleiden.

Carlotta eilte ins Haus und ließ ihre Pakete fallen. Verdammt. Dieser Gartenweg ist nicht so einsam und verlassen, wie ich angenommen hatte. Ich hoffe nur, daß Bruno sein großes dickes Maul hält. Ich frage mich, ob Footballspieler zum Tratschen neigen.

14.15 – Vier Dutzend Erdnußbutterkekse – frisch aus dem Ofen. Ich hoffe, sie werden ihren Zweck erfüllen.

20.15 – Ich habe gerade mein Bündel Banknoten gezählt. Carlotta hat es heute fertiggebracht, beinahe dreihundert Dollar auszugeben. Wenn das so weitergeht, ist mein unverhoffter Geldsegen in weniger als einer Woche aufgebraucht. Ich habe beschlossen, von jetzt an äußerst sparsam zu sein. Am Abend gab es heute aufgewärmtes chinesisches Essen mit eingestreuten Kichererbsen als zusätzliche Proteinration. Eine preiswerte, sättigende Mahlzeit, nach der ich mich nur gemäßigt selbstmordgefährdet fühlte.

Samstagabend vor dem Fernseher. Ich frage mich, was Sheeni jetzt macht. Ob sie eine Verabredung hat? Ob Kichererbsen wohl ein Depressivum sind? Eine bleierne schwarze Angst lähmt mich. Warum ist das Glücksgefühl eines plötzlichen Reichtums so kurzlebig? Mein herrlicher neuer Walkman kommt mir jetzt wie eine nutzlose, frivole Ausgabe vor.

François ermahnt mich, den Blick auf das Positive zu richten. Wenigstens bin ich fähig, meine neue Strumpfhose zu genießen. Es stimmt, jedesmal, wenn ich sie anziehe, spüre ich eine seltsame Erregung.

Ich nicht... fühlen sich nicht gut an und gehen viel zu leicht kaputt! Scheiß Seidenstrumpfhosen!

SONNTAG, 6. Dezember – ICH HABE EBEN SHEENI SAUNDERS GESEHEN! ICH HABE SOGAR MIT IHR GESPROCHEN!

Die gute Nachricht besteht darin, daß sie auf schmerzliche Weise noch hübscher ist, als ich in Erinnerung hatte. Die schlechte Nachricht ist, daß sie auf dem Weg zu einer Verabredung mit dem hassenswerten Trent Preston war. Sie werden einen langen, vertraulichen Spaziergang machen – zu sechst (Sheeni, Trent, Apurva, Vijay, Albert und Jean-Paul). Wenn Sie mich fragen, das klingt verdächtig nach einer Doppelverabredung mit Hunden.

Carlotta wollte sich gerade über ihre übliche Donutauswahl hermachen, als Sheeni in den Laden trat, unter dem Arm die Sonntagsausgabe der *New York Times*. Carlotta starrte sie wie hypnotisiert an, während Sheeni drei Donuts mit Orangenglasur und einen großen Kaffee bestellte und das alles dann zu dem Tisch DIREKT NEBEN MEINEM trug. Von einer plötzlichen Unruhe befallen, versteckte Carlotta ihre zitternden Hände unter dem braunen Formica-Tisch. Sheeni war bereits bei ihrem zweiten Donut und in den Literaturteil vertieft, als Carlotta den Mut faßte, sie anzusprechen.

»Miss, könnten Sie mir möglicherweise die Sahne reichen?« fragte sie.

Sheeni sah auf und blickte mit ihren wunderschönen blauen Augen in mein mit Hilfe von Rouge einigermaßen lebendig erscheinendes Antlitz. Sie musterte Carlotta dabei recht interessiert.

»Ich fürchte, meine Sahne ist sauer«, sagte sie.

»Das macht nichts«, erwiderte Carlotta. »Ich sehe gerade, daß ich meinen Kaffee sowieso schon ausgetrunken habe. Wie dumm von mir.«

Sheeni nahm ihre Lektüre wieder auf.

Carlotta räusperte sich. »Miss, können Sie mir vielleicht sagen, wo man in dieser Stadt die *New York Times* bekommt? Ich bin neu hier, wissen Sie.«

Sheeni markierte die Stelle, wo sie gerade las, mit ihrem hübschen Zeigefinger und sah auf. »Es gibt da einen Kiosk direkt vor Flampert's. Am Ende der Straße.«

»Vielen Dank. Ich wüßte nämlich gern, ob der neue Film meiner Mutter schon im Feuilleton besprochen worden ist.«

Mit neu erwachtem Interesse musterte Sheeni Carlotta. »Ihre Mutter ist beim Film?« fragte sie.

»Ja, sie ist Schauspielerin. Bertha Ulansky. Vielleicht haben Sie schon von ihr gehört.«

»Ich glaube nicht. In welchen Filmen hat sie denn gespielt?«

»Oh, in Dutzenden. Inzwischen natürlich vor allem Charakterrollen. Sie hat die Mutter in *Carlito's Way* gespielt, wenn Sie sich an den Film erinnern.

»Ja, natürlich. Aber ich kann mich gar nicht an die Rolle einer Mutter entsinnen.«

»Nun ja, es war eine kleine Rolle. Sie hat sie angenommen, um mit Ridley Scott zusammenarbeiten zu können. Der Mann ist ein Genie.«

»Ja, das ist wahr«, stimmte Sheeni mir zu. »Aber war es nicht Martin Scorsese, der in *Carlito's Way* Regie geführt hat?«

»Schon möglich«, räumte Carlotta ein. »Mutter ist manchmal etwas verwirrt. Das liegt an all dem fetten Essen bei Spago. Ich habe ihr immer wieder gesagt, sie solle sich in ihrem Alter etwas zurückhalten. Ach, mein Name ist Carlotta Ulansky.«

»Ich bin Sheeni Saunders«, sagte Sheeni und reichte mir ein hübsches Händchen.

Krampfhaft bemüht, ihr Zittern unter Kontrolle zu halten, ergriff Carlotta die vertraute Hand und drückte sie zärtlich. Wenigstens spürte eine der beiden betroffenen Parteien ein elektrisierendes Prickeln im Augenblick des Kontakts.

»Leben Sie schon lange in Ukiah, Sheeni?« fragte Carlotta.

»Leider ja, Carlotta. Neulich konnte ich für kurze Zeit nach Santa Cruz entfliehen, aber jetzt bin ich wieder hier. Dank des Verrats eines früheren Freundes.«
»Wie unerfreulich für Sie«, sagte Carlotta und schluckte. »Hat Ihr Freund denn keine Chance auf Vergebung?«
»Ich will ihn nie wieder sehen. Er hat sich als Lügner und Betrüger entpuppt.«
»Aber sicher gibt es doch einige mildernde Umstände, Sheeni. Nur die wenigsten von uns sind durch und durch böse.«
»Ich würde ja auch gerne glauben, daß das, was er tat, durch irgendeine Art von Liebe motiviert war – so verrückt das auch wäre. Aber damit ist sein Verhalten nicht entschuldigt.«
»Nicht?« fragte Carlotta. »Liebe treibt uns zu wahren Verzweiflungstaten. Die Menschen sind nicht fähig, sich immer rational zu verhalten. Je größer die Liebe, je heftiger die Leidenschaft, desto tollkühner die Verbrechen. Liebe ist kein Gefühl, das vernünftige Reaktionen hervorruft. Besonders dann nicht, wenn Ihr Freund ein feuriges, künstlerisches Temperament hatte. Hatte er das?«
»Nicht sehr feurig, aber wahrscheinlich künstlerisch«, gab Sheeni zu. »Er war auf jeden Fall kein gewöhnlicher Junge.«
»Wo ist er jetzt? fragte Carlotta.
»Irgendwo in Indien. Das FBI sucht nach ihm.«
»Wie außerordentlich romantisch! Das scheint mir ein recht ungewöhnlicher junger Mensch zu sein. Ganz in der Tradition eines Errol Flynn oder James Dean oder – um einmal über den großen Teich zu schauen – Jean-Paul Belmondo.«
Sheeni zuckte zusammen. »Wer, sagten Sie?«
»Jean-Paul Belmondo«, wiederholte Carlotta. »Ein französischer Schauspieler.«
»Ich kenne ihn«, erklärte sie.
»Mutter hatte eine kleine Rolle in einem seiner Filme, *Atemlos.* Aber ich nehme nicht an, daß Sie ihn gesehen haben.«

»Doch, und er ist mein Lieblingsfilm. Welche Rolle hat sie gespielt?«
»Äh … sie spielte die Straßenbahnfahrerin.«
Sheeni sah mich verdutzt an. »Ich kann mich an gar keine Szenen in einer Straßenbahn erinnern.«
»Nun ja, es war eine sehr kleine Rolle. Vielleicht haben sie die Szenen aus der amerikanischen Version herausgeschnitten. Zu schade. Mutter war in Frankreich eine ziemliche Sensation.«
Die beiden schwatzten noch eine halbe Stunde munter weiter, bis Sheeni sich entschuldigte, um ihre hassenswerten Freunde zu treffen (ausgenommen von jenem Adjektiv ist nur die hübsche Apurva).
»Es hat mich gefreut, Sie kennenzulernen, Carlotta«, sagte Sheeni und raffte ihre Zeitung zusammen.
»Oh, Sheeni, das Vergnügen war ganz auf meiner Seite«, entgegnete Carlotta und streckte ihre Hand für eine weitere erregende Berührung aus. »Es ist angenehm, in dieser Stadt einem Menschen mit Intelligenz und Kultur zu begegnen.«
»Da bin ich ganz Ihrer Meinung, Carlotta. Nun, vielleicht treffen wir uns ja mal wieder.«
Daran habe ich keinen Zweifel, Sheeni Darling. Und unser Wiedersehen wird sehr viel schneller stattfinden, als du vermutest.
13.25 – Als Carlotta sich den Gartenweg hinauf nach Hause schlich, traten Bruno plus Mülleimer aus der Gartenpforte.
»Hi, Carly«, sagte Bruno und ignorierte lächelnd das ohrenbetäubende Scheppern des zu Boden gefallenen Mülleimers.
»Hallo, Bruno.«
»Die Kekse schmecken echt stark, Carly. Die Weihnachtszeit ist vorbei, also kann ich so viele essen, wie ich will.«
»Schön für Sie, Bruno. Ich mag Männer mit einem herzhaften Appetit.«
»Candy steigt mir aufs Dach, wenn ich zu dick werde«, beklagte

er sich. Die Anführerin der Cheerleader-Mädchen, Candy Pringle, war Brunos reizende Geliebte.
»Sie müssen sich ihr gegenüber behaupten, Bruno«, empfahl Carlotta. »Frauen mögen das.«
»Ich bin kein Schwächling«, entgegnete er düster.
»Gut, Bruno. Also, vielen Dank für ihre fortgesetzte Diskretion.«
»Hm?«
»Was meine Anwesenheit hier betrifft«, erinnerte ihn Carlotta. »Mein Onkel, Mr. DeFalco, will nicht, daß jemand davon erfährt. Aus steuerlichen Gründen.«
»Kein Problem, Carly. Möchten Sie vielleicht, daß ich ... äh ... mal bei Ihnen reinschaue?«
»Oh, wir werden sehen«, antwortete sie und eilte davon.
Dieser besondere Glanz in Brunos Augen, wenn er Carlottas Beine mustert, gefällt mir gar nicht. Vielleicht sollte sie zu einer weniger provozierenden Lippenstiftfarbe wechseln. Und nicht ganz so verschwenderisch mit ihrem Parfum umgehen.
15.30 – Nach intensivem Nachdenken kam ich zu dem Schluß, daß einer der Gründe für meine latente Depression der Computerentzug ist. Ein Schriftsteller sollte nicht so lange von seinem Schreibcomputer getrennt sein. Ich habe deshalb beschlossen, meinen unschätzbaren PC clone und andere wichtige persönliche Besitztümer zu retten, die ich in Little Caesar zurückgelassen habe. Dieser steht (so hoffe ich) noch immer hinter Dads gemietetem Fertighaus. Fuzzy hat sich bereit erklärt, sich den elterlichen Hausarrestvorschriften zu widersetzen und Carlotta heute nacht bei dem Einbruch behilflich zu sein.
23.30 – Desaster! Carlotta und Fuzzy erfuhren die ganze schockierende Geschichte, als sie beim Durchwühlen von Little Caesar von Dwayne, dem schwachsinnigen Sohn von Dads Perle, überrascht wurden.
»Wer ist da?« rief er und richteten den Strahl *meiner* Pfadfinder-Taschenlampe in den dunklen Wohnwagen.

»Dwayne, ich bin's«, zischelte Fuzzy. »Mach die verdammte Taschenlampe aus.«
Dwayne kam der Aufforderung pflichtschuldig nach und zwängte seinen übelriechenden, unförmigen Körper durch die enge Wohnwagentür. »Hi, Fuzzy«, flüsterte er in die muffige Dunkelheit. »Was machst du da? Und wer ist der steile Zahn dort?«
»Das ist mein ... äh ... meine Freundin Carlotta«, antwortete Fuzzy. »Wir ... äh ... wir ...«
»Wir hatten eigentlich gehofft, hier ein wenig ungestört zu sein«, ergänzte Carlotta bedeutungsvoll. »Fuzzy hat mir erzählt, in diesem Wohnwagen gebe es ein hübsches Doppelbett.«
»Hab ich das?« fragte Fuzzy.
»Laß dich nicht stören, Fuzzy«, sagte Dwayne. »Aber kann ich hierbleiben und zugucken? Darf ich?«
»Mit Sicherheit nicht«, antwortete Carlotta.
»Kann ich dann vielleicht mitmachen?« schlug er vor.
»Nein, vielen Dank, junger Mann«, erklärte Carlotta erschaudernd. »Wenn Sie jetzt gehen und uns in Ruhe lassen, wird Fuzzy Ihnen morgen in der Schule alles genau erzählen. In sämtlichen Einzelheiten.«
»Wirklich?« fragte Fuzzy.
»Kommt nicht in Frage«, sagte Dwayne störrisch. »Das ist der Wohnwagen meiner Mom. Wenn ich nicht mitmachen darf, dann erzähle ich ihr, daß ihr hier seid. Mr. Twisp ruft dann bestimmt die Polizei.«
»Versuch's doch, du Scheißer«, zischte Carlotta, »und noch vor Ende dieser Woche wird dein Hund einen Arsen-Hamburger schlucken.«
»Doch nicht Kamu, der Wunderhund«, japste Dwayne.
»Doch, genau der«, entgegnete Carlotta und stieß Fuzzy in die Rippen.
»Äh ... Dwayne«, sagte Fuzzy, »was ist eigentlich mit Nicks

Computer passiert? Uns ist aufgefallen, daß er nicht mehr auf dem Eßtisch steht.«
»Mr. Twisp hat ihn sich geholt. Er braucht ihn für seinen neuen Job.«
»Was für einen neuen Job?« wollte Carlotta wissen.
»Er macht, wie heißt das noch, Public Relations für eine große Holzverarbeitungsfirma«, erklärte Dwayne.
Mein Vater hat sich also von einem Werbetexter für Pestizide über einen professionellen Streikbrecher zum bezahlten Presseagenten für die Zerstörer des Waldes hochgearbeitet. Das nennt man eine Karriereschiene zur Infamie.
»Und wofür braucht er da den Computer?« fragte Carlotta.
»Um irgendwas zu schreiben, nehme ich an«, antwortete Dwayne. »Mann, der war ganz schön sauer. Er hat massenhaft Schweinereien entdeckt, die Nick geschrieben hatte.«
Mein Tagebuch!
»Eine Menge davon war ziemlich beleidigend für ihn«, fuhr Dwayne fort. »Und für mich auch. Ich hätte beinahe tierischen Ärger gekriegt, weil Nick behauptete, ich hätte ihn sexuell belästigt. Ich hab es aber abgestritten. Mensch, und dabei war ich immer so nett zu ihm.«
Lügner!
»Mr. Twisp hat sich Nicks Tagebuch angesehen?« fragte Fuzzy.
»Ja, das sag ich doch«, meinte Dwayne. »Und außerdem hat Nick ein paar ganz schön üble Sachen über deine Mom darin losgelassen, Fuzzy. Mr. Twisp hat jedenfalls einiges davon seinem Anwalt übergeben.«
»Warum?« fragte Carlotta. Sollte mein seniler Vater tatsächlich vorhaben, seinen eigenen Sohn wegen Verleumdung zu verklagen?
»Weil da eine Stelle war, wo Nick geschrieben hat, Paul und Lacey hätten ihm irgendwelche Drogen gegeben«, erklärte Dwayne. »Nick hatte diesen irren Trip, bei dem er sich in seine

Tagesdecke verliebte. Das hat der Anwalt Lacey gezeigt, und sie mußte ihre Klage gegen Mr. Twisp wegen ihres Autos, das er angeblich mit Zement gefüllt hatte, zurückziehen.«
Mein Dad hat es mal wieder geschafft, den Kopf aus der Schlinge zu ziehen!
»Was hat Nick denn über meine Mom geschrieben?« fragte Fuzzy.
»Oh, Fuzzy«, gurrte Carlotta, »es ist spät. Wir sollten jetzt besser gehen. Sie entschuldigen uns, junger Mann?«
»Sicher. Kommen Sie doch mal wieder vorbei. Wie wäre es mit morgen abend? Allein.«
Carlotta unterdrückte einen Schauder. »Was für eine verlockende Einladung. Ich werde es gewiß in Erwägung ziehen.«
Mein verbrecherischer Vater hat sich elektronisch Zugang zu meinem Tagebuch verschafft, darin herumgeschnüffelt und es womöglich vernichtet. Ich fühle mich, als hätte man meine intimsten Gedanken ans Tageslicht gerissen und geschändet. Jetzt ist mir klar, daß ich meine persönlichen Dateien auf jeden Fall hinter einem Codewort hätte verschließen müssen. All die Jahre, die ich in der Obhut meiner computeranalphabetischen Mutter verbracht habe, haben mich dazu verleitet, mich in Sicherheit zu wiegen.
Ich habe das Gefühl, mich in einem Zustand computerloser Nacktheit selbst zu verlieren. Ein weiteres Unrecht, das gerächt werden muß. Es wird Zeit, François von der Leine zu lassen, was auch immer die Konsequenzen sein mögen.

MONTAG, 7. Dezember – Heute habe ich zum drittenmal einen ersten Tag als neuer Schüler einer zweitklassigen High-School hinter mich gebracht. Wenigstens waren mir diesmal die meisten meiner neuen Lehrer und Mitschüler vertraut – auch wenn sie nicht wußten, daß sie mich kennen.
Da Carlotta ohne Zeugnisse und Unterlagen erschien, geriet

Miss Pomdreck, meine ältliche Beratungslehrerin, wieder einmal in ein ihr vertrautes Dilemma.

»Ich weiß nicht recht«, sagte sie zweifelnd. »Der letzte Schüler, den ich ohne Papiere angenommen habe, hat den schlimmsten Skandal in der Geschichte der Schule verursacht. Das FBI sucht noch immer nach ihm.«

Carlotta schluckte. »Ich bin sicher, daß meine Unterlagen bald eintreffen werden, Miss Pomdreck. Ich fürchte, durch den vermehrten Postanfall während der Feiertage ist es zu einer Verspätung gekommen. Natürlich ist der Weg von der Schweiz bis hierher ziemlich weit.«

»Sie sagten, Sie hätten dort eine private höhere Schule besucht?« fragte sie und musterte mein schwarzes Kleid und die Stola mit offensichtlichem Unbehagen.

»Das ist richtig. Sie befindet sich in den Bergen in der Nähe von Genf.«

»Nun gut, meine Liebe. Sie sind offensichtlich eine intelligente junge Frau. Aber ich muß Ihnen leider mitteilen, daß die meisten unserer Leistungskurse inzwischen bereits voll sind. Sie müssen mit dem vorliebnehmen, was in diesem Semester noch frei ist.«

»Das ist in Ordnung«, erwiderte Carlotta. »Oh, Sie sollten noch wissen, daß ich unter einer angeborenen Schwäche des Knochengerüsts leide. Ossifidusbrittalussyndrom. Ich muß vom Sportunterricht befreit werden.«

»Kann ich das Attest Ihres Arztes sehen?«

»Oh, Sie benötigen ein Attest?«

»Natürlich, meine Liebe. Andernfalls wären unsere Sportkurse ziemlich leergefegt.« STIMMT!

»Ich bringe Ihnen das Attest so bald wie möglich«, versprach Carlotta.

»Ich brauche es bis Freitag«, entgegnete Miss Pomdreck und begann meine Anmeldeformulare auszufüllen. »Oder ich muß

Sie nächste Woche doch zum Sport schicken. Weiter kann ich die Vorschriften nicht beugen.«

Zwanzig Minuten später verließ ich Miss Pomdrecks unordentliches Büro mit folgendem anregenden Stundenplan: Maschineschreiben, Physik, Weltkulturen, Textiltechnologie I, Mittagessen, Kaufmännisches Rechnen, Arbeitsraum (oder Mädchengymnastik!), Kunst und Gesundheitserziehung.

Da ich meine erste Stunde versäumt hatte, machte ich mich auf den Weg in den Physikraum, als eine haarige Hand sich auf meine Schulter legte.

»Nick – ich meine, Carlotta!« zischelte Fuzzy. »Was zum Teufel machst du hier?«

»Hi, Frank. Ich verfolge das, was man in dieser Schule als schulische Ausbildung betrachtet.«

»Carlotta, bist du denn jetzt völlig übergeschnappt? Damit kommst du doch nie im Leben durch.«

»Mach dir keine Sorgen, Frank«, flüsterte ich. »Ich werde eines dieser schüchternen Mauerblümchen sein, dem niemand die geringste Beachtung schenkt. Ich habe vor, sozusagen in die institutionelle Struktur hinein zu verschwinden.«

Im Physikkurs schlüpfte Carlotta in das Pult direkt hinter meiner Angebeteten, wodurch sie dem verräterischen Vijay im letzten Moment den Platz vor der Nase wegschnappte. Der verworfene Ausländer setzte sich in das Pult auf der anderen Seite des Ganges und musterte mich mit offensichtlichem Interesse. Ich ignorierte ihn und tippte sanft auf Sheenis reizende Schulter. Sie drehte sich um und lächelte mit schlecht kaschiertem Erstaunen.

»Carlotta!« rief meine zukünftige Lebensgefährtin. »Was machen Sie denn hier?«

»Hallo, Sheeni. Ich besuche jetzt auch diese Schule. Ich habe von der reizenden Miss Pomdreck gerade meinen Stundenplan erhalten.«

»Tatsächlich? Das ist wunderbar, Carlotta. Aber irgendwie dachte ich, Sie wären ... äh ... schon etwas älter.«
»Das glauben die meisten. Es muß daran liegen, daß ich all diese Jahre in einer Privatschule in der Schweiz verbracht habe. Nein, ich bin noch unter zwanzig.«
»Okay, Carlotta, dann stelle ich dir gleich mal meinen Freund Vijay Joshi vor«, sagte Sheeni. »Vijay, das hier ist Carlotta Ulansky. Ihre Mutter ist eine berühmte Filmschauspielerin.«
Vijay bedachte mich mit einem warmen, wenn auch offensichtlich falschen Lächeln. Carlotta antwortete mit einem kühlen Nicken. Sie gab ihm nicht die Hand. Peinlich berührt, zog er seine ausgestreckte Rechte zurück.
Als der Unterricht begann, bat Mr. Tratinni in seiner üblichen Manier die neue Schülerin, aufzustehen und sich vorzustellen. Da sie keine unnötige Aufmerksamkeit auf sich lenken wollte, faßte Carlotta sich kurz.
»Ich bin Carlotta Ulansky«, sagte ich, »und gerade aus Los Angeles hierhergezogen.« Dann setzte ich mich und vertiefte mich in mein Lehrbuch; die neugierigen Blicke meiner Klassenkameraden ignorierte ich. Ich hatte zwei Wochen versäumt und war fest entschlossen, meine akademische Vorherrschaft wieder zurückzugewinnen.
Nach der Physikstunde verabschiedete Carlotta sich von meiner Angebeteten und tauchte in der wimmelnden Menge von Redwood Highs schulischen Versagern unter. Als nächstes stand Miss Najflempts Weltkulturenkurs auf dem Stundenplan. Carlotta fand sich in einem Raum wieder, der vor unterdurchschnittlichen IQs nur so vibrierte. Und es war bloß noch der Platz gegenüber dem schwächsten Licht von allen, Dwayne Crampton, frei.
»Hi, Carlotta«, sagte er und pikste mich in die Schulter. »Weißt du, was?«
»Was?« fragte sie gleichgültig.

»Ich habe keine Unterwäsche an«, flüsterte er.
»Schön für dich, Dwayne.«
»Kommst du heute abend in den Wohnwagen?«
»Mit Sicherheit nicht.«
»Und warum nicht?«
»Ich habe etwas sehr Beunruhigendes über dich von Vijay Joshi gehört.«
»Was hat der Kanake denn gesagt?« fragte Dwayne.
»Ein Typ namens Nick habe ihm berichtet, daß du schwul seist. Daß du ihn vergewaltigt hättest.«
»Der Lügner!« zischte Dwayne und errötete.
»Mach das mit Vijay aus«, sagte Carlotta. »Soweit ich weiß, erzählt er es in der ganzen Schule herum.«
Dwayne wollte noch was fragen, aber im selben Moment wurde Carlotta aufgerufen, um aus dem Stegreif einige autobiographische Erklärungen abzugeben. Wie spricht man das aus?!
Sie faßte sich kurz. Anschließend zeigte Miss Najflempt im Gedenken an den Jahrestag des japanischen Angriffs auf Pearl Harbor ein langweiliges Video über die Burakumen, Japans unterdrückte Kaste der Unberührbaren. Diese »unsaubere« Minderheit sieht aus, spricht und verhält sich wie jeder andere. Es ist wahrscheinlich eine ziemlich komplizierte Sache, in Japan zu den Strenggläubigen zu gehören.
Der nächste Kurs war Textiltechnologie I. Dort brachte Mrs. Dergeltry vierundzwanzig jungen Frauen, Carlotta und einem jungen Mann namens Gary bei, groben Stoff in elegante, avantgardistische Kleidungsstücke zu verwandeln. Vielleicht wird mir das irgendwann sogar einmal Spaß machen, wenn ich erst herausgefunden habe, wie ich die Fadenspannung an meiner Nähmaschine einstellen kann. (Carlotta hinkt verzweifelt hinter den anderen her, die bereits mit ihren »Zwischenfuttern«, was auch immer das sein mag, beschäftigt sind.) Trotz Garys Anwesenheit (oder vielleicht gerade deshalb?) haben meine Mitnähe-

rinnen keine Scheu, sich weitestgehend zu entkleiden, wenn sie etwas anprobieren. Sogar Mrs. Dergeltry entledigte sich kurzfristig ihrer Bluse, um einen Entwurf zu testen. Bei ihrem Körperbau müssen der Sitz und das Fassungsvermögen ihrer Kleidungsstücke sorgfältig angepaßt werden.
Als nächstes kam das Mittagessen. Da Sheenis gewohnter Tischgenosse fort war, weil die Schulkrankenschwester seine aufgeplatzte Lippe und das geschwollene Auge versorgen mußte, war es ihr möglich, mit Carlotta zu Mittag zu essen. Wir ergatterten zwei freie Plätze am Tisch der Schulelite. Am anderen Ende des Saals entdeckte ich meinen verhaßten Widersacher Trent Preston, der am Tisch der Schulmannschaft sein Essen mampfte.
»Vijay ist eben von diesem entsetzlichen Dwayne angegriffen worden«, verkündete Sheeni, während sie ihr ordentlich eingewickeltes Essen aus ihrem Brotbeutel holte und es sorgsam auf den verkratzten Tisch legte. Carlotta tat es ihr nach und hoffte, daß die Schnelligkeit ihrer Bewegungen das Zittern ihrer Hände verbergen würde. Ein Mittagessen in der Cafeteria in trauter Zweisamkeit mit Sheeni! In Sichtweite von Trent! Das war beinahe mehr, als ich je zu hoffen gewagt hatte.
»Jungen müssen sich immer auf so aggressive Weise aneinander messen«, psychologisierte Carlotta seufzend. »Das liegt an dem Testosteron, weißt du.«
»Da du gerade von einem erhöhten Testosteronspiegel sprichst, Carlotta«, sagte Sheeni, »der Typ da vorn, den sie Fuzzy nennen, scheint dich zu beobachten.«
Carlotta sah auf und schoß Fuzzy, der am »Möchtegern-Sportskanonen«-Tisch nicht weit entfernt (außer in der sozialen Hierarchie) von Trent und seinen Kameraden aß, einen warnenden Blick zu.
»Vielleicht mag er dich«, meinte Sheeni. »Kennst du ihn?«
»Flüchtig«, antwortete Carlotta unverbindlich.

»Kein bißchen verliebt in ihn?«
Carlotta errötete. »Wohl kaum, Sheeni. Und was ist mit dir? Ist Vijay dein Freund?«
»Nicht direkt, Carlotta.«
Was soll denn das wohl bedeuten?
Sheeni biß in ihr Sandwich, kaute nachdenklich und fuhr dann fort: »Er ist ein netter Kerl. Sehr intelligent. Ich glaube, er mag mich. Aber ich weiß nicht, ob ich über meinen letzten Freund schon ganz hinweg bin.«
Eine Welle des Entzückens schlug über mir zusammen. »Meinst du den Typ in Indien?« fragte Carlotta.
»Ihn auch. Aber ich dachte jetzt an Trent Preston. Er ist der göttergleiche Junge dort drüben mit dem blauen Hemd und der gebräunten Haut. Nein, Carlotta, schau nicht hin. Ich will nicht, daß er denkt, wir reden über ihn. Er geht jetzt mit Vijays Schwester Apurva. Ich fühle mich innerlich so wund, wenn ich die beiden zusammen sehe.«
Carlotta betete, daß ihre dicke Schicht Rouge meine tiefe Gekränktheit einigermaßen verbergen möge. »Du, du bist also noch immer in Trent verliebt?«
»Ich weiß es wirklich nicht, Carlotta. Ich dachte, ich wäre über ihn hinweg. Aber dann hat eine Freundin von mir, die mich letzten Monat besuchte, ihn fürchterlich angemacht. Ich bin wahnsinnig eifersüchtig geworden und habe sie angefaucht, sie solle sofort verschwinden.«
»Oh, und wer war diese Freundin?« fragte Carlotta beiläufig.
»Meine frühere Mitbewohnerin, ein Mädchen namens Taggarty aus New York. Ich finde, sie hat dadurch unsere Freundschaft verraten. Meinst du, daß ich kleinlich bin, Carlotta?«
»O nein! Nein, Sheeni, nein. Mit Sicherheit nicht.« Carlotta war in diesem Punkt außerordentlich mitfühlend.
Eine weitere verhaßte Gegenspielerin von Nick Twisp war soeben in Flammen aufgegangen. Ruhe in Frieden, Taggarty!

»Aber an dem Jungen in Indien liegt dir noch immer ein bißchen?« bohrte Carlotta.
»Sein Name ist Nick, Carlotta. Nick Twisp. Zumindest ist das der Name, den er mir genannt hat. Bei Nick habe ich gelernt, das, was er sagt, niemals vorbehaltlos zu glauben. Das war eine schmerzliche Lektion. Zum Beispiel habe ich von Vijay erfahren, daß Nick meinen Hund durch grobe Fahrlässigkeit getötet und mich dann angelogen hat, um die Sache zu vertuschen. Zum Glück ist der süße Albert in anderer, ganz ähnlicher Form auf die Erde zurückgekehrt. Allerdings hätte ich mir gewünscht, er hätte nicht auch noch einen Doppelgänger an Apurva gesandt. Verwirre ich dich, Carlotta?«
»Äh ... nein, ganz und gar nicht, Sheeni. Und du, hast du Nick nie irgendwelche Unwahrheiten erzählt? Warst du immer ehrlich?«
»Nicht ganz«, antwortete sie und errötete leicht. »Letzten Sommer wußte ich bereits wochenlang, daß ich vielleicht nach Santa Cruz umziehen würde, aber ich habe es Nick nicht gesagt. Ich wollte ihn nicht beunruhigen. Und als er dieses Stipendium in Indien bekam, versuchte ich ihn zu überreden, es abzulehnen. Ich wußte nämlich, daß meine Eltern mir, solange Nick in Ukiah war, erlauben würden, weiter in Santa Cruz zu bleiben. Und dann war da noch meine Affäre mit Ed.«
»Ed?« sagte Carlotta keuchend. Ihre Tischgenossin zuckte heftig zusammen.
»Ja. Ed Smith. Ein süßer Junge aus Iowa, den ich in der Schule kennengelernt hatte. Weißt du, Carlotta, er war zum erstenmal von Des Moines fort und befand sich deshalb in einer gewissen sexuellen Krise. Wir waren auf dem Weg zu einem Motel in Monterey, um zu versuchen, seine ... äh ... sexuelle Orientierung herauszufinden, als wir, was sich später als Irrtum herausstellte, festgenommen wurden. Ich glaube, Nick hat irgendwie Wind von der Sache bekommen.«

Also hatten sie nicht nur einen unschuldigen Ausflug zu dem verdammten Aquarium gemacht! Ich hatte es doch die ganze Zeit gewußt!

»Und warst du ... äh ... denn in der Lage, Ed bei seinen ... äh ... Schwierigkeiten behilflich zu sein?« fragte Carlotta und fürchtete sich schrecklich vor der Antwort.

»Ich habe mein Bestes getan, Carlotta. Der Junge hatte schwere Probleme. Ich denke, es könnte an den repressiven Erziehungsmethoden im mittleren Westen liegen. Am Ende kam ich zu dem Schluß, daß er polymorph pervers ist. Er wollte es ständig in alles Warme, das sich bewegt, hineinschieben. Jedenfalls hat er es in alle entsprechenden Stellen, die er bei mir finden konnte, reingesteckt.«

AUUUUUUU!!!!!!!!

Irgendwie gelang es mir dann doch, das Mittagessen und den Rest des Schultages hinter mich zu bringen. Ich ließ Kaufmännisches Rechnen, Arbeitsraum, Kunst (mit Trent an der Staffelei neben mir!) und Gesundheitserziehung in schwarzer Verzweiflung an mir vorüberziehen – lediglich der kalte Umschlag der Langeweile linderte den Schmerz meines blutenden Herzens. *Meine einzige große Liebe* hat mich betrogen. Mein Leben ist sinnlos geworden.

DIENSTAG, 8. Dezember – Ich habe es überlebt. Nach einer qualvollen, schlaflosen Nacht beschloß ich, Sheeni zu vergeben. Ich sehe jetzt, daß ihre Handlungen durch reine Nächstenliebe inspiriert waren. Sie tat, was sie mit Ed tat, in der lobenswerten Ansicht, einem Mitmenschen zu helfen. Zwar waren ihre Mittel unglücklich gewählt, aber nicht eigentlich verwerflich. Dennoch werde ich unermüdlich darüber wachen, daß eine Wiederholung nicht stattfindet. Sheenis Neigung zur Großzügigkeit muß in positivere Bahnen umgelenkt werden – beispielsweise in Sehnsucht nach dem abwesenden Nick Twisp.

Als Carlotta heute morgen das Haus verließ, um zur Schule zu gehen, hüpfte Bruno Modjaleski mit sportlicher Kraft durch das Tor. Er trug die Footballjacke der Schulmannschaft und hatte ein Lehrbuch für Holztechnologie unter dem Arm.
»Guten Morgen, Carly!« rief er.
»Oh, guten Morgen, Bruno. Du hast mich vielleicht erschreckt.«
»Ich habe dich gestern im Arbeitsraum in der Schule gesehen, Carly. Bist du eine Referendarin oder so was?«
»Wohl kaum, Bruno. Ich bin eine eingeschriebene Schülerin.«
Bruno schien beeindruckt zu sein. »Herzlichen Glückwunsch, Carly. Darf ich deine Bücher tragen?«
»Nein danke, Bruno. Das schaffe ich schon allein.« Ich hatte bereits genügend Feinde, eine eifersüchtige Candy Pringle hätte mir gerade noch gefehlt.
»Ich fahre normalerweise auf meinem Chopper zur Schule«, entschuldigte sich Bruno. »Aber mir ist letzten Samstag eine Zylinderkopfdichtung auseinandergeflogen, als ich mit hundertzehn Meilen die Stunde die Hauptstraße entlanggedonnert bin.«
»Ich hoffe nur, du hast einen Helm getragen, Bruno.«
Bruno schnaubte verächtlich. »Ein Typ wie ich braucht keinen Helm, Carly. Verdammt, ich würde noch nicht mal beim Football einen Helm tragen, wenn der Coach mich nicht dazu zwingen würde.«
»Oh, du spielst Football, Bruno?«
»Mensch, Carly! Ich bin doch der Quarterback!«
»Oh, dann mußt du derjenige sein, den sie die Oberniete der Redwood High nennen.«
»Wer nennt mich so?« wollte Bruno wissen und ballte seine riesigen Hände zu Fäusten.
»Ich glaube, es war einer aus den unteren Klassen«, antwortete Carlotta. »Ein kleiner Inder namens Vijay Joshi. Kennst du ihn?«
»Nein«, knurrte Bruno. »Aber ich werde ihn finden!«

Im Arbeitsraum saß Carlotta neben Fuzzy, der noch niedergeschlagener als gewöhnlich wirkte.
»Meine Mom ist die ganze Nacht nicht nach Hause gekommen«, sagte er anklagend. »Heute morgen mußte ich mir mein Frühstück selbst machen und meine Brote allein einpacken. Dein Dad legt es echt darauf an, Carlotta.«
»Tut mir leid, Frank. Wie ich meinen Dad kenne, trifft er deine Mom wahrscheinlich nur noch, um ein Pfand in der Hand zu haben. Ich könnte mir vorstellen, daß er die Finger von ihr läßt, sobald er seine Klage zurückzieht.«
»Da sehe ich keine Chance«, sagte Fuzzy düster. »Ich glaube, Dad zählt auf einen Teil der dreieinhalb Millionen Dollar, um damit die Streikverluste zu decken. Jetzt hat es dieser verdammte Mr. Ferguson so weit gebracht, daß auch noch die ehemaligen Streikbrecher mitmachen.«
»Tut mir leid, Frank«, wiederholte Carlotta. »Ich bin dir wirklich dankbar für alles, was du für mich getan hast. Es ist mir schrecklich unangenehm, wie mein Dad euer Familienleben stört.«
»Das ist schon in Ordnung, Carlotta. Vermutlich ist es nicht deine Schuld, daß dein Dad ein widerliches Arschloch ist.«
»Weißt du, was, Frank? Vielleicht kann ich dafür sorgen, daß zwischen den beiden Schluß ist. Wie fändest du das?«
»Tatsächlich?« fragte er, und seine Miene hellte sich auf.
»Ich kann es versuchen, Frank. Aber unter Umständen brauche ich deine Hilfe.«
»Die hast du, Carlotta!«
»Natürlich müßtest du mir als Gegenleistung auch ein oder zwei Gefälligkeiten erweisen.«
»Was zum Beispiel?« fragte er voller Mißtrauen.
»Ich werde auf die betreffende Angelegenheit zurückkommen«, antwortete ich, »zu gegebener Zeit.«
Nach fünfundvierzig Minuten im Kurs für Maschineschreiben war Carlotta bereit, sich erneut mit meiner Angebeteten zu

treffen. Wieder kam ich unmittelbar vor dem verhaßten Ausländer im Physikraum an. Ich eroberte den besten Platz hinter Sheeni, wodurch Vijay nichts anderes übrigblieb, als den zweitbesten Platz auf der anderen Seite des Ganges einzunehmen. Er schaute Carlotta mit seinem farbenprächtigen Veilchen und der recht hübsch angeschwollenen Lippe finster an. Carlotta ignorierte ihn geflissentlich und unterhielt sich statt dessen mit ihrer speziellen Freundin.

»Sheeni, ich habe etwas sehr Interessantes über deinen Namen herausgefunden.«

»Was denn, Carlotta?« fragte sie. Sheeni trug heute ein hinreißendes magentarotes Outfit, das hervorragend, so fand ich, mit meinem eleganten schwarzen Ensemble korrespondierte.

»Das kann ich dir jetzt nicht erzählen, Sheeni«, antwortete Carlotta geheimnisvoll. »Laß uns zusammen zum Lunch gehen.«

»Oh, Carlotta, heute hab ich keine Zeit. Ich habe Vijay versprochen, mit ihm zu essen.«

Vijay bleckte auf abstoßende Weise die Zähne in meine Richtung.

»Äh … schön, Sheeni. Ich kann bis morgen warten.«

Im Kurs Weltkulturen experimentierte Dwayne Crampton mit neuen Möglichkeiten, Langeweile durch perverses Benehmen zu zerstreuen. Während wir uns ein Video über die heruntergekommenen, aber kulturell reichen Volksstämme Boliviens ansahen, entblödete er sich nicht, nach vorn zu langen und an Carlottas Zöpfen herumzufummeln. Als ihm das zu langweilig wurde, begann er damit, an ihrem BH-Träger zu zupfen. Da Carlotta keine unnötige Aufmerksamkeit auf sich lenken wollte, wehrte sie sich lediglich mit geflüsterten Verwünschungen und drohenden Blicken.

Das Mittagessen brachte ein willkommenes unvorhergesehenes Ereignis. Sheenis Lunch-Partner mußte absagen, da er sich gezwungen sah, einen weiteren ungeplanten Ausflug ins Büro der Schulkrankenschwester zu machen.

»Die Gewalttätigkeiten nehmen kein Ende, Carlotta«, klagte Sheeni, während sie ihren kleinen Frühstücksbeutel öffnete. Wiederum saßen wir in der Cafeteria in der Ecke der VIPs; Sheeni beanspruchte diesen Platz aufgrund göttlichen Rechts, ich durfte aufgrund unserer keimenden Freundschaft an ihren Privilegien teilhaben. Ich stellte fest, daß Sheeni bereits den zweiten Tag Thunfischsalat aß. Die Frau meiner Träume mag Thunfisch. Was für eine interessante Entdeckung. »Vijay ist schon wieder von so einem Rowdy angegriffen worden!« fuhr sie fort. »Diesmal war es dieser Neandertaler Bruno Modjaleski. Ich überlege, ob ich die Schulverwaltung informieren soll.«

»Eine solche Gewalttätigkeit ist beklagenswert«, stimmte Carlotta ihr zu und faltete ihre schwarze Papierserviette auseinander.

»Schon wieder Thunfisch!« jammerte Sheeni. »Ich hasse Thunfischsalat!«

»Ich rühre ihn selbst kaum an«, entgegnete Carlotta und revidierte ihre kurz zuvor gemachte mentale Notiz. »Aber magst du nicht trotzdem mit mir tauschen? Ich habe Kichererbsenpüree auf Pumpernickel.«

»Nein danke, Carlotta. Das geht schon mit dem Fisch. Also, was wolltest du mir über meinen Namen erzählen?«

»Sheeni, ich glaube, es war ausgesprochen günstig für dich, daß du diese Schule in Santa Cruz verlassen hast. Vielleicht solltest du deinem Freund Nick sogar dankbar sein. Wenn man die Buchstaben deines Namens, Sheeni Saunders, umstellt, dann ergibt sich SEASIDE SHUNNER – die, die sich nicht gerne am Meer aufhält.«

»Oh, du magst Anagramme, Carlotta? Wie interessant. Ich mache das auch sehr gern. SEASIDE SHUNNER, ja, du hast recht.

Allerdings hat ›seaside‹ dieselben Buchstaben wie ›disease‹, Krankheit. Du könntest also genausogut sagen, ich sei ein ›disease shunner‹, jemand, der die Krankheit meidet, was mir passender erscheint.«

Ich hoffe, das heißt, daß Sheeni diesen verstörten Jungen aus Iowa gezwungen hat, ein Kondom überzuziehen, bevor er sich seinen Freistil-Körperöffnungserkundigungsübungen hingab.

»Beide Begriffe haben eine wichtige Bedeutung«, sagte Carlotta nachdrücklich. »Namen sind im kosmischen Sinne signifikant.«

»Hast du noch weitere Anagramme in meinem Namen gefunden?« erkundigte sich Sheeni.

»Ja«, gab Carlotta errötend zu. »Die Buchstaben ergeben ebenfalls A NEEDINESS RUSH, ein Anfall von Bedürftigkeit, und DEARNESS IN HUES, Liebenswürdigkeit in allen Schattierungen. Diese Entdeckungen machte ich heute morgen um vier Uhr nach Stunden fieberhaften Arbeitens an meinem Schreibtisch. Ich nahm sie als ein Zeichen Gottes.«

»Wie interessant. Aber es gibt natürlich noch viel mehr«, sagte Sheeni und begann laut nachzudenken. »Zum Beispiel DUENNA'S HEIRESS, Duennas Erbin, oder A SUNNED HEIRESS, eine sonnenbestrahlte Erbin, oder AN HEIRESS' NUDE, die Nackte einer Erbin. Allerdings bin ich wohl kaum eine Erbin. Dann geht noch HE UNDRESSES IAN, er entkleidet Ian. Ziemlich unsinnig, genauso wie AH RUE SNIDENESS und HERD UNEASINESS. Außerdem ist natürlich noch I SHUN SERENADES, ich halte mich von Serenaden fern, möglich und I SHARE NUDENESS, ich teile Nacktheit. Unter gegebenen Umständen könnten die beiden letzten sogar zutreffen.«

Carlotta war fassungslos. »Sheeni, wie hast du das gemacht?«

»Das ist ganz leicht, Carlotta. Ich stelle mir die Buchstaben vor und schiebe sie im Geiste hin und her. Also: Carlotta Ulansky – schreibt man Ulansky mit einem oder zwei ›l‹?«

»Mit einem.«
»Oh, wie schade. Wenn es zwei gäbe, dann hätten wir UNCLOAK'T ASTRALLY, astral entkleidet, daraus machen können. Interessant, findest du nicht?«
Carlotta nickte mit einem Gefühl des Unbehagens.
Sheeni fuhr fort. »Aber wir haben nur ein ›l‹. Okay, mal sehen. Da hätten wir STARK UNLOYAL ACT, grob unloyale Handlung, und SOCK A TRUANT ALLY, verpaß einem Schule schwänzendem Verbündeten einen harten Schlag. Nicht sehr positiv, was? Wie wär's mit ATTACK ONLY A SLUR, greif nur jemanden an, der deinen Ruf schädigt, oder OK ALL RACY TAUNTS, okay alle geistreichen Spötter, oder ROT KLAN CASUALTY, schrecklicher Unglücksfall in der Familie, oder A CUR SANK TOTALLY, ein Schwein ist völlig gesunken? Alles nicht sehr schmeichelhaft, Carlotta. Es tut mir leid.«
»Das macht nichts, Sheeni«, sagte sie bewundernd. »Das hast du alles im Kopf gemacht? Du mußt ja beim Scrabble unschlagbar sein.«
»Ich habe in dem Spiel schon einige kleine Triumphe davontragen können«, gab Sheeni bescheiden zu.
In jenem Augenblick näherte sich die häßliche Janice Griffloch dem Tisch der Schulelite – eindeutig ein ernster Fall von Verletzung territorialer Rechte. Die Zeit hatte das akute Stadium ihrer Akne nicht zum Abklingen bringen können.
»Vijay ist schon wieder verletzt worden«, sagte sie vorwurfsvoll zu Sheeni. »Womöglich ist sein Arm sogar gebrochen! Das ist alles deine Schuld.«
»Sei nicht unverschämt, Janice«, gab Sheeni verärgert zurück. »Ich bin über diese Angriffe genauso entsetzt wie du.«
»Du Lügnerin!« kreischte sie. »Dir ist Vijay doch ganz egal. Du spielst doch nur mit ihm.«
»Vielleicht solltest du dich erst mal in ein stilles Eckchen zurückziehen und dich beruhigen«, schlug Carlotta vor.

Janice wandte sich erbost zu mir um. »Mit dir rede ich überhaupt nicht! Wer bist du eigentlich, eine Austauschschülerin aus Bulgarien?«

»Ich bin neu hier an der Schule«, antwortete Carlotta mit eisiger Stimme. »Aber ich bin bereits lange genug da, um von Vijay davon in Kenntnis gesetzt worden zu sein, daß du der letzte Mensch auf Erden wärst, mit dem er ausgehen würde.«

»Das hat er nie gesagt!«

»Dann frag ihn doch selbst.«

»Das werde ich!« schnaubte sie und stampfte davon.

»Was für ein unglückliches Geschöpf!« meinte Sheeni. »Wie schrecklich, jemanden zu lieben, der die eigenen Gefühle nicht erwidert.«

Was du nicht sagst, Sheeni.

»Mir ist noch ein Anagramm von deinem Namen eingefallen, Carlotta«, fuhr Sheeni fort. »Ein ganz besonders seltsames: OUTTASK CARNALLY, körperlich überfordert. Was glaubst du, was das zu bedeuten haben könnte?«

Ich habe beim besten Willen keine Ahnung. Aber ich wünsche mir allmählich, ich hätte dieses Thema nie zur Sprache gebracht.

Ich hätte beim Mittagessen die zweite Orangenlimonade keinesfalls trinken dürfen. In der siebten Unterrichtsstunde konnte ich meine übervolle Blase nicht länger ignorieren. Zum erstenmal sah Carlotta sich gezwungen, die Mädchentoilette von Redwood High aufzusuchen. Sie stürzte mit starrem Blick hinein, betrat eine Kabine und schloß schnell die Tür hinter sich. Alter Zigarettenrauch stand in dunklen, giftigen Wolken in der Luft, aber Carlotta störte sich nicht daran, sondern spürte lediglich Erleichterung über das Vorhandensein der Tür. Um den Versuchungen einer übermäßig geschützten Privatsphäre entgegenzuwirken, hatte die Schulverwaltung schon vor langer Zeit die Türen der Toilettenkabinen bei den Jungen entfernen lassen.

Während ich mit unguten Gefühlen auf der Toilettenbrille saß, mußte ich erstaunt feststellen, daß mein Alter ego inzwischen zum Thema grausamer Toilettengraffiti geworden war. Einige der beleidigendsten Sprüche schrieb ich wörtlich in mein Notizbuch ab:

Die Schöne und das Biest
Sheeni und Carlotta essen zusammen zu Mittag.
Falsch! Beide sind Biester!
Was Carlotta betrifft:
Sie kauft ihr Make-up bei Texaco.
Läßt sich die Haare beim Pizza Hut machen.
Und verlangt nach einer Extraportion Schmieröl!
Solche Kleider sind der Grund, warum einer ihrer
Pickel gestorben ist.
Wieso? Für Willits ist sie doch gut angezogen!
Sie tuschelt mit Fuzz im Arbeitsraum.
Neidisch auf seinen Haarwuchs?
Nein, das Mädchen will es besorgt haben.
Aber sie muß ihn erst mal finden.
Sie spielt im Arbeitsraum an ihren Titten rum.
Ja, ich hab Brunos Blick gesehen.

Ich hatte nicht mit meinen Titten gespielt, ich hatte lediglich meinen Büstenhalter zurechtgerückt. Am liebsten hätte ich das an die Wand gekritzelt, aber statt dessen schrieb ich: Ist einer von uns so perfekt, daß wir einer einsamen Fremden ein freundliches Willkommen verweigern können?
Später im Kunstunterricht führte uns der affige Mr. Thorne in die Grundkenntnisse der Aquarelltechnik ein und schlug dann vor, wir sollten unsere »Kreativität erblühen« lassen (so drückte er sich aus). Trent malte eine Klippenlandschaft bei Santa Cruz, die dem Spätwerk von Cézanne eindeutig unterlegen war. Car-

lotta malte ein paar auf gewagte Weise verschmierte orangefarbene und braune Kleckse.
»Ich wünschte, ich könnte so abstrakt malen wie du«, bemerkte Trent, der einen Blick auf mein Werk herüberwarf. »Meine Vorstellungskraft steckt in der Sackgasse des Bildlichen fest.«
»Das ist nicht abstrakt«, gab Carlotta gekränkt zurück. »Das ist das Matterhorn im Herbst.«
»Oh, ja, natürlich, jetzt sehe ich es«, entgegnete Trent lächelnd. Seine Zähne, so stellte ich fest, waren absolut ebenmäßig und strahlend weiß. »Das hast du sehr schön gemacht, Carlotta.«
»Vielen Dank, Trent«, sagte sie, die Lob so bitter nötig hatte, daß sie sogar unaufrichtige Komplimente von seiten ihrer ärgsten Feinde freudig akzeptierte. Außerdem genoß Carlotta die haßerfüllten Blicke der anderen Mädchen, da der am besten aussehende Typ der Schule ihr seine ungeteilte Aufmerksamkeit schenkte.
18.15 – Nach Schulschluß begab sich Carlotta in die Bibliothek, um einige dringend notwendige Recherchen anzustellen. Sie fand, was sie suchte, auf den letzten Seiten des *Journal of the American Medical Association:* die kleine Anzeige einer Firma, die Briefpapier für Mediziner per Postversand vertrieb. Carlotta rief die gebührenfreie Nummer vom Münztelefon der Bibliothek aus an und bestellte die Probedrucke als Eilpaket.
Als sie in den Lesesaal zurückkehrte, entdeckte Carlotta die hübsche Apurva Joshi, die auf ihrem gewohnten Platz saß und in entzückender Verwirrung in ein aufgeschlagenes Buch starrte. Carlotta ging zu ihrem Tisch und setzte sich still auf den Stuhl ihr gegenüber. Apurva blickte nicht auf.
Carlotta räusperte sich. »Du siehst ein wenig verwirrt aus. Kann ich dir vielleicht helfen?«
Apurva hob erschrocken den Kopf und klappte hastig das Buch zu, wobei sich ihr Teint zu einer erstaunlichen Schattierung weizenfarbenen Karmesinrots verfärbte. Von ihrer Reaktion

überrascht, warf ich einen verstohlenen Blick auf den Einband. Es handelte sich nicht, wie ich angenommen hatte, um ihr Algebrabuch. Jetzt war Carlotta an der Reihe zu erröten. Der Buchtitel lautete: *Sexuelle Techniken in der Ehe.*

»Ich ... ich ...«, stammelte Apurva schuldbewußt, »ich wollte nicht ... ich meine, das Buch stand offen im Regal. Ich dachte, jeder könnte es ... Sind Sie die Bibliothekarin?«

»Nein, natürlich nicht, meine Liebe«, beruhigte Carlotta sie. »Es ist dein Recht, jedes Buch, das dir gefällt, zu lesen. Ich selbst habe auch schon in viele Bücher dieser Art geschaut. Als Frauen sollten wir so gut wie möglich über dieses Thema informiert sein. Findest du nicht auch?«

»Doch, sicher«, antwortete sie im Brustton der Überzeugung. »Manchmal komme ich mir so ahnungslos vor. Aber Gott sei Dank sind wir hier in Amerika, wo die Informationen einigermaßen frei zugänglich sind.«

»Bist du nicht von hier?«

»Nein. Ich komme aus Pune. Das ist in Indien. In der Nähe von Bombay. Ich heiße Apurva, Apurva Joshi.«

»Freut mich, dich kennenzulernen, Apurva. Mein Name ist Carlotta Ulansky. Ich bin auch neu in der Stadt.«

»Bist du vielleicht erst kürzlich aus Osteuropa hierher eingewandert?« fragte Apurva, während sie mein Kleid musterte. Ich betete, daß meine Schulterpolster ihrem prüfenden Blick standhalten mochten. Wie üblich ließen Apurvas Rundungen in meinen Augen nicht das geringste zu wünschen übrig.

»Nein, ich komme aus Südkalifornien«, sagte ich befangen. »Meine Mutter ist dort in der Filmbranche ziemlich bekannt.«

Wir unterhielten uns eine Weile über Hollywood und gingen dann – auf Carlottas Vorschlag hin – zu Flampert's, um uns lauwarmen Tee und matschige Kuchenstücke zu holen und noch ein wenig über Mädchenthemen zu schwatzen.

»Ich kann dir gar nicht sagen, wie sehr ich mich freue, dir

begegnet zu sein«, erklärte Apurva. »Es kommt mir fast so vor, als würde ich dich schon seit längerer Zeit kennen, Carlotta.«

»Mir geht es ganz genauso, Apurva. Wir sind beide, wenn auch auf verschiedene Weise, Außenseiter hier. Vielleicht ist es das, was uns zusammengeführt hat. Aber jetzt erzähl mir von dem Buch, das du da eben gelesen hast.«

Apurva errötete und nippte an ihrem Tee.

Carlotta ließ nicht locker. »Du brauchst dich wirklich nicht zu schämen, Apurva. Wir sind doch beide Mädchen, und keiner kann uns hier hören. Ich habe einige Erfahrung auf dem Gebiet. Was für Probleme hast du?«

»Es ... es geht um meinen Freund«, stammelte Apurva und beugte sich erfreulich nahe zu mir herüber.

»Nun, das klingt doch schon mal gut.«

»Wie bitte?«

»Dein Freund, Apurva. Du wolltest gerade von deinem Freund erzählen.«

»Ja, Carlotta. Sein Name ist Trent. Ich liebe ihn, ich liebe ihn abgöttisch.«

»Du bist besessen?«

»O ja, Carlotta. Ganz und gar.«

»Das klingt doch bis jetzt vollkommen normal. Wo liegt das Problem?«

»Also«, flüsterte sie und rückte noch näher, »Freitag abend letzter Woche war ich bei ihm zu Hause. Seine Eltern waren auf einer Sperrholz-Tagung in Portland. Meinen Eltern hatte ich erzählt, ich ginge zu einer Chorprobe in Willits.«

»Du hast also deine Eltern belogen, Apurva. Gut. Das ist ein Zeichen für eine löbliche geistige Unabhängigkeit. Demnach warst du mit Trent ganz allein. Was passierte dann?«

»Nach einer Weile gingen wir in sein Zimmer. Wir stiegen in sein Bett. Wir lasen uns gegenseitig Gedichte vor.«

»Das war alles?«

»Nun ja, dann haben wir unsere Sachen ausgezogen.«
»Alles?«
»Letztendlich ja. Wir waren nach einer Weile ziemlich nackt. Ich war noch nie mit einem Jungen in einer solchen Situation. Ich war ziemlich erregt.«
»Hm«, sagte Carlotta mit einer unerwartet tiefer werdenden Stimme. »Was passierte dann?«
»Dann hat er mich berührt. Da unten. Es war wie ein Elektroschock. Mein ganzer Körper bebte.«
»Hat es dir nicht gefallen?«
»O doch. Es war herrlich. Ich hätte nie gedacht, daß ich so leidenschaftlich sein könnte. Und dann – dann habe ich ihn auch angefaßt.«
»Da unten?«
»Ja«, flüsterte sie. »Ich habe seinen ... äh ... Intimbereich in die Hand genommen und ihm gesagt, daß ich ihn will.«
Carlotta rückte unruhig auf ihrem Stuhl hin und her. Eine Hitzewelle durchflutete sie, und kleine Schweißbäche rannen ihr den Rücken herunter.
»Und, Apurva«, sagte sie, während sie ihre Augenbrauen mit einer Papierserviette abtupfte, »wie hat er ... äh ... reagiert?«
»Gar nicht, Carlotta«, seufzte Apurva.
»Hat ihn das denn nicht ... äh ... angemacht?« fragte ich ungläubig.
»O doch. Das war nicht das Problem. Um genau zu sein, Carlotta, war er größer geworden, als ich es mir nach den Abbildungen, die ich gesehen hatte, vorgestellt hatte. Beträchtlich größer. Aber ich war bereit, ein geringes Maß an Unbehagen in Kauf zu nehmen, um mit meiner großen Liebe vereint zu sein.«
»Was war denn dann das Problem?«
»Ich weiß es nicht. Deshalb habe ich ja das Buch gelesen. Ich denke, ich habe irgend etwas falsch gemacht. Er hörte einfach auf. Wir hatten das Kondom übergestreift und alles. Aber er

rollte wieder von mir herunter und sagte, er halte es für besser, wenn wir zu unseren Gedichten zurückkehrten. Ich kann es gar nicht glauben, daß ich dir das alles erzähle. Aber es ist eine solche Erleichterung, mit jemandem darüber zu reden. Was habe ich bloß falsch gemacht, Carlotta? Sag es mir. Du weißt es doch bestimmt. Was erwarten die Jungen?«
Carlotta seufzte. Weitere Beweise für Trents zutiefst gestörte Geistesverfassung, doch seine irregeleitete Freundin klammert sich sogar noch fester an ihn. Arme Apurva, wie sehr die Liebe doch ihren Verstand benebelt hat! Glücklicherweise hatte Carlotta schon einen Plan, wie die stufenweise Entfremdung der beiden stattfinden sollte. »Apurva, meine Liebe, du darfst nicht so leicht nachgeben. Du versagst Trent das Vergnügen der Eroberung.«
»Aber ich dachte, amerikanische Jungen erwarten, daß ein Mädchen sofort mit ihnen schläft.«
»Das glauben sie nur, Apurva. Tatsache ist, daß sie ausgesprochen enttäuscht sind, wenn es zu schnell dazu kommt. Oft, wie in Trents Fall, passiert es dann, daß der Schock verfrühter Intimität sie sogar funktionsuntüchtig macht. Nein, du mußt dich ein bißchen distanzierter verhalten.«
»Ich sollte Trents Annäherungsversuchen widerstehen, Carlotta?«
»Auf jeden Fall, Apurva. Du mußt dich seiner Umarmung entziehen, seine Küsse abwehren und seine tastende Hand fortschieben. Vermittle ihm den Eindruck, du würdest deine Jungfräulichkeit hüten wie einen Diamanten. Das wird ihn heiß machen.«
»Ich soll also so tun, als wäre ich schwer zu kriegen«, sagte Apurva nachdenklich. »Aber ich dachte, das sei ein im wesentlichen veraltetes Konzept.«
»Solche Sitten kommen und gehen, Apurva, doch ein cleveres Mädchen weiß, daß die ewigen Wahrheiten sich niemals ändern. Die Liebe ist wie ein Footballspiel. Die Jungen wollen sich

erst mal ins Zeug legen und nicht beim ersten Schuß gleich ein Tor erzielen.«

»American Football ist mir ein Rätsel«, gestand Apurva und trank den Rest ihres Tees. »Ich glaube, ich muß darüber auch mal etwas nachlesen. Der liebe Trent redet so häufig voller Begeisterung von irgendwelchen Forty-Niners.«

»Das ist dein Schlüssel zu seinen Sehnsüchten, Apurva. Wenn er versucht, dich zu küssen, dann mußt du sagen: ›Was hat es eigentlich mit diesen Forty-Niners auf sich?‹«

»Was hat es eigentlich mit diesen Forty-Niners auf sich!« wiederholte Apurva. »Oh, Carlotta, ich weiß gar nicht, wie ich dir danken soll. Ich glaube, der liebe Gott hat dich geschickt.«

Das schien mir eine ebenso überzeugende Erklärung zu sein wie jede andere.

Nachdem wir unsere Telefonnummern ausgetauscht und uns herzlich (und äußerst erotisch) umarmt hatten, zahlten wir getrennt unsere Rechnungen und gingen auf getrennten Wegen nach Hause.

20.30 – Gerade habe ich meine Sachen in die Waschmaschine gesteckt und – da ich mir die Toilettenschmierereien doch zu Herzen genommen hatte – auch Carlottas Perücke hineingetan. Kann ich etwas dafür, daß es in sämtlichen Schulräumen so verdammt warm ist, daß ich unter diesem verfluchten Kunsthaar schwitze wic cin Schwein?

21.45 – François redet nicht mit mir. Er schmollt, weil ich mich weiterhin seinen Plänen zur Befreiung Alberts, unseres gefangenen Kindes der Liebe, widersetze. Jeder neue Plan, den er sich ausdenkt, ist, überflüssig zu sagen, tollkühner als der vorherige. Ich kann zum jetzigen Zeitpunkt einfach keine neue Festnahme riskieren. Außerdem habe ich keine Ahnung, wo ich das verdammte undankbare Vieh lassen soll.

23.15 – Ich habe soeben meinen Vater gesehen! In den regionalen Fernsehnachrichten! Er hat mindestens neun Kilo zugenom-

men und ein auffälliges Doppelkinn. Mrs. Cramptons Gerichte scheinen nach wie vor extrem kalorienhaltig zu sein. Dad wurde in Zusammenhang mit einer flammenden Kontroverse über die Eröffnung einer neuen Sägemühle in Costa Rica interviewt. Hiesige Baumstämme werden jetzt dorthin transportiert und dort zu Bauholz verarbeitet, aber laut Dad »wird das nicht zu einem Verlust von Arbeitsplätzen bei uns führen«.
Ich erkannte seinen Gesichtsausdruck sofort wieder. Es war der gleiche Ausdruck tief empfundener Aufrichtigkeit, den er aufgesetzt hatte, als er Mom versicherte, er habe nicht das geringste Interesse an Miss Radmilla Sanders, meiner abnorm gut entwickelten Kindergärtnerin.

MITTWOCH, 9. Dezember – Bruno Modjaleski hat mich heute nicht zur Schule begleitet. Er trat mit lautem Getöse aus dem Tor, womit er Carlottas ohnehin schon strapaziertes Nervensystem heftig erschütterte, und erklärte, er sei für vierundzwanzig Stunden von der Schule suspendiert.
»Dieser Typ hat das, was du mir erzählt hattest, zwar geleugnet, aber ich hab ihn trotzdem vermöbelt«, sagte Bruno und musterte eingehend Carlottas Brust.
Sie hob unsicher die Hand, um ihren Büstenhalter zu befestigen, besann sich dann aber rechtzeitig eines Besseren. »Gewalt kann niemals die Lösung eines Problems sein«, belehrte ihn Carlotta.
»Ach, nein?« sagte Bruno. »Und was ist, wenn du ein hartes Foul einstecken mußtest?«
»Auch dann nicht«, erklärte Carlotta mit Nachdruck.
»Okay, und was ist, wenn man im vierten Viertel und drei Punkte im Rückstand ist und es sich um ein Meisterschaftsspiel handelt?«
»Nein, Bruno. Das ist bloße Haarspalterei.«
»Und bei der Weltmeisterschaft?«
»Nicht einmal dann!« entgegnete sie und setzte ihren Weg fort.

Bruno stieß einen anerkennenden Pfiff aus. »Carly!« rief er. »Es gefällt mir, wie dein Hintern beim Gehen wackelt.«
Was für ein Ekel! Carlotta, die sich einem Stück Fleisch nicht unähnlich fühlte, entfernte sich hastig.
Im Arbeitsraum der Schule beugte sich Fuzzy mit entsetztem Blick zu ihr herüber. »Carlotta, was ist mit deinen Haaren passiert?« flüsterte er.
»Warum? Was ist denn?« flüsterte ich zurück und betastete verunsichert meine Frisur.
»Das sieht ja aus wie irgendein komischer Afro-Look. Was hast du mit ihnen angestellt?«
»Mensch, Frank, ich hab sie gewaschen. Und jetzt kann ich nichts mehr damit anfangen. Ist es wirklich so schlimm?«
»Du siehst aus wie ein Rastafari.«
»Scheiße! Na ja, dann muß ich mich wohl noch unauffälliger verhalten. Vielleicht bemerkt es dann niemand.«
Ein guter Plan, aber kein perfekter. Als Carlotta durch die Flure ging, spürte ich, daß mich viele neugierige Blicke verfolgten. Nach dem Schreibmaschinenunterricht schlich ich mich auf die Toilette und schaffte es, von einem Latino-Mädchen, das über seinen gezupften Augenbrauen einen zwanzig Zentimeter hohen, toupierten Haarturm aufgebaut hatte, ein wenig Haarspray zu schnorren. Die Verzögerung kostete mich im Physikunterricht meinen Vorzugsplatz direkt hinter Sheeni. Als ich im Klassenraum erschien, saß der angeschlagene Vijay bereits dort, den linken Arm hübsch in einer Schlinge gefangen und die Nase vornehm in einem blutigen Taschentuch vergraben. Carlotta nahm mit dem zweitbesten Platz vorlieb und schenkte ihrer liebsten Freundin, die sich offensichtlich höflich bemühte, meine Frisur *nicht* anzustarren, ein warmes Lächeln.
»Guten Morgen, Carlotta«, sagte Sheeni. »Vijay ist eben von Janice angegriffen worden. Diese gewalttätigen Ausschreitungen sind einfach grauenhaft!«

»Das Mädchen ist eine Hysterikerin«, klagte Vijay mit näselnder Stimme. »Man sollte sie der Schule verweisen.«

»Das ist vermutlich die Liebe«, meinte Carlotta voller Mitgefühl. »Wenn das Objekt der Begierde die Gefühle nicht erwidert, können enttäuschte Erwartungen zu wahren Verzweiflungstaten führen. Ich habe solche Dinge schon erlebt. Häufig verfestigt sich die Gewalttätigkeit zur Gewohnheit. Vijay, ich möchte dir nahelegen, Karate zu lernen oder von der Schule abzugehen.«

»Ich habe dich nicht um deinen verdammten Rat gebeten!« sagte er von oben herab.

Trotz Vijays flegelhaften Benehmens fühlte sich Sheeni verpflichtet, ihre so häufig verschobene Essensverabredung mit ihm einzuhalten. Kochend vor Eifersucht, nahm Carlotta ihr Mittagessen als Fuzzys Gast am Möchtegern-Sportskanonen-Tisch ein. Sie kaute lustlos an ihrem Sandwich herum und bemühte sich, das Tête-à-tête am anderen Ende der Cafeteria zu ignorieren.

»Im Nähkurs nähe ich mir einen hübschen Glockenrock, Frank«, erzählte ich in dem Bemühen, mich abzulenken.

»Das ist ja schön, Carlotta«, sagte er. »In welcher Farbe?«

»Schwarz.«

»Oh.«

»Wenn du möchtest, werde ich ihn dir bei Gelegenheit einmal vorführen.«

»Okay, Carlotta. Ach, übrigens, wie steht's mit deinem Plan, deinen Dad und meine Mom auseinanderzubringen? Ich weiß genau, daß sie bis jetzt noch nicht ein einziges Weihnachtsgeschenk für mich gekauft hat.«

»Ich arbeite daran, Frank«, sagte ich mürrisch und beobachtete voller Entsetzen, wie Vijay seine ekelhafte Pfote auf Sheenis nackten Arm legte. Carlotta wird Bruno eben dazu bringen müssen, auch diesen Arm noch zu brechen!

»Nicht ein einziges Geschenk«, beschwerte sich Fuzzy. »Sie ist ständig damit beschäftigt, mit deinem Dad, diesem fetten Schwein, herumzumachen.«

Carlotta wand sich auf ihrem Stuhl. Jetzt ließ Sheeni ihren zarten Arm auf Vijays abstoßender Schulter ruhen.

»Erschieß den Kerl«, zischelte François. »Du weißt, wie du an die Knarren deines Vaters rankommst, Frank. Mach das Arschloch fertig.«

»Aber Carlotta«, sagte Fuzzy schockiert. »Er ist dein Vater!«

»Okay, dann hör auf zu jammern, und laß mich die Sache in die Hand nehmen.«

»Mann, was bist du für eine Schnepfe. Was ist los mit dir, Carlotta? Kriegst du deine Tage?«

»Leck mich, du sexistisches Schwein!«

In Gedanken noch mit ihren Mordgelüsten beschäftigt, fand sich Carlotta vor dem Kunstraum plötzlich von Miss Pomdreck in eine dunkle Ecke gedrängt.

»Carlotta«, sagte meine Beratungslehrerin eindringlich, »weder Ihre Papiere noch Ihr ärztliches Attest sind bisher eingetroffen.«

»Es tut mir leid, Miss Pomdreck. Ich bin sicher, daß diese Verzögerung auf die ungeheuerliche Inkompetenz des Postwesens zurückzuführen ist.«

»Nun, das Attest brauche ich bis spätestens Freitag. Miss Arbulash hat sich bereits erkundigt, warum Sie nicht zum Sportunterricht erscheinen.«

Miss Arbulash war Redwood Highs gefeierte Bodybuilderin und die Sportlehrerin für Mädchen.

»Sie bekommen das Attest bis Freitag, Miss Pomdreck. Das verspreche ich Ihnen.«

»Gut. Oh, noch etwas, Carlotta. Sie werden Ihre Frisur ändern müssen. Nach den Kleidungsvorschriften dieser Schule sind Dreadlocks nicht erlaubt.«

»Ja, Miss Pomdreck.«

»Ich bin ohnehin überrascht, daß ein junges Mädchen mit Ihrem

Charakter und Ihrer Erziehung eine so auffällige und unvorteilhafte Frisur trägt.«

Damit wären wir immerhin zwei, Lady.

Im Kunstunterricht malte Trent ein Winslow-Homer-an-einem-schlechten-Tag-Aquarell, auf dem Windsurfer zu sehen waren, die durch das von der Sonne gesprenkelte Wasser vor dem Pier von Santa Cruz glitten. Carlotta legte eine kraftvolle Schmiererei aus purpurnen, grünen und schwarzen Klecksen auf das Papier.

»Du bringst eine solche Energie in deine Kompositionen, Carlotta«, bemerkte Trent mit seinem entwaffnenden Lächeln.

»Vielen Dank, Trent«, sagte ich ebenfalls lächelnd, »aber ich bin lediglich ein Kanal. Die Kinetik liegt in meinem Objekt.«

»Und um was handelt es sich da?«

»Die Gaswerke in Hamburg. Der breite wäßrige Streifen im Vordergrund ist der Rhein.«

»Phantastisch, Carlotta. Und so imaginativ. Meine Objekte sind im Vergleich zu deinen so unromantisch.«

»Das ist wahr«, stimmte ich ihm zu. »Aber laß dich dadurch nicht entmutigen.«

Vielleicht strotzt Trent dermaßen vor angeborenem Charme, daß er fortwährend kleine Mengen davon ablassen muß, damit nicht ein gefährlicher innerer Druck entsteht – ähnlich wie den sexuell Inaktiven durch einen therapeutischen feuchten Traum Entlastung verschafft wird. Wie soll ich mir Trents kriecherische Annäherungsversuche im Kunstunterricht anders erklären?

19.15 – Nach der Schule ging Carlotta auf direktem Weg zu Flampert's, strebte entschlossen in die Perückenabteilung und erstand eine mittelbraune, leicht gewellte mit weißblonden Strähnen für 13,99 Dollar. Natürlich wagte sie es nicht, die Perücke im Laden anzuprobieren. Aber später, in der Abgeschiedenheit ihres ihr leihweise überlassenen Zuhauses, stellte sie dankbar fest, daß die neue Frisur ihrem Gesicht weitaus mehr schmeichelte als das zerzauste Gebilde von Mrs. DeFalco.

Außerdem war dieses Exemplar Gott sei Dank mit einer Waschanleitung versehen.
Was für eine Erleichterung, mein Kleid auszuziehen, mich abzuschminken und einfach nur Nick Twisp, der jugendliche Ausreißer, sein zu können. Als ich aus dem Fenster spähte, entdeckte ich erfreulicherweise ein Eilpaket, das auf der Veranda auf mich wartete. Ich holte es unauffällig herein, riß die Verpackung auf und fand einen dicken Stapel teuer bedrucktes und eindeutig echtes Briefpapier für Mediziner. Allerdings hatte irgendein wichtigtuerischer Spielverderber unglücklicherweise dafür gesorgt, daß auf jedes einzelne Blatt in knallroter Signalfarbe (unauslöschlich?) das Wort MUSTER gedruckt worden war.
20.55 – Kerosin, Benzin, Aufheller, Fleckenteufel, Nagellackentferner, Azeton, Gallseife, Pickelcreme, Zitronensaft, Essig, Zahnpasta, menschlicher Speichel, Terpentin, Chianti, Haarspray, Lederpflege, Clorox. Die verdammte rote Druckfarbe ist gegen alles resistent! Kenn ich, kenn ich!
21.45 – Heureka! Als ich mich schon fast damit abgefunden hatte, in Miss Arbulashs Umkleideraum das Handtuch (und meine erektile Reaktion) eisern unter Kontrolle halten zu müssen, entdeckte ich das lebensrettende Lösungsmittel. Es hatte sich bereits die ganze Zeit in meiner unmittelbaren Nähe befunden. Ich hätte meine Nase einsetzen sollen. Womit entfernt man rote Druckfarbe? Mit derselben bemerkenswerten Formel, die sowohl enthemmt als auch die Libido entflammt: Carlottas Lieblingsparfum, »Zuckungen« von Calvin Klein.

DONNERSTAG, 10. Dezember – Carlottas neue Frisur war ein großer Erfolg. Der inzwischen nicht mehr vom Unterricht ausgeschlossene Bruno verdoppelte seine ungeschickten Gartenweg-Komplimente, und auch Fuzzy sparte im Arbeitsraum nicht mit bewundernden Kommentaren. Miss Pomdreck nickte beifällig von der anderen Seite des Korridors, als sie zu einem

Beratungsgespräch im Umkleideraum der Jungen verschwand, und in der Physikstunde war die allerliebste Sheeni mit ihrem Lob geradezu verschwenderisch (für ihre Verhältnisse).
»Carlotta, es gefällt mir, was du mit deinem Haar gemacht hast«, rief sie. »Vijay, sieht Carlotta heute nicht nett aus?«
Der schwer angeschlagene Ausländer saß auf dem zweitbesten Platz und bemühte sich, Sheenis Frage mit höflicher Neutralität zu beantworten und mich dabei völlig zu ignorieren. Natürlich machte er sich dadurch gründlich lächerlich. Carlotta würdigte ihn keines Blickes.
»Ich hätte mir die Haare niemals bei Heady Triumphs machen lassen sollen«, seufzte Carlotta. »Diese Lacey dort hat doch recht eigenartige Vorstellungen von Frisurengestaltung.« Ich muß zugeben, daß es nicht gerade fair war, auf diese Weise einen Sündenbock aus dem Hut zu zaubern, aber Carlotta hielt es für nötig, eine Erklärung für ihre gestrige mißlungene Frisur abzugeben.
»Sie ist übrigens die Freundin meines Bruders Paul«, ließ Sheeni mich wissen. »Erinnerst du dich noch an das, was ich dir von meiner früheren Mitbewohnerin Taggarty erzählt habe? Nun, nachdem Taggarty sich an Trent herangemacht hatte, schlug ich ihr vor, sie solle sich von Lacey die Haare schneiden lassen. Sie fuhr in Tränen aufgelöst zurück nach Santa Cruz, die Ärmste. Ich nehme an, inzwischen ist es wieder herausgewachsen.«
»Lacey hat mir auch mal die Haare geschnitten«, fuhr Vijay dazwischen. »Das war die Idee von diesem Halbstarken, diesem Nick Twisp. Er mochte sie, weißt du.«
Carlotta warf dem verräterischen Schleimer einen vernichtenden Blick zu. »Und du fandest Lacey kein bißchen attraktiv?« fragte sie eisig.
»Nicht im geringsten«, erwiderte Vijay verächtlich.
Lügner! Er hat seine schmutzige Begierde ja kaum im Zaum halten können.

»Und was ist mit Taggarty, Vijay?« fragte Carlotta zuckersüß. »Hast du sie mal kennengelernt?«
Vijay rutschte unruhig auf seinen Blutergüssen hin und her. »Nur ganz flüchtig«, grummelte er. »Ich mochte sie nicht sonderlich.«
»Wirklich nicht?« fragte Sheeni. »Ich dachte, sie hätte dir gefallen, Vijay. Damals hatte es ganz den Anschein.«
Vijay wollte etwas entgegnen, aber zu seinem Glück klopfte Mr. Tratinni in diesem Moment auf den Tisch, um die Klasse zum Schweigen zu bringen.
Im Nähkurs gelang es Carlotta nach vier vergeblichen Versuchen, endlich einen Reißverschluß in ihren Glockenrock einzusetzen. Zur Feier des Tages zog Mrs. Dergeltry ihre Bluse aus und die hübsche Ambrosia Krinkler ihr Kleid. Ambrosia stellte dabei einen bemerkenswert durchsichtigen Bikini-Slip zur Schau, dessen Anblick Carlotta dazu zwang, eine Weile hinter ihrer Nähmaschine sitzen zu bleiben. Auf Gary schien das Höschen jedoch keine Wirkung zu haben, denn er bewegte sich weiterhin ohne biologisch verursachte Behinderungen frei durch den Klassenraum.
Wieder aßen Carlotta und Sheeni getrennt zu Mittag. Heute wurde Redwood Highs neueste Schülerin in einer intimen Ecke der Cafeteria zum Gegenstand eines Interviews durch die Starreporterin Tina Manion.
»Ehrlich, mein Leben war bisher fürchterlich langweilig«, gestand Carlotta. »Ich kann mir wirklich nicht vorstellen, warum du mich interviewen willst.«
Tina biß herausfordernd in einen Kartoffelchip und starrte geistesabwesend auf meine Brust. Carlotta tat dasselbe mit ihrer und versuchte, nicht an andere Knollengewächse zu denken, an denen jene üppigen Lippen geknabbert hatten.
»Du bist zu bescheiden, Carlotta. Soweit ich weiß, ist deine Mutter eine berühmte Schauspielerin.«

»Ja, schon, meine Mutter hat ... äh ... sozusagen anonym in sehr vielen Filmen mitgewirkt. Sie bevorzugt jene kleinen, saft- und kraftvollen Rollen«, erwiderte Carlotta und wurde plötzlich rot.
»Was für Rollen?« fragte Tina und schnippte einige Chipskrümel von ihrer Bluse auf meinen Rock. Ich fragte mich, ob dies irgendeine Form von subliminaler Kommunikation war.
»Charakterrollen«, antwortete Carlotta. »Meine Mutter spielt oft diese kleinen, aber anspruchsvollen Charakterrollen. Zum Beispiel hat sie die weissagende Zigeunerin in *Terminator 2* gespielt.«
»Oh, den Film habe ich gesehen. Aber ich kann mich gar nicht an eine weissagende Zigeunerin erinnern.«
»Mutter würde sich über dieses Kompliment sehr freuen. Sie glaubt, daß große Schauspieler sich so sehr mit ihren Rollen identifizieren sollten, daß sie in der *mise en scène* verschwinden. Ich mußte mir den Film dreimal ansehen, bevor ich Mutter entdeckte. Und das, obwohl ich natürlich nach ihr Ausschau hielt.«
»Das ist erstaunlich, Carlotta. In welchen anderen Filmen hat sie noch mitgewirkt?«
»Oh, unter anderen in: *Dr. Strangelove*, *Cleopatra* – dort spielte sie Liz Taylors große Schwester –, *Lawrence von Arabien*, *Son of Flubber*, *Harold und Maude*, *... denn sie wissen nicht, was sie tun.*«
»Carlotta!« rief Tina. »Deine Mutter hat einen Film mit James Dean gedreht! Hat sie ihn gekannt?«
»Natürlich, Tina. Mutter kannte alle Hollywoodstars. Jimmy kam oft bei uns vorbei, um unseren Pool zu benutzen, als seiner wegen dieser schlimmen Algenpest, die damals, 1955, so verbreitet war, gereinigt werden mußte. Das war natürlich vor meiner Zeit. Meine Mutter war damals selbst noch ein junges Mädchen.«
»Ob sie wohl eine Affäre hatten?« flüsterte Tina, wobei sie näher

rückte und auf eine mir vertraute Weise ihre warme Hand auf Carlottas Bein legte. Carlotta störte es nicht.

»So wie ich Mutter kenne, Tina, halte ich das für durchaus möglich.«

»Hat deine Mutter mit vielen Hollywoodstars rumgemacht?«

»Jeder hat mit jedem rumgemacht, Tina. Es lag an diesen Winden, weißt du? Heiße, trockene Wüstenwinde. Wir nannten sie die Santa Ana Winde. Die fegten durch das Tal von San Fernando und nahmen den Duft der Orangenblüten auf, und dann wehte dieses konzentrierte Parfum über den Cahuenga Paß bis zu uns nach Hollywood. Das hat die Schauspieler verrückt gemacht. Wenn die Bedingungen unerträglich wurden, mußten die Studios sogar vorübergehend schließen. Die Schauspieler konnten die Finger nicht voneinander lassen. In einem Rausch meteorologischer Begierde riß man sich gegenseitig die Kleider von den Leibern.«

»O mein Gott!« stöhnte Tina und krallte die Finger in mein Bein. »Das ist ja unglaublich!«

»Ich glaube, es war ...äh ... recht stimulierend. Heutzutage hat der Smog diesem Problem natürlich weitgehend ein Ende bereitet.«

»Mit wem hatte deine Mutter denn sonst noch Affären, Carlotta?«

»Oh, das kann ich nun wirklich nicht preisgeben. Mutter wäre stinkwütend. Wenn jemand vom *National Enquirer* anruft, knallt sie jedesmal ärgerlich den Hörer auf die Gabel. Nein, Tina, meine Lippen sind versiegelt.«

»Bitte, Carlotta«, flehte sie, und ihr Griff wurde noch fester. »Es bleibt unter uns.«

»Ich kann dir nur soviel sagen: Es waren allesamt große Stars, etliche von ihnen übrigens Oscar-Gewinner.«

»Das ist ja unglaublich!« wiederholte Tina und ließ endlich Carlottas Bein los.

Ich machte eine mentale Notiz, es später auf blaue Flecken zu überprüfen.
»Wie war es für dich, Carlotta, in einer kulturell so reichen Umgebung aufzuwachsen?«
»Das war für mich gar nichts Besonderes«, behauptete Carlotta. »Man gewöhnt sich daran. Morgens kommt man die Treppe herunter, und da liegt William Holden stockbesoffen auf dem Sofa. Das nimmst du ganz cool zur Kenntnis. Du mixt für Bill eine Bloody Mary, erzählst ihm, daß du ihn in seiner Rolle in *Network* bewundert hast und machst dich eilig auf den Weg zur Schule. Mir kam das alles ganz normal vor.«
»Und dein Vater, Carlotta? War er auch beim Film?«
»Äh ... kann sein. Ich ... äh ... weiß es nicht so genau.«
»Du weißt es nicht?« fragte Tina, wobei ihre journalistische Verwirrung sie noch reizvoller als sonst erscheinen ließ.
»Um ehrlich zu sein, Tina, ich habe keine Ahnung, wer mein Vater ist. Mutter kennt natürlich sämtliche Kandidaten, aber sie weigert sich strikt, über dieses Thema zu reden. Sie behauptet, das gehe mich nichts an.«
»Das geht dich nichts an!? Wer dein eigener Vater ist! Es könnte ja ... es könnte ... Steve McQueen sein!«
»Das glaube ich nicht, Tina. Mutter bevorzugt große Männer. Steve McQueen war klein.«
»Steve McQueen war klein?« fragte sie schockiert.
»Furchtbar klein«, sagte Carlotta und schüttelte sich. »Praktisch ein Zwerg.«
»Das ist ja unglaublich«, sagte Tina und starrte Carlottas Gesicht an.
Ich rückte unruhig auf meinem Stuhl hin und her. »Stimmt irgend etwas nicht, Tina? Ist mein Lippenstift verschmiert?«
»Nein, Carlotta. Ich versuche nur gerade herauszufinden, ob du irgendeiner Berühmtheit ähnlich siehst.«
»Oh! Und?«

Tina betrachtete noch einige Augenblicke Carlottas Gesicht, bevor sie antwortete. »Nun, du schaust wie jemand aus, den ich schon einmal gesehen habe. Ich komme nur nicht darauf, wer es ist.«

»Eigentlich bin ich meiner Mutter ähnlich«, sagte ich in dem Bemühen, sie von ihrer Spur abzulenken. »Die genetischen Beiträge meines Vaters, welche auch immer es sein mochten, müssen recht spärlich gewesen sein. Ich frage mich ernsthaft, ob ein so wenig durchsetzungsfähiger und genetisch einflußloser Mensch überhaupt Schauspieler gewesen sein kann.«

»Was könnte er denn sonst gewesen sein?« bohrte Tina weiter.

»Vielleicht ein Drehbuchautor. Du weißt schon, einer von diesen schwächlichen Alkoholikern mit Nikotinatem und einer beängstigenden Schreibmaschinenblässe. Mutter bestellt sie immer zu sich in den Wohnwagen und verlangt, daß sie die Drehbücher umschreiben. Vielleicht ist eine dieser nächtlichen Drehbuch-Konferenzen außer Kontrolle geraten.« Den Satz mag ich!

»Und neun Monate später erblickte der überraschende Schluß der Story das Licht der Welt«, fügte Tina hinzu.

»Das ist möglich«, pflichtete Carlotta ihr bei. »Ich habe eine sehr ausgeprägte literarische Begabung. Das muß natürlich nicht zwangsläufig bedeuten, daß mein Vater ein Drehbuchautor war.«

»Trotzdem kommt mir dein Gesicht bekannt vor, Carlotta. Gibt es irgendwelche berühmten Drehbuchautoren?«

»Leider nicht, Tina. Das ist ein völlig anonymer Beruf.«

»Weißt du, was? Sag mir deine Telefonnummer. Sobald mir einfällt, an wen du mich erinnerst, rufe ich dich an.« Nachdem sie meine Nummer auf ihrem Stenoblock festgehalten hatte, stellte Tina noch eine letzte Frage. »Also, Carlotta, welchen Eindruck hast du als neue Schülerin von der Redwood High?«

»Die Redwood High ist keine schlechte Schule«, antwortete Carlotta gönnerhaft. »Ein bißchen provinziell, natürlich. Aber das war zu erwarten. Und die Art, wie die Schüler sich hier kleiden, ist so hoffnungslos altmodisch. Ich komme mir fast vor, als hätte ich eine Reise in die Vergangenheit gemacht.«

Tina lehnte sich zurück. »Ich will ja nicht unhöflich sein, Carlotta, aber dasselbe könnte man über deinen Kleidergeschmack auch sagen.«

»Es *ist* von den Schülern und Schülerinnen bereits gesagt worden, Tina. Um genau zu sein, kritzeln sie es wahrscheinlich, während wir sprechen, auf die Wände der Toiletten. Diese armen, irregeleiteten Ignoranten.«

»Was meinst du damit?« fragte Tina beunruhigt.

»Tina, meine Liebe, um es ganz offen zu sagen, für den Fall, daß du wirklich nicht Bescheid weißt: Das Ensemble, das ich heute trage, ist in Beverley Hills zur Zeit der *dernier cri.*«

»Tatsächlich?« fragte Tina verblüfft.

»Ja, genau. Die Modefarbe ist schwarz und der Schnitt italienische Vorkriegszeit. Der Trend nennt sich Mussolini Revival.«

»Aber ich hab das bisher in keiner einzigen Modezeitschrift gesehen, Carlotta.«

»Zeitverschiebung«, erklärte Carlotta und drapierte ihre Stola um. Diese Magazine werden Monate im voraus konzipiert. Der *Il Duce Scirocco* ist gerade erst vor einer Woche den Rodeo Drive heraufgefegt.«

»Ehrlich?«

»Ja, aber selbst ich widersetze mich einigen der ganz extremen Aspekte dieses Modetrends.«

»Und welche wären das?« fragte sie.

»Zum Beispiel die Beine nicht zu rasieren«, flüsterte Carlotta. »Tina, der Verkauf von Rasierern stürzt in Brentwood und Bel Air in den Keller. Der Zottellook ist angesagt.«

»O mein Gott!« rief Tina entsetzt aus.

»Es kann natürlich noch eine Weile dauern, bis diese Modewelle Ukiah erreicht«, fügte Carlotta beruhigend hinzu.

Reporter sind doch alle gleich, dachte Carlotta später, als sie sich auf den Weg zum geisttötenden Kurs Kaufmännisches Rechnen machte. So inspirierend leichtgläubig. Besonders die hübschen.

Nach der Schule eilte Carlotta in die Stadtbücherei, um dort die klapprige Leihschreibmaschine zu benutzen.

Da das Entfernen der roten Druckfarbe mein gesamtes medizinisches Briefpapier rosa verfärbt hatte, entschied ich mich, um jeden möglichen Verdacht zu zerstreuen, den Briefkopf einer Ärztin zu benutzen. Nach einer Viertelstunde hatte ich diese gediegene Fälschung produziert:

HILARY DOCTOR, M.D.
123 ELM STREET
ANYTOWN, MASSACHUSETTS 02167

Ärztliches Attest

Nach eingehender Untersuchung meiner Patientin Carlotta Ulansky diagnostiziere ich hiermit, daß die Patientin an einem ganz transparent offensichtlichen Fall des Ossifidusbrittalussyndroms leidet. Dieser bedauernswerte Zustand ist charakterisiert durch die vorzeitige Verkalkung der Skelettmasse, was zu einer chronischen Verminderung der Dehnfestigkeit der Knochen und Gelenke führt. Deshalb muß Miss Ulansky von jeglicher körperlichen Anstrengung befreit werden, wozu, allerdings nicht ausschließlich, Tätigkeiten wie Schneeschaufeln, Rasenmähen, Teppichklopfen, Staubsaugen, Baumwollpflücken und vor allem der Sportunterricht gehören. Was diesen letztgenannten Punkt betrifft, so muß ich unter allen Umständen darauf bestehen.

Ich wünsche Miss Ulansky alles Gute bei ihrem Kampf gegen diese gefürchtete, aber dankenswerterweise seltene Krankheit.

Mit freundlichen Grüßen
Hilary Doctor, M.D.

Aber hallo!

Äußerst professionell, würde ich sagen. Ich frage mich, ob Hilary selbst nach all den Jahren des Medizinstudiums es hätte besser machen können.

Auf meinem Weg nach draußen hörte ich zwischen den Regalen mit Lyrik jemanden mit melodischer Stimme säuseln: »Was hat es eigentlich mit diesen Forty-Niners auf sich?« Ich blieb stehen und spähte den schwach beleuchteten Gang hinunter. In der finstersten Ecke der Dichtung des 20. Jahrhunderts wurde Trent Preston bei seinem Versuch, Apurva Joshi zu küssen, zurückgewiesen. Entschlossen entfernte diese seine Hand vor ihrem Pulli, sah auf, erblickte Carlotta und grüßte sie mit einem einzigen Lächeln.

»Oh, hallo, Carlotta. Wie schön, dich wiederzusehen. Trent, Liebling, das ist meine Freundin Carlotta.«

»Wir sind uns bereits begegnet«, sagte Trent liebenswürdig. »Wir sind zusammen im Kunstunterricht, Apurva. Aber ich wußte gar nicht, daß ihr beide euch kennt.«

»Wir sind alte Freunde«, erklärte Apurva. »Ich hatte gehofft, dich hier zu treffen, Carlotta. Ich würde mich sehr freuen, wenn du morgen zu uns zum Abendessen kommen könntest.«

Carlotta zwang sich zu einem Lächeln. »Du meinst, mit deiner Familie, Apurva?«

»Ja, meine Mutter ist eine hervorragende Köchin.«

Ein Abendessen mit Vijay und dem finsteren Mr. Joshi. Was für ein Angriff auf die Verdauung. »Ich habe eine bessere Idee, Apurva. Laß uns morgen doch zum Essen in ein Restaurant gehen. Nur wir beide. Ich lade dich ein. Sagen wir um sieben im Golden Carp?«

»Ja gut, gerne, Carlotta. Wenn dir das lieber ist. Gibt es dort auch vegetarische Gerichte?«

»O ja. Sie haben eine umfangreiche vegetarische Speisekarte. Das Kung Pao Tofu, so habe ich mir sagen lassen, ist köstlich.«

»Gut. Mir ist es egal, aber Mutter wird es bestimmt wissen wollen.«

»Schatz, warum werde *ich* nie zum Essen bei dir eingeladen?« fragte Trent schmollend.

»Weil mein Vater dich liebend gern vergiften würde«, erwiderte Apurva.

Das wären schon zwei, dachte Carlotta und schenkte dem glücklichen Paar ein wohlwollendes Lächeln.

21.45 – Als ich nach meinem Abendessen gerade den Abwasch erledigte, wurde ich durch ein Klopfen an der Hintertür erschreckt. Ich knipste schnell das Licht aus und spähte durch den alten Spitzenvorhang.

»Nick, ich bin's«, erklärte eine Schattengestalt auf der hinteren Veranda. »Laß mich rein.«

»Hi, Frank«, sagte ich und öffnete ihm die Tür. »Was für eine Überraschung. Ich dachte, du hättest Hausarrest.«

»Das hab ich auch«, erwiderte Fuzzy, trat ein und legte seinen schweren Parka ab. »Aber meine Theorie über Hausarrest lautet: Wenn man ihn einfach ignoriert, erledigt er sich von selbst. Jedenfalls sind meine Eltern zur Zeit so sehr damit beschäftigt, einander zu hassen, daß sie mir kaum noch Aufmerksamkeit schenken.«

»Das Gefühl kenne ich, Frank. Möchtest du vielleicht ein Glas Wein? Ich habe noch einen Krug mit Fusel aus dem Nachlaß deiner Großmutter.«

»Her damit, Alter.«

Ich füllte zwei Wassergläser mit dem abscheulichen roten Gesöff.

»Auf die Gleichgültigkeit unserer Eltern«, sagte ich und hielt mein Glas in die Höhe.

»Darauf trinke ich auch«, erwiderte Fuzzy, stieß mit mir an und nahm einen kräftigen Schluck.

Ich nippte vorsichtig und überwand schließlich den wohlbe-

gründeten Widerstand meines Gaumens. Fuzzy hatte allem Anschein nach ähnliche Kämpfe auszufechten.
»Schmeckt ein bißchen vergoren«, gab er zu. »Aber er erfüllt seinen Zweck.«
»Wollen wir's hoffen.«
In der Speisekammer fand ich eine verstaubte Dose mit gesalzenen Nüssen. Wir setzten uns an den Küchentisch und kosteten unsere Knabbereien. Die Ranzigkeit der Nüsse ergänze, so bemerkte ich, den modrigen Geschmack des Weins. Fuzzy rülpste zustimmend.
»Schön, dich wiederzusehen, Nick«, sagte er. »Ich hatte schon begonnen, dich als ein Mädchen zu betrachten.«
»Manchmal fühle ich mich beinahe selbst so«, meinte ich.
»Ich weiß nicht, Nick. Vielleicht ist es nicht so gesund, sich immer wie ein Mädchen anzuziehen. Du könntest dadurch, weißt du, irgendwie seelisch verbogen werden.«
»Bis jetzt fühle ich mich noch nicht besonders verbogen, Frank.«
»Aber paß auf, Nick. So etwas könnte sich ganz still und leise einschleichen.«
»Eines mußt du wissen, Frank. Ich habe inzwischen einen gewaltigen Respekt vor dem, was Frauen durchzumachen haben. Als Mädchen hat man es nicht leicht.«
»Bist du sicher, Nick? Vielleicht ist es nur schwierig, ein Mädchen zu sein, wenn man ein Junge ist.«
»Das glaube ich nicht, Frank. Ich meine, schon allein, was man morgens, bevor man das Haus verläßt, alles machen muß. Das entspricht ungefähr dem, was ein Junge zu erledigen hätte, der sich zugleich auf einen Ringkampf und den Abschlußball vorbereitet. Und dann bist du den ganzen Tag lang in Sorge, ob dein Make-up noch frisch und deine Frisur noch in Ordnung ist. Ganz zu schweigen von den Belästigungen.«
»Was für Belästigungen, Nick?«
»Bruno und Dwayne, Frank. Sie sind scharf auf Carlotta.«

»Du machst Witze, Nick.«
»Nein, im Ernst. Und wenn du es genau wissen willst – auch Trent hat ein Auge auf sie geworfen. Ich weiß mit Sicherheit, daß irgend etwas den Typ davon abhält, es mit Apurva zu treiben.«
»Aber Nick, im Vergleich zu Apurva ist Carlotta ein Fliegenschiß. Entschuldige bitte, war nicht persönlich gemeint.«
»Nun, Gott weiß, wie sehr ich mich abmühe«, erwiderte ich gekränkt. »Außerdem liegt die Schönheit im Auge des Betrachters, Alter.«
»Carlotta ist tatsächlich ziemlich beliebt«, räumte Fuzzy ein. »Du solltest mal lesen, was sie schon alles über sie an die Klowände geschrieben haben. Warst du in letzter Zeit auf der Jungentoilette?«
»Natürlich nicht. Ich benutze die Mädchentoilette.«
»Ist das legal, Nick?«
»Es steht nirgendwo geschrieben, daß es verboten ist, Frank.«
»Wie ist es denn da, Nick? Ich war noch nie auf einer Mädchentoilette.«
»Das will ich auch hoffen. Es ist das Übliche: Zigarettenqualm, Flüche, Klatsch und Tratsch, den Schwachen ein bißchen Geld aus der Tasche locken, Ränke schmieden. Oh, und jede Menge Aktivitäten in Sachen ›Wer ist die Schönste im ganzen Land?‹ Wenn der Zigarettenqualm dich nicht umbringt, dann eben das Haarspray.«
»Ziehen die Mädchen sich auf der Toilette aus?« fragte Fuzzy lüstern.
»Warum sollten sie das, Frank? Ziehen sich die Jungen auf der Jungentoilette etwa aus?«
»Nur Malcolm Deslumptner.«
Malcolm Deslumptner war der in der ganzen Schule bekannte onanierende Exhibitionist der unteren Klassen. Er machte es überall: auf den Toiletten, in ein Becherglas im Chemielabor,

hinter dem Vorhang der Aula während einer offiziellen Festveranstaltung (man konnte sehen, wie der rote Samtvorhang sich rhythmisch bewegte), im Bus bei einem Ausflug der Diskussionsgruppe und einmal sogar auf der Tribüne des Stadions, vor den Augen der eigenen Cheerleader-Mädchen (die Go! Go! Go! riefen, als Malcolm kam, kam, kam).

»Der Typ ist echt krank«, stellte Fuzzy fest.

»Er sehnt sich nur nach Aufmerksamkeit«, erwiderte ich. »Das geht uns doch allen so. Da wir gerade beim Thema sind – was steht denn über Carlotta in der Jungentoilette?«

»Üble Sachen, Nick. Tut mir leid, dir das sagen zu müssen. Jemand hat geschrieben, Carlotta sei scharf auf Sheeni. Sie nennen dich eine Lesbe, Nick.«

»Die haben ja Nerven! Sah die Schrift wie die von Vijay aus?«

»Ja, das könnte sein, wenn ich's mir recht überlege.«

»Das überrascht mich nicht, Frank. Der Typ ist verzweifelt. Er muß feststellen, daß er es im Kampf um Sheenis Zuneigung noch nicht mal mit einer *Frau* aufnehmen kann.«

»Na ja, er geht immerhin mit ihr auf den Weihnachtsball.«

Ich knallte mein Glas so heftig auf den Tisch, daß Mrs. DeFalcos alter Fusel auf die Blümchentapete spritzte. »Was?!«

»Ich hab's heute im Sportunterricht von Dwayne erfahren. Die ganze Schule weiß es schon. Vijay hat Sheeni gefragt, und sie hat ja gesagt.«

Schlimme, schlimme Neuigkeiten. Ich bemühte mich, ruhig zu bleiben.

»Scheiße!« fluchte ich leise. »Wie kann er denn auf einen Ball gehen? Er hat doch einen gebrochenen Arm.«

»Es ist nur eine starke Verstauchung, Nick. Der Gips kommt nächste Woche ab.«

Tolle Leistung, Bruno! Dir werde ich bestimmt keine Kekse mehr backen!

»Was wirst du machen, Nick?«
»Ich werde mir etwas ausdenken, Frank. Vijay wird sein Fett noch abkriegen.«
»Da wir gerade beim Thema sind, Nick, vergiß nicht, etwas wegen deines Vaters zu unternehmen.«
»Keine Sorge, Frank. Ich hab da schon einen Plan.«
»Ja?« fragte Fuzzy interessiert. »Was für einen?«
»Ich habe beschlossen, Dad mit jemandem zusammenzubringen, der jünger und hübscher ist als deine Mom. Das ist das mindeste, was ich tun kann.«
»Um was zu erreichen?« fragte Fuzzy.
»Daß er nicht allzu gründlich nach mir sucht«, antwortete ich. »Eine Menge Eltern würden Flugblätter verteilen und sich mit dringenden Appellen ans Fernsehen wenden. Dad läßt sich überhaupt nicht aus der Ruhe bringen – er arbeitet an seiner Desinformationskampagne, setzt immer mehr Speck an und genießt seine Schäferstündchen mit deiner Mom.«
»Macht dir das denn gar nichts aus, Nick?«
»Nee.«
»Ist es nicht beängstigend, von deinen Eltern getrennt zu sein? Überhaupt keine, du weißt schon, Sicherheit zu haben?«
»Manchmal ist es wirklich beängstigend. Aber um ehrlich zu sein, Frank, mit der Sicherheit war es auch nicht so weit her, als ich noch bei ihnen lebte. Wenigstens muß ich mir jetzt nicht mehr von ihnen sagen lassen, was ich zu tun und nicht zu tun habe.«
»Was das betrifft, bist du wirklich zu beneiden, Nick.«
»Schauen wir den Tatsachen doch ins Auge, Frank. Abgesehen von einer gewissen finanziellen Sicherheit, sind die Eltern doch so ab dem Teenageralter nur noch zwei groteske Karbunkel in deinem Leben.«
»Darauf trinke ich«, sagte Frank. Wir erhoben unsere Gläser.
»Ich jedenfalls«, fuhr ich fort und warf mir eine Handvoll Nüsse

in den Rachen, um den Geschmack des Weins zu mildern, »habe meine Operation früh hinter mich gebracht.«
»Was für eine Operation?« erkundigte sich Fuzzy.
»Meine Karbunkeltomie!«
23.30 – Das Klingeln des Telefons weckte mich aus einem alkoholisierten Schlummer.
»Hallo?« murmelte ich in den Hörer.
»Kann ich bitte mit Carlotta sprechen?«
»Oh, hi, Tina«, sagte Carlotta, plötzlich hellwach, aber immer noch mit schwerer Zunge.
»Hi, Carlotta. Ich habe deine Stimme zuerst gar nicht erkannt. Weißt du, was? Mir ist ein Schriftsteller eingefallen, dem du ähnlich siehst.«
»Wer?« fragte Carlotta.
»Truman Capote.«
»Truman Capote!«
»Es besteht ohne Zweifel eine gewisse Ähnlichkeit. Hat deine Mutter ihn gekannt?«
»Nicht im eigentlichen Sinne des Wortes, Tina. Das kann ich dir versichern. Und jetzt gute Nacht.«
»Warte, Carlotta! Hast du jemals gelispelt? Vielleicht, als du noch kleiner warst?«
»Gute Nacht, Tina!« *Klick.*
Manche Leute haben vielleicht Nerven! Ich bin sicher, daß ich dem verstorbenen Truman Capote nicht im geringsten ähnlich sehe. Außerdem bin ich viel größer.

FREITAG, 11. Dezember – Wieder ein äußerst spannender Tag, liebes Tagebuch. Was ich wirklich brauche, ist eine Vollzeitsekretärin, die alle Einzelheiten meines aufregenden Lebens auf dem Stenoblock festhält.
Heute morgen, in einem Moment geschwächten Urteilsvermögens, ließ ich mich von Bruno so weit einschüchtern, daß er

Carlotta auf seinem Chopper zur Schule fuhr. Bis in die vierte Unterrichtsstunde hinein zitterte mein Körper wie Espenlaub. Im Nähunterricht zuckte aufgrund des immer noch anhaltenden Entsetzens alle paar Sekunden ein Krampf durch mein rechtes Bein, der meinen Fuß auf das Pedal der Nähmaschine schnellen ließ und meterweise schwarzen Stoff unter der Nadel entlangjagte. Ich fürchte, der Saum meines unseligen Glockenrocks wird niemals Mrs. Dergeltrys kritischem Blick standhalten können.

Mein Schultag begann in Miss Pomdrecks Büro, wo meine ältliche Beratungslehrerin endlich Carlottas ärztliches Attest bekam.

»Eine Ärztin namens Doktor«, bemerkte sie nachdenklich. »Äußerst passend, in der Tat. Offensichtlich hat sie eine sehr gründliche Berufsberatung genossen. Ich wünschte nur, meine eigenen Fälle wären auch so einfach zu handhaben. Und wo bitte liegt Anytown, Carlotta?«

»Äh ... in der Nähe von Watertown, Miss Pomdreck. Der Ort wurde nach Matthew Any benannt, dem berühmten Kämpfer gegen die Sklaverei.«

»Ah ja, eine bemerkenswerte Gestalt unserer Geschichte. Nun, das scheint ja alles in Ordnung zu sein. Ich werde eine Kopie Ihres Briefes in Miss Arbulashs Fach legen. Erst gestern sagte sie mir, wie sehr sie sich darauf freue, Sie endlich an der Sprossenleiter zu sehen. Es tut mir wirklich sehr leid, daß Sie so krank sind. Ihre Hände zittern ja. Haben Sie große Schmerzen, meine Liebe?«

»Es ist auszuhalten«, sagte Carlotta.

»Nun, überanstrengen Sie sich nicht, Carlotta. Wenn Sie sich schlecht fühlen oder Schmerzen haben, dann können Sie sich jederzeit in Schwester Filmores Büro begeben und sich dort ausruhen. Oder, wenn Ihnen das lieber ist, dürfen Sie auch nach Hause gehen.«

Das kannste laut sagen!

Mensch, ein Freischein, um die Schule zu schwänzen. Der Traum jedes Teenagers!

Ein paar Augenblicke später erwartete Fuzzy mich im Arbeitsraum mit einer Bombe.

»Sieh dir das an, Carlotta«, flüsterte er und zeigte auf die Titelschlagzeile der heutigen Zeitung. Dicke schwarze Druckbuchstaben schrien mir entgegen: »Jugendlicher Ausreißer in riesiger Drogenrazzia gefaßt.«

Schockiert überflog ich den Bericht.

»Carlotta«, flüsterte Fuzzy, »da steht, sie hätten Nick Twisp mit Kokain im Wert von vier Millionen Dollar in seinem Regenmantel in Seattle geschnappt. Wie, bitte, ist das möglich?«

»Es ist nicht möglich«, flüsterte ich fassungslos. »Nick besitzt gar keinen Regenmantel. Und er war noch nie in Seattle. Und mit Sicherheit ist er gestern nicht dort mit einem Flugzeug aus Islamabad gelandet.«

»Wo ist denn das?« fragte Fuzzy.

»Äh ... in Pakistan, glaube ich«, antwortete ich und erinnerte mich plötzlich an den netten Pakistani, den ich auf dem Flug nach Los Angeles kennengelernt hatte.

»Das ist in der Nähe von Indien, soviel ich weiß«, flüsterte Fuzzy. »Carlotta, glaubst du, daß Vijay dahintersteckt?«

»Möglich, Frank. Aber nicht wahrscheinlich.«

»Carlotta, in dem Bericht wird dein Vater zitiert.«

»Wo?«

»Auf der zweiten Seite. Am Ende des Artikels.«

Ich fand den fraglichen Absatz. Dort stand. »George W. Twisp, Pressereferent einer holzverarbeitenden Firma und Vater des mutmaßlichen Drogendealers, erklärte uns in seinem Büro, er bedauere die Taten seines Sohnes zutiefst: ›Der Junge ist schlecht, durch und durch schlecht. Wir haben alles, was in unserer Macht stand, für ihn getan – ihn auf teure Privatschulen geschickt, ihm hübsche Kleidung gekauft und einen teuren

Computer –, aber er war unverbesserlich. Ich kann nur hoffen, daß man dem Jungen im Gefängnis den Kopf zurechtrückt. Nick ist für seine Mutter und mich eine große Enttäuschung.‹«

Dieses Gefühl beruht auf Gegenseitigkeit, Dad.

Als Carlotta in der Physikstunde erschien, saßen alle über irgendwelche Zeitungen gebeugt – sogar Mr. Tratinni.

»Carlotta! Hast du schon das Neueste gehört?« fragte Sheeni. »Nick ist verhaftet worden!«

»Ich weiß«, erwiderte ich. »Das ist ein furchtbarer Schock.«

»Mich überrascht das überhaupt nicht«, behauptete Vijay, dessen Blutergüsse bedenklich stark zu verblassen begannen. »Dieser Nick Twisp ist ein prinzipienloser Rohling. Ihm traue ich auch die schlimmste Untat zu.«

Ach tatsächlich? Wie wäre es mit dem Erdrosseln eines verräterischen Klassenkameraden?

»In mancher Hinsicht gebe ich mir die Schuld daran«, sagte Sheeni und schüttelte traurig den Kopf. »Ich habe Nick immer ermuntert, sich ein bißchen aufmüpfig und nicht so ermüdend brav zu verhalten. Ich hatte nie geglaubt, daß er sich meinen Rat so sehr zu Herzen nehmen würde.«

»Frauen können einen tiefgreifenden moralischen Einfluß auf Männer ausüben«, bestätigte Carlotta.

»Das alles hat nichts mit dem zu tun, was du gesagt oder getan hast, Sheeni«, meinte Vijay. »Sein Vater hat völlig recht. Nick war von Geburt an ein schlechter Mensch. Ich wußte es seit dem Augenblick, als er anfing, mit seinen angeblichen Erfolgen im Französischunterricht zu prahlen. Sein Französisch war jämmerlich!«

»Aber soweit ich weiß, war er in Physik recht gut«, zischte Carlotta.

»Fast so gut wie du, Carlotta«, bemerkte Sheeni und lächelte. »Weißt du schon, daß du bei dem Test gestern die beste Note bekommen hast?«

»Reines Anfängerglück«, erwiderte Carlotta bescheiden.
»Zweifellos«, knurrte Vijay.
Carlotta unterdrückte den Impuls, einen Akt der Gewalttätigkeit zu begehen, und wandte sich statt dessen meiner Angebeteten zu. »Sheeni, mir ist da was zu Ohren gekommen, mit wem du zu dem Weihnachtsball gehst.«
»Nun ja, Vijay hat sich einverstanden erklärt, mich zu begleiten.«
»Das ist ja süß«, sagte Carlotta lächelnd. »Ich bin so froh, daß ihr beide euch die Freude an solchen sozialen Ereignissen nicht durch den gewaltigen Größenunterschied verderben laßt.«
»Ich bin fast so groß wie sie!« fauchte der unterentwickelte Ausländer.
»Natürlich bist du das«, entgegnete Carlotta zuckersüß. »Sheeni, ich hoffe, du beabsichtigst, flache Schuhe zu tragen. Pumps wären in diesem Fall, glaube ich, ein schwerer Fehler.«
»Ich habe noch gar nicht darüber nachgedacht, Carlotta. Aber das ist ein guter Vorschlag.«
»Und wer wird mit der reizenden Carlotta zum Weihnachtsball gehen?« erkundigte sich Vijay.
Bevor mir eine passende Antwort einfiel, klopfte Mr. Tratinni auf den Tisch, um uns zur Ordnung zu rufen.
Ich nutzte meine neue Freiheit und verließ zur Essenszeit das Schulgebäude, um von zu Hause aus Joanie anzurufen. Meine Schwester nahm nach dem fünften Läuten ab; sie klang noch gehetzter als gewöhnlich.
»Nick! Lassen sie dich telefonieren?«
»Läßt wer mich was?« fragte ich verwirrt.
»Die Bullen«, sagte Joanie. »In Seattle.«
»Darum rufe ich ja an, Joanie, um das zu klären. Da ist wohl ein kleiner Irrtum unterlaufen. Ich weiß nicht, wen sie verhaftet haben, aber mich jedenfalls nicht.«
»Du warst das nicht?«
»Natürlich nicht.«

»Mensch, Nick, das wird Mom aber gar nicht gefallen. Sie hat Lance gerade zum Flieger nach Seattle gebracht.«
»Gut. Ich hoffe, das Ding fällt vom Himmel.«
»Nick, wo steckst du?«
»Oh, hier und dort. Mach dir keine Sorgen, Joanie. Mir geht's gut. Ich schmuggle keine Drogen. Ich führe ein anständiges Leben. Ja, ich gehe sogar zur Schule.«
»Nick, so kannst du nicht weitermachen. Du bringst uns alle noch um den Verstand.«
»Joanie, es geht mir gut. Mach dir keine Gedanken. Was ist denn das für ein Krach?«
Ich konnte im Hintergrund laute Stimmen hören.
»Das sind die Männer vom Bestattungsinstitut«, antwortete sie geheimnisvoll.
Meine Gedanken rasten. Ich stellte mir Dr. Dimby vor, wie er tot über seinem Laptop zusammengebrochen war – in der Blüte seiner Jahre durch die Zwänge des Universitätsbetriebs und unvorhergesehener Vaterschaft dahingerafft.
»Joanie«, fragte ich atemlos, »wer ist gestorben?«
»Meine Nachbarin, Nick. Miss Ulansky. Die Jungs von Essen auf Rädern haben sie vor ungefähr einer halben Stunde gefunden. Es sieht so aus, als wäre sie sanft entschlafen, während sie sich ein Video ansah.«
»Das ist ja schrecklich. Welcher Film war es denn?«
»Nick, sei nicht so morbid.«
»Ich bin nicht morbid. Filme bedeuteten ihr sehr viel. Welchen hatte sie sich angesehen?«
»*Die zehn Gebote.* Warum?«
»Dann ist sie jetzt in Gottes Händen«, sagte ich düster. »Oder wenigstens in denen von Charlton Heston.«
»Nick, wie kommt es nur, daß du so ein Querkopf geworden bist?«
»Schlechte familiäre Verhältnisse, nehme ich an.«

»Wie auch immer, du solltest Mutter wohl besser mal anrufen. Sie denkt, du seist von Gangstern gekidnappt worden, die dich dann zum Drogenschmuggel gezwungen hätten.«

»Wow. Das klingt ja ganz so, als finge Mom an, mir ein bißchen moralischen Kredit zu geben. Das ist immerhin ein gewisser Fortschritt. Nein, Joanie, ruf du sie an. Richte ihr aus, daß es mir gutgeht, und außerdem, daß ich mal bei ihr vorbeischauen werde, wenn ich erwachsen bin.«

»Nick, das kann ich ihr nicht sagen. Du rufst sie an.«

»Ich werde darüber nachdenken.«

»Gut. Melde dich wieder bei mir.«

»Okay, Joanie. Wie geht es Dr. Dimby?«

»Bestens. Und er heißt Dindy, Nick. Kimberly ist ausgezogen, und so haben wir jetzt viel Platz für das ...« Sie hielt inne. »Für uns.«

»Das freut mich. Ich hoffe, ihr werdet alle beide sehr glücklich sein.«

Carlottas spirituelle Mutter ist gestorben. Wie traurig. Aber wie gut, daß die junge Miss Ulansky ein so reichhaltiges Sortiment an Trauerkleidung hat. Ich frage mich, wie alt Bertha Ulansky geworden ist? Nicht einen Tag jünger als neunzig, schätze ich. Einmal war auch sie in Carlottas Alter und hatte noch ihr ganzes Leben vor sich. Jetzt ist sie nur noch eine störende Unterbrechung für ihre Nachbarn und eine alltägliche lästige Pflicht für den Bestattungsunternehmer. Wenigstens wird sie in ihren vierhundert Filmen anonym weiterleben. Tod: der letzte Zensor. Er wartet auf uns alle mit seiner Schneideschere – wenn unsere Farben verblassen und unser Zelluloid sich langsam auflöst.

Von der Vergänglichkeit des Lebens seelisch aus der Bahn geworfen, beschloß ich, mir den Nachmittag frei zu nehmen und jeden einzelnen goldenen, flüchtigen Moment auszukosten. Zwanzig Minuten später, als ich es leid war, das Leben in seiner ganzen Fülle zu genießen, kaufte ich mir ein *Penthouse*, blätterte eine Weile darin herum, befaßte mich entschlossen mit einer plötzlichen M.E., drückte mehrere sprießende Pickel aus und machte dann ein Nickerchen. Das Leben muß weitergehen, entschied ich, als ich in einen Zustand zeitloser Unbewußtheit glitt.

17.45 – Nachdem ich aufgewacht war, rief ich eilig Fuzzy an.

»Frank«, sagte ich fröhlich, »erinnerst du dich an den Gefallen, den du mir schuldest?«

»Welchen Gefallen?« fragte er.

»Dafür, daß ich deine Mom und meinen Dad auseinanderbringe.«

»Schönes Auseinanderbringen, Nick. Ich glaube, Mom ist heute abend mit dem Blödmann verabredet. Sie hat sich gerade die Haare frisieren und die Beinhaare mit Wachs entfernen lassen.«

»Keine Sorge, Frank. Die Sache ist so gut wie erledigt. Und nun zu dem Gefallen: Du weißt doch, daß bald der Weihnachtsball stattfindet?«

»Ja. Was ist damit?«

»Hast du schon eine Partnerin?«

»Wie denn, Nick? Heather ist schließlich in Santa Cruz.«

»Gut. Frank, ich möchte, daß du mit Carlotta dorthin gehst.«

»Was?!«

»Frank, du hast keine Partnerin. Carlotta hat keinen Partner. Das paßt doch hervorragend.«

»Nick, du bist nicht mehr bei Verstand. Ich gehe mit keinem Jungen auf keinen Ball!«

»Frank, ich verspreche dir, daß Carlotta hübsch aussehen wird. Und feminin. Niemand wird es jemals erfahren.«

»Nichts da, Nick! Das ist mein letztes Wort.«

»Okay, Frank. Dann wünsche ich dir ein frohes Fest mit deiner Mom – und meinem Dad.«

»Würde ich denn mit dir tanzen müssen, Nick? Ich tanze auf keinen Fall was Langsames mit dir.«

»Okay, Frank, keine langsamen Tänze.«
»Und auch kein Händchenhalten.«
»Okay, Frank, keine öffentliche Demonstration von Zuneigung. Aber ich erwarte ein hübsches Ansteckstäußchen.«
»In Ordnung, Nick. Doch wenn jemals herauskommen sollte, daß Carlotta ein Junge ist, bist du ein toter Mann.«
»Völlig gerechtfertigt, Frank. Sehe ich dich am Wochenende?«
»Ja, wahrscheinlich komme ich mal vorbei.«
»Hast du Lust, mit Carlotta einkaufen zu gehen, um ihr Kleid auszusuchen?«
»Möchtest du mein dickes königliches Prachtstück lutschen?«
»War ja nur eine Frage, Frank. Welche Farbe hat denn der Anzug, den du auf dem Ball tragen wirst?«
»Wie wäre es mit Pink?«
»Frank!«
»Okay, Nick. Blaugrau vermutlich.«
»Na ja, das paßt ja wohl zu deiner Stimmung.«
»Allerdings«, brummte er. »So, Nick, ich gehe mir jetzt die Augenbrauen zupfen.«
Mein erster Schulball. Zwar nicht gerade mit der Partnerin meiner Träume, aber wenigstens werde ich mich damit trösten können, daß ich mich im näheren Umfeld jener liebenswerten Person aufhalte. Ich überlege, ob Carlotta einen Viehstab in ihrem Ballkleid verstecken könnte, um ihn gegen verliebte Inder zur Anwendung zu bringen.
Wie die Zeit verfliegt! Carlotta muß sich beeilen, sich für ihre Verabredung zum Abendessen mit der reizenden Apurva zurechtzumachen.
23.30 – Ich bin zurück. Was für eine Nacht! Da plant man einen ruhigen Abend mit einer lieben Freundin und findet sich unter einem Dornenstrauch in eisiger Kälte kauernd wieder. Das sind die täglichen Wechselfälle im Leben eines heranwachsenden Obdachlosen.

Wie es ihrer Gewohnheit entspricht, kam Carlotta zehn Minuten zu früh im Golden Carp an. Nachdem Steve, der chinesische Kellner mit dem stark gelichteten Kopfhaar, sie zu einem besonders hübschen Tisch unter einer geschnitzten Rosenholzpagode gebracht hatte, wartete sie und trank ihren Tee. Neunzehn Uhr, neunzehn Uhr fünfzehn, neunzehn Uhr dreißig. Keine Apurva in Sicht. Um zwanzig Uhr zehn, als die inzwischen halb verhungerte Carlotta sich gerade das einsame Sparmenü für eine Person bestellen wollte, schwang die Tür auf, und herein stürmte Sheeni Saunders – atemlos glühend und auf schmerzliche Weise betörend. Mein Herz klopfte vor freudiger Überraschung, als meine eine und einzige Liebe zu meinem Tisch herübereilte.

»O Carlotta, du bist ja noch hier«, sagte Sheeni. »Ich hoffe, du hast noch nicht allzulange gewartet.«

Um ihre Verwirrung zu verbergen, setzte Carlotta ein freundliches Lächeln auf. Hatte sie etwa ihren Liebling Sheeni mit der hübschen Apurva verwechselt? Verursachte das verschwenderische Versprühen ihres Parfums »Zuckungen« womöglich Gedächtnisschwund?

»Äh ... nein, Sheeni«, stammelte Carlotta. »Bitte, setz dich doch. Du bist genau rechtzeitig gekommen.«

Nun war es an Sheeni, verwirrt dreinzublicken. Sie hielt beim Aufhängen ihres Mantels inne.

»Rechtzeitig wozu, Carlotta?«

»Oh, wozu auch immer. Zum Abendessen vielleicht?«

»Ich habe schon gegessen«, sagte Sheeni, glitt auf den Stuhl neben mir und zog ihre Handschuhe aus. »Vor Stunden. Aber bitte, warte nicht länger mit deiner Bestellung. Apurva kommt heute nicht.«

»Sie kommt nicht?« fragte Carlotta, zugleich erleichtert, enttäuscht und freudig erregt.

»Nein. Der süße Vijay hat mich gerade angerufen und mir die

schlechte Neuigkeit mitgeteilt. Apurva hat von ihren Eltern Hausarrest gekriegt. Sie konnte dich nicht erreichen, also hat sie Vijay gebeten, hierherzukommen und dir Bescheid zu sagen. Statt dessen hat er mich angerufen.«

»Oh, ich verstehe«, sagte Carlotta, winkte Steve herbei und bestellte das Sparmenü für eine Person. Sheeni warf einen Blick auf die Karte und entschied sich für einen Cappuccino – etwas, was der vorsichtige Nick in einem chinesischen Restaurant nie getan hätte. Aber ihm gefiel eine Frau, die gefährlich lebte.

»Ich wußte gar nicht, daß du mit Apurva befreundet bist«, sagte Sheeni.

»Oh, wir haben uns zufällig vor kurzem kennengelernt, Sheeni. Die Stadt ist ziemlich klein, weißt du?«

»Ja, betrüblich klein, Carlotta.«

»Es tut mir leid, das mit Apurva und ihren Eltern zu hören. Weißt du, wo das Problem liegt?«

»Vijay hat kurz darüber gesprochen. Apurva hat ihren Eltern letzte Woche erzählt, sie gehe zu einer Chorprobe in Willits, aber statt dessen hat sie den Abend allein mit Trent Preston verbracht. Irgendwie haben sie das rausbekommen.«

Carlotta, die jeden Verrat meilenweit riechen konnte, ahnte etwas. »Und *wie* haben sie es rausbekommen?«

Sheeni betrachtete beiläufig das Dach des großen Rosenholztempels, das sich über unseren Köpfen wölbte. »Ob sie das Ding wohl jemals abstauben?« fragte sie.

»Wie haben sie es rausbekommen?« wiederholte Carlotta.

»Heute kam mit der Post ein Brief, der die mutmaßlichen Vorgänge detailliert schilderte. Er trug keine Unterschrift.«

»Die Behauptungen könnten auch falsch sein«, stellte Carlotta fest.

»Mr. Joshi hat Trents Eltern angerufen und sich bestätigen lassen, daß sie an dem betreffenden Abend auf einer Versammlung in einer anderen Stadt waren. Er hat außerdem bei Apurvas

Chorleiterin nachgefragt. Sie sagte ihm, Apurva habe sich an dem Abend aus gesundheitlichen Gründen entschuldigt. Mit diesem Beweismaterial konfrontiert, gab Apurva alles zu.«

»Die Ärmste«, seufzte Carlotta. »So viel Blödheit ist ihr durchaus zuzutrauen.«

»Ja«, sagte Sheeni. »Und jetzt mußte sie leider eure Verabredung sausenlassen.«

»Wer, glaubst du, hat den Brief geschickt?« fragte Carlotta. »Es können ja nicht viele Leute von der Sache gewußt haben.«

»Nur eine Handvoll, nehme ich an.«

»Wußtest *du* davon, Sheeni?« fragte Carlotta beiläufig.

»Mag sein«, antwortete Sheeni ebenso beiläufig. »Ich glaube, Vijay erwähnte so etwas.«

Endlich wurde Carlottas Schweinefleisch mit gebratenem Reis gebracht, aber mein Hunger war inzwischen verflogen. Die Situation war auf schmerzliche Weise eindeutig. Sheeni hatte den Brief geschrieben. Sie war noch immer hartnäckig in Trent verliebt und wollte, daß Apurva aus seinem Leben verschwand. Dummerweise hatte ich ihre Intrige auch noch ungewollt unterstützt. Statt ihr zur jungfräulichen Verweigerung zu raten, hätte ich Apurva dazu ermutigen sollen, das zu verlangen, was ihr gutes Recht ist: sofortige, leidenschaftliche Inbesitznahme durch Trent Preston. Solange dieser verwirrte Poet noch in Sheenis Kopf herumspukt, werde ich keinen Frieden haben. Ich muß meine Angebetete davon überzeugen, daß Trent ein für allemal außer Reichweite ist.

Während Carlotta angestrengt nachdachte, ließ Sheeni ihren Cappuccino erst einmal und dann noch ein zweites Mal zurückgehen.

»Ich empfehle den Tee«, sagte Carlotta und griff nach ihrer Tasse. »Die Chinesen haben mit diesem Geschmack mehr Erfahrung.«

»Das gerbsäurehaltige Gesöff kann man wohl kaum als Tee

bezeichnen«, entgegnete Sheeni und beäugte meinen Teller. »Ißt du deine Frühlingsrolle nicht, Carlotta?«

»Nein. Ich bin nicht sehr hungrig. Du kannst sie wirklich haben, Sheeni.«

Sheeni verspeiste meine Frühlingsrolle, das meiste von meinem Schweinefleisch und dem gebratenen Reis und eine beträchtliche Portion Krabben mit Gemüse. Steve, der noch immer über den zurückgegangenen Cappuccino schmollte, warf ihr mißbilligende Blicke zu. Auf der Karte war zwar in sehr kleiner Schrift, aber doch deutlich zu lesen, daß das Sparmenü für eine Person *nicht* mit jemand anderem geteilt werden sollte. Steve nahm, wie ich wußte, solche Dinge ernst. Er arbeitete achtzehn Stunden am Tag, sieben Tage in der Woche, und betrachtete das Leben infolgedessen als einen aufreibenden Existenzkampf. Obwohl ich selbst fast gar nicht arbeite, habe ich eine ähnliche Lebensanschauung.

Sheeni ignorierte Steves empörte Seufzer und fragte Carlotta über ihre Schulzeit in der Schweiz aus. »War deine Schule in der französischen, deutschen oder italienischen Schweiz?«

In die Falle würde ich jedenfalls nicht tappen. »In der englischen Schweiz, Sheeni«, antwortete Carlotta.

Sheeni legte ihre Stäbchen nieder. »Englisch?«

»Ich will damit sagen, daß das Hauptanliegen der Schule darin bestand, den Schülern Kenntnisse der englischen Sprache zu vermitteln. Englisch war die einzige Sprache, die auf dem Schulgelände und, in der Tat, in der näheren ländlichen Umgebung erlaubt war.«

»Dann hattest du also gar keine Gelegenheit, eine Fremdsprache zu erlernen?«

»Nein. Was ich lernte, war ein Englisch, das stotternd und zögernd von Nicht-Muttersprachlern gesprochen wurde. Ich habe mir dort einen scheußlichen Akzent angewöhnt, zumindest hat meine Mom mir das immer gesagt.«

»Wie geht es ihr?« fragte Sheeni und machte sich über mein Champagnersorbet her.

»Sehr gut, danke«, log Carlotta. Unter den gegebenen Umständen hatte sie nicht das Gefühl, ihre Trauer mit ihrer Freundin teilen zu können.

Wir unterhielten uns noch eine weitere halbe Stunde. Sheeni wollte etwas von meinem glamourösen Leben in Hollywood hören, der ärgerliche Steve wollte, daß wir endlich zahlten und gingen, die liebeskranke Carlotta wollte nichts anderes als ihre Tischnachbarin packen, um sie auf dem schäbigen roten Teppich zu vernaschen. Endlich, nachdem einer von uns beiden gesättigt war, standen wir auf, und Carlotta zahlte die Rechnung. Überrascht stellte sie fest, daß Steve zwei Dollar für den zurückgewiesenen Cappuccino und weitere zwei Dollar für ein Extragedeck berechnet hat. Gegen den letzten Betrag protestierte sie stumm, indem sie ein noch spärlicheres Trinkgeld als gewöhnlich zurückließ.

»Vielen Dank für den Cappuccino«, sagte Sheeni, als wir in die eiskalte Dunkelheit hinausgingen.

»Es war mir ein Vergnügen«, erwiderte Carlotta und zitterte im eisigen Wind. »Soll ich dich nach Hause begleiten, Sheeni?«

»Nein, danke, Carlotta. Ich gehe nicht nach Hause.«

»Oh! Wo willst du denn in einer derart scheußlichen Nacht noch hin?« fragte Carlotta in einem Ton, der so beiläufig wie möglich klingen sollte.

»Ich gehe zu Vijay. Er hat einen französischen Film ausgeliehen. Wir werden ihn uns zusammen ansehen.«

»Tatsächlich?« fragte Carlotta mit zusammengebissenen Zähnen. »Ist es nicht etwas spät, um sich noch einen Film anzusehen?«

»Natürlich nicht, Carlotta«, erwiderte sie lachend. »Es ist ja erst halb zehn. Sei doch nicht so spießig.«

»Und welchen Film seht ihr euch an, Sheeni?«

»Oh, einen von Truffaut. *Geraubte Küsse*, glaube ich.«
Dieser schmerzhafte Schlag in die Magengrube bewirkte, daß Carlotta einige Schritte zurücktaumelte.
»Nun«, krächzte sie, »dann viel Spaß.«
»Den werden wir haben«, erwiderte meine Angebetete fröhlich. »Soll ich der armen Apurva etwas von dir ausrichten?«
»Ja, sag ihr, daß sie nicht verzweifeln soll und daß Liebe immer siegt. Sie und Trent werden bald vereint sein, da bin ich mir ganz sicher.«
Sheenis Miene erstarrte. »Solche Zuversicht könnte fehl am Platz sein, Carlotta. Aber ich werde den Grundgedanken übermitteln, wenn sich eine Gelegenheit dazu bietet. Gute Nacht.«
»Gute Nacht, Sheeni.«
Nachdem sie sich von der Quelle ihres Schmerzes verabschiedet hatte, schlich Carlotta in schwarzer Verzweiflung nach Hause. Ein intimes Abendessen mit der Frau, die ich liebe, und alles, was dabei herauskam, waren gastritische Beschwerden, akute Herzschmerzen und ein ernstzunehmender Anfall mörderischer Wut.
Meine Laune wurde nicht besser, als Carlotta – die vom Gartenweg aus um die Garage schlich – einen großen silberfarbenen Lincoln in der Auffahrt der verstorbenen Mrs. DeFalco erblickte.
»Verdammte Scheiße!« murmelte Carlotta. »Das ist der Wagen von Franks Mutter.«
Und wo man die unterbelichtete und sexbesessene Nancy DeFalco vorfindet, kann da mein ehezerrüttender Vater weit entfernt sein?
Carlotta schlug sich in die Büsche, die das Haus umstanden, und entdeckte in einem Fenster Licht. Sie zog sich mit den Fingerspitzen an der Fensterbank hoch und spähte durch den schmalen Spalt hinein. Nur wenige Meter von mir entfernt rangen unter einer altmodischen Steppdecke zwei Walrosse miteinan-

der. Es war das ehebrecherische Paar, das in meinem Bett fröhlich rammelte.

»Verdammt!« murmelte Carlotta und ließ sich wieder in die piksende Schwärze zurückfallen. Gegen den eiskalten Putz gepreßt, lauschte Carlotta zugleich angewidert und fasziniert den Grunzlauten, dem wollüstigen Stöhnen und dem trägen Klatschen des Liebemachens im mittleren Alter. »Mein Gott«, sagte sie zu sich selbst, »das ist ja gerade so, als wäre man bei der ländlichen Zuchtschau in einem Schweinekoben.«

Während das Gestöhne intensiver wurde, begann mir der Ernst der Lage bewußt zu werden. Als Frau verkleidet, belauschte ich meinen Vater dabei, wie er mit der Mutter meines besten Freundes bumste, welche versucht hatte, mich zu verführen. Was für bahnbrechende Erkenntnisse für meinen zukünftigen Analytiker, wenn wir auf diese Episode zu sprechen kommen werden. Selbst jetzt, da ich diese Zeilen schreibe, kann ich frische Neurose-Stalaktiten in meiner verdrehten Psyche wachsen hören.

Kurz nach dem traumatischen Höhepunkt klingelte das Telefon.

»Wer in aller Welt könnte das sein?« hörte ich Nancy fragen.

»Ich bin nicht da!« sagte Dad, der sich mit lautem Paffen eine Zigarre anzündete. (Noch mehr Material für meinen Analytiker!)

»Hallo?« fragte Nancy. »Nein, hier gibt es niemanden, der so heißt. Wer? Wie sieht sie aus? Nein, ganz bestimmt nicht. Sie müssen sich verwählt haben. Das macht nichts. Auf Wiedersehen.«

»Wer war das?« fragte Dad.

»Jemand, der jemanden namens Carlotta sprechen wollte.«

»Carlotta? Und wie weiter?«

»Ich weiß nicht. Sie sagte, sie habe eine wichtige Nachricht. Sie müssen einer gewissen Carlotta mitteilen, daß sie wie Liberace aussehe.«

Verbindlichsten Dank, Tina!

»Liberace, der Klavierspieler?« erkundigte sich Dad.
»Kennst du noch einen anderen Liberace?« entgegnete Nancy.
»Wenn sie wirklich wie Liberace aussieht«, stellte Dad fest, »dann muß diese Carlotta ganz schön häßlich sein.«
Ein weiteres tief empfundenes Dankeschön an Dads Adresse!
»Weißt du, George«, sagte Nancy, »du siehst selbst ein bißchen wie Liberace aus.«
»Raus hier!« rief er.
»Nein, tatsächlich. Aber nur ein bißchen – vor allem um die Augen herum. Zu schade, daß du nicht sein musikalisches Talent hast.«
»Die Schwuchtel war genauso abgegriffen wie ein Drei-Dollar-Schein«, entgegnete mein toleranter Vater.
»Er hatte mehr Seele als gewisse andere Leute, die ich hier nennen könnte«, sagte Nancy. »Und auch mehr Geld.«
»Was soll das denn heißen?« fragte Dad.
»Das mußt du dir schon selbst denken, George. Und mach diese verdammte stinkende Zigarre aus!«
Viele eisige Minuten später, als die beiden gerade in ihre Reizwäsche stiegen, hörte ich Nancy rufen: »Diese lausige Ratte!«
»Was ist los, Irene?« fragte Dad, der anscheinend den Namen seiner Rendezvouspartnerin verwechselt hatte.
»Es ist weg!« antwortete sie. »Das Geld!«
»Welches Geld?« wollte Dad wissen, den diese Mitteilung natürlich äußerst neugierig machte.
»Pollys Geld! Über zweitausend Dollar! Ich habe es aus seiner Hosentasche genommen, als die Bullen ihn aus dem Whirlpool holten. Ich hatte es hier in dieser Schublade versteckt. Scheiße!«
»Was ist damit passiert?« fragte Dad.
Ich konnte hören, wie mehrere Schubladen heftig aufgerissen wurden.
»Es ist weg!« rief Nancy erneut. »Die Ratte hat mein Geld!«

»Welche Ratte?«
»Die schleimige, verlogene Ratte, mit der ich verheiratet bin«, antwortete sie. »Er ist der einzige, der noch einen Schlüssel hat.«
»Mist!« rief nun auch Dad, offenbar tief betrübt über diesen plötzlichen Verlust an potentiellem Reichtum.
»Wahrscheinlich bringt er seine Schlampen hierher«, schimpfte sie weiter. »Die Handtücher im Bad sind feucht, in der Badewanne ist ein Schmutzring, und ich habe drei leere Kichererbsendosen im Mülleimer entdeckt.«
»Und?« fragte Dad.
»Also mag Dom gerne Kichererbsen. Ich weigere mich, sie auf den Tisch zu bringen, denn er verstänkert danach tagelang das ganze Haus. Aber seine Mutter pflegte sie kistenweise zu kaufen. Womöglich fickt er seine Schlampen hier im Bett seiner eigenen Mutter.«
»Was für eine Ratte!« seufzte Dad, dem wahrscheinlich der Schauplatz seiner eigenen, kürzlich erfolgten Ausschweifungen vor Augen stand.
»Nur eines paßt nicht in das Bild«, sagte Nancy.
»Und das wäre?«
»Die Badewanne. Die dreckige Ratte haßt es zu baden.«
Zwanzig Minuten später, als der große Lincoln endlich davongerollt war, stakste eine fast völlig unterkühlte Carlotta ins Haus und starrte entsetzt auf ihr geschändetes Schlafzimmer. Überall waren Kleidungsstücke verstreut, teure Dessous baumelten von der Deckenlampe herab, das Bett war völlig zerwühlt, die Matratze verrutscht, Kissen und Decken lagen unordentlich herum, und auf dem einst jungfräulich sauberen Bettlaken befand sich ein großer, feuchter, stark riechender Fleck. Und in meiner Wärmflasche war eine ausgedrückte Zigarre.
Da ich zu müde bin, um das Chaos zu beseitigen, werde ich auf der Couch schlafen. Wenigstens habe ich noch mein Geld und außerdem einen Sündenbock, der die Prügel für den schweren

Diebstahl einstecken wird. Ich nehme an, der Film dieses Franzmannes ist inzwischen zu Ende. *Geraubte Küsse!* Vielleicht ist es ein Krimi und nicht – wie ich befürchte – eine Romanze, die die Libido anregt. Verdammte Franzosen. Verdammter Vijay. Verdammt, verdammt, verdammt – alle miteinander!

SAMSTAG, 12. Dezember – 2.47 – Ich erwachte aus einem Alptraum und hatte eine dieser häßlichen Erkenntnisse, die einen – wie Fuzzy es ausdrücken würde – in den trübseligen Stunden des frühen Morgens überfallen. Nancy hat recht, Dad sieht tatsächlich aus wie Liberace.

Besonders um die Augen herum.

9.52 – Eine harte Nacht auf einer weichen Couch. Um mich ein wenig aufzuheitern, kaufte Carlotta eine Zeitung und machte sich auf den Weg zu ihrem angestammten Frühstücksplatz.

Während ich eine doppelte Portion meines üblichen Krapfen-Sortiments verschlang, informierte sich Carlotta mit großem Interesse über die neuesten Entwicklungen in dem Drogenfang in Seattle. Es sieht so aus, als wäre ein spezieller Beauftragter vom Sonderdezernat in Oakland gekommen und hätte, zur allgemeinen Verärgerung, den Verdächtigen als einen Schwindler, der sich als Nick Twisp ausgibt, identifiziert. Außerdem wurde berichtet, daß der Verdächtige womöglich unbehelligt ins Land hätte einreisen können, wären da nicht einige suspekte, offensichtlich gefälschte Zollstempel in seinem Paß gewesen. (Ich hoffe, die Jungpfadfinder werden nicht darauf bestehen, daß ich meinen Druckstempel zurückgebe.)

In dem Artikel hieß es weiter, die Polizei befürchte, der echte Nick Twisp könne das Opfer irgendwelcher üblen Machenschaften in Asien geworden sein. Laut Associated Press könnte ich ein verstorbenes Mordopfer sein! Ich frage mich, ob Sheeni die Neuigkeiten schon gehört hat?

Fünf Minuten später, als meine eine und einzige Liebe herein-

kam, um ihren morgendlichen Cappuccino zu trinken, hatte ich die Gelegenheit, ihr diese Frage selbst zu stellen.
»Sheeni, hast du die Neuigkeiten schon gehört?« fragte Carlotta. »Es war gar nicht dein Freund Nick, der in Seattle verhaftet wurde.«
Sheeni, die blendend aussah, setzte sich mit ihrem doppelten Cappuccino und ihren drei Ahornsirupriegeln mir gegenüber auf einen Stuhl. Offensichtlich hatte ihr der Kummer kein bißchen den Appetit verdorben. »Das hatte ich ohnehin nie angenommen«, antwortete sie gelassen. »Ich glaube nicht, daß Nick ein Talent für internationale Drogengeschäfte hat. Und wie geht es dir heute morgen, Carlotta?«
»Um ehrlich zu sein, Sheeni, bin ich in Sorge. Die Zeitungen berichten, daß dein Freund das Opfer finsterer Machenschaften geworden sein könnte. Beunruhigt dich das denn nicht?«
»Nicht sonderlich«, sagte Sheeni und nippte an ihrem schaumigen Getränk.
»Und warum nicht?« fragte Carlotta schockiert.
»Das sind doch alles reine Spekulationen. Wahrscheinlich hat man Nick die Tasche geklaut. Ich habe mir sagen lassen, daß so etwas in der Dritten Welt häufig vorkommt. Amerikanische Pässe sind bei Dieben besonders beliebt. Nein, ich bin zuversichtlich, daß Nick einfach nur unaufmerksam war und seinen Paß verloren hat.«
»Das klingt ganz so, als wolltest du dem Opfer die Schuld zuschieben, Sheeni«, sagte Carlotta streng. »Wenn es Nick wirklich gutgeht, warum hat er dann noch nicht versucht, mit dir Kontakt aufzunehmen?«
»Aber das hat er doch, Carlotta«, antwortete Sheeni.
»Hat er?« fragte Carlotta ungläubig.
»Ja, vor ein paar Tagen habe ich einen Brief von ihm bekommen.«
Ob wohl die Überdosen an Koffein und Zucker mein Hörvermö-

gen beeinträchtigt hatten? »Sheeni, du sagst, du hättest einen Brief von Nick bekommen?«

»Ja, Carlotta. Ist das so erstaunlich?«

»Äh … vermutlich nicht. Und was schreibt er?«

»Hier, lies ihn, wenn du möchtest.«

Sheeni nahm aus ihrer Brieftasche einen gewöhnlichen weißen Umschlag heraus und reichte ihn Carlotta. Auf dem Umschlag befanden sich, wie ich überrascht feststellte, echte indische Luftpostbriefmarken und ein offensichtlich ebenfalls authentischer Stempel der Post in Pune. In dem Umschlag befand sich ein Blatt Luftpostpapier mit folgendem verblüffenden Text in Maschinenschrift:

Liebe Sheeni,

ich bin heil in Pune angekommen und werde morgen zum erstenmal zur Schule gehen. Ich wohne bei einer netten Familie, deren Haus direkt am Fluß im Deccan Gymkahana Distrikt liegt. Sie haben eine Tochter in meinem Alter, die mir freundlicherweise bereits alle Sehenswürdigkeiten dieser herrlichen Stadt gezeigt hat. Sie liebt die Literatur, und wir hatten bereits lange, anregende Gespräche bis tief in die Nacht. Ich kann mich nicht erinnern, jemals einen intellektuell derart begabten jungen Menschen getroffen zu haben. Nayana ist außerdem sehr hübsch und bieder.

Ja, Sheeni, ich beginne mich in dieses wunderbare Land und seine freundlichen Völkerschaften zu verlieben. Ich glaube, ich werde noch viele Jahre hierbleiben. Falls wir uns niemals wiedersehen sollten, dann erinnere Dich an mich mit Wohlwollen und wisse, daß ich glücklich bin. Ich bete dafür, daß Du in den Staaten oder in Deinem geliebten Frankreich glücklich werden und einen anständigen Jungen heiraten wirst, der Dir ein treuer Ehemann sein wird. Leb wohl und alles Gute.

Viele Grüße
Nick Twisp

»Ein seltsamer Brief«, bemerkte Carlotta innerlich kochend. »Ich frage mich, wie man es fertigbringt, gleichzeitig hübsch und bieder zu sein?«

»Oh, Vijay hat mir das erklärt«, sagte Sheeni und nahm ihren Brief wieder an sich. »In Indien benutzen sie das Wort ›bieder‹ in dem Sinne, daß jemand sehr häuslich ist und wünschenswerte hausfrauliche Fähigkeiten hat. Insofern werde ich wohl niemals als bieder bezeichnet werden.«

»Sicherlich nicht«, stimmte Carlotta ihr zu. »Aber findest du es nicht seltsam, Sheeni, daß Nick so kurz nach seiner Ankunft sich schon so seltsamer, typisch indischer sprachlicher Wendungen bedient?«

»So seltsam finde ich das nicht«, entgegnete Sheeni. »Vielleicht hat die intellektuell begabte Nayana mit ihrer Biederkeit geprahlt – bis weit in die Nacht hinein.«

»Sheeni, hat Nick schon immer seine Briefe auf der Schreibmaschine geschrieben und sie mit ›Viele Grüße‹ beendet?«

»Nein. Normalerweise waren sie in seiner affektierten Schrift mit der Hand geschrieben, und er beendete sie mit einer überschwenglichen Beteuerung seiner unendlichen Zuneigung. Jetzt, da du es sagst, fällt mir auch auf, daß der Text nicht so fürchterlich schwülstig ist wie sonst. Aber vielleicht können wir das einer gewissen Reifung seines Stils zuschreiben.«

»Sheeni, sieh doch – selbst die Unterschrift ist getippt. Wer schreibt einer guten Freundin denn einen Brief, ohne zumindest den eigenen Namen mit der Hand darunterzusetzen?«

»Worauf willst du eigentlich hinaus, Carlotta?«

»Nur, daß der Brief meiner professionellen Meinung nach eine Fälschung ist.«

»Oh, Carlotta«, spottete sie, »du hast anscheinend zu viele Agentenromane gelesen. Wer sollte denn Interesse daran haben, einen Brief von Nick zu fälschen?«

»Eine Rivalin«, schlug Carlotta vor. »Jemand, der Freunde oder

Verwandte in Pune hat, die den Brief weiterleiten und ihn dort abstempeln lassen könnten. Jemand, der unwillkürlich ein Wort in einen ungewohnten Kontext stellen würde, weil er selbst ein Ausländer in diesem Land ist.«

»Vijay würde so etwas niemals tun«, beteuerte Sheeni. »Dafür ist er viel zu anständig. Solche hinterhältigen Machenschaften würde ich viel eher von Nick erwarten.«

Carlotta beschloß, diese Beleidigung zu ignorieren. »Da wir gerade von deinem anständigen indischen Freund sprechen – wie war denn der Film gestern abend?«

»Leider eine herbe Enttäuschung. Er war synchronisiert. Zwei Stunden lang der Anblick von Jean-Pierre Leaud, der sich darum bemüht, mit einem näselnden amerikanischen Akzent sympathische Hilflosigkeit darzustellen. Mir ist regelrecht übel dabei geworden.«

»Oh, du Ärmste, immer diese Gewalt«, sagte Carlotta. »Was für eine Qual für deine zarte Seele.«

»Du mißverstehst mich, Carlotta. Mir ist von der Rohheit übel geworden, mit der ein wichtiger Film verstümmelt wird, um ihn Amerikanern verständlich zu machen. Er war überhaupt nicht brutal. Es war eine dieser avantgardistischen lyrischen Romanzen der französischen Nouvelle Vague.«

Mehr deprimierende Nachrichten.

»Und wie hat er Apurva und Mr. und Mrs. Joshi gefallen?« fragte Carlotta, das Beste hoffend.

Sheeni sah mich erstaunt an. »Sie waren im Bett, Carlotta.«

»Alle?« fragte sie schwach.

»Nun, Apurva kam einmal kurz aus ihrem Zimmer, um sich ein Glas Wasser zu holen. Das Mädchen sieht gar nicht gut aus.«

»Ich hoffe, sie hat euch nicht bei irgend etwas unterbrochen«, sagte Carlotta.

»Nein«, gab Sheeni zurück. »Der Film hatte gerade erst angefangen.«

Um meiner noch verbleibenden geistigen Gesundheit willen beschließe ich hiermit, diese Bemerkung im engsten Sinne zu interpretieren.

10.45 – Auf meinem Weg vom Donutladen nach Hause traf Carlotta Fuzzy, der mit der üblichen Samstagabend-Horde von unzufriedenen Teenies vor dem Gericht herumlungerte.

»Hi, Carlotta!« rief er.

»Hi, Frank«, antwortete sie geistesabwesend. »Sag mal, Frank, wie wird man einen menschlichen Körper am besten los?«

»Einen toten?« fragte er.

»Natürlich.«

»Bring ihn in den Wald, und vergrab ihn dort. Aber ziemlich tief, damit die Wildschweine ihn nicht wieder ausbuddeln. Oder wirf ihn in die Häckselmaschine draußen in der Furnierholzfabrik. Das ist allerdings riskanter.«

»Was hältst du davon, ihn einzubetonieren?«

»Das ist auch eine Möglichkeit. Erst mit Kies bedecken und dann eine Schicht Beton darüber schütten. Vielleicht könnte man einen netten Wintergarten darauf anlegen. Was hast du vor, Carlotta?«

»Oh, ich denke nur laut nach, Frank. Ist die Zementfabrik deines Vaters zur Zeit in Betrieb?«

»Nee. Diese lakaienhaften Streikposten haben alles lahmgelegt. Dafür kann man sich bei diesem alten Kommunisten-Hausbewohner deines fetten Vaters bedanken.«

»Verdammt! Na ja, Streiks können schließlich nicht ewig dauern.«

»Dieser schon«, meinte Fuzzy düster.

»Sag mal, Frank, wann ist deine Mom letzte Nacht nach Hause gekommen?«

»Spät, Carlotta. Und dann gab es noch ein Wahnsinnstheater. Heute morgen fand ich zwei neue Löcher im Putz. Darum hab ich mich lieber dünngemacht.«

»Tut mir leid, das zu hören, Frank. Worüber haben sie sich denn gestritten?«
»Das Übliche, nehme ich an. Geld und Sex.«
»Frank, deine Mom und mein Dad waren letzte Nacht im Haus deiner Großmutter.«
»Ist das wahr?« fragte Frank entsetzt. »Und wo warst du, Carlotta?«
»Draußen im Gebüsch, wo ich mir fast die Eier abgefroren hab.«
»Also haben sie dich nicht gesehen?«
»Ich glaube nicht, Frank.«
»Gut. Was haben sie gemacht?«
»Was glaubst du denn wohl, was sie gemacht haben? Und das auch noch im Bett deiner Großmutter.«
»Scheiße!« sagte Fuzzy. »Das ist echt ekelhaft. Hast du sie gesehen?«
»Hauptsächlich gehört.«
»Mann, ist das ekelhaft«, sagte er erschaudernd. »Carlotta, ist es dein Dad, den du beseitigen willst? Wenn ja, dann bin ich dabei.«
»Nein, Frank. Glaub mir, die Sache mit Dad werde ich schon in den Griff kriegen. Er wird Nancy nicht mehr lange belästigen.«
»Meine Mom treibt es mit deinem Dad. Ich kann es nicht fassen. Carlotta, das macht mich total fertig.«
»Willkommen im Club, Frank«, sagte ich und rückte meinen Büstenhalter zurecht.
12.45 – Ich habe gerade Miss Sanders, meine alte Kindergärtnerin in Oakland, angerufen. Ihre Nummer war bei der Auskunft registriert – vielleicht, damit besorgte Eltern sich Tag und Nacht bei ihr über die Fortschritte ihrer Kinder beschweren können.
Als ich die Nummer wählte, bemerkte ich zu meinem Erstaunen, daß meine Hand zitterte. Ob es Ihnen gefällt oder nicht, damals, als ich lernte, auf Befehl ein Nickerchen zu halten, war Miss

Sanders eine ausgesprochen aufregende Erscheinung in meinem Leben. Noch heute machen mich Frauen, die Bücher verkehrt herum lesen können, tierisch an. Als sie sich meldete, verstellte ich meine Stimme.

»Hi, Radmilla. Hier ist George Twisp.«

»Wer?«

»George Twisp. Weißt du noch, du hast damals meinen Sohn Nick in deiner Gruppe gehabt.«

»O ja!« rief sie mit kontrollierter Begeisterung. »Hallo, George. Was für eine Überraschung. Wie lange ist das her? Zehn Jahre?«

»Nein, nicht so lange, Radmilla. Eher neun.«

»Es tut mir leid, daß dein Sohn sich zu einem solchen üblen Früchtchen entwickelt hat, George. Ich habe es in der Zeitung gelesen. Ich hoffe, du machst mich nicht dafür verantwortlich. Was mich betrifft, habe ich für den kleinen Hosenscheißer getan, was ich konnte.«

»Oh, ich bin sicher, daß du dein Bestes gegeben hast, Radmilla.«

»Wie kommst du mit deinem Roman voran, George?«

»Bestens. Ich bin auf Seite zwölf.«

»Du warst vor neun Jahren auf Seite zwölf.«

»Ja, aber ich habe wichtige Veränderungen vorgenommen.«

»Das ist schön, George. Und wie geht es deiner reizenden Frau?«

»Ich habe mich scheiden lassen, Radmilla. Wir paßten nicht zueinander.«

»Monogamie war es, was nicht zu dir gepaßt hat, George.«

»Bist du verheiratet, Radmilla?«

»Ich war es, George. Aber zu ihm hat Monogamie auch nicht gepaßt. Ich bin jetzt seit drei Jahren geschieden.«

»Radmilla, ich habe dich nie vergessen!«

»Nun, George, ich habe dich vermutlich auch nie vergessen. Ich habe es weiß Gott versucht, doch offensichtlich ist es mir nicht gelungen. Aber warum rufst du an?«

»Radmilla, warst du jemals in Ukiah?«

»Ich glaube, ich hatte dort einmal einen kurzen Aufenthalt. Ich war auf einem Busausflug mit zweiunddreißig Sechsjährigen; wir wollten eine Sägemühle in Willits besichtigen. Es war ein Fehler, wenn ich mich recht entsinne, ein schlimmer Fehler. Warum fragst du?«

»Radmilla, ich lebe jetzt hier in Ukiah.«

»Zurück auf's Land, was, George? Seltsam, ich habe dich nie als einen typischen Hippie betrachtet.«

»Ukiah ist eine recht kosmopolitische kleine Stadt, Radmilla. Ich glaube, es würde dir hier gefallen.«

»Okay, George, was willst du mir verkaufen? Busreisen? Eigentumswohnungen? Anteile an Berghütten?«

»Radmilla, ich versuche dir zu sagen, daß ich noch immer sehr viel für dich empfinde.«

»Tust du das? Ich wußte gar nicht, daß du überhaupt jemals etwas für mich empfunden hast, George. Du hast es damals nie erwähnt.«

»Oh, ich tat es, und ich tue es noch heute. Radmilla, hast du schon irgendwelche Pläne für die Weihnachtsfeiertage?«

»Nun, ich hatte vor, zuviel zu rauchen und mehr zu trinken, als mir guttut. Warum?«

»Radmilla, Liebling, hättest du Lust, eine Weile bei mir zu wohnen? Wir könnten einander wieder näherkommen.«

»Und ich weiß genau, was du damit meinst, George.«

»Wir ... wir müssen nicht miteinander schlafen, Radmilla. Nicht, wenn du es nicht willst. Jedenfalls nicht sofort.«

»Vielen Dank für das Angebot, George. Es ist bei weitem das beste, das ich heute morgen erhalten habe.«

»Also kommst du?«

»Nein, George, ich glaube kaum.«

»Warum nicht?«

»Hast du den Vorfall in dem Restaurant vergessen? Ich nicht.«

Mein Gott, was hatte Dad da wieder angestellt?
»Äh ... Radmilla, das ... äh ... das tut mir sehr leid. Ich muß wohl betrunken gewesen sein.«
»Du warst sternhagelvoll, George. Doch das ist keine Entschuldigung für Bestialität.«
»Nein, vermutlich nicht. Aber Radmilla, laß mich dir eines sagen: Ich habe nie vergessen, wie sehr ich im Unrecht war. Die Erinnerung an jenen Abend hat mich neun Jahre lang gequält.«
»Es war ein Vormittag, George. Wir waren beim Frühstück.«
»Ich habe seither meine gebratenen Frühstückseier mit Speck nicht mehr genießen können, Radmilla.«
»Hm. Tja, George, ich muß los. Es war nett, mit dir zu reden.«
»Radmilla, bitte denk noch mal darüber nach. Wir besaßen einmal etwas Kostbares. Wir können es wieder haben.«
»Ich hatte auch mal die Windpocken, George, und trotzdem möchte ich sie nicht unbedingt noch einmal haben. Ich wünsche dir schöne Feiertage, George, und ich hoffe, daß man deinen Jungen findet.«
»Meine Nummer steht im Telefonbuch, Radmilla, für den Fall, daß du deine Meinung noch änderst. Verbring Weihnachten nicht allein!«
»Okay, George. Wenn ich verzweifelt bin, rufe ich dich an. Mach's gut.« *Klick.*
Verdammt, damit hatte sich der Plan wohl erledigt. Mir war nie klar gewesen, daß Miss Sanders so abgrundtief zynisch sein konnte. Sie hatte in ihre Märchenstunde immer so viel Gefühl hineingelegt.
17.37 – Ich bin zurück! Vier qualvolle Stunden ununterbrochener Kleidersuche, und als Ergebnis habe ich nichts vorzuweisen als Carlottas arg angeschlagenes Ego. Es ist hoffnungslos. Alle Abendkleider meiner Größe in Ukiah sind trägerlos oder tief ausgeschnitten, oder sowohl trägerlos als auch tief ausgeschnitten. Mit einem derartigen Fummel kann ich keinesfalls auf dem

Weihnachtsball auftauchen. Ich bin einfach nicht dafür gebaut. Vielleicht muß Carlotta ihren Stolz hinunterschlucken, in den sauren Apfel beißen und in einem von Großmutter DeFalcos Nachlaßkleidern auf den Ball gehen.

18.10 – Ein Hoffnungsschimmer am Horizont. Carlotta hat Sheeni angerufen, um sie um Rat zu fragen, und meine Angebetete hat sie für morgen zu einem Einkaufsbummel in den modischen Boutiquen von Santa Rosa eingeladen. Das ist die gute Nachricht. Die schlechte Nachricht ist, daß Sheenis fünftausend Jahre alte Mutter uns begleiten wird, denn laut Sheeni brennt sie darauf, mich kennenzulernen.

22.05 – Mann, was für ein Abend. Öffne niemals die Tür, wenn du in einer emotional labilen Stimmung bist.

Als Carlotta sich nach dem Abendessen dem Lackieren ihrer Nägel widmete, wurde sie durch ein Klopfen an der Hintertür aufgeschreckt. Sie strich ihr Kleid glatt, setzte ihre Perücke auf, zog sich die Lippen nach und ging zur Tür.

»Wer ist da?« rief sie.

»Ich bin's«, antwortete eine vertraute Stimme.

Carlotta öffnete die Tür einen Spaltbreit. »Oh, hallo, Bruno. Was kann ich für dich tun?«

Bruno faßte diese Frage als Einladung auf und drängte sich in die Küche.

»Hi, Carly«, sagte er. »Was hast du vor?«

»Vor?«

»Was liegt bei dir denn so an? Was macht eine heiße Puppe wie du allein an einem Samstagabend?«

»Ich bin nicht allein, Bruno«, entgegnete Carlotta nervös. »Mom und Dad haben das Haus nur für ein paar Minuten verlassen. Sie wollten eine Zeitschrift kaufen, *Atlantic Monthly*, sagten sie, glaube ich. Sie müssen jeden Moment wieder dasein.«

»Ich habe keine Autos wegfahren oder kommen sehen, Carly. Außer dem großen Lincoln letzte Nacht.«

»Das, das war der Wagen meines Vaters. Ich erwarte ihn bald zurück, Bruno. Du solltest jetzt besser gehen. Dad mag es nicht, wenn ich mich mit älteren Jungen abgebe.«

Bruno nahm sich einen Stuhl und setzte sich an den Küchentisch. »Ich warte, Carly. Ich habe nichts zu tun. Ich wollte schon immer deine Leute kennenlernen, weil wir Nachbarn sind und so. Warum wedelst du denn so mit den Händen herum?«

»Ich trockne meine Nägel, Bruno.«

»Was ist das für eine Farbe?«

»Hedonistische Sünde. Gefällt sie dir?«

»Ja, schon. Sieht in meinen Augen wie rot aus. Hast du ein Bier da, Carly?«

»Nein, Bruno, tut mir leid.«

»Ein Glas Wein vielleicht?«

»Ja, aber du wirst ihn nicht mögen.«

Carlotta schenkte ihrem ungebetenen Gast ein kleines Glas von Mrs. DeFalcos Fusel ein. Er stürzte ihn hinunter, lächelte und hielt ihr sein Glas zum Nachfüllen hin.

»Gieß diesmal ganz voll, Carly. Das Zeug ist gut. Sei nicht so knausrig.«

Zögernd tat ich, was er von mir verlangte, und schenkte mir selbst auch etwas ein. Bruno erhob sein Glas.

»Auf das Mädchen von nebenan!«

Wir stießen an. »Wer auch immer das sein mag«, sagte Carlotta und nahm erschaudernd einen Schluck.

Bruno trank ebenfalls und starrte auf meine Brust.

»Wie … wie geht es Candy?« erkundigte sich Carlotta.

»Weiß ich nicht«, antwortete Bruno und rülpste. »Ich habe mit der Schlampe Schluß gemacht.«

»Du hast mit ihr Schluß gemacht?« fragte Carlotta bestürzt.

»Ich hab ihr den Laufpaß gegeben. Hab ihr gesagt, sie könnte woanders mit ihrem Arsch rumwackeln.«

»Warum, Bruno? Candy Pringle sieht doch super aus!«

»Das heißt noch lange nicht, daß sie auch im Bett was taugt«, entgegnete er, während er hungrig Carlottas Reize beäugte. »Außerdem ist sie eine eingebildete Kuh.«
»Es tut mir leid, das zu hören.«
Du weißt ja gar nicht, wie leid!
»Das ist mir inzwischen scheißegal, Carly«, sagte er und ertränkte seinen uneingestandenen Kummer in billigem Wein.
»Bruno, Candy ist die Königin des Weihnachtsballs. Gehst du denn nicht mit ihr auf den Ball?«
»Die alte Schlampe geht mit Stinky Limbert. Wenn er Freitag noch lebt.«
»Stinky Limbert?«
»Stinky Limbert«, bestätigte Bruno. »Ein Typ, der in seinem ganzen Leben noch keinen Touchdown hingekriegt hat. In seinem kurzen Leben.«
»Das ist ja 'n Ding«, sagte Carlotta.
»Ist mir scheißegal«, wiederholte Bruno. »Carly, gehst du mit mir auf den Ball?«
Ich lehnte mich völlig überrascht zurück. »Tut mir leid, Bruno«, stammelte ich, »ich bin bereits verabredet.«
»Mit wem?« wollte er wissen.
»Fuzzy DeFalco.«
»Fuzzy DeFalco!« rief Bruno. »Du meinst diesen affenartig behaarten Manager des Footballteams?«
»Er ist ein sehr netter Junge, Bruno.«
»Carly, der behaarte Blödmann ist ja noch schlimmer als Stinky. Er hat es noch nicht mal bei der Footballmannschaft gepackt.«
»Bruno, ich wähle meine potentiellen Begleiter nicht ausschließlich nach dem Kriterium ihrer sportlichen Leistungen aus.«
»Was hast du gesagt, Carly?«
»Bruno, es ist mir scheißegal, daß Fuzzy im Sport eine Niete ist.«
»Tja, aber er ist auch nicht beliebt. Er ist keine Intelligenzbestie.

Er sieht noch nicht mal gut aus. Warum willst du mit ihm auf den Ball gehen?«
»Weil er mich gefragt hat und ich ja gesagt habe.«
»Er könnte seine Meinung doch noch plötzlich ändern. Sich vielleicht beim Turnen einen Muskelriß holen.«
»Bruno! Wag es ja nicht, Fuzzy was zu tun! Wenn ich nicht mit ihm zum Ball gehen kann, dann werde ich zu Hause bleiben. Und nie wieder ein Wort mit dir reden!«
»Okay, Carly. Mach dir nicht ins Hemd. Oder«, schlug er lüstern vor, »zieh es am besten mal aus, wenn dir warm ist.«
»Nein, vielen Dank, Bruno. Bitte trink deinen Wein und geh.«
»Carly, du und dieser Fuzzy – treibt ihr's miteinander? Wenn ich's mir genau überlege – der Typ schleicht ziemlich oft hier herum. Ich wette, er bringt dich auch dazu, alle Lichter auszumachen. Carly, möchtest du wissen, wie der Kerl nackt aussieht? Wie ein riesiger rostiger Topfschrubber!«
»Bruno, du bist unerträglich. Bitte geh jetzt.«
»Und was machst du, wenn ich es nicht tue?« fragte er mit leicht lallender Stimme.
»Bruno, sei bitte ein Gentleman.«
»Ich will noch mehr Wein.«
»Wenn ich dir noch etwas gebe, gehst du dann?«
»Okay«, erwiderte er. »Das ist ein Wort. Aber ich bin müde. Laß uns den Rest im Schlafzimmer trinken.«
»Nein, Bruno. Wir bleiben hier.«
»Komm schon, Carly«, sagte er, stand auf und packte meinen Arm. »Wir machen's uns ein bißchen auf dem Bett gemütlich.«
Ich stieß das betrunkene Untier von mir; es torkelte gegen den Ofen.
»Mann, Carly«, sagte er überrascht, »du bist aber ganz schön stark für 'n Mädchen. Willst 'n bißchen ringen?«
Ich schnappte mir vom Abtropfbrett ein Brotmesser. »Zieh Leine, Bruno«, sagte Carlotta kämpferisch.

»Ist das Ding geladen?« fragte Bruno und beäugte die dreißig Zentimeter lange, gezackte Klinge.

»Ja, und ich bin bereit, es zu benutzen.«

»Carly, ich mag dich«, winselte er. »War es denn nicht schön, als ich dich auf meiner Harley mitgenommen habe?«

Bruno fuhr eine Honda, aber ich hielt es in diesem Moment für klug, das zu übersehen.

»Ich wußte deine freundliche Geste sehr zu schätzen, Bruno. Aber ein solch rüpelhaftes Benehmen schätze ich überhaupt nicht.«

»Es tut mir leid, Carly«, sagte er und rieb mit seiner riesigen Hand über sein oftmals aus den Fugen geboxtes Gesicht. »Ich … ich mag dich einfach so gern, ich möchte es dir beweisen. Auf die einzige Art, die einem Mann offensteht!«

Ich fragte mich, ob das der Satz war, der Candy eroberte.

»Bruno, die einzige Möglichkeit, mir zu zeigen, daß du mich magst, ist, mir Respekt entgegenzubringen. Und zu gehen. Jetzt!«

»Okay, okay, Carly. Ich gehe ja schon.« Er wankte auf die Tür zu. »Es tut mir leid, wenn ich dich gekränkt habe. Manchen Mädchen gefällt die harte Tour.«

»Nun, mir nicht!« erklärte Carlotta, die das Messer noch immer fest umklammert hielt.

»Sind wir noch Freunde, Carly?«

»Vermutlich, Bruno.«

»Wie ist es dann mit einem freundschaftlichen Gutenachtkuß?«

»Ich kann nicht, Bruno.«

»Warum nicht?«

»Äh … das würde Fuzzy nicht gefallen.«

»Scheiß-Fuzzy!« sagte er, und seine Stimme hatte erneut einen kämpferischen Unterton. »Ich gehe nicht, bevor ich nicht einen Kuß gekriegt habe!«

»Das ist unmöglich, Bruno.«
»Warum?«
»Ich habe ... ich habe eine Geschlechtskrankheit.«
»Nein, hast du nicht. Außerdem kriegt man vom Küssen keinen Tripper. Hat der Trainer gesagt. Also spitz dein Mündchen, Carly. Oder willst du die ganze Nacht mit dem Messer da stehenbleiben?«
An dem Punkt, liebes Tagesbuch, war ich zugegebenermaßen verzweifelt.
»Okay, Bruno. Ich gebe dir einen Kuß. Aber das Messer behalte ich in der Hand. Also fang nicht an zu fummeln.«
»Das ist ein Wort. Komm her, Baby.«
Zögernd ging Carlotta zu Bruno hinüber, bis sie nur noch die Länge der Messerklinge voneinander entfernt waren. Behutsam, denn er war sich des Besteckteils zwischen sich und Carlotta bewußt, legte Bruno seinen riesigen Arm um ihre Schulter und zog ihr Gesicht an seine rauhen Lippen. Sie küßten sich. Feuerwerk auf der einen Seite (nehme ich mal an), extremer Abscheu auf der anderen. Es war gar nicht mal so schlimm, nachdem er die Versuche aufgegeben hatte, mein Gebiß mit seiner Zunge auseinanderzupressen. Schließlich war es vorüber, genauso wie eine Wurzelbehandlung oder die High-School.
»Danke, Baby«, sagte er und kostete den Nachgeschmack des Speichels. »Das war nett. Immer noch derselben Meinung, was den Ball angeht?«
»Ja, Bruno. Ich habe es Fuzzy versprochen.«
»Zu schade. Ich schätze, dann werd ich wohl Stinky ermorden müssen und Candy nehmen.«
»Mach das, Bruno«, sagte Carlotta. »Das scheint mir ein ausgezeichneter Plan zu sein. Gute Nacht.«
»Nacht, Carly. Danke für den Wein.«
Dann war er wie durch ein Wunder draußen, und der Türriegel wurde hinter ihm zugeschoben.

Und da jammert Frank immer, Samstagnacht wäre die einsamste Nacht der Woche. Der Junge weiß gar nicht, wie gut er es hat.

SONNTAG, 13. Dezember – Wie verabredet, kam Fuzzy am frühen Morgen zu einem stimmungsaufhellenden Frühstück vorbei. Wir konnten es beide gebrauchen. Bei süßen Brötchen und Keksen berichtete ich ihm über die Begegnung mit Bruno.
»Mensch, Nick!« rief Fuzzy. »Ich kann es nicht glauben, daß du tatsächlich Bruno Modjaleski auf den Mund geküßt hast!«
»Ich hatte keine andere Wahl. Entweder das, oder ich wäre strampelnd und kreischend ins Schlafzimmer geschleppt worden.«
»Glaubst du wirklich, daß er drauf und dran war, dich zu vergewaltigen, Nick?«
»Er stand kurz davor, Frank. Die Feministinnen haben wohl doch recht. Jeder Mann ist zu einer Vergewaltigung fähig, wenn er die Gelegenheit dazu hat.«
»Mann, das hätte aber eine Überraschung für Bruno gegeben, wenn er es wirklich versucht hätte. Ich hätte hundert Dollar dafür gezahlt, den Ausdruck auf seinem blöden Gesicht zu sehen, wenn er Carlotta das Kleid vom Leibe gerissen hätte.«
»Und ich hätte tausend Dollar dafür gezahlt, das nicht zu sehen«, entgegnete ich. »Er hätte mich, da bin ich sicher, umgebracht.«
»Nick, hast du tausend Dollar?«
»Natürlich nicht, Frank«, sagte ich hastig. »Das war nur eine Redewendung.«
Fuzzy beugte sich über den Tisch zu mir herüber.
»Also, Nick, wie war's denn so?«
»Was?«
»Bruno zu küssen.«
»Abstoßend, wenn du es genau wissen willst.«
»Das ist echt ekelhaft, Nick. Aber hör mal, wenn der Blödmann

unbedingt mit dir auf den Ball gehen will, dann stehe ich dir nicht im Wege.«

»Vergiß es, Frank. Du bist meine letzte Rettung. Du *mußt* mit mir gehen. Und sieh zu, daß Bruno sich beim Tanzen nicht zwischen uns drängt.«

»Er ist ziemlich kräftig, Nick. Wie soll ich ihn daran hindern?«

»Frank, ich baue darauf, daß du Carlottas Ehre verteidigst. Das gehört zu deiner Rolle als Mann.«

»Nicht, wenn ich mit einem anderen Mann tanzen gehe.«

»Carlotta ist kein Mann.«

»He, Nick. Komm zu dir! Schnupper mal an dem Kaffee, du Blödmann. Ich schwöre dir, Nick und Carlotta sind ein und dieselbe Person. Nick, *du* bist Carlotta. Sie ist kein Mädchen.«

»Ich weiß das«, erwiderte ich gekränkt. »Ich bin doch nicht verrückt.«

»Gut, Nick. Es freut mich, das zu hören. Ich hatte mir Sorgen gemacht. Manchmal ist Carlotta so real, daß selbst ich vergesse, daß du es bist.«

»Ich muß Carlotta überzeugend spielen, Frank. Sie ist alles, was zwischen mir und zehn Jahren in einem kalifornischen Jugendgefängnis steht.«

»Ist mir doch klar, Nick. Deshalb riskier ich ja meinen Hals für dich.«

»Ich weiß das zu schätzen, Frank.«

»Also, was macht dein Plan, Nick?«

»Welcher Plan?«

»Der wichtigste Plan überhaupt: meine Mom und deinen Dad auseinanderzubringen.«

»Oh. Da gibt es einen kleinen Rückschlag, Frank. Es hat sich herausgestellt, daß die jüngere und hübschere Tussi, die ich für Dad ausgesucht hatte, kein Interesse an ihm hat. Also muß ich zu Plan zwei übergehen.«

»Wann wird Plan zwei realisiert, Nick? In Moms üblichem Versteck habe ich immer noch kein einziges Weihnachtsgeschenk für mich entdecken können.«

»Bald, Frank.«

Sobald ich weiß, worin Plan zwei bestehen könnte.

»Das hoffe ich, Nick. Wenn Mom noch länger wartet, dann sind die Geschäfte alle leer gekauft. Ich habe keine Lust, Weihnachten einen Haufen begrapschten Müll vorzufinden.«

Das wäre jedenfalls mehr, als ich unter meinem nicht vorhandenen Weihnachtsbaum finden werde. Wobei mir einfällt, daß ich für Sheeni noch gar kein Geschenk gekauft habe.

»Mach dir keine Sorgen, Frank«, versuchte ich ihn zu beruhigen.

»Du bist es, der die Sorgen hat, Nick.«

»Wieso?«

»Bruno. Wenn er jemals herausfindet, wer Carlotta wirklich ist, dann wird er wissen, daß er hinter einem Jungen her war. Typen wie er können über so was nicht lachen. Dann wärst du hundertprozentig ein toter Mann.«

»Es war aber doch seine Idee.«

»Ich glaube nicht, daß er das so sieht, Nick.«

Damit mochte Fuzzy recht haben.

»Okay, aber Bruno wird es ja niemals herausfinden«, erklärte ich.

»Ich hoffe nicht, Nick. Du läßt besser die Jalousien herunter, wenn du ein Bad nimmst. Nur, um sicherzugehen.«

Das war ein guter Rat. Es sähe dem halslosen Spanner ähnlich, wenn er ab heute ständig im Gebüsch herumlungerte.

19.45 – Ich bin aus der großen Stadt zurück. Was für ein herrlicher Tag! Wir waren in der Einkaufsstraße in der Altstadt von Santa Rosa, in einer weiteren Einkaufsstraße und in dem eleganten Shopping-Center an der Eastside. Als sie schon fast am Verzweifeln war, fand Carlotta ein reizendes azurblaues Chiffonkleid mit dreiviertellangen Ärmeln, einer mit Perlen bestickten Korsage, hohem Spitzenkragen und einem gewagten tiefen Rückenausschnitt. Zunächst zögerte ich, aber Sheeni bestand darauf, daß es »die Perfektion an sich« sei. Ein BH wird darunter unmöglich sein, also bin ich mir noch nicht darüber im klaren, wie ich Carlottas Figur zur Geltung bringen werde. Vielleicht muß ich die fraglichen Teile mit Klebeband befestigen. Das Kleid, die Handschuhe und die Schuhe (mit hohen Absätzen!) machten zusammen 368,17 Dollar. Um eine junge Frau mit großen gesellschaftlichen Verpflichtungen zu sein, braucht man gewiß eine dicke Brieftasche. Ich wünschte, ich hätte reiche Eltern, so wie Sheeni.

Außerdem mußte ich noch 43,89 Dollar in ein völlig nutzloses Knipstäschchen investieren. Da hinein bekomme ich vielleicht meinen Lippenstift, den Lidschatten und den Augenbrauenstift, aber was mache ich mit dem Rouge und den Pfefferminzpastillen? Die wird Fuzzy an sich nehmen müssen. Wenigstens brauche ich keine Tampons mit mir herumzutragen. Ich könnte sie höchstens mit Rheinkieseln bekleben und als Ohrringe benutzen.

Dabei fällt mir ein, daß Sheeni darauf besteht, daß ich mir die Ohrläppchen durchstechen lasse. Ein weiteres schmerzhaftes Opfer für meine Geliebte, und dabei bin ich doch erst vierzehn. Wann wird das alles ein Ende nehmen?

Für eine durchgeknallte, alte, religiöse Fanatikerin war Sheenis Mutter ganz schön locker drauf und überraschend gesellig. Natürlich hat Sheeni in langen Jahren intensiver Übung perfekt gelernt, wie sie ihre Mutter manipulieren kann. Unter den geschickten Schmeicheleien ihrer Tochter fuhr Mrs. Saunders mehr als hundertfünfzig Meilen durch den dichten Weihnachtsverkehr, lud uns zum Mittagessen ein und schrieb Schecks im Wert von fast siebenhundert Dollar für Sheenis Ballkleidung aus.

Was Carlotta und Mrs. Saunders betrifft, so kamen sie miteinander zurecht wie zwei generationsübergreifende Seelenverwandte. Ich glaube, Sheenis Mutter sieht es gerne, daß ihre Tochter mit Carlotta befreundet ist, weil diese sich konservativ kleidet, Respekt vor Älteren zeigt und sich wie eine Dame benimmt.

Außerdem erzählte ich ihr während des Mittagessens, daß ich vorhabe, mich nach der Schule der Missionsarbeit zu widmen. Sie war ganz begeistert und lud mich ein, die Familie am nächsten Sonntag in die Kirche zu begleiten. Außerdem versprach ich ihr, dafür zu beten, daß ihr Sohn von den Versuchungen des vergänglichen Fleisches (Lacey) befreit werden möge.

Carlotta sammelte in dieser Hinsicht selbst einige Erfahrungen, als sie ihrer Freundin beim Anprobieren der Kleider helfen sollte. Nur wir beide in fast einem Dutzend enger Ankleidekabinen! Was für ein Schock, als Sheeni versuchte, sich in dieses erste fuchsienrote Abendkleid zu zwängen.

»Meine Güte, Sheeni«, bemerkte Carlotta, »du hast ja gar keinen BH an.«

»Nun, ich suche schließlich nach etwas Trägerlosem«, erwiderte sie und zerrte das hautenge Seidenkleid hoch. »Deshalb dachte ich mir, daß ich ihn heute besser weglasse. Ich hoffe, es stört dich nicht.«

»O nein, ganz und gar nicht«, sagte Carlotta, setzte sich auf einen Hocker und versuchte krampfhaft, an die Börse zu denken. »Schließlich sind wir ja beide Mädchen.«

Carlotta war zurückhaltender. Sie ging allein in die Umkleidekabinen und lehnte die Angebote ihrer Freundin, ihr behilflich zu sein, hartnäckig ab. Diese kurzen Phasen des Alleinseins dienten mir auch als willkommene Gelegenheit, mein extrem überreiztes Nervensystem ein wenig zu beruhigen.

Investmentfonds, wiederholte Carlotta im Geiste, als sie sich in die verschiedenen Kleider aus Seide, Satin, Samt und Chiffon hineinzwängte. Investmentanteile versus festverzinsliche Wertpapiere. Was, so glauben Sie, bietet die beste Möglichkeit für ein langfristiges Kapitalwachstum und ein steuergünstiges Einkommen? Nein, unter keinen Umständen – nicht dieses Kleid. Ich sehe aus, als wäre ich auf einer Anprobe für ein Remake von Frankensteins Braut.

Trotz Sheenis flehentlicher Bitten lehnte Mrs. Saunders jedes trägerloses Modell resolut ab, erklärte sich aber am Ende mit einem moosgrünen Seidenkleid mit Spaghettiträgern einverstanden. Dennoch hätte niemand dieses Kompromißgewand als konservativ bezeichnen können. Im Gegenteil, das An-, An-, An- und Ausziehen löste ein kumulatives 9,2 auf meiner Richterskala aus.

Um Vijay eins auszuwischen, entschloß sich Carlotta zu einer Meinungsänderung und überredete ihre Freundin, die Schuhe mit den höchsten Absätzen von ganz Nordkalifornien zu kaufen. Ich kann nur hoffen, daß dadurch Sie-wissen-schon-was sich nicht direkt auf Augenhöhe ihres Partners befinden wird.

22.12 – Nach zwei Stunden harten Trainings bin ich jetzt in der Lage, drei Meter auf meinen hochhackigen Schuhen zurückzulegen, bevor ich auf die Nase falle. Mein Gott, wie soll ich in den Dingern jemals tanzen? Wenn ich das schaffe, dann kann ich auch einer Artistengruppe beitreten. Ich frage mich, wie Fuzzy reagieren wird, wenn ich ihm eröffne, daß Carlotta die schnellen Tänze auslassen muß. Aber ich bestehe ja schließlich auch nicht darauf, unbedingt Wange an Wange mit ihm zu tanzen.

22.51 – Ich habe gerade draußen in den Büschen ein Rascheln gehört. Der liebeskranke Bruno muß irgendwo auf der Lauer liegen. Also habe ich alle Fenster und Türen noch mal überprüft. Jedes Schloß ist fest verriegelt, alle Jalousien sind als Schutz gegen neugierige Blicke herabgelassen. Das Telefon steht in Reichweite, falls ich 911 anrufen muß. Ich gehe jetzt ins Bett, wo ich nicht über Investitionsmöglichkeiten nachdenken, sondern frei über die Eindrücke des Tages reflektieren werde. Denn da gibt es mehrere sehr starke, die dringend einer näheren Betrachtung bedürfen.

MONTAG, 14. Dezember – Keine Zeile in der heutigen Tageszeitung über das mysteriöse Verschwinden von Nick Twisp. Gut. Ich hoffe, das FBI verliert bald das Interesse und verlegt sich wieder auf Lauschangriffe auf Lastwagenfahrer und die Verfolgung von Umweltschützern.
Wie vermutet, wartete Bruno heute morgen auf dem Gartenweg auf Carlotta.
»Wie wär's mal wieder mit einem Kuß, Baby?« gurrte er.
»Ich bin nicht dein Baby«, erwiderte Carlotta kühl.
»Außerdem merke ich, daß mein Herpes ausbricht. Ich bekomme schon wieder ein häßliches Geschwür an der Lippe.«
»Wo?« wollte er wissen.
»Ich habe es mit Lippenstift überdeckt. Das mußte ich. Es begann schon zu eitern.«
Das kühlte seine Leidenschaft schlagartig ab.
Im Nähunterricht bekam Carlotta von Mrs. Dergeltry eine Vier minus für meinen Rock. Sie sagte, die Nähte seien ungerade, der Reißverschluß krumm und die Saumlänge würde um »mehr als siebeneinhalb Zentimeter variieren«. Ja, Mensch, was erwartet sie denn von einem Amateur? Ich meine, wenn du einen anständigen Rock haben willst, dann geh doch in einen Laden und kauf dir einen. Die Mädchen in den Nähstuben in Hongkong wissen, wie man näht. Natürlich hat Gary eine Eins für seine Bolerohosen bekommen; er sollte sie aber in die Schule besser nicht anziehen. Ein Schritt in die Eingangshalle, und er wäre ein weiteres Opfer der Modelaunen.
Mein nächstes Projekt ist eine Bluse, die zu meinem Rock paßt. Nachdem ich mir voller Sorge das Muster angeschaut hatte, kam ich zu dem Schluß, daß die Sache eine technische Unmög-

lichkeit ist. Abnäher! Knopflöcher! Runde Säume! Was für ein Alptraum! Warum nicht ein paar nette Taschentücher oder ein Halstuch? Ich frage mich, ob ich noch in den Holztechnologiekurs überwechseln kann.

Dann, im Kurs Weltkulturen, ließ Dwayne plötzlich von Carlottas Büstenhalterträgern ab und fragte sie, ob sie seine Partnerin für den Weihnachtsball werden wolle. In diesem Fall hielt ich Takt nicht für angebracht.

»Dwayne«, erklärte Carlotta, »mit dir würde ich noch nicht einmal zu einem Hundekampf in Tijuana gehen.«

Dwayne schaute verwirrt drein. »Davon habe ich ja noch nie was gehört, Carlotta. Wer organisiert das? Vielleicht könnte ich ja Kamu, meinen Wunderhund, daran teilnehmen lassen.«

»Ja, warum nicht?« erwiderte Carlotta, die eine unternehmerische Chance witterte. »Die Teilnahmegebühr beträgt nur fünfundzwanzig Dollar. Zahlbar an mich.«

»Das ist eine Menge Geld«, sagte er zweifelnd.

»Ja, aber der Hauptgewinn beträgt fünftausend Dollar.«

»Okay, ich werde meine Mom fragen. Also, gehst du mit mir auf den Ball, Carlotta? Hä? Hä?«

»Nein, danke, Dwayne. Ich bin bereits versprochen. Ich gehe mit Fuzzy DeFalco.«

»Mit Fuzzy, aha«, sagte Dwayne enttäuscht. »Wen soll ich denn dann fragen, Carlotta?«

»Warum nicht Janice Griffloch?«

»Ist das die, die diesen Kanaken Vijay vermöbelt hat?«

»Ja, genau die. Ich habe gehört, daß sie scharf auf dich ist.«

»Okay«, sagte Dwayne. »Ich frag sie!«

Carlotta eilte in die Cafeteria, um einen freien Stuhl neben Sheeni zu ergattern, und sah sich zu ihrem Erstaunen plötzlich ihrem modischen Spiegelbild gegenüber.

»Tina«, sagte Carlotta, »wo hast du dieses entzückende Kleid aufgetrieben?«

»Gefällt es dir, Carlotta?« fragte Tina Manion und drehte sich einmal um sich selbst. »Es handelt sich um das Mussolini Revival!«

»Es ist ein Hauch von frischem Modebewußtsein«, bestätigte ich.

»Ich habe das ganze Wochenende versucht, dich zu erreichen«, sagte Tina und griff nach ihrer Stola. »Ich habe herausgefunden, wer dein Vater war. Er war überhaupt kein Schriftsteller, sondern ...«

»Ich weiß«, unterbrach ich sie. »Durch dein Interesse inspiriert, habe ich Mutter direkt danach gefragt. Sie gab klein bei und erzählte mir alles. Mein Vater war Adolf, ihr rumänischer Masseur.«

»O je«, sagte Tina. »Bist du sicher?«

»Ja. Mutter rückte schließlich meine angeblich verlorengegangene Geburtsurkunde heraus. Was für ein Schock zu entdecken, daß man zur Hälfte Rumäne ist. Aber was für ein reiches Erbe, das es zu nutzen gilt. Soll ich dich irgendwann mal massieren, Tina?«

»O Mann«, erwiderte sie ängstlich, »ich hoffe, mir bleibt noch genügend Zeit, um meinen Artikel zu ändern.«

»Wieso, was ist denn das Problem?«

Aber meine Doppelgängerin in Sachen Mode war bereits davongestürmt.

Carlotta verpaßte ebenfalls einen Schlußtermin. Als sie den Tisch der Schulelite erreichte, war ihr Stuhl bereits von einem zwergenhaften, französisch sprechenden Inder besetzt. Innerlich kochend, aß ich mein Mittagessen an dem Tisch der allseits gemiedenen Einsamen, von wo aus ich die aknegeplagte Janice Griffloch dabei beobachten konnte, wie sie dem widerlichen BH-Träger-Zupfer eine gehörige Abfuhr erteilte.

An diesem Tag erhielt Carlotta nach der Schule in der Feinkostecke von Flampert's ihre zweite Einladung zum Ball. Die Verabredung war in aller Eile im Kunstunterricht auf Bitte von Sie-wissen-schon-wem hin getroffen worden. Obwohl sie überrascht war, willigte Carlotta ein. Ich nahm an, Trent wollte über seine Beziehung zu Apurva reden. Sein wirkliches Anliegen, das zögernd, aber sehr charmant vorgebracht wurde, haute mich fast vom Hocker.

»Du willst, daß ich mit dir auf den Ball gehe?« fragte Carlotta verblüfft.

»Ja«, antwortete Trent mit sanfter Stimme. »Wenn du es auch möchtest, Carlotta.«

»Aber Trent, was ist mit Apurva?«

»Apurva ist aus meinem Leben verbannt worden, Carlotta. Ihre Eltern haben von unserer Beziehung Wind bekommen.«

»Na und?«

»Ja, und jetzt kann ich sie nicht mehr sehen.«

»Und warum nicht?« wollte Carlotta wissen.

»Was erwartest du denn von mir, Carlotta? Soll ich ständig um ihr Haus herumschleichen?«

»Das wäre für den Anfang doch gar nicht so schlecht. Apurva liebt dich, Trent. Wen kümmert es denn schon, was ihre Eltern sagen?«

»Mich. Ich finde, man sollte ihre kulturellen Traditionen respektieren.«

»Selbst wenn es sich dabei um dogmatischen elterlichen Faschismus handelt?«

»Das ist unsere Interpretation, Carlotta, die der Amerikaner. Uns, die wir im hiesigen kulturellen Milieu aufgewachsen sind, erscheinen ihre Maßnahmen unfair und zu streng.«

»Das sind sie auch!«

»Nicht unbedingt, Carlotta. Nicht im Kontext ihrer Sozialstruktur.«

»Wolltest du deshalb nicht mit Apurva schlafen?«

»Wer hat dir das gesagt?« fragte er schockiert.

»Trent, zwischen Apurva und mir gibt es keine Geheimnisse«, log ich.

»Nun«, räumte er ein, »das war ein wichtiger Gesichtspunkt. In ihrer Kultur glaubt man, die Frauen sollten als Jungfrau in die Ehe gehen.«

»In ihrer Kultur werden Bräute auch gelegentlich verbrannt, wenn ihre Mitgift als nicht ausreichend angesehen wird«, stellte ich fest. »Billigst du diese Sitte auch?«

»Natürlich nicht, Carlotta. Warum regst du dich so auf?«

Ich ignorierte die Frage. »Okay, abgesehen von den kulturellen Skrupeln, was hindert dich denn sonst noch daran, es zu tun?«

»Du wirst das, was ich dir sage, falsch auslegen.«

»Versuch es, Trent.«

»Apurva ist ein sehr schönes Mädchen, ich meine, eine sehr schöne Frau.«

»Das ist eine durchaus richtige Feststellung«, sagte ich.

»Woher soll ich denn wissen, daß ich Apurva liebe? Ich meine intellektuell. Woher weiß ich, ob ich nicht nur von ihrer physischen Schönheit berauscht bin?«

»Was macht das für einen Unterschied?«

»Das ist für mich sehr wichtig.«

»Ich verstehe, Trent. Also hast du dir vorgenommen, ein weniger attraktives Mädchen einzuladen, damit du herausfinden kannst, ob du den Rausch ästhetischer Schönheit und die wahre Liebe voneinander trennen kannst.«

»Das war nicht der einzige Grund, Carlotta. Ich mag dich. Du bist sehr … ungewöhnlich.«

»Trent, man liebt niemanden mit dem Kopf. Du liebst mit deinem Körper. Die äußere Erscheinung ist eine starke Quelle physischer Anziehungskraft. Glaub mir, ich weiß es.«

»Schönheit ist ein zufälliges Zusammentreffen genetischer Faktoren und gesellschaftlicher Konventionen«, erwiderte er. »Was ist mit den weniger Attraktiven? Haben sie nicht das gleiche Recht, geliebt zu werden?«

»Doch, sicher. Und sie werden ja auch geliebt – von anderen häßlichen Menschen.«

»Ich wünschte, ich wäre häßlich«, erklärte er und nahm einen Schluck von seinem Kaffee. »Wenn dann jemand sagte, daß ihm etwas an mir liege, dann wüßte ich, daß er aufrichtig zu mir ist.«

»Ja, es sei denn, du wärst reich oder hättest Beziehungen oder könntest Rap-Songs singen oder jongliertest brennende Fackeln oder würdest dich sonst auf irgendeine Weise auszeichnen. Es gibt immer Unsicherheitsfaktoren, Trent, wenn du ein solches Spielchen unbedingt spielen möchtest.«

»Ich empfinde viel für Apurva«, räumte er ein. »Ich denke pausenlos an sie. Vor allem, wenn ich mit ihrem Hund spazierengehe.«

»Dann schlaf mit ihr, Trent. Sie sehnt sich auch danach, sehr sogar!«

»Du hast mit ihr darüber gesprochen, Carlotta?«

»Ausführlich, Trent. Glaub mir, sie ist dazu entschlossen. Mit ihr ins Bett zu gehen wäre kein Akt des kulturellen Imperialismus.«

»Ich bin zu jung für die Ehe, Carlotta.«

»Apurva erwartet nicht, daß du sie heiratest, Trent. Sie ist eine moderne junge Frau, die in einer weltoffenen Kultur lebt. Ihr ist bewußt, daß junge Liebe vergänglich sein kann.«

»Ich danke dir, Carlotta. Du hast mir viel Stoff zum Nachdenken gegeben.«

»Denk nicht, Trent, handle!«

»Ich werd's versuchen, Carlotta. Falls ich Hilfe brauche, könntest du dann unsere Liebesbotin sein? Ich glaube nicht, daß Apurvas Eltern dir mißtrauen werden.«

»Mit dem größten Vergnügen, Trent.«

»Aber damit habe ich immer noch keine Partnerin für den Ball. Apurva wird niemals die Erlaubnis bekommen. Bist du frei, Carlotta?«

»Es tut mir leid, Trent, ich bin bereits versprochen. Aber ich habe einen Vorschlag.«

»Welchen?«

»Wenn es dir wirklich ernst ist mit der Trennung von Liebe und Ästhetik, dann frag Janice Griffloch.«

Trent erblaßte unter seiner perfekten Bräune. »Janice Griffloch. Ja, das ist eine Überlegung wert.«

Carlotta bestellte sich noch ein Stück Kuchen. Heute erlaubte sie es sich, ihre Lust auf Süßigkeiten ungehemmt zu befriedigen. Trent war in die Falle getappt.

Als ich heimkam, rief Carlotta unverzüglich bei Sheeni an. Nach einem längeren Austausch von Komplimenten mit Mrs. Saunders hatte ich meine Angebetete an der Strippe.

»Sheeni, bevor du es von jemand anderem erfährst, wollte ich dir sagen, daß Trent Preston mich vor vierzig Minuten im Kaufhaus Flampert's gefragt hat, ob ich mit ihm auf den Weihnachtsball gehe.

»Du machst Witze, Carlotta.«

»Nein, und du sollst wissen, daß ich abgelehnt habe. Aus Loyalität zu dir.«

»Oh, das finde ich toll, Carlotta. Aber bist du nicht bereits mit Fuzzy verabredet?«

»Fuzzy hätte mich aus der Verpflichtung entlassen. Er ist flexibler, als du denkst.«

»Was hat Trent gesagt, als du abgelehnt hast?«

»Er war natürlich enttäuscht. Ich habe ihm ein anderes Mädchen vorgeschlagen. Eines, gegen das du wahrscheinlich nichts einwenden wirst.«

»Doch nicht Apurva?« fragte Sheeni mißtrauisch.

»Nein. Janice Griffloch.«

»Oh, Trent würde sie niemals fragen, Carlotta.«
»Ich glaube, daß er es ernstlich in Erwägung zieht.«
»Aber warum?«
»Er möchte echte Zuneigung von durch die Ästhetik motivierter Anziehung trennen.«
»Nun, für ein solches Experiment wäre Janice Griffloch genau die Richtige. Tja, Carlotta, jetzt haben wir noch einen weiteren Grund, uns auf Freitag abend zu freuen.«
»Es wird wahrscheinlich ziemlich spannend werden«, pflichtete ich ihr bei.
»Auf meine Bitte hin hat mein Bruder sich bereit erklärt, uns alle zum Ball zu fahren, Carlotta. Es ist wirklich lästig, daß Vijay und Fuzzy noch keinen Führerschein haben.«
»Dein Bruder Paul?« fragte ich zweifelnd.
»Ja. Er sagt, er freut sich darauf, dich in deinem Ballkleid zu sehen, Carlotta.«
Das kann ich mir denken.
»Oh, noch was, Carlotta. Ich habe für dich einen Termin zum Durchstechen der Ohrläppchen ausgemacht, und zwar morgen nach dem Essen.«
»Sheeni, ich glaube, ich sollte erwähnen, daß meine Familie durch die Bluterkrankheit erblich belastet ist – von der rumänischen Seite her.«
»Die Bluterkrankheit befällt nur männliche Familienmitglieder, Carlotta. Sei kein Feigling. Wer schön sein will, muß leiden. Möchtest du denn nicht für deinen Fuzzy so schön wie möglich sein?«
»Doch«, log ich.
»Ich werde dir meine blauen Saphirstecker leihen, Carlotta. Sie passen hervorragend zu deinem Kleid. Wenn deine Ohrlöcher bis dahin gut verheilt sind.«
Ich glaube, ich muß kotzen.
20.20 – Das Telefon klingelte, als ich mich gerade mit meinen

physischen Problemen befaßte. Es war Fuzzy, der in einem Zustand extremer Aufregung anrief.

»Hi, Nick«, sagte er. »Ich habe erstaunliche Neuigkeiten.«

»Ich auch, Frank. Das wirst du nie glauben. Trent hat Carlotta gerade gefragt, ob sie mit ihm zum Ball gehen will.«

»Echt? Mann, Carlotta muß doch ein steilerer Zahn sein, als es den Anschein hat. Das paßt ja hervorragend.«

»Wie meinst du das?« fragte ich mißtrauisch.

»Ich habe gerade mit Heather telefoniert. Und weißt du, was?«

»Sie ist durch ungeschützten Telefonsex schwanger geworden?«

»Nein, Nick. Sie kommt hierher! Zu Besuch!«

»Das ist ja schön, Frank. Sind ihre Eltern damit einverstanden?«

»Bist du wahnsinnig, Nick? Die Eltern sind nicht da. Ihre nicht und meine nicht. Sie wird ihnen erzählen, daß sie Darlene in Salinas besucht.«

»Aber wo will sie denn übernachten?« fragte ich, während mir bereits eine entsetzliche Erkenntnis dämmerte. »Vergiß es, Frank. Sie kann auf keinen Fall hier wohnen.«

»Aber warum denn nicht, Nick? Du hast doch jede Menge Platz. Ich dachte mir, daß sie im Bett schläft und Carlotta das Sofa nimmt. Es ist weich und bequem.«

»Ich habe schon mal auf dieser Couch geschlafen, Frank. Sie ist beim Folterkomittee von Amnesty International registriert.«

»Okay, Nick. Heather und ich werden die Couch nehmen.«

»Frank, wenn Heather hier wohnt, dann muß ich für vierundzwanzig Stunden am Tag Carlotta sein!«

»Wir können Heather doch einweihen.«

»Auf gar keinen Fall, Frank. Wenn sie es irgendwem in der Schule weitererzählt – und das tut sie bestimmt, Mädchen machen so was immer –, dann werden Bernices Eltern meinen Skalp bei sich im Wohnzimmer an die Wand nageln. Ich habe eine bessere Idee. Warum wohnt ihr nicht in Onkel Pollys Haus? Er hat einen Whirlpool.«

»Das ist draußen in der finstersten Provinz, Nick. Und überhaupt – würdest du dich vielleicht in einen Whirlpool legen, in dem dein Onkel krepiert ist? Selbst wenn es zusammen mit Heather ist! Das ist doch einfach ekelhaft.«

»Na ja, es ist schließlich das Haus deiner Großmutter. Ich nehme an, ich kann es dir nicht abschlagen. Wann kommt Heather hier an?«

»Das ist ja das Tolle, Nick. Sie kommt Donnerstag abend mit dem Bus. Das heißt, ich kann mit Heather zum Weihnachtsball gehen und Carlotta mit Trent.«

»Kommt gar nicht in Frage. Ich habe Trents Einladung bereits abgelehnt. Du bist mit mir verabredet, hast du das vergessen?«

»Aber Trent sieht doch entschieden besser aus als ich. Und er ist auch viel beliebter.«

»Richtig, Frank, aber du hast einen entscheidenden Vorteil.«

»Welchen?«

»Du willst mir nicht an die Wäsche.«

»Trent wird dich vielleicht auch in Ruhe lassen, Nick. Jedenfalls bei der ersten Verabredung.«

»Darauf kann ich es nicht ankommen lassen, Frank. Nein, du und ich, *wir beide* gehen da hin. Heather kann zu Hause bleiben und fernsehen.«

»Warte mal, Nick, ich habe eine Idee. Wir können doch alle drei zusammen gehen. Die langsamen Tänze tanze ich mit Heather und die schnellen mit Carlotta.«

»Die ganz schnellen bestimmt nicht, Frank. Die muß Carlotta auslassen. Aber welche Erklärung willst du Heather für diese *ménage à trois* geben?«

»Ich sage ihr einfach, Carlotta sei meine Cousine. Meine biedere Cousine, die ich mit auf den Ball nehme, weil sie sonst keiner einlädt. Heather wird Verständnis dafür haben.«

»Frank, Carlotta hat drei legale Angebote. Sie ist sehr beliebt.«
»Das weiß ich, Nick. Reg dich doch nicht gleich so auf. Carlotta ist eine scharfe Puppe, für einen Jungen.«
»Was hast du gesagt, wann Heather eintrifft?«
»Donnerstag abend. Sie kommt mit dem Bus. Und noch eins, Nick.«
»Was?«
»Wenn Heather bei dir wohnt, mußt du mir versprechen, daß du deine dreckigen Pfoten von ihr läßt.«
»Frank, ich werde die ganze Zeit als Mädchen herumlaufen. Wie soll ich sie denn da anbaggern?«
»Ja, stimmt, da hast du recht. Ich schätze, ich brauche mir keine Sorgen zu machen, daß Carlotta plötzlich auf Heather abfährt.«
»Nee, höchstens, daß Heather sich an Carlotta ranmacht.«
»Wie meinst du das?«
»Ich wollte nur sagen, daß ich jede Verantwortung ablehne. Carlotta scheint ziemlich unwiderstehlich zu sein. Sie hat eine erhebliche animalische Anziehungskraft.«
»Okay, mag sein. Laß ihn einfach in deinem Hosenlatz, Junge.«
»Und wo läßt du ihn, Fuzzy?«
»Du weißt, wo, Nick. So oft wie möglich!«
Manche Jungen haben ein unverschämtes Glück. Fuzzy kann Sex auf Bestellung haben, und ich muß mich vierundzwanzig Stunden am Tag mit Büstenhaltern, Miederhöschen, »Zuckungen« und Gesichtspuder herumplagen. Ich hoffe, meine Haut wird auf die Kosmetika nicht mit noch mehr Pickeln reagieren. Kann nicht weiterschreiben. Muß üben, in den hochhackigen Schuhen zu laufen. Vielleicht sollte ich ein paar Nelson Eddy-Platten auflegen und testen, ob ich zu dem Rhythmus herumstolpern kann. Mir wird jetzt klar, wir ungerecht das Leben manchmal ist. Fred wurde in der ganzen Welt berühmt, dabei war es Ginger, die all die Arbeit machte.

DIENSTAG, 15. Dezember – Heute morgen im Arbeitsraum lief Janice Griffloch so strahlend herum, als hätte sie soeben in der Staatslotterie das große Los gezogen, ein volles Stipendium für Stanford bekommen und wäre vom Papst heilig gesprochen worden. Diese Woche bedeutet wahrscheinlich den Höhepunkt ihres freudlosen Lebens. Ich frage mich, ob sie ahnt, daß sie all dieses unwahrscheinliche Glück mir zu verdanken hat?

Als Vijay zum Physikunterricht erschien, wirkte er seltsam unvollständig. Ihm fehlte sein hübscher Gipsverband. Wenn er sich doch nur die Grippe einfangen würde, die zur Zeit grassiert. Ich frage mich, ob zahlreiche Prellungen und ein verstauchter Arm wohl das Immunsystem schwächen? Der große Teil seines Gehirns, der dafür zuständig ist, daß er ständig Verleumdungen über Nick Twisp verbreitet, ist jedenfalls nicht geschwächt. Und Carlotta schnappt ja nur das auf, was er auf englisch erzählt. Gott weiß, was für üble Geschichten der republikanische Wendehals auf französisch verbreitet.

Während Miss Najflempt im Kurs Weltkulturen den Videorecorder warm laufen ließ, schob Dwayne Carlotta fünf Dollar als Eintrittsgeld-Anzahlung für den Hundekampf zu. Seine Mutter hatte sich geweigert, sein Taschengeld zu erhöhen, also muß er in Raten zahlen. Carlotta stimmte zu, machte jedoch zur Bedingung, daß das Gefummel an ihren Knöpfen und das Zupfen an den BH-Trägern ein Ende habe.

»Das tu ich doch nur, weil ich dich mag« entgegnete Dwayne.

»Nun, ich schätze es jedenfalls ganz und gar nicht«, erwiderte Carlotta. »Wie fändest du es denn, wenn ich ständig am Bund deines Suspensoriums herumzupfen würde?«

Dwayne schaute mich lüstern an. »Würdest du das wirklich tun, Carlotta? Hä? Hä?«

»Ganz bestimmt nicht«, schnaubte sie.

Kaum zu glauben, aber Dwayne hat eine Partnerin für den Ball gefunden. Er wird mit Sonya (»der Eisschrank«) Klummplatz hingehen, einem süßen Mädchen, das ich vom Nähunterricht kenne. Sonya und Carlotta haben sich schnell angefreundet, vielleicht, weil sie beide Narben von den reißenden Stacheln grausamer Toilettenschmierereien davongetragen haben. Sonya ist allerdings durchaus nicht der Typ, auch noch die andere Backe hinzuhalten. Sie inspiziert regelmäßig die Örtlichkeiten und kritzelt mit knallrotem Leuchtstift unter jede verleumderische Anspielung auf ihr Gewicht »Leck mich, du schwule Sau!«.

»Sonya«, fragte Carlotta im Nähunterricht, »stimmt es, daß du jetzt mit Dwayne Crampton gehst?«

»Das könnte man so ausdrücken«, antwortete sie, nachdem sie ihre Stecknadeln aus dem Mund genommen hatte. »Ich habe zugesagt, mit dem Typen zum Ball zu gehen.«

»Wann hat er dich gefragt?«

»Das hat er gar nicht, Carlotta. Seine Mom hat gestern abend meine Mom angerufen. Ich schätze, der Trottel war zu schüchtern, mich selbst darauf anzusprechen.«

»Jungen können manchmal sehr scheu sein. Gefällt er dir denn?«

»Ich halte ihn für einen hoffnungslosen Blödmann. Aber er ist meine Eintrittskarte zu dem Ball.«

»Paß bloß auf«, riet Carlotta ihr. »Er könnte versuchen, sich an dich ranzumachen.«

»Das hoffe ich«, flüsterte Sonya. »Ich weiß nicht, wie es dir geht, Carlotta, aber ich für meinen Teil bin bereit, meine mädchenhafte Zurückhaltung abzulegen. Im umfassendsten Sinne.«

»Und es ist dir egal, wer der Junge ist?« fragte ich schockiert.

»Nun, mir würde es schon besser gefallen, wenn es jemand wie Trent Preston wäre. Aber er hat sich in letzter Zeit nicht sonderlich um mich bemüht.«

»Verdammt, Sonya, das hättest du mir einen Tag früher sagen sollen. Dann hätte ich das für dich einfädeln können.«

Das Mittagessen war wieder ein Alptraum, da mein zwergenhafter Rivale seinen Monopolanspruch auf Sheeni erneut geltend machte. Carlotta saß – irgendwie befangen – zusammen mit Sonya am Tisch der Dicken. Wir kauten an unseren Sandwiches herum und beobachteten Trent, der zwei Tische entfernt in ästhetischer Verwirrung mit Janice Griffloch zu Mittag aß.

»Er lächelt nicht«, stellte Sonya fest.

»Er bemüht sich«, erwiderte Carlotta. »Er sieht sie interessiert an.«

»Er zählt ihre Pickel, Carlotta.«

»Sieh mal an, Sonya. Jetzt scheint er zu lächeln.«

»Ja, er hat endlich die Gesamtsumme: fünfhundertzwölf, die Eiterbombe auf ihrer Nase nicht mitgezählt.«

»Huch, jetzt hat er aufgehört zu lächeln.«

»Vielleicht hat sie ihn unter dem Tisch befummelt. O Gott, Carlotta, versteck mich! Dwayne kommt an unseren Tisch.«

Sonya schluckte hastig ihr Butterbrot hinunter und versuchte vergeblich, sich unsichtbar zu machen.

»Nein, er kommt nicht, Sonya. Schau, er geht in die entgegengesetzte Richtung.«

Am anderen Ende des Raums begab sich Dwayne zum Süßigkeitenautomaten.

»Feigling«, sagte Sonya verärgert. »Ich wette, der Blödmann würdigt mich bis zum Ball keines Blickes. Und wenn ich mir vorstelle, daß ich mit Trent hätte gehen können!«

»Es tut mir leid, Sonya«, sagte Carlotta. »Es ist mir einfach zu spät eingefallen.«

»Es mag zwar sein, daß ich dick bin«, räumte Sonya ein, »aber meine Haut ist in Ordnung.«

»Du hast einen wundervollen Teint«, versicherte ich ihr. »Er ist wie Pfirsiche mit Schlagsahne.«

»Hör auf damit, Carlotta.« Sonya kicherte geschmeichelt. »Du machst mich hungrig.«

Nach dem Essen ließ Carlotta kaufmännisches Rechnen ausfallen, suchte sich eine Telefonzelle außerhalb des Schulgeländes und rief Miss Penelope Pliny an, die Sekretärin an Dads und meinem früheren Arbeitsplatz.

»Sperrholz – progressiv. Was kann ich für Sie tun?« meldete sich Miss Pliny in ihrem korrekten und typisch geschäftsmäßigen Tonfall.

»Hi, Penelope«, sagte ich mit verstellter Stimme. »Hier ist George.«

»Welcher George?«

»George Twisp. Wir haben früher zusammen gearbeitet.«

»Nun, einer von uns hat gearbeitet, George. Hat man Ihren Sohn schon gefunden?«

»Nein. Nick ist noch nicht wieder aufgetaucht. Wir machen uns alle große Sorgen.«

»In dem Zeitungsbericht klang es aber ganz anders, George.«

»Man hat mich falsch zitiert, Penelope. Sie wissen ja, wie die Presse ist.«

»Ja, ich weiß, George. Uns allen hier tut es schrecklich leid, daß Nicholas solche Schwierigkeiten hat. Mr. Rogavere ist sehr beunruhigt. Er hat einen Freund, der Flugbegleiter ist und jetzt Flugblätter in Indien verteilt.«

»Nun, sagen Sie Roger, er solle sich nicht bemühen. Ich bin sicher, daß Nick irgendwann wieder auftauchen wird.«

»Ich werde ihn darüber in Kenntnis setzen, wie gleichgültig Ihnen die ganze Sache ist, George. Ich glaube kaum, daß ihn das überraschen oder ihn von seinen Bemühungen abbringen wird.«

»Wie geht es Roger, Penelope?«

»Sehr gut, sollte man meinen, für einen unverheirateten Mann, der allein lebt. Zur Zeit widmet er sich einen großen Teil seiner freien Stunden dem Experimentieren mit den verschiedenen Nationalgerichten Portugals.«

»Und Sie, Penelope, wie geht es Ihnen?«
»Ganz gut, George. Warum fragen Sie?«
»Ich weiß nicht, Penelope, ob Sie sich damals dessen bewußt waren, aber Sie haben einen außerordentlich starken Eindruck auf mich gemacht.«
»Ich kann Ihnen versichern, George, daß das nicht in meiner Absicht lag.«
»Vielleicht nicht, Penelope. Aber Sie haben mein Herz gefangengenommen.«
»Sie können es als wieder freigelassen betrachten, George. Ich vermag mit den Gefühlen eines Plagiators nichts anzufangen.«
»Penelope, versuchen Sie doch, mich zu verstehen. Ich mußte diese Geschäftsreise nach Oregon zu einem Abschluß bringen. Ich entdeckte, daß gewisse Personen meinem Sohn Halluzinogene verabreichten. Die Verzweiflung trieb mich zu einer unaussprechlichen Tat. Gibt es denn keinen Weg, Ihre Einschätzung meiner Person zu korrigieren?«
»Im Gegenteil, George, der Vorfall, auf den Sie anspielen, hat meine Einschätzung in keiner Weise verändert. Er bestätigte mir vielmehr die Richtigkeit des ersten Eindrucks, den ich von Ihrem Charakter hatte. Es tut mir leid, George, Ihr Anruf scheint eher persönlicher Natur zu sein. Mr. Preston verlangt, daß diese Leitung für geschäftliche Gespräche reserviert bleibt. Ich muß jetzt auflegen.«
»Penelope, darf ich Sie zu Hause anrufen?«
»Zu welchem Zweck?«
»Penelope, Nick braucht eine Mutter. Ich glaube, Sie sind diese Frau!«
»Und ich glaube, daß Sie sich da irren, George. Wenn Nicholas einen Elternteil vermißt, dann ist es ein Vater. Auf Wiederhören.«
»Penelope, warten Sie doch …«
Klick.

Verdammt. Ein weiterer Schlag für Dad. Miss Pliny würde meinen Vater noch nicht einmal mit einer drei Meter langen Stange berühren, dabei ist sie, statistisch gesehen, ebenfalls in der verzweifelten Altersgruppe. Nein, wenn ich Dad mit einer jüngeren und hübscheren Frau zusammenbringen will, dann muß es eine sein, die ihn noch nie zuvor getroffen hat. Ich frage mich, wieviel eine eilige Anzeigenkampagne wohl kosten würde.

Im Kunstunterricht malte Trent Preston einen bedrohlichen Wintersturm à la Rhyder, der an der Küste von Santa Cruz tobte. Im Vordergrund trieb ein verunglückter Windsurfer in der aufgewühlten See.

»Bist du das womöglich selbst?« fragte Carlotta besorgt.

»Das ist mein habgieriges, arrogantes Ego«, antwortete der Maler finster.

»Ich verstehe, Trent. Und wie läuft's mit Janice?«

»Gut, Carlotta«, murmelte er. »Ich komme allmählich mit ihrem Schmerz in Kontakt.«

»Großartig«, sagte Carlotta. »Das Herz schläft, wenn der Geist blutet.«

»Das Leben ist ein Jammertal«, erklärte er.

»Und dann stirbst du«, bemerkte Carlotta.

Nice

»Vom Nichts zum Nichts«, sagte er.

»Vergessen, der letzte Schlagbaum«, fügte Carlotta hinzu.

»Jeder Atemzug ist ein Vorgeschmack des Todes«, meinte er.

An diesem Punkt gab Carlotta auf. Man kann nicht hoffen, jemanden, der mit Janice Griffloch geht, an Nihilismus zu übertreffen.

Nach dem Unterricht eilte ich in die Bibliothek, wo ich Apurva an ihrem üblichen Platz fand, jetzt unter der strengen Aufsicht ihrer Mutter. Apurva begrüßte mich herzlich und stellte Carlotta und Mrs. Joshi einander vor. Dann fragte sie ihre Mutter, ob wir wohl unter vier Augen miteinander reden dürften.

»Nur wenn du mir versprichst, nicht über diesen Jungen zu reden«, sagte Mrs. Joshi streng.
»Ich verspreche es, Mutter«, erwiderte Apurva.
Nachdem ihre Mutter sich zögernd an das andere Ende des Raums begeben hatte, wandte Apurva sich eifrig Carlotta zu.
»Und wie geht es meinem lieben Trent?«
»Hast du nicht gerade ein Versprechen abgegeben, nicht über ihn zu reden.«
»Das halte ich auch, Carlotta. Mutter hat nicht genau definiert, welchen Jungen sie meint.«
»Ja, das ist wahr, Apurva. Deine jesuitische Erziehung beginnt dir gute Dienste zu leisten. Ich habe mit Trent geredet. Er liebt dich.«
»Und ich ihn. Mehr denn je. Welche Nachrichten bringst du mir von ihm?«
»Er möchte mit dir zusammensein.«
»Aber nicht, um Gedichte zu lesen, hoffe ich. Ich liebe Poesie, Carlotta, doch von Gedichten hab ich allmählich genug.«
»Nein, Apurva. Trent ist entschlossen, mit dir zu schlafen.«
»Wann?« fragte sie ungeduldig.
»Sobald es dir möglich ist.«
»Sie können mich nicht ewig beaufsichtigen. Ich werde bei der ersten Gelegenheit ausreißen.«
»Gut, Apurva. Inzwischen hat Trent, um jeden Verdacht zu zerstreuen, Janice Griffloch gebeten, mit ihm auf den Weihnachtsball zu gehen.«
»Er hat was?!«
Auf der anderen Seite des Saals blickte Mrs. Joshi erstaunt auf. Carlotta ermahnte ihre Freundin, leiser zu sein.
»Das ist kein Grund zur Sorge, Apurva. Trent hat diesen unangenehmen Schritt auf meinen Vorschlag hin unternommen.«
»Aber warum denn? Wer ist diese Janice? Wie sieht sie aus?«
»Du kannst ganz beruhigt sein, Apurva. Sie ist von Kopf bis Fuß

unattraktiv. Ich versichere dir, daß Trent nichts für sie empfindet.«

»Aber warum nimmt er sie dann mit auf den Ball?«

»Weil du nicht zur Verfügung stehst, Apurva.«

»Und warum bleibt er nicht einfach zu Hause?«

»Das kann er nicht, Apurva. Es handelt sich da um wichtige gesellschaftliche Verpflichtungen. Er ist der am besten aussehende und beliebteste Junge der Schule.«

»Ich werde euch Amerikaner nie verstehen. In Indien wäre Trents Verhalten ein unverzeihlicher Akt von Untreue.«

»Nun, Apurva, in diesem Land ist es ein selbstloser Akt der Zuneigung. Trent muß Janice ertragen, weil sein Herz dir gehört.«

»Der süße, liebe Junge«, seufzte Apurva. »Ich muß versuchen, meine Eifersucht zu zügeln und mehr Verständnis aufzubringen.«

»Ja, und manche unserer Rotholzbäume sind schon viele hundert Jahre alt«, wechselte Carlotta das Thema, da sie bemerkte, daß Mrs. Joshi sich näherte.

»Apurva«, sagte diese, »es ist Zeit zu gehen. Dein Vater wird bald vom Büro heimkommen.«

»Ja, Mutter. Danke, Carlotta. Ich fand unser Gespräch äußerst wertvoll. Ich liebe die Wälder so sehr.«

»Der Wald hat viel zu geben«, stellte Carlotta fest, »wenn du für seine Umarmung offen bist.«

»Ich bin es«, erwiderte Apurva mit Überzeugung. »Dessen kannst du gewiß sein!«

20.10 – Bin nicht in der Lage viel zu schreiben. In verzweifelter Agonie. Zwei schwere Metallbolzen haben brutal meinen Körper durchstoßen. Ich fühle mich wie John Dillinger, fünf Minuten, nachdem der Film zu Ende ist. Mit jedem Herzschlag bricht ein doppeltes Pulsieren von Stereoschmerz in mein Sein. Jetzt weiß ich, warum man Frauen die Ohrläppchen durchsticht.

Wenn sie dieses Verstümmelungsritual überlebt haben, dann können sie den Unannehmlichkeiten der Schwangerschaft und Geburt mit Gleichmut entgegensehen. Na sicher doch...

Wir gehören einer barbarischen Spezies an. Wir zerreißen unsere Körper, um uns mit Ringen aus Gold zu schmücken. Bernice Lynch hat in jedem Ohrläppchen sechs Löcher. Kein Wunder, daß sie seelisch nicht stabil war; der unerträgliche Schmerz muß ihr den Verstand geraubt haben.

Seit neunzig Minuten schlucke ich ein Aspirin nach dem anderen, aber noch ist keine Linderung spürbar. Sollte ich 911 anrufen? Gewiß muß ich bald unter Morphium gesetzt werden.

21.15 – Ganz hinten im Medizinschrank Flasche mit rätselhaften Pillen gefunden. »Analgetikum« steht auf dem Etikett. Im Lexikon nachgeschlagen, Bedeutung: »schmerzstillendes Mittel«. Verfallsdatum: Juni 1974. Habe trotzdem vier Pillen geschluckt. Hoffe das Beste. Ohren fühlen sich an, als hätte sich eine Meute wütender Pitbullterrier daran festgebissen.

22.05 – Hunde haben von mir abgelassen. Endlich Entspannung. Im Badezimmerspiegel meine neuen Goldstecker bewundert. Sheeni hat recht. Sie bewirken eine bemerkenswerte Veränderung. Linkes Ohrläppchen sondert dann und wann ein Tröpfchen Blut ab; in der Werbung spricht man vom Hingucker-Effekt. Auf Vampirpartys wäre ich der Renner.

Exquisite Gefühllosigkeit. Wieviel angenehmer wäre das Leben doch, wenn das menschliche Nervensystem mit einem Ein/Aus-Schalter versehen wäre. Bin da offenbar auf eine wundervolle, phantastische Droge gestoßen. Nur noch neunzehn Pillen im Fläschchen. Frage mich, ob es zu spät ist, das Rezept erneuern zu lassen, und auch, wie viele Fälle von Medikamentenabhängigkeit jedes Jahr auf unkontrolliertes Ohrendurchstechen im Teenageralter zurückzuführen sind?

MITTWOCH, 16. Dezember – 4.52 – Hunde sind zurück, wütender als zuvor. Schluckte noch zwei Pillen. Häßlicher Schorf am linken Ohr. Beide Ohrläppchen seltsam grünlich-orange verfärbt. Frage mich, ob die betreffende Angestellte wußte, was sie tat. Vielleicht hätten wir einen solchen größeren Eingriff doch nicht in einem Discount-Schmuckgeschäft vornehmen lassen sollen. Nicht ein einziger Arzt in dem Gebäude. Ob sie im Hinterzimmer Abtreibungen vornehmen? Was ist, wenn beide Ohren schwarz werden und abfallen? Keine Chance, daß Fuzzy Carlotta unter solchen Umständen auf den Ball mitnehmen würde. Einsam, ungeliebt und ohrlos – was für ein Schlag für meine gesellschaftlichen Ambitionen.
7.28 – Die ganze High-School steht unter einer starken Dosis Beruhigungsmittel. Eine außerordentlich beglückende Erfahrung. Der Kampf um soziale Anerkennung ruht. Anpassungsdruck und schulisches Konkurrenzverhalten aufgehoben, sexuelle Ängste beschwichtigt, selbst die alles zerfressende Langeweile löst sich in dem warmen Pfuhl übermütiger Entspannung auf.
Carlotta hatte einen herrlichen Tag. Sie fuhr mit dem freundlichen Bruno auf dessen Motorroller zur Schule und empfand dabei ein intensives Glücksgefühl. Als die Schulzeitung verteilt wurde, gab es im Aufenthaltsraum einen angenehmen Tumult. Schmeichelhaftes Titelseitenporträt des Unterfertigten, verfaßt von der hübschen und talentierten Tina Manion. Seltsame Lücken in Überschrift und Story, wo Teile des Textes offenbar durch späteres Auftragen von Säure auf die Druckplatte entfernt worden waren. (Reumütige Autorin erklärt bei einer zufälligen Begegnung in der Eingangshalle die näheren Umstände; ich versicherte ihr, die entfernten Textstellen seien für mich ohne weitere Relevanz.) In den Klassenzimmern den ganzen Tag lang heftige Diskussionen über Manions Enthüllungen. Schülerschaft spekuliert aufgeregt über Fragen der Abstammung mei-

nes weiblichen Alter ego. Carlotta selbst hielt sich jedoch bedeckt. Im Physikunterricht beruhigende Worte von Sheeni: Heilung der Ohrläppchen verläuft normal. Große Erleichterung! Beim Mittagessen stellte mir Fuzzy DeFalco mehrere bohrende Fragen betreffs fehlender, ursprünglich seinem Onkel gehörender Geldscheine und Carlottas in jüngster Zeit getätigter verschwenderischer Ausgaben. Diese zog es vor, die therapeutischen Wirkungen einer bemerkenswerten Wunderdroge zu diskutieren. Sie gab Fuzzy zwei von den Pillen; sein Interesse an dem unauffindbaren Bargeld war wenig später gänzlich erloschen. Danach gelang es Carlotta zum erstenmal, sich mit dem Geist des kaufmännischen Rechnens vertraut zu machen. Sie genoß es, alles über prozentuale Preiserhöhungen und Preissenkungen zu lernen. Anschließend beschriftete sie zusammen mit Sonya die Wände der Mädchen- (und Jungen-?) Toiletten mit dem Schlachtruf »Alle Macht dem Fett!«. Steckte Trent im Kunstunterricht zwei Pillen zu. Er malte ein gequält aussehendes Akt-Selbstporträt, das bei den Klassenkameraden starkes Interesse und einen vorsichtigen Verweis von seiten des Lehrers hervorrief. Im Gesundheitsunterricht ein Video über die Gefahren des Drogenmißbrauchs. Empfand den Streifen als sensationslüstern und einseitig. Fuhr mit Bruno nach Hause, möglicherweise Austausch von Küssen auf dem Gartenweg. Soeben die letzten drei Pillen geschluckt. Fühle mich müde. Glaube, ich werde heute früh in die Falle gehen.

DONNERSTAG, 17. Dezember – Ich scheine einen Tag meines Lebens verloren zu haben. Ein elender Kater, seltsame Erinnerungslücken und einige rätselhafte Einträge in meinem Tagebuch – das ist alles, was mir von gestern übrigblieb. Wenigstens scheint meine Ohrenkrise vorüber zu sein. Die Schwellung läßt langsam nach, und die wütenden Pitbullterrier sind verdrießlichen Chihuahuas gewichen.

Carlotta hatte einen anstrengenden Tag in der Schule. Wenn Tina Manion es jemals lernen sollte, wie man gut schreibt, dann wird sie eine große Zukunft in der Regenbogenpresse vor sich haben. Ihr von Irrtümern strotzender Artikel, der durch die erregenden Zensurlücken sogar noch provozierender wirkte, hätte nicht sensationslüsterner sein können. Es heißt darin, daß Carlotta das Kind einer gefeierten Berühmtheit sei, wobei der Name zurückgehalten wurde. Bedrängt, genervt und angefleht von neugierigen Klassenkameraden, den Namen preiszugeben, konnte Carlotta nur schwach lächeln und jedes Wissen um die Angelegenheit leugnen. Sie dementierte allerdings entschieden die Behauptung, ihre Mutter habe einen Oscar gewonnen und einen Heiratsantrag von James Dean abgelehnt, woraufhin sein Herz mit tragischen Konsequenzen gebrochen sei.
»Es ist alles ein Irrtum«, war die Standardantwort der bescheidenen Carlotta. »Ich denke, man muß mich mit einer anderen Person verwechselt haben. Nein, ich habe nicht vor, selbst zum Film zu gehen. Ja, der Mussolini Revival ist jetzt der letzte Schrei in Hollywood. Warum würde ich mich sonst wohl so kleiden?«
Sogar Sheeni nutzte unsere Freundschaft, um ihre eigenen diskreten Nachforschungen im Hinblick auf Carlottas Abstammung anzustellen.
»Mein Vater war Rumäne«, antwortete Carlotta auf ihre Fragen. »Mit wunderbaren Händen. Er wollte Konzertpianist werden, aber die Depression kam dazwischen, also wurde er statt dessen Masseur. Er starb, als ich noch ein Säugling war.«
»Das tut mir leid, Carlotta«, sagte Sheeni. »Woran ist er denn gestorben?«
»An akuter Einreibemittelvergiftung. Das war damals eine verbreitete Berufskrankheit.«
»Also hast du ihn nie wirklich kennengelernt?«
»Nein, aber man sagt mir immer wieder, daß ich seinen sanften Griff geerbt habe. Soll ich dich mal irgendwann massieren?«

»Ja, vielleicht«, antwortete Sheeni unverbindlich. »Wir werden sehen.«
Mensch, manche Leute verlangen viel Geld für eine Massagebehandlung. Und ich kann sie nicht einmal kostenlos an die Frau bringen.
18.35 – Carlotta hat mein einsames Abendessen zu sich genommen und wartet jetzt auf die Ankunft von Fuzzy und Heather. Mein Lippenstift ist aufgefrischt, die Perücke ist gekämmt, und meine Brüste sitzen genau da, wo die Natur sie plaziert haben könnte. Mein Freund hat mir befohlen, ein paar Worte zur Begrüßung zu sagen und mich dann unverzüglich für mehrere Stunden zu entschuldigen. Zum Glück hat die Bibliothek heute abend lange geöffnet. Ansonsten wäre ich gezwungen, mich draußen zu Tode zu frieren, während Fuzzy mühsam den Orgasmus-Paß erklimmt.
19.20 – Ein ruhiger Abend in der Bibliothek. Die Literatur, so fürchte ich, ist auf dem absteigenden Ast.
Vielleicht sollte ich meine beruflichen Ziele neu überdenken. Wenn ich das Schreiben aufgebe, was kann ich dann tun? Psychologe zu sein hat einen gewissen Reiz für mich. Dafür, daß man herumsitzt und sich die intimsten Schweinereien anhört, wird man unverhältnismäßig gut bezahlt. Die Arbeitszeit ist angenehm, und du kannst die attraktivsten Frauen auf äußerst professionelle Weise ausfragen, was sie wirklich antörnt. Außerdem habe ich mir sagen lassen, daß man auch einen unschätzbar wertvollen Einblick in seine eigenen Neurosen erhält.
Heather wirkte rosig und fit von ihrem nächtlichen Marsch vom Busbahnhof hierher. Ich hatte ganz vergessen, wie sportlich und wunderbar statuenhaft ihre Figur doch ist. Ich frage mich, ob sie häufig so enge Pullover trägt. Als sie ihren Mantel auszog, hätte man die erotische Spannung im Raum fast mit Händen greifen können. Ich wußte: Einer von uns würde gehen müssen. Zu schade, daß es Carlotta war.

22.05 – Fuzzy hat sich gerade von Heather verabschiedet und sich widerstrebend auf den Heimweg gemacht. Wenn er keinen Ärger mit seinen Eltern kriegen will, dann wird er sich beeilen müssen. Er sah erschöpft, aber zufrieden aus, was in Anbetracht des Zustandes meines Schlafzimmers und meines Gastes auch durchaus einleuchtet. Heather nimmt gerade bei angelehnter Badezimmertür ein Bad. Dies könnte für uns alle ein anstrengendes Wochenende werden.

23.10 – Noch fünf Minuten, bis die Lampen ausgehen. Ich bin in meinem unordentlichen Schlafzimmer, Heather hat es sich – so gut wie nackt – auf dem Sofa im Wohnzimmer bequem gemacht. Vorher, als sie rosig, dampfend und splitternackt aus der Badewanne kam, hatten wir eine nette Unterhaltung.

»Oh, hallo«, sagte Carlotta, deren Brillengläser plötzlich beschlugen. »Möchtest … äh … möchtest du vielleicht einen Morgenmantel?«

»Nein, nicht nötig«, antwortete Heather und bückte sich, um ihre Reisetasche neben dem Sofa zu durchwühlen. »Du hast es so schön warm und gemütlich hier.« Sie fischte eine Bürste aus der Tasche und begann ihre langes, nasses Haar, das in braunen Kaskaden über ihren schimmernden Oberkörper fiel, zu bürsten.

»Ja, ich mag es, wenn es warm und gemütlich ist«, bemerkte Carlotta und putzte eifrig ihre Brillengläser. »War das Baden angenehm?«

»Traumhaft, Carlotta. Ich fühle mich so entspannt. Heute nacht werde ich wie ein Baby schlafen.«

»Na, wenigstens einer von uns beiden«, murmelte ich zwischen den Zähnen.

»Was hast du gesagt, Carlotta?«

»Oh, nichts, Heather. Ich habe gerade an die Börse gedacht. Wie schaffst du es bloß, diese wunderbare Figur zu halten?«

»Basketball«, erwiderte sie. »Letztes Wochenende habe ich gegen die Holy Names Academy zweiunddreißig Punkte gemacht. Wir haben es diesen Schlappschwänzen echt gezeigt. Spielst du auch, Carlotta?«

»Äh … nein, nicht viel. Sport ist nicht mein Ding.«

»Zu schade«, sagte sie. »Du solltest es wirklich mal versuchen, Carlotta. Fuzzy und ich sind richtig sportbesessen. Das ist auch der Grund, warum ich den behaarten Schwachkopf so liebe. Ich habe natürlich ein bißchen zuviel Oberweite für Basketball, aber ihn macht das tierisch an.«

Ja, das konnte ich durchaus verstehen.

»Du bist also Fuzzys Cousine«, fuhr sie fort. »Seltsam, du siehst ihm überhaupt nicht ähnlich. Du schaust kein bißchen wie eine Italienerin aus.«

»Ich stamme vom rumänischen Zweig der Familie ab«, erklärte ich. »Wir sind intellektueller und weniger behaart.«

»Ich wette, daß du verdammt froh darüber bist, Carlotta. Fuzzy ist wirklich der behaarteste Typ, den ich jemals getroffen habe. Und dabei bin ich so kitzlig. Wir müssen schrecklich aufpassen, wenn wir's miteinander treiben.«

»Wie meinst du das?« fragte ich.

»Wenn er mir zu nahe kommt, dann fange ich an, hysterisch zu kichern.«

»Und wie kommt ihr dann überhaupt klar, Heather?«

»Oh, irgendwie geht das schon. Wo ein Wille ist, ist auch ein Weg.«

Carlotta lächelte, doch es fiel ihr schwer, an die Wahrheit dieser Feststellung zu glauben. Mein Wille ist oft sogar übermächtig stark, aber dann muß ich feststellen, daß der Weg an jeder Ecke versperrt ist. Gerade jetzt hat er mich wieder im Griff, und ich muß hier in meinem einsamen Zimmer bleiben und ihn unterdrücken.

Für den Fall, daß mein Gast das Bedürfnis haben sollte, mich zu besuchen, hat Carlotta sich mit Perücke, Brille, Make-up, Nachthemd und Büstenhalter ins Bett gelegt. Wenn man nicht daran gewöhnt ist, dann kommt es einem äußerst seltsam vor, in einem BH zu schlafen. Ich versuche den Deckel auf dieser Dose Würmer fest verschlossen zu halten. Wenn ich es zuließe, darüber nachzudenken, dann würden viele Aspekte meines gegenwärtigen Lebens mir wohl äußerst seltsam erscheinen.

FREITAG, 18. Dezember – Der Tag des großen Balls. Der letzte Schultag vor den Weihnachtsferien. Der erste Tag vom Rest meines Lebens. Und, wenn meine Erinnerung mich nicht trügt, Dads fünfundvierzigster Geburtstag. Ich glaube, ich weiß, wie dieser graue Meilenstein des mittleren Alters gefeiert werden sollte.

Meine Besucherin scheint sich weiterhin in ihrem Körper außerordentlich wohl zu fühlen. Während Carlotta ihr Toastbrot verzehrte, räumte sich Heather im Wohnzimmer einen Platz frei und führte fünfzehn Minuten lang kraftvolles Nackt-Aerobic vor – wobei sie ihren Pulsschlag in die Höhe trieb und meinen fast vervierfachte. Die Beinstreckübungen, so stellte ich fest, wirkten besonders belebend.

»Komm schon, Carlotta«, lud Heather mich ein, ohne ihre Übungen zu unterbrechen. »Mach mit.«

»Tut mir leid, ich kann nicht«, entgegnete ich und war wieder einmal dankbar für die Stoffülle meine Rocks. »Ich will nicht zu spät zur Schule kommen. Was hast du denn heute vor, Heather?«

»Fuzzy schwänzt die Schule«, antwortete sie und berührte ihre Zehen. »Er kommt nachher vorbei.«

»Das hätte ich mir denken können«, murmelte Carlotta wehmütig.

»Schau mal, Carlotta, ich schaffe es, mit meinen Handflächen den Boden zu berühren.«

Carlotta sah zu ihr hinüber. Es war ein bemerkenswerter Anblick.

Als sie zum Gartentor ging, versperrte Bruno Carlotta den Weg und verlangte einen Kuß.

»Tut mir leid, Bruno. Ich komme gerade vom Arzt.«

»Was fehlt dir denn, Carlotta? Schwanger?«

»Sie meinen, es könne Lepra sein. Ab morgen kriege ich Bestrahlungen.«

Bruno wich ängstlich zwei Schritte zurück.

»Oh, das tut mir leid, Carly. He, wer ist denn die Puppe, die da bei dir wohnt?«

»Herrgott, Bruno, kann denn ein Mädchen überhaupt keine Privatsphäre haben?«

»Sie ist hübsch. Wer ist sie?«

»Wenn du es unbedingt wissen mußt: Sie ist meine verheiratete Schwester aus Boise.«

»Hat sie schon einen Partner für den Ball?«

»Bruno, sie ist verheiratet.«

»Das stört mich nicht. Ich suche nicht nach was Festem.«

»Vergiß es, Bruno«, sagte Carlotta und lief eilig weiter. »Ermorde Stinky, und geh zurück zu Candy. Ich denke immer noch, daß das für dich die einzig realistische Option ist.«

Bruno bemühte sich nachzudenken. »Yeah, Carly. Du könntest recht haben.«

Der Mussolini Revival setzt sich allmählich durch. Heute habe ich wieder zwei Carlotta-Klonen in den Fluren entdeckt. Ein Beispiel für die furchterregende Macht der Medien, den Massengeschmack zu formen.

Im Physikunterricht schob Sheeni Carlotta ein kleines Samtkästchen zu.

»Für den Ball«, flüsterte sie. »Das sind meine Saphirstecker. Paß bloß auf sie auf!«

»Danke, Sheeni«, flüsterte ich und verstaute die kostbaren Juwelen vorsichtig in meiner Tasche. »Was wirst du denn tragen?«

»Ich leihe mir Mutters Diamanten. Wann hast du deinen Friseurtermin?«
»Meinen was?«
»Deinen Friseurtermin«, wiederholte Sheeni etwas lauter. »Läßt du dir denn nicht vorher die Haare machen?«
»Eigentlich nicht«, sagte Carlotta. »Meinst du, ich sollte es tun?«
»Vielleicht könnten wir das die Klasse entscheiden lassen«, sagte Mr. Tratinni und wandte sich von der Tafel ab. »Nun, was meinen Sie, Carlotta? Sollen wir abstimmen?«
»Nein, Sir«, antwortete ich errötend.
Ich hasse es, wenn Lehrer versuchen, sarkastisch zu sein. Das ist so lächerlich unpassend. Außerdem wußte er genau, daß sich heute niemand mehr für den Unterricht interessierte. Das Thema Bildung war sozusagen auf Eis gelegt. Die Schüler waren körperlich präsent, aber in Gedanken waren sie schon längst in den Ferien.
Zur Mittagszeit stahlen sich Sonya und Carlotta vom Campus fort und gingen zur Hamburgerbude. Während meine Begleiterin sich einen doppelten Chili-Cheeseburger, eine große Portion Pommes und ein Diät-Malzbier bestellte, wählte ich in der Telefonzelle auf dem Parkplatz Fuzzys Nummer. Nach dreimaligem Klingeln nahm Mrs. DeFalco den Hörer ab. Wie üblich verstellte ich meine Stimme.
»Mein Name tut nichts zur Sache. Ich habe gestern abend einen Freund von Ihnen in einer Bar kennengelernt. Er hieß George.«
»George Twisp?«
»Das kann sein. Er sah ein wenig aus wie Liberace.«
»Das ist er«, bestätigte sie.
»Ja, ich muß unbedingt mit dem alten Knaben reden. Er ist irgendwie zu Geld gekommen. 'ne Menge Geld. Er hat einige Runden geworfen gestern abend.«
»Oh, das ist ja interessant. Hat er erwähnt, woher er das Geld hat?«

»Nein, er sagte nur, er habe einen ganzen Batzen gefunden. Und er wolle alles ausgeben, bevor seine Alte was rauskriege.«

»Das hat er gesagt?« fragte sie.

»Ja, so was in der Art. Na, jedenfalls hat er mir auch von den Bändern erzählt. Und ich bin echt interessiert.«

»Was für Bänder?«

»Die Videobänder von Ihnen und George. Er hat erzählt, er habe in diesem Haus, wo er das Geld gefunden hat, eine Kamera versteckt. Ich handle mit solchen Bändern, wissen Sie. Ich kann Ihnen da ganz hübsche Tantiemen versprechen. Also, was halten Sie davon, Baby?«

Ich hörte nichts, außer dem Schnappen eines Feuerzeugs, mit dem hastig eine Zigarette angezündet wurde.

»Sind Sie noch da?«

»Wenn Sie diesen verlogenen Schwachkopf treffen«, sagte sie und blies den Zigarettenqualm mit Nachdruck in den Hörer, »dann richten Sie ihm aus, daß ich ihm das niemals verzeihen werde!« *Klick.*

Tut mir leid, Dad, daß ich an deinem Geburtstag Plan drei habe in Kraft treten lassen. Aber ich mußte etwas dagegen tun, daß du meinem besten Kumpel die Ferien verdirbst.

»Mit wem hast du telefoniert?« fragte Sonya, als Carlotta zurückkam und neben ihr auf die Bank glitt.

»Oh, mit meinem Broker«, log ich. »Sonya, läßt du dir heute nachmittag die Haare machen?«

»Natürlich, Carlotta«, antwortete sie und kaute ihre letzten Pommes. »Du glaubst doch nicht, daß ich so auf einen Ball gehe, oder?«

»Vermutlich nicht.«

»Wieso?« fragte sie gekränkt. »Was ist denn mit meinem Haar nicht in Ordnung?«

»Nichts, Sonya. Es ist absolut perfekt. Zu einem Friseur zu gehen wäre eine völlige Zeit- und Geldverschwendung.«

»Mann, Carlotta, was ist denn bloß los mit dir?«
Ja, was war bloß los mit mir? Ein ernster Fall von einem Bammel vor dem Weihnachtsball, das war es. Warum muß ich mich demütigen, nur damit ich meinem verhaßten Rivalen dabei zusehen kann, wie er Wange an Wange mit der Frau, die ich liebe, tanzt? Aber natürlich ginge es mir noch schlechter, wenn ich zu Hause bleiben und mir alles im Geiste ausmalen müßte.
In der siebten Unterrichtsstunde erweckte die Redwood High den Eindruck einer strikt nicht-elitären Jungenschule. Die meisten weiblichen Mitschüler hatten sich klammheimlich davongemacht. Wie, so fragte ich mich, können so viele Kunden auf einmal bedient werden? Hatte man Busladungen von Friseuren aus San Francisco kommen lassen? Um keinen Verdacht zu erregen oder auch das Knüpfen männlicher Freundschaftsbande zu behindern, beschloß Carlotta, sich ebenfalls aus dem Staub zu machen.
Als ich nach Hause kam, lag Fuzzy, alle viere von sich gestreckt, auf der Couch.
»Hi, Carlotta«, sagte er kraftlos.
»Hi, Frank. Wo ist Heather?«
»In der Stadt, um sich die Haare machen zu lassen.«
»Tatsächlich?« fragte ich, leicht schockiert.
»Carlotta, weißt du, was?«
»Was, Frank?«
»Ich habe es heute viermal getan.«
»Ich hoffe, du hast es nicht übertrieben, Frank. Du scheinst mir für den Ball nicht recht fit zu sein.«
»Warum ist Sex nur so großartig, Carlotta?«
»Woher soll ich das wissen? Ich glaube, es hat mit irgendwelchen Enzymen im Gehirn zu tun.« Ja!
Frank setzte sich rasch auf. »Das erinnert mich an etwas, Carlotta. Was hab ich da gehört? Du hast Heather angeboten, sie zu massieren?«

»Schon möglich, Frank. Ich wollte nur ein bißchen nett sein. Sie wirkte irgendwie verspannt.«
»Nun, ist sie aber nicht. Also laß deine dreckigen Pfoten von ihr.«
»Frank, solltest du nicht längst unterwegs sein, um mein teures Ansteckstäußchen abzuholen?«
»Ja, vermutlich«, sagte er und erhob sich schwerfällig von der Couch. »Mann, ich fühle mich, als wäre ich gerade den Boston Marathon gelaufen – mit einem an die Eier gebundenen Ziegelstein.«
Ich schob den lahmen Sack in Richtung Hintertür. »Sieh zu, daß du wegkommst, Frank. Carlotta will noch ein Bad nehmen, bevor deine Liebessklavin zurückkehrt.«
»Deine Ohrringe gefallen mir, Nick«, bemerkte er grinsend. »Habe ich dir das schon gesagt? Sie stehen dir wirklich gut, Junge.«
»Danke, Frank. Dafür darfst du an meinen Strapsen lutschen.«
»Warum nicht?« sagte er konziliant. »An allem anderen habe ich heute ohnehin schon gelutscht!«
17.20 – Carlotta ist fertig. Sie ist gewaschen, rasiert, gezupft, mit Deodorants besprüht, gepudert, in exotische Unterwäsche gezwängt, angekleidet und auf Stilettoabsätzen in luftige Höhen gehievt. Künstliche Schaumstoffbrüste wurden mit Sekundenkleber sicher befestigt. Abdeckcreme wurde auf den nackten, auffällig zur Schau gestellten Rücken und die Schulterpickel aufgetragen. Zarte silberne Bänder, die die fürsorgliche Heather zur Verfügung gestellt hat, sind kunstvoll in ihre von Menschenhand gefertigte Haarpracht eingewoben. Glitzernde blaue Saphire wurden an noch wunde Ohrlöcher gesteckt. Wangen wurden mit Rouge geschminkt, Lippen mit chromatischem Glanz versehen, Augen mit phantasievollen Farbschattierungen betont, Nägel lackiert und der Atem chemisch erfrischt.
Wie sieht sie aus? Verdammt gut, wenn man dem Spiegel in Mrs. DeFalcos Küche Glauben schenken darf.

Kann nicht weiterschreiben. Muß Heather ein Handtuch bringen.

18.20 – Heather ist mehr oder weniger fertig. Sie hat die tertiären Stadien der Make-up-Applikation bereits hinter sich gelassen und ist jetzt in der ängstlichen Retuschier-Phase. Ich hoffe, sie ist bald damit fertig. Jede weitere Schicht von Mascara könnte Lawinenangst auslösen. Mit meiner bereitwilligen Hilfe wurde sie in ein Pailettenkleid eingekapselt, das die Farbe von Autobahnwarnschildern hat (fluoreszierendes Giftgelb). Auf der Vorderseite sorgt eine weit vorstehende feste Fläche dafür, daß Träger sich erübrigen. Kein Wunder, daß die amerikanische Industrie nicht mit der japanischen konkurrieren kann. Die Creme unserer Ingenieure hat sich aufs Kleiderentwerfen verlegt.

Heather und Carlotta haben einander sechzehnmal versichert, wie gut sie aussehen. Je häufiger man etwas wiederholt, desto überzeugender klingt es. Oder? Huch, ich höre einen Wagen in der Einfahrt. Es geht los, Leute. Wünscht mir Glück.

SAMSTAG, 19. Dezember – 0.45 – ich bin zurück. Zu aufgekratzt, um zu schlafen. Was für eine Nacht!

Sheeni in ihrem weichen jadegrünen Ballkleid, mit glitzernden Diamanten, das Haar in bronzeschimmernden, gewellten Strähnen hochgesteckt, war eine Vision: ein absolutes markerschütterndes schwarzes Loch von orchideengeschmückter Schönheit. In ihrer Gegenwart erreichte kein Strahl des schwachen Glanzes, der von Heather und Carlotta ausging, das menschliche Auge. Wir hätten uns ebensogut ein paar Kleidungsstücke aus der Wegwerfbox des örtlichen Obdachlosenasyls anziehen können.

Als Paul uns die Wagentür öffnete, machte Sheeni – majestätisch auf dem Vordersitz neben dem verhaßten Vijay thronend – uns miteinander bekannt.

»Heather, was für eine Überraschung! Carlotta hat mir gar nicht erzählt, daß du auch kommen würdest. Wie hübsch ihr beide ausseht. Das hier ist mein Bruder Paul.«

»Es ist mir ein Vergnügen, zwei so charmante und hübsche Ladies kennenzulernen«, sagte Paul, während er Heather zulächelte und mir verschlagen zuzwinkerte.

»Wie geht's euch?« fragte Heather und hechtete mit sportlichem Schwung auf den Rücksitz, ohne sich um die heftigen Auf- und Abwärtsbewegungen ihrer Korsage zu kümmern. Ich nickte den anderen schüchtern zu und glitt still auf den Platz neben Heather.

»Ich komme nur zur Begleitung mit«, verkündete Heather charmant. »Carlotta hat die älteren Rechte auf meinen Jungen.«

»Nein, Heather«, entgegnete ich, »wir teilen Fuzzy zwischen uns beiden auf. Du hast das Vorrecht.«

»Dieser Fuzzy muß ein ganz schön starker Typ sein«, bemerkte Paul und ließ den Motor an.

»Er ist die Zündkerze unseres Teams«, stellte Heather voller Stolz fest.

Dann fuhren wir los, um unseren gemeinsamen Begleiter abzuholen.

»Carlotta, drücken deine Schuhe?« fragte Sheeni besorgt. »Du scheinst Schwierigkeiten beim Laufen zu haben.«

»Überhaupt nicht«, erwiderte ich. »Ich bin nur nicht an so niedrige Absätze gewöhnt. Normalerweise trage ich viel höhere.«

»Ich habe das Gefühl, als ginge ich auf Stelzen«, sagte Sheeni. »Vijay, bist du mir auch nicht böse?«

»Böse weswegen, Liebling?« fragte er überheblich.

»Daß ich hochhackige Schuhe trage.«

»Natürlich nicht. Ich finde, sie sind der angemessene Sockel für deine Schönheit.«

In diesem Moment wünschte sich Carlotta, sie hätte daran gedacht, einen stumpfen Gegenstand mitzubringen.
»He, Vijay!« Heather beugte sich unbekümmert nach vorn. »Ich soll dir von Taggarty ausrichten, du möchtest sie anrufen.«
»Ich habe der Person nichts zu sagen«, entgegnete der verlogene Snob und musterte eingehend das Dekolleté meiner Nachbarin.
»Nun, wenn du doch mit ihr sprichst, dann sag ihr, daß ich es dir ausgerichtet habe. Ich möchte nicht, daß Miss Dragoner mir das ganze nächste Schuljahr in den Ohren liegt.«
»Heather, wie geht es dieser bedauernswerten Bernice Lynch?« fragte Sheeni.
»Schon viel besser, Sheeni. Sie haben sie dazu gebracht, eine Therapie zu machen. Allmählich legt sie ihren Panzer ab. Sie ist immer noch ein ziemliches Scheusal, aber das kann man von vielen Mädchen an der Schule behaupten. Bernice wirkt jedoch inzwischen unglaublich energiegeladen. Sie hat sich mit Haut und Haaren ihrem Anliegen verschrieben.«
»Und was ist das für ein Anliegen?« fragte Sheeni.
»Diesen Nick Twisp vor Gericht zu bringen«, antwortete Heather. »Sie ruft ständig das FBI an und gibt ihnen irgendwelche Hinweise.«
»Oh«, sagte ich schwach, »das ist ja schön.«
»Ich bin sicher, daß sie ihn bald schnappen«, erklärte Vijay. »Verbrecher tauchen immer irgendwann auf.«
Ich hätte mein Knipsverschlußtäschchen mit Ballutensilien füllen sollen. Carlotta hätte es als einen Knebel benutzen können.
Fuzzy wartete bereits auf der betonierten Veranda seines imposanten Anwesens. Er krabbelte auf den Rücksitz, begrüßte alle und händigte seinen beiden Partnerinnen jeweils ein mit Schleifen verziertes Kästchen aus. Heather öffnete ihres und fand darin ein herrliches Orchideen-Ansteckstäußchen; ich öffnete

meins und fand darin eine verstümmelte Gladiole, durch deren (mit einer Machete?) abgetrennten Stengel eine riesige Sicherheitsnadel gesteckt war.

»Oh, Fuzzy, das ist ja wunderschön!« rief Heather.

»Oh, Fuzzy, das ist ja rein pflanzlich!« rief Carlotta.

Fuzzy genoß es sichtlich, Heather dabei zu helfen, die Blumen an ihrer Tragfläche zu befestigen. Das Ergebnis war meinem Empfinden nach irgendwie obszön. Ich fragte mich außerdem, ob die Ingenieure diese zusätzliche Belastung in ihre statischen Berechnungen einbezogen hatten. Carlotta steckte ihr pinkfarbenes Exemplar ohne fremde Hilfe an ihre blaues Kleid und betrachtete das Ergebnis im Spiegel ihrer Puderdose. Genau wie ich es erwartet hatte: Ich sah aus wie eine Delegierte bei einer Botanikerkonferenz.

»Gute Neuigkeiten, Carlotta« flüsterte Fuzzy. »Meine Mom hat ihre Verabredung heute abend abgesagt.«

»Das hatte ich mir schon irgendwie gedacht«, erwiderte ich.

Paul setzte uns am Bürgersteig vor der High-School ab und versprach, pünktlich um Mitternacht wieder da zu sein. Indem sie sich bei ihrem Partner einhakte und vorsichtig Schritt für Schritt voranstakste, gelang es Carlotta, ohne einen größeren Unfall den nicht gerade kleinen viereckigen Schulhof zu überqueren. Sheeni war auch nicht viel sicherer auf den Beinen und schien es für nötig zu halten, um einer größeren Stabilität willen Vijays reptilienartige Hand zu ergreifen.

Drei Mädchen aus den höheren Jahrgängen, aus Gründen der Erscheinung partnerlos, saßen hinter einem Tisch vor der Jungen-Turnhalle und nahmen unsere Eintrittskarten entgegen. Miss Pomdreck, gekleidet in das graue, von der Behörde gestellte Gewand einer Anstandsdame, hielt sich ganz in der Nähe auf, um Personen ohne Eintrittskarten, Bandenmitglieder, Aufputschmittelabhängige und Gäste, die gegen Geschmack oder Anstandsgefühl verstießen, abzufangen.

»Miss«, sagte sie mit strenger Stimme zu Heather, »bitte ziehen Sie Ihr Kleid hoch.«
Heather zupfte halbherzig an ihrem Dekolleté. »Es ist hochgezogen«, erwiderte sie.
Miss Pomdreck runzelte die Stirn, ließ sie aber dennoch passieren. »Sie sehen sehr hübsch aus, Carlotta«, sagte sie. »Wie fühlen Sie sich?«
»Ich komme zurecht«, antwortete ich.
»Ist das eine Gladiole?« fragte sie.
»Nein«, erwiderte Carlotta und folgte ihren Begleitern. »Das ist eine äußerst seltene Orchideenart.«
Welch eine Verwandlung! Anstelle der furchteinflößenden, in grelles Neonlicht getauchten Szenerie von zahllosen Basketball-Erniedrigungen war die Turnhalle nun ein zauberhaftes Märchenland mit romantischen farbigen Lichtern, schimmerndem weißem Sand, künstlichen Fackeln, Kokosnüssen, künstlichen Seesternen und riesigen Palmen aus Pappe. Eine große computergedruckte Papierfahne verkündete das Motto das Abends: »Weihnachten in der Südsee«.
»Ist das nicht festlich?« rief Sheeni, als ihr ein sommersprossiger Jüngling in einem Basthemdchen eine Blumenkette aus Papiertaschentüchern um den Hals legte. Danach beglückte der Möchtegern-Insulaner auch alle anderen mit Blumenketten.
»Mensch, hier sieht's wirklich aus wie auf Hawaii«, bemerkte Vijay und zog seine winzige Nase kraus. »Aber es riecht wie Weihnachten im Umkleideraum.«
»Ich rieche nichts«, entgegnete Carlotta. »Vielleicht bist du das.«
Die unversöhnlichen Widersacher tauschten Blicke, Dolchen nicht unähnlich, aus.
Nachdem wir unsere zahlreichen Freunde begrüßt, einen Tisch gefunden und schließlich Platz genommen hatten, entschuldigten die Damen sich unverzüglich, um in die Damentoilette zu stürzen. Kein Zweifel – dieser Raum roch wie eine Umkleideka-

bine. Es war eine. Mehr als einmal hatte ich splitterfasernackt in diesen muffigen vier Wänden geduscht.
»Oh, sieh mal«, sagte Heather, als wir uns unseren Weg durch das schulterfreie Gewühl bahnten. »Sie haben die Pissoirs abgedeckt. Ist das nicht süß?«
Es stimmte. Jemand hatte über die Reihen von Porzellanbecken einen Sichtschutz aus Papier geklebt.
»Warum sie das wohl gemacht haben?« fragte Carlotta.
»Aus Gründen der historischen Authentizität«, erklärte Sheeni. »Im Hawaii der Kolonialzeit gab es keine Porzellanpissoirs.«
Trotz des Menschengedränges vor den winzigen Spiegeln waren wir am Ende in der Lage, unsere Gesichter wieder komplett herzurichten und, mit aufgefrischtem Reiz, zu unseren ungeduldigen Begleitern zurückzukehren.
Hoffnungslos überfordert (wie üblich) mit der Aufgabe, eine bestimmte Band auszuwählen, hatte das Ballkomitee sich dafür entschieden, einen afroamerikanischen Discjockey aus Oakland zu engagieren. »Seid ihr bereit, abzuheben?« rief er über seinen starken Lautsprecher vom Platz hinter seinem gewaltigen elektronischen Bunker.
»Ja!« brüllte die Menge.
Mit Sicherheit nicht, dachte Carlotta.
Stampfender Rhythmus. Donnernde Bässe. Nervenzermürbendes Kreischen.
»Carlotta, das ist ein schneller Tanz«, schrie Fuzzy über den Lärm hinweg. »Willst du tanzen?«
»Okay«, sagte ich schwach.
Ich folgte meinem Partner schwankend auf die Tanzfläche und begann – indem ich mich ganz in die Musik hineinfallen ließ – mich mit krampfartigen Zuckungen um mich selbst zu drehen. Ich stellte schnell fest, daß ich mich, wenn ich die Füße nicht richtig hob, halbwegs aufrecht halten konnte. Gar nicht so übel, dachte ich, während ich meine Arme zum Rhythmus meiner

vibrierenden Trommelfelle in die Luft warf. Wahrscheinlich auch nicht schlimmer als in einem Trainingslager der Marine. Neben uns hopsten Sheeni und Vijay ebenfalls in paarweiser Getrenntheit. Er tanzt wie ein Mädchen, dachte Carlotta. Und worauf will er mit diesen anzüglichen Gesten hinaus? Oh, und sieh mal. Trent und Janice. Meine Güte, sieht sie schaurig aus. Sie sollte ihren Kopf besser nicht so hin und her werfen. Ihr Make-up könnte sich in dicken Brocken lösen und jemanden töten. O Gott, wann ist dieser Tanz endlich vorbei?

Schließlich verebbte das gequälte Stampfen und Donnern, und Fuzzy tauschte seine Partnerin gegen das eigentlich gewünschte Modell aus. Carlotta saß am Rand der Tanzfläche und beobachtete Sheeni und Vijay, Fuzzy und Heather, Trent und Janice, Tina und ihren College-Hengst und (unter anderem) Candy und Stinky, wie sie auf dem verkratzten Ahornholzparkett sich wie paarweise zusammengekettete Autoscooter bewegten. Ich bemerkte mit Befriedigung, daß der langsame Takt der Musik Sheeni nicht dazu verleitete, sich auf übermäßigen Körperkontakt einzulassen. Ich betete, daß ihre löbliche Zurückhaltung ihren Grund in einem Widerwillen gegen ihren Partner haben möge und nicht in dem Bedürfnis, die Integrität ihrer Korsage zu bewahren.

»Hi, Carlotta«, sagte eine Stimme.

Ich sah auf und blickte in eine gewaltige Wolke lavendelfarbenen Chiffons.

»Sonya, du siehst großartig aus!«

»Sei ehrlich, Carlotta, glaubst du, der dunkelrote Lippenstift und Lidschatten waren ein Fehler?«

»Überhaupt nicht, Sonya. Dein phantasievoller Umgang mit den Farbschattierungen führt zu einer bemerkenswerten chromatischen Harmonie. Wo ist Dwayne?«

»Ich kann den Deppen nicht vom Büfett weglocken. Was soll ich bloß tun, Carlotta?«

»Überlaß das nur mir. Ich weiß, wie man mit solchen Problemfällen fertig wird.«

Wir marschierten quer über die Tanzfläche, wandten uns nach rechts zu dem schneebedeckten Vulkan aus Pappmaché und betraten den Bereich von Luau. Dwayne, in einen babyblauen Leinenanzug gezwängt, stand über riesige Schüsseln voller Maischips und Bohnenpüree gebeugt da.

»Ach, hier bist du, Dwayne«, sagte ich.

»Hi, Carlotta«, erwiderte er, wobei Bohnenpüree von seinem Kinn tropfte, »was läuft denn so?«

»Deine Essenszeit läuft ab, Dwayne. Sonya möchte mit dir tanzen.«

»Ich hab doch Hunger.«

»Du tanzt jetzt, Dwayne«, sagte ich streng, »oder dein gesamtes Eintrittsgeld für Tijuana verfällt.«

»Ja, ja, schon gut«, brummte er gereizt. »Aber kommandier mich nicht rum.«

Dwayne stopfte sich eine Handvoll Chips für den Weg in den Mund und ließ sich dann von Sonya an die Hand nehmen und fortführen.

»Hi, Carly«, begrüßte mich ein großer brauner Hawaiianer mit Bieratem. Bekleidet lediglich mit einem Lendenschurz, von Kopf bis Fuß in wilder Kriegsbemalung, schwang der stämmige Eingeborene einen langen, tödlich aussehenden Speer.

»Bruno, bist du das?«

»Ich bin's, Baby. Erkennst du mich nicht an meinem Kußmund?«

»Bruno, was tust du hier?« wollte ich wissen, seine laszive Frage ignorierend.

»Die glauben alle, ich spiele King Kamiwhatshisface bei der Krönungszeremonie«, flüsterte er, »aber ich habe was anderes vor. Es ist Zeit für ein Menschenopfer, Carly.«

»Möglicherweise aber auch nicht, Bruno«, warnte ihn Carlotta.

»Denk noch mal darüber nach. Willst du den Rest deines Lebens für ein Verbrechen aus Leidenschaft im Gefängnis verbringen?«

»Stinky hat mir meine Frau gestohlen, Carly. Er muß dafür bezahlen.«

»Gewalt ist niemals eine Lösung«, log ich.

»Es ist wie beim Footballspiel, Carly. Zeit, den Ball aus der Hand zu schlagen oder aufs Ganze zu gehen.«

»Nun, ich persönlich empfehle ein Aus-der-Hand-Schlagen.«

Bruno inspizierte schamlos mein Ballkleid. »Mensch, Carly, das ist ja ein Wahnsinnsrücken. Kein BH, was? Was hält denn deine Titten stramm?«

»Entschuldige mich, Bruno«, erwiderte Carlotta und entfernte sich. »Ich muß zurück zu meinem Partner. Er sieht einsam aus.«

Ich hatte gelogen. Am anderen Ende des Saals war Fuzzy darin vertieft, zufrieden an Heathers Unterlippe zu nuckeln. Viermal heute, und der Kerl war noch immer geil. Man stelle sich vor, wie ich mich fühlte, nach all diesen Jahren qualvollen Zölibats.

Auf dem Rückweg blieb Carlotta eine Weile stehen, um mit dem Discjockey zu plaudern.

»Hast du vielleicht zufällig ›My One and Only Love‹ von Frank Sinatra da?« fragte ich.

»Wäre ein Wunder, wenn ich's hätte«, räumte er verwirrt ein. »Aber letzte Woche habe ich auf einer goldenen Hochzeit aufgelegt. Also – ich schau mal nach.«

»Das wäre furchtbar nett«, sagte ich.

Und so nahm der Abend seinen Verlauf. Carlotta drehte sich zuckend zu den schnellen Liedern, Heather wurde während der langsamen hungrig angeknabbert. Dann, als wir alle wieder auf unseren Plätzen saßen, hörte ich die ersten markerschütternden Akkorde von Frankies schönster Ballade aller Zeiten.

»Mein Gott«, schnaubte Fuzzy, »wer hat sich denn *die* Schlaftablette gewünscht?«

»Nun, zufällig gefällt mir das Lied«, bemerkte ich spitz.

»Carlotta«, sagte Sheeni, »du hattest bis jetzt noch gar keine Gelegenheit, einen langsamen Tanz zu tanzen. Ich möchte, daß du zu diesem Lied mit Vijay tanzt.«

Das Blut gefror mir in den Adern; Vijay schien unter ähnlichen Kreislaufproblemen zu leiden.

»Oh ... nein«, stammelte ich, »Vijay ist dein Partner. Ich kann doch wirklich nicht ...«

Aber Sheeni ließ nicht locker. Als sie Vijay tief in die Augen blickte und ihren Charme auf Hochtouren schaltete, erkannten wir beide, daß Protest sinnlos war. Grimmig ergriff ich die verhaßte Hand und ging auf das verhängnisvolle Ahornparkett. Mit gesenkten Blicken standen wir uns gegenüber, traten vorsichtig aufeinander zu und begannen zu tanzen – wobei wir darauf bedacht waren, Körperkontakt so gut wie möglich zu vermeiden. Ich krümmte mich angewidert, als eine kleine, verschwitzte Hand sich auf meinen nackten Rücken legte.

»Laß mich führen«, zischte mein Partner.

»Entschuldigung«, erwiderte Carlotta und schickte ein Stoßgebet für einen spontanen Austritt aus ihrer fleischlichen Hülle zum Himmel.

Während Frankie seinen generationsübergreifenden Zauber über uns warf, strömten die Paare auf die Tanzfläche. Heather und Fuzzy, Sonya und Dwayne, Candy und ihr zum Tode verurteilter Partner tanzten an mir vorbei. Dann tauchte – zu meinem Entsetzen – auch Sheeni auf dem Parkett auf, in den Armen von Trent Preston. Am anderen Ende des Saals kochte Janice vor Wut, wobei wahre Erdbeben des Hasses starke Verwerfungen auf der Oberfläche ihres Gesichts bewirkten.

Frankie gurrte, wir schwankten hin und her, Sheeni und Trent glitten wie goldene Schwäne an uns vorüber.

»Carlotta«, flüsterte Heather, als sie auf unserer Höhe war, »ich sage es ja nicht gern, aber sind die beiden nicht das perfekte Paar?«

Vijay hörte diesen Kommentar ebenfalls. Wir blickten voller Verzweiflung zu der Frau, die wir liebten, hinüber. Dann schwebte das perfekte Paar überraschenderweise auf uns zu.

»Dürfen wir abklatschen?« fragte Trent.

»Aber sicher«, antwortete Vijay eifrig.

Als wir uns voneinander gelöst hatten, griff ich instinktiv nach Sheeni, wurde aber von Trents Armen davongetragen.

»Du siehst heute abend bezaubernd aus, Carlotta«, sagte er charmant, als wir uns von meiner usurpierten Liebe entfernten.

»Du auch«, erwiderte ich zerstreut. »Ich meine, Janice schaut auch bezaubernd aus. Wie kommt ihr beiden denn zurecht?«

»Ich bin geheilt, Carlotta«, antwortete er. »Ich hatte eine Erleuchtung.«

»Du hattest ein ästhetisches Erweckungserlebnis?«

»Genau, Carlotta. Schönheit ist meine Droge. Ich bin ganz verrückt nach Apurva.«

»Das läßt sich arrangieren, Trent«, meinte Carlotta, während Frankie die letzten süßen Worte des Liedes liebkoste. »Aber du mußt mir versprechen, daß du den nächsten Tanz mit Sonya tanzt. Darauf bestehe ich.«

»Aber gerne, Carlotta«, sagte Trent und zog seine trockene, edle Hand von meinem gepuderten Rückgrat zurück, um zum Ende des Liedes zu applaudieren. »Und wer ist das?«

»Sonya steht dort drüben. Das hübsche Ding ganz in Lavendel.«

Trent schluckte, dann lächelte er. »Alles, was du willst, Carlotta.«

Während Janice vor Wut kochte, tanzte Trent mit Sonya. Dann tanzte er noch ein Lied mit ihr. Und noch eins.

»Carlotta, deine Freundin scheint eine überraschende Eroberung gemacht zu haben«, bemerkte Sheeni einigermaßen spitz.

»Sonya hat eine gewinnende Persönlichkeit«, stellte ich fest. »Jungen finden ihre Lebendigkeit berauschend.«

»Ja«, meinte Heather, »und davon hat sie ja reichlich.«

Eine plötzliche Eruption von Kreppapierlava aus dem riesigen Vulkan signalisierte den Beginn der Krönungszeremonie. Der Discjockey legte eine Don Ho-Platte auf, sechs Schülerinnen in Baströcken und Bikinioberteilen tanzten ihre Interpretation des Hula, und King Kamiwhoever marschierte knurrend über die Bühne und machte wilde antikoloniale Drohgebärden. Dann stellte Bob Bix, der affektierte Sprecher der oberen Jahrgänge, den Hofstaat der Königin in aufsteigender Reihenfolge entsprechend Schönheit, Beliebtheit und Persönlichkeit vor. Als alle zweitrangigen weiblichen Mitglieder der königlichen Familie namentlich genannt worden waren, wurden sie von ihrem entsprechenden blaublütigen Partner zu einem Ehrenplatz unter dem golden bemalten Thron geleitet. Nun war der Moment gekommen, der Menge die Große Königin selbst, die demokratisch durch geheime Abstimmung gewählt worden war, vorzustellen.

»Ladies und Gentlemen«, fuhr Bob in schmierigster Showmaster-Manier fort, »lassen Sie uns nun unserer Königlichen Hoheit, der Herrscherin über die Inseln, der Tochter des Vulkans, der Hohepriesterin aller Weihnachtsriten und Festlichkeiten, die Untertanentreue schwören. Hier ist sie: die bezauberndste Monarchin der Redwood High, Ihre Königliche Hoheit, Königin des Weihnachtsballs – Candice Jennifer Pringle!«

Donnernder Applaus setzte ein, noch mehr verstärkter Don Ho und strömende Lava, drei Insulanerinnen im Vorschulalter kamen mit Blumenkränzen in den Händen hereinmarschiert, und dann bestieg Königin Candy selbst, eskortiert von ihrem königlichen Begleiter Stinky, den Thron, lächelte durch ihre Tränen hindurch und winkte ihren bewundernden Untertanen huldvoll zu. Die drei Insulanerinnen übergaben ihre Blumensträuße, eine vierte plazierte eine Rheinkieselkrone auf dem königlichen Haupt, und dann beugte sich – während die Kameras blitzten und Miss Pomdreck mit ihrem Camcorder die Szene für die

Nachwelt festhielt – King Kamisutra nach vorn, um ihr den segnenden Kuß auf die Stirn zu drücken. Er stolperte, sein Speer glitt ihm aus der Hand, die Spitze traf das zarte Fleisch unterhalb von Stinkys linkem Knöchel, dieser heulte auf, die Königin verpaßte dem König eine schallende Ohrfeige, der wiederum prügelte auf den Begleiter der Königin ein, der Begleiter stieß ihm zur Antwort mit dem Knie in den Lendenschurz, sie rangen um den Speer, die Königin verlor ihre Krone und ihre Gelassenheit, der weibliche Hofstaat kreischte und ging voller Panik in Deckung, die Insulanerinnen ergriffen die Flucht, erzürnte Aufsichtspersonen stürmten nach vorn, Don Ho trällerte unbeirrt weiter, und hinter einem Wasserfall aus Kreppapier zog ein enttäuschter Malcolm Deslumptner seinen Reißverschluß wieder hoch. Sein gewagtester autoerotischer Akt vor den Augen der Öffentlichkeit würde verschoben werden müssen.

Und dann war es Mitternacht, und wir befanden uns wieder in Pauls Wagen. Wir setzten Fuzzy vor seinem verdunkelten Anwesen ab, vor dem er kurz stehenblieb, um sich mit einem intensiven Zungenkuß von Heather und per Handschlag von Carlotta zu verabschieden. Von dort ging es weiter zu meinem Haus, wo Carlotta und Heather – müde, aber glücklich – aus dem Wagen stiegen.

»Oh, Carlotta«, sagte Paul durch das heruntergekurbelte Wagenfenster, »du solltest deine Schwester anrufen. Sie könnte interessante Neuigkeiten für dich haben.«

»In Ordnung«, erwiderte ich. »Danke, Paul. Gute Nacht zusammen.«

Zu müde, um noch mehr zu schreiben. Ich bete nur, daß Paul Vijay direkt nach Hause gefahren und keine unzüchtigen Handlungen zwischen Minderjährigen erlaubt hat. Manchmal wünschte ich, Sheenis Bruder wäre weniger modern eingestellt und statt dessen etwas prüder.

Heute nacht, liebes Tagebuch, habe ich mein Lieblingslied verloren. Ab jetzt werden die Klänge von »My One and Only Love« bei mir nur noch die Erinnerung an die widerliche Umarmung von Du-weißt-schon-wem wachrufen. Ich hoffe bloß, daß mir dadurch nicht gleichzeitig Frankies gesamtes Œuvre verleidet wurde. Zu dumm, daß ich mir statt dessen nicht eine Rudy Vallee-Ballade gewünscht hatte. Unter den gegebenen Umständen wäre so etwas wie die »Donkey Serenade« weitaus passender gewesen.

Was meine Schwester wohl will? Und wie entfernt man angeklebten Schaumgummi von menschlicher Haut?

12.30 – Carlotta ist mal wieder in der Bibliothek. Nach dem Mittagessen kam Fuzzy vorbei und bestand auf einem Tête-à-tête mit Heather. Das machte mir nichts weiter aus; ich hatte sowieso vorgehabt, etwas über Schaumgummilösungsmittel nachzuschlagen. Von den in einem Haushalt üblichen Chemikalien scheint keine eine Wirkung zu haben. Ich hatte eigentlich gehofft, Apurva in der Bibliothek zu treffen, aber weder von ihr noch von ihren Aufpassern war etwas zu sehen. Auch bei meiner Schwester Joanie meldet sich niemand. Anscheinend sind alle unterwegs, um Weihnachtsgeschenke für ihre Lieben zu kaufen.

Was soll ich Sheeni nur schenken? Gerade habe ich mein Geldbündel durchgezählt und entsetzt festgestellt, daß mein Nettobestand auf unter tausend Dollar geschrumpft ist. Scheine und Münzen fliehen, so habe ich den Eindruck, jedesmal, wenn ich nicht hinschaue, kreischend aus meinem Portemonnaie. Und wieder einmal hebt die völlige Verarmung ihr schütteres Haupt. Vielleicht sollte ich für Sheeni eine nette Bastelarbeit anfertigen? Oder ich könnte für sie ein hübsches, teures Buch aus der Bibliothek mitgehen lassen? Vielleicht einen dieser Hochglanz-Bildbände von Paris aus dem Regal für Übergrößen? Ich könnte ihn hübsch einpacken und den Stempel der Bibliothek mit einer zärtlichen Widmung überpinseln.

Willkommen im Club!

Kann nicht weiterschreiben. Carlotta muß eiligst zur Damentoilette. Dieser lästige Kleber juckt inzwischen wie verrückt.

17.15 – Heute nachmittag, liebes Tagebuch, gab es eine unglückliche Verwechslung. Fuzzy hat ein schweres Trauma erlitten und befindet sich in einer Krise. Heather tut ihr Bestes, um ihn zu trösten.

Eine Vorahnung von dem, was sich abspielte, bekam ich, als Carlotta aus der Bibliothek zurückkehrte und sah, daß in der Einfahrt ein großer schwarzer Mercedes parkte. »Verdammte Scheiße«, murmelte ich, kroch in die Büsche und erlitt dort den nächsten entsetzlichen Schock. Ich war nicht allein.

»Hi, Carly«, flüsterte Bruno, der ebenfalls in dem dornigen Gestrüpp hockte. »Mach's dir bequem, Baby.«

»Bruno!« zischte ich. »Was tust du hier?«

»Schhhhh«, flüsterte er und deutete mit dem Kopf auf das Fenster über uns. »Carlotta, dein Onkel ist da drin und treibt's mit irgendeiner Tussi.«

»Du meinst Fuzzy?«

»Nein, Mr. DeFalco, dein Onkel. Du weißt schon, der fiese Schwachkopf mit dem dicken Auto. Ich habe ihn vor ungefähr einer halben Stunde mit Mertice Palmquist reingehen sehen.«

»Wo sind Fuzzy und Heather?« fragte ich und kratzte mich nervös an der Brust. Meine Nachforschungen in Sachen Lösemittel waren in einer Sackgasse gelandet.

»Weiß ich nicht«, sagte Bruno mit lüsternem Blick. »He, Carly, brauchst du da irgendwie Hilfe, Baby?«

»Nein, danke«, antwortete ich und ließ unverzüglich von meiner Brust ab. »Was machst du überhaupt hier, Bruno? Wie bist du aus dem Gefängnis gekommen?«

»Meine Eltern haben mich letzte Nacht auf Kaution rausgeholt. Es war ein Unfall, Carly. Nicht meine Schuld, daß der Speer mir aus der Hand gerutscht ist. Die können mir überhaupt nichts nachweisen, Baby.«

In diesem Moment wurde unser Gespräch durch die Geräusche leidenschaftlichen Liebemachens unterbrochen.
»Wow«, flüsterte Bruno. »Ich wußte gar nicht, daß Mertice zu den Frauen gehört, die schreien. Das muß ich meinem Bruder erzählen. Der war mal scharf auf sie.«
Carlotta hob die Hand, um sich erneut zu kratzen, aber besann sich schnell eines Besseren.
»He, Carly«, wisperte Bruno, »wie wär's mit 'nem Kuß?«
»Bruno, werd endlich erwachsen«, zischte ich. »Und geh nach Hause!«
»Nein, Carly. Das hast du in den falschen Hals gekriegt, Baby. Erst wird man erwachsen, und dann geht man von zu Hause *fort*.«
»Okay, dann mach das, was als nächstes ansteht.«
»Was denn?« fragte Bruno.
»Fall tot um.«
Fünfundzwanzig Minuten später, als der große Mercedes aus der Einfahrt zurückgesetzt hatte, eilte Carlotta ins Haus und verschloß die Tür fest hinter sich, um mögliche Lauscher auszusperren.
»Fuzzy?« rief ich. »Heather?«
Ich hörte, wie die Tür des Schlafzimmerschranks sich öffnete.
»Sind sie weg?« fragte eine verängstigte Stimme.
»Fuzzy, bist du das?«
Er war es. Nur mit seiner Shorts-Unterhose bekleidet, kroch mein behaarter Freund vorsichtig aus dem Schrank, gefolgt von seiner dramatisch spärlich angezogenen Freundin. Ich tat, als bemerkte ich nichts.
»Ich muß kotzen«, verkündete Fuzzy benommen. »Ich muß mich sofort übergeben.«
»Ich werde mir ein paar Kleidungsstücke anziehen«, sagte Heather, was so gar nicht zu ihr paßte, »und sie nie wieder ausziehen!«

Ich eilte in die Küche und kam mit einem Glas Wasser für meinen Kumpel zurück. Er trank ein paar Schlucke und schob dann das Glas von sich.

»Mensch, war das widerlich«, stöhnte Fuzzy, der geistesabwesend auf der Bettkante hockte und dann aufsprang. »Mein Dad und Mertice Palmquist, seine Abteilungsleiterin für die Produktionsplanung. Direkt hier in diesem Zimmer, Carlotta. Direkt hier in diesem Zimmer!«

»Ich weiß, Fuzzy«, sagte ich tröstend. »Das ist ein harter Schlag, Alter.«

»Komm, Fuzzy.« Heather legte ihren Arm um seine Schulter. »Laß uns ins Wohnzimmer gehen und uns dort hinsetzen.«

»Mir wird schlecht«, wiederholte Fuzzy, als sie ihn hinausführte. »Mir kommt das kalte Kotzen.«

Ich fühle mich so hilflos, liebes Tagebuch. Was, so frage ich mich, würde Sigmund Freud in dieser Situation raten? Wie lindert man den Schmerz einer verletzten Seele?

22.38 – Fuzzy ist gerade nach Hause gegangen. Ich glaube, er fühlt sich besser. Carlotta hat ihn und seine Freundin zu einem netten Abendessen im Golden Carp eingeladen. Ich bestellte für Fuzzy die große Familienportion Wan-tan-Suppe; ich habe herausgefunden, daß dies im Falle eines psychologischen Traumas ein wirkungsvolles Substitut für die mütterliche Brust ist. Durch gemeinschaftliches Bemühen schafften es Heather und Carlotta, Fuzzy dazu zu bewegen, die Ereignisse des heutigen Tages als einen ersten positiven Schritt emotionaler Abnabelung von seinen Eltern zu betrachten.

»Das ist ein normaler Bestandteil des Reifungsprozesses«, erklärte Carlotta.

»Ja? Ist es normal, sich anhören zu müssen, wie mein Dad Mertice Palmquist fragt, ob sie seine große Salami in den Mund nehmen will?« Ich mache mir in die Hose! ☺

»Nein, Schatz«, sagte Heather. »Es ist normal, daß wir uns von unseren Eltern lösen. Sie so zu sehen, wie sie sind – als gewöhnliche Menschen, mit Fehlern und Schwächen. Meine Eltern haben noch viel schlimmere Sachen angestellt, glaub mir.«

»Was denn zum Beispiel?« fragte Carlotta fasziniert.

»Das möchte ich lieber nicht erzählen«, entgegnete sie kühl.

»Ich finde, meine Eltern sollten aufhören, Affären zu haben«, sagte Fuzzy. »Wenn sie unbedingt in der Gegend herumbumsen wollen, dann sollten sie damit warten, bis ich aus dem Haus bin. Ist das denn zuviel verlangt?«

»Ich glaube nicht«, antwortete ich.

»Ich auch nicht«, stimmte Heather mir zu.

»Carlotta«, sagte Fuzzy, »kannst du mir nicht helfen?«

»Wie denn?« fragte ich.

»Bring meinen Dad und Mertice auseinander.«

»Na ja, das dürfte ziemlich schwierig sein«, erwiderte ich. »Aber – sicher, ich kann's versuchen.«

»Toll!« rief Fuzzy, und seine Miene hellte sich auf.

»Mein Gott, das war Folter«, meinte Heather und biß in ihre Frühlingsrolle.

»Was?« fragte ich.

»In diesem Kleiderschrank, Carlotta. Deine Stolas und all der Kram haben mich die ganze Zeit gekitzelt. Ich dachte, ich müßte jeden Moment aus der Haut fahren. Und Fuzzy hat mich ständig in die Seite geknufft.«

»Ja, du hast dauernd irgendwelche Geräusche gemacht«, erklärte er.

»Was erwartest du denn? Ich dachte, ich werde wahnsinnig. Ich hoffe nur, daß ich von nun an nicht ständig hyperkitzlig bin. Fuzzy, Schatz, würdest du mich auch noch mögen, wenn du mich nie, nie wieder berühren könntest?«

Fuzzy hielt beim Schlürfen seiner Suppe inne. »Ist das tatsächlich möglich?« fragte er in panischem Entsetzen.

»Ich weiß es nicht«, antwortete Heather. »Schatz, warum beeilst du dich nicht und ißt schnell deine Suppe auf? Dann gehen wir zurück zu Carlotta und probieren es aus.«

»Also, die Bibliothek ist geschlossen«, bemerkte ich.

»Das macht nichts, Carlotta«, sagte Heather großzügig. »Du kannst im Wohnzimmer bleiben und fernsehen.«

»Kommt nicht in Frage«, protestierte Fuzzy. »Sie kann in ihrem Schlafzimmer bleiben. Wir machen's auf der Couch.«

Und das taten sie auch, anscheinend unbeeinflußt durch Hautempfindlichkeiten, emotionale Belastungen oder die Richtlinien von Sexualtherapeuten über die durchschnittliche Häufigkeit und Dauer des Koitus. Beinahe zwei Stunden lang (nicht, daß ich zugehört hätte!), und das auch noch nach einer extrem kohlehydrathaltigen Mahlzeit. Ist das normal?

23.45 – Ich habe meine Schaumstoffpolster mit einem stumpfen Schraubenzieher abgekratzt und dabei die meisten meiner Brusthaare und einen beträchtlichen Teil meiner Haut mit entfernt. Ich hoffe, Heather hat sich durch mein qualvolles Stöhnen nicht gestört gefühlt. Wenigstens ist jetzt der brennende Feuersturm nagender Brustschmerzen stärker als das unerträgliche Jucken.

SONNTAG, 20. Dezember – 8.15 – Als ich aufwachte, entdeckte ich, daß sich auf meiner Brust Schorf in Form der Golden Gate Bridge gebildet hatte. Ich widerstand dem Impuls, die Associated Press anzurufen; statt dessen zog Carlotta sich an und schlich auf Zehenspitzen durch die Hintertür hinaus. Aus der Periodizität der Geräusche, die aus dem Wohnzimmer drangen, schlußfolgerte ich, daß mein Gast bereits frühmorgendliche Besucher empfing. Mein Gott, dachte Carlotta und verließ hastig das Haus, das ist ja fast so, als wollten sie es für den Winter schon mal auf Vorrat treiben. Ich frage mich, wie viele Humpen sexueller Ekstase sie noch vertragen können, bevor Heathers Bus um vierzehn Uhr abfährt.

Die Altstadt lag verlassen im Nebel. Carlotta kaufte sich die Sonntagsausgabe der *New York Times* und setzte sich in den griechischen Imbiß, um Lammfleisch mit drei Eiern, Spinat und ein Schafskäseomelette zu sich zu nehmen. Sie haben ein Spezialrezept: das Ganze wird von einem in Butter gebratenen Teig umschlossen. Ziemlich fett, aber ich brauchte die kalorische Stärkung. Ich muß um zehn in der Kirche sein.
9.10 – Wieder in meinem Schlafzimmer. Im Wohnzimmer scheint für den Augenblick Ruhe zu herrschen. Vielleicht mußten sie dem Sterilisator eine Ruhepause gönnen. Was soll ich bloß in die Kirche anziehen? Schwarz erscheint mir zu düster. Ob mein Ballkleid passend wäre? Wieviel nackten Rücken darf man an einem Sonntag zeigen? Kann ich unter einem Abendkleid eine Bluse tragen? Frauen kennen natürlich die Antworten auf solche Fragen, sie lesen schließlich *Vogue*. Aber was soll ein Junge tun?
16.25 – Welch spirituell erfüllender Tag. Ein Sonntag ist doch gleich ganz was anderes, wenn man sich neunzig Minuten Zeit nimmt, um ein paar pompösen Ritualen beizuwohnen.
Carlotta entschloß sich letztlich doch dazu, in Schwarz zu gehen. Ich trug zunächst eine weiße Bluse unter dem blauen Kleid, mußte dann aber feststellen, daß ich aussah wie eine Nonne, die einen Ausflug in die Kasinos von Las Vegas macht. Also griff ich wieder auf etwas Schwarzes zurück, aufgepeppt mit Mrs. DeFalcos Amethystohrringen, einer hübschen Perlenkette, weißen Handschuhen und einer kleinen, zerlesenen Bibel.
Pünktlich um halb zehn erreichte Carlotta das im viktorianischen Stil gebaute Saundersche Anwesen. Sheenis Mutter öffnete Carlotta die Tür, begrüßte sie mit einer herzlichen Umarmung und führte mich ins Wohnzimmer, wo sie mich ihrem übergewichtigen Gatten mit den buschigen Augenbrauen vorstellte, der gerade eine Blautanne mit Lametta behängte.
»Wie geht's?« fragte er mit bellender Stimme. Während er

Carlottas feuchtkalte Hand drückte, flatterten seine Augenbrauen heftig auf und ab.

»Sehr gut, danke«, antwortete Carlotta mit einem Knicks. Ich versuchte, nicht an das nur wenige Wochen zurückliegende Zusammentreffen zu denken, als ich die Gastfreundschaft der Saunders schon einmal genossen hatte.

»Sheeni!« rief ihre Mutter. »Es ist Zeit, aufzubrechen!« Meine einzige Liebe kam als eine göttliche Vision in heiligem Weiß, aber nicht sehr frohgemut, die Treppe hinab. »Hi, Carlotta«, sagte sie. »Mutter, ich komme nur mit, weil du Carlotta eingeladen hast. Ich habe meine Grundsätze nicht geändert.«

»Dann laß uns beten, daß du bald erleuchtet werden wirst. Ich will nicht, daß alle meine Kinder im Sumpf der Sünde waten.«

»Paul ist sehr glücklich, Mutter«, erwiderte Sheeni.

»Sein irdisches Glück interessiert mich nicht«, entgegnete Mrs. Saunders. »Mir geht es um sein Seelenheil.«

»Carlotta«, sagte Sheeni seufzend, »kann ich dich kurz unter vier Augen sprechen?«

»Ja, natürlich«, antwortete ich erschrocken.

Meine Gedanken rasten. Ich entschuldigte mich und folgte meiner Angebeteten in das angrenzende Zimmer. Sheeni schloß die Tür hinter sich und sah mich an.

»Carlotta?« rief sie. »Was trägst du da, um Himmels willen?«

Instinktiv griff ich nach meiner Brust. War etwa ein Busen verrutscht? Nein, alles schien am richtigen Platz zu sitzen. »Warum, Sheeni?« fragte ich. »Was stimmt denn nicht?«

»Woher hast du die Kette?«

»Oh, die lag irgendwo herum. Ich glaube, meine Mutter hat sie mir mal geschenkt. Sie hat sie in *Rocky II* getragen. Warum? Paßt sie nicht zu meinen Ohrringen?«

»Carlotta, das ist ein Rosenkranz! Du kannst in der Kirche meiner Eltern doch keinen katholischen Rosenkranz tragen. Man würde dich am Portal am Hineingehen hindern.«

»Ach du meine Güte«, sagte ich und entfernte eilig die anstößigen Perlen von meinem Hals, ohne dabei jedoch meine Perücke in Unordnung zu bringen. »Es tut mir leid, Sheeni. Ich hatte ja keine Ahnung.«
»Komm mit nach oben. Ich leihe dir meine Amethystkette.«
»Danke, Sheeni. Ach, ich hab auch noch deine Saphirohrringe in meiner Tasche.«
»Gut, Carlotta. Das sind nämlich meine Lieblingsohrringe. Ich habe mir vom Weihnachtsmann eine passende Kette gewünscht, aber Vater sagt, allein mein Ballkleid habe mehr gekostet als sein gesamtes Jurastudium. Natürlich hat der Schwachkopf die Inflation dabei nicht berücksichtigt.«
Zum Gottesdienst erschienen wir mit einer vornehmen Verspätung von zehn Minuten. Zum Glück hatten die Saunders ihre eigene Bank an besonders privilegierter Stelle, so daß wir uns nicht mit dem Pulk der Nachzügler in die letzte Reihe drängen mußten.
Ich denke, der Gottesdienst schaffte insgesamt eine durchaus befriedigende Atmosphäre theatralischer Pietät. Der neue Prediger allerdings konnte sich bei weitem nicht mit dem entlassenen Reverend Knuddlesdopper messen. Reverend Miles Glompiphel war ein blasser, wohlgenährter junger Mann mit sandblondem Haar, das streng nordwärts gekämmt war, und einem Lächeln, das frappierend an Alfred E. Newman erinnerte. Seine Garderobe ließ einen unwillkürlich an die Zeit der Doppel-Strick-Revolution denken, als hätte die Kirchengemeinde seine gesamte Kleidung aus einem veralteten Sears-Katalog bestellt: breite Aufschläge, teure Krawatte, großer Kragen, sinnlich wirkende Schlaghosen – alles sorgfältig in verschiedenen Farbtönen von braunem Polyester aufeinander abgestimmt.
Weihnachten mag zwar im allgemeinen ein Fest der Freude sein, aber Reverend Glompiphels einzige Themen waren die Sünde und die ewige Verdammnis.

»Unter euch sind einige, die dieses Gotteshaus als Heuchler betraten«, erklärte er an einer bestimmten Stelle seiner Predigt mit ungewöhnlicher Hellsicht. »In eurem Verhalten ist Falschheit, Falschheit ist in eurer Kleidung, und Falschheit ist in euren Herzen. Ihr zeigt Gott ein falsches, heuchlerisches Gesicht und glaubt, euer Geheimnis wäre sicher. Aber wisse, Sünder, daß du dich irrst. Unser Herrgott sieht und weiß alles.«

Carlotta errötete schuldbewußt und rutschte unruhig auf der harten Bank hin und her. Verzeih mir, lieber Gott, dachte ich, ich weiß wohl, daß mein Verhalten auf dich keinen guten Eindruck macht, aber all das geschieht doch nur aus Liebe zu der süßen Sheeni. Ob du es glaubst oder nicht, ich versuche wirklich, ein anständiges Leben zu führen, nur sind die Umstände zur Zeit ein wenig schwierig.

Nachdem ich aus voller Brust einige Choralgesänge geschmettert hatte, fühlte ich mich besser. Wenn ich nur mit den Texten ein wenig vertrauter gewesen wäre. Ich meine, Sheenis Mutter hätte Carlotta bei den unbekannteren Strophen ein paarmal fragend von der Seite angesehen.

Nach dem Gottesdienst lud Mrs. Saunders Carlotta ein, zum Mittagessen zu bleiben. Als Buße für meine Sünden griff ich bei dem herrlichen Schinkenbraten nicht noch mal zu und aß nur zwei kleine Stücke von dem traumhaften Walnußgewürzkuchen. Außerdem beteiligte ich mich eifrig an einer theologischen Diskussion der beiden älteren Saunders, die sich fast eine Stunde lang hinzog. Ich hoffte, Gott hat das zur Kenntnis genommen.

Nach dem Essen bat Sheeni Carlotta in ihr Zimmer, um sich dort gemeinsam ihre Juwelensammlung anzuschauen. Wir saßen auf Sheenis jungfräulich weißem Bettvorleger und verbrachten eine angenehme Stunde damit, Ohrringe, Broschen, Halsketten, Ringe, Armbänder, Fußkettchen, Anstecknadeln, Medaillons und andere mit kostbaren Juwelen besetzte Schmuckstücke anzuprobieren. Später wurde mir bewußt, daß meine Schriftstellerkarriere spektakulär erfolgreich verlaufen muß, damit ich Sheeni den Lebensstil bieten kann, an den sie gewöhnt ist. Ich hoffe nur, daß ich die Kunst nicht restlos auf dem Altar des Massengeschmacks zu opfern brauche.

Überflüssig zu sagen, daß meine Gedanken, während ich mit meiner Angebeteten in der Abgeschiedenheit ihres Schlafzimmers saß und all diese Edelsteine betrachtete, sich schnell meinen eigenen, halbechten Schmuckstücken zuwandten. Ich wünschte mir von ganzem Herzen, ich könnte mich mit ihr gemeinsam an ihnen freuen, unterdrückte aber – mit Hilfe einer gewaltigen Willensanstrengung – diesen Impuls. »Askese« führte Carlotta auf dem Heimweg gegenüber dem lieben Gott ins Feld. Wieder einmal hatte ich den Versuchungen des Fleisches nicht nachgegeben. Ein derart exemplarisches Verhalten *muß* mir einfach einige Pluspunkte einbringen.

Leider kam ich zu spät nach Hause, um mich noch von Heather verabschieden zu können. Ich fand die folgende handgeschriebene Notiz auf dem Küchentisch:

Liebe Carlotta,
vielen Dank für Deine Gastfreundschaft und dafür, daß Du mir geholfen hast, mich für den Ball zurechtzumachen. Das war wirklich ein tolles Fest. Schade, daß wir keine Zeit mehr für die Massage hatten. Vielleicht klappt's ja beim nächstenmal. Wenn Du Lust hast, dann besuch mich mal in Santa Cruz, und vergiß auch nicht, Deinen behaarten Cousin mitzubringen. Dein Häuschen ist wirklich süß. Ich kann spüren, daß Dir ein eigenes Heim ein echtes Herzensbedürfnis ist.
Sei nett zu Fuzzy, und versuch ihm dabei zu helfen, über den Schock hinwegzukommen, den er kürzlich erlitten hat. Ich wünsche Dir, daß Du auch bald einen Freund findest, der so

in Ordnung ist wie meiner. Wie wär's denn mit diesem Trent? Er sieht toll aus! Laß mal von Dir hören …

Viele Grüße
Heather

PS: Ein Typ namens Bruno hat nach Dir gefragt. Hast Du ihm erzählt, ich sei Deine verheiratete Schwester?

Verdammt, ich hatte mich so auf ein paar ruhige Minuten als Nick Twisp gefreut, aber wenn dieser Spanner hier wieder herumschnüffelt, dann kann ich es nicht riskieren, meine Kleidung (oder meine Identität) zu wechseln.
21.45 – Bei Joanie meldet sich noch immer niemand. Vielleicht hat sie herausgefunden, daß sie Fünflinge erwartet, und ist daraufhin in einen Zustand der Katatonie gefallen. Gerade habe ich mir im Fernsehen *Holiday Inn* angeschaut. Sie müssen sehr sorgfältig auf ihre Kameraeinstellungen geachtet haben. Fred Astaire wirkte gar nicht so klein. Was Bing Crosby betrifft, so bin ich mir nicht ganz sicher. Vielleicht werde ich mich nie entscheiden können, ob der Typ nun singen kann oder nicht.

MONTAG, 21. Dezember – Zwei herrliche Wochen ohne Schule. Kann es etwas Schöneres geben? Ja, ein paar Dinge fallen mir da schon ein. Trotzdem, das Leben ist herrlich, obwohl ich die ersten zwei Stunden meiner Weihnachtsferien damit verbracht habe, das Haus zu putzen und meine Bettlaken zu waschen (eine duftende Mischung von Körperflüssigkeiten, keine davon von mir).
Und raten Sie mal, wessen blöde Fresse heute die Titelseite der Morgenzeitung zierte? Die von Dwayne Crampton. Das Foto zeigt ihn, wie er mit einem Strauß Margeriten in der Hand und einem dämlichen Ausdruck im Gesicht dabei zusieht, wie seine Mutter meinen alten radikalen Nachbarn Mr. Ferguson in seiner

Zelle im Bezirksgefängnis heiratet. Zwei Wächter und ein stadtbekannter Trunkenbold waren die Trauzeugen. Von Dad ist auf dem Bild nichts zu sehen. Wahrscheinlich war der Streikbrecher nicht eingeladen. Nach der Zeremonie, so hieß es in dem Artikel, unterbrach der Bräutigam seinen Hungerstreik für die Rechte der Arbeiter, um ein Glas Champagner zu trinken. Die Flitterwochen sind verschoben worden, und das glückliche Paar richtet sich für den Augenblick in zwei getrennten Haushalten ein.

14.15 – Endlich habe ich ein Weihnachtsgeschenk für Sheeni. Carlotta entdeckte bei Flampert's ein hübsches, teuer aussehendes Set aus Füllfederhalter und Kugelschreiber aus Taiwan zum Angebotspreis von nur 6,99 Dollar. Zwölfkarätig vergoldet. Das Einpacken kostete nur 50 Cent extra. Ich hoffe, es gefällt ihr. Eine so begabte Stilistin wie sie sollte stets ein edles Schreibutensil zur Verfügung haben, um ihre tiefsinnigen Gedanken jederzeit festhalten zu können.

An der Make-up-Theke traf Carlotta ihre Freundin Sonya. Diese sprudelte vor Lebendigkeit geradezu über und investierte eine größere Summe für Kosmetika in verschiedenen Lilaschattierungen.

»Oh, Carlotta«, blubberte sie, »ich bin verliebt!«

»Dwayne hat dich ganz schön beeindruckt, was?« sagte ich überrascht.

»Doch nicht Dwayne! Ich muß den Verstand verloren haben, mich mit diesem Trottel zu verabreden. Auf der Heimfahrt ließ er einen solchen gräßlichen Furz, daß ich aussteigen und die letzten sechs Straßen zu Fuß nach Hause gehen mußte – und das in meinen engen Pumps. Ich dachte, ich sterbe!«

»Na ja, ich hatte ihn vor dem Bohnenpüree gewarnt. Und – wer ist der Glückliche, Sonya?«

Sie winkte mich näher zu sich herüber und senkte ihre Stimme zu einem verschwörerischen Flüstern: »Ich habe die Neuigkeit gestern abend aus zuverlässiger Quelle erfahren. Carlotta, Trent hat Janice Griffloch den Laufpaß gegeben!«

»Tatsächlich?« rief ich aus.

»Ja!« bestätigte sie. »Pickel, strähniges Haar, Mundgeruch und so weiter. Du weißt, was das bedeutet, nicht wahr?«

»Nein. Was denn, Sonya?«

»Carlotta, Trent hat dreimal mit mir getanzt. Er war sehr aufmerksam und hat mir eine Menge Komplimente gemacht.«

»Und?« fragte ich mit einigem Unbehagen.

»Also mag er mich.«

»Bist du sicher? Wollte er sich schon mit dir verabreden?«

»Also ... nein, bis jetzt noch nicht. Meine idiotischen Eltern haben versucht, mein gesellschaftliches Leben zu sabotieren, indem sie sich eine Geheimnummer haben geben lassen. Heute morgen habe ich die Telefongesellschaft angerufen und um einen sofortigen Eintrag der Nummer gebeten. Sie werden sie so schnell wie möglich in den Computer eingeben. Carlotta, was ist, wenn Trent bereits die Auskunft angerufen hat? Meinst du, ich sollte ihm meine Telefonnummer anonym zuschikken?«

»Nun, das wäre eine Möglichkeit, Sonya. Aber vielleicht solltest du noch ein paar Tage abwarten. Ich meine, Trent könnte sich ja auch für eine andere interessieren.«

Ein dunkler Schatten zog über ihr Gesicht. »Er mag mich, Carlotta. Ich bin mir da ganz sicher.«

»Nun, wenn du es sagst.«

»Weißt du, was dein Problem ist, Carlotta? Du bist bloß eifersüchtig. Du bist sauer, weil Fuzzy ein anderes Mädchen mit auf den Ball gebracht hat und du nur ein einziges Mal mit Trent getanzt hast.«

»Nein, Sonya, das stimmt nicht.«

»Du bist eifersüchtig, Carlotta. Jetzt ist es mir klar. Du möchtest Trent für dich haben.«

»Nein, das ist nicht wahr!«
Irritierte Kunden begannen zu uns herüberzuschauen.
»Du *kannst* ihn aber nicht haben, Carlotta!« keifte Sonya, wobei sich ihre rosige Gesichtsfarbe zu einem Feuerrot vertiefte.
»Ich will ihn ja gar nicht!« beteuerte ich.
»Wir werden ja sehen, wen er zuerst anrufen wird. Und glaub nur nicht, daß ich dir im Nähunterricht jemals wieder helfen werde, du … du Mussolini Revival-Stadtstreicherin!«
Sonya schnappte sich ihre Einkäufe vom Tresen und stapfte davon. Lieber Gott, da siehst du, was passiert, wenn ich ein vorbildliches Leben führe. Ich tue einer Freundin einen Gefallen und werde dafür bei Flampert's an den Pranger gestellt.
16.40 – Vielleicht war es ihre Absicht gewesen, ihr soziales Leben ein wenig aufzupeppen – jedenfalls hatte Mertice Palmquist ihre Nummer in das Telefonbuch von Ukiah eintragen lassen. Als sie sich meldete, imitierte ich die Stimme und den Akzent einer älteren Italienerin.
»Mertice Palmquist«, flüsterte ich geheimnisvoll. »Mertice Palmquist.«
»Ja«, sagte sie überrascht. »Wer spricht dort?«
»Mertice Palmquist, ich will meinen Frieden.«
»Wer spricht denn dort?«
»Mertice Palmquist«, krächzte ich, »du laßt meinen Sohn in Frieden.«
»Ich weiß nicht, wovon Sie reden, Lady. Wollen Sie mich auf den Arm nehmen?«
»Ich habe dich gehört. Ich habe dich gesehen. In meinem Bett, mit meinem Sohn.«
»In Ordnung, wer spricht dort?« fragte sie nervös.
»Mertice Palmquist, ich bin die Mutter von Dominic.«
»Soll das ein Witz sein? Shirley, bist du das? Hätte ich dir bloß nichts von Dom und mir erzählt.«

»Ich bin aus meinem kalten Grab gestiegen, Mertice Palmquist. Ich bin gekommen, um deine Sünden gegen das heilige Sakrament der Ehe zu rächen.«

»Welche Sünden?«

»In meinem Bett. Letzten Samstag nachmittag.«

»O Gott! Woher wissen Sie das?« rief sie. »Wer sind Sie!?«

»Ich habe dich gesehen, Mertice Palmquist. Ich habe alles gesehen.«

»Alles?« fragte sie keuchend.

»Fleischliche Sünden, Mertice Palmquist. Ekelhafte, widerliche Sünden. In meinem eigenen Bett. Unter der Decke, die ich mit meinen eigenen Händen genäht habe.«

»Aber … aber Doms Mutter ist doch tot!«

»Du bist in mein Haus eingedrungen. Mein kleines Haus mit dem Bild vom letzten Abendmahl. Mit den Kichererbsen, die mein Dominic so sehr liebt.«

»Mrs. DeFalco!« kreischte Mertice.

»Ich habe Geräusche gemacht, um dich vor meinem Zorn zu warnen. Aber du hast nicht hingehört.«

»Ich, ich dachte, ich hätte etwas gehört. Aber Dom sagte, es seien die Eichhörnchen auf dem Dachboden.«

»Das waren nicht die Eichhörnchen. Das war eine empörte Mutter, die aus ihrem Grab auferstanden ist.«

»O mein Gott! Was habe ich getan!?«

»Du läßt meinen Sohn in Frieden, Mertice Palmquist. Er ist verheiratet. Du betrittst nie wieder mein Haus.«

»Ja, Mrs. DeFalco. Nie wieder!«

»Versprichst du das?«

»Ja. Es tut mir leid. Ich hatte ja keine Ahnung.«

»Dann ist es gut.«

»Oh, ich danke Ihnen!«

»Keine Ursache.«

»Entschuldigen Sie, Mrs. DeFalco. Es ist vielleicht unhöflich, Sie darum zu bitten, aber könnten Sie mir einen kleinen Gefallen tun?«

»Was für einen Gefallen?« fragte ich überrascht.

»Mein süßer Sittich Hurlbut ist gerade gestorben. Könnten Sie ihm ausrichten, daß ich ihn liebe? Und daß ich ihn vermisse?«

»Okay, ich denke schon. Ich werd's ihm sagen.«

»Danke. Sie müssen wissen, daß ich mich nur mit Ihrem Sohn eingelassen habe, weil der Tod meines Vogels mich so sehr mitgenommen hat. Ich bin keine schlechte Frau.«

»Ich vergebe dir. Aber tu es nie wieder. Und erzähl Dominic nichts davon, daß wir miteinander geredet haben. Ich will nicht, daß er sich um seine arme Mama Sorgen macht.«

»Okay«, sagte sie.

»Also, einen schönen Tag noch.«

»Auf Wiedersehen, Mrs. DeFalco. Er heißt Hurlbut. Er ist grün und hat ein gelbes Köpfchen.«

»Kein Problem. Ich werd ihn bestimmt bald vorbeifliegen sehen. Ciao.«

»Ciao, Mrs. DeFalco. Vielen Dank für den Anruf. Einen schönen Tag noch.«

Ich legte auf und rief umgehend im Haus der DeFalcos an. Fuzzy nahm ab. Er klang der Jahreszeit entsprechend niedergeschlagen.

»Hey, Nick«, sagte er. »Was gibt's?«

»Frank, ich habe soeben das Zusatz-Liebesleben deines Dads reduziert. Mertice Palmquist wird jetzt wieder eine salamifreie Diät halten müssen.«

»Toll, Nick!« rief er erfreut. »Wie hast du das geschafft?«

»Mach dir darüber keine Gedanken«, antwortete ich. »Frank, kannst du mir einen Gefallen tun?«

»Was für einen?« fragte er mißtrauisch.

»Ich muß den Schlüssel zum Haus deines Onkels haben.«

»Okay, Nick. Darf ich erfahren, wozu?«

»Besser nicht. Aber du brauchst keine Angst zu haben, ich gebe ihn dir bald zurück.«
»Okay, ich stibitze ihn vom Haken und bringe ihn dir morgen vorbei. Sag mal, Nick, warst du im Waffenraum meines Vaters?«
»Natürlich nicht, Frank. Wie kommst du denn darauf?«
»Irgend jemand ist dort eingebrochen und hat ein AK-47 Rifle-Sturmgewehr geklaut. Dad ist ganz schön sauer.«
»Hat er die Polizei benachrichtigt?«
»Nee, geht nicht. Das Gewehr ist nicht registriert. Er könnte großen Ärger kriegen. Ich dachte, daß du es vielleicht warst.«
»Wieso ich?«
»Na ja, du fragst mich doch dauernd nach Waffen, oder? Dann kriegst du immer diesen irren Blick und redest darüber, wie man Leichen am besten los wird.«
»Nun, Frank, ich bin kein Dieb. Wenn ich eine Waffe brauchte, dann würde ich das tun, was jeder andere Verrückte mit einem Funken Selbstrespekt auch täte, mir das Ding nämlich per Versand bestellen. Das Geld dafür hätte ich ja schließlich.«
»Ach ja, Nick? Da fällt mir noch was ein. Onkel Pollys Geldbündel ist bis jetzt nicht wieder aufgetaucht. Könnte es vielleicht sein, daß du …?«
»Ich muß jetzt auflegen, Frank, und den Weichspüler in die Waschmaschine geben. Junge, habt ihr meine Laken vielleicht versaut! Tschü-üs.«
Waffen sind ein beliebtes Diebesgut. Fuzzys Vater sollte verantwortungsbewußter damit umgehen. Jetzt läuft da draußen noch ein weiterer wahnsinniger Killer mit einem geladenen Gewehr und einer fragwürdigen inneren Einstellung herum.
20.15 – Gerade hatte Carlotta ein nettes Telefongespräch mit der Frau, die meinen Baum zum Wachsen bringt. Meine Weihnachtstage werden doch nicht allzu einsam sein. Sheeni hat mich für den Heiligabend zum Essen eingeladen.

Auf dem Wohnzimmertisch wartet eine große Schüssel mit frischem Popcorn auf mich. In einer Viertelstunde kommt *White Christmas* in der Flimmerkiste. Nur ich, Bing und das letzte Glas von dem essigsauren Fusel. Ich frage mich, ob es wohl irgend jemand irgendwo auf diesem Planeten in Erwägung zieht, an diesen Weihnachtstagen für einen kurzen Moment liebevoll an Nick Twisp zu denken?

Da fällt mir ein – was habe ich eigentlich letztes Jahr geschenkt bekommen? Ach ja, zehn Dollar von Dad und einen echten Yves »Leistenquetscher« Derbossa Hockeyschläger von Mom. Ich hatte große Mühe, mein freudig erregtes Herzklopfen unter Kontrolle zu halten. Oh, und Moms verstorbener Liebhaber schenkte mir eine halbleere Tube Frisiercreme, die seit etwa 1956 in seinem Medizinschrank vor sich hin gegammelt war. Ich hab mir das Zeug dennoch ab und zu ins Haar geschmiert. Dann sah ich aus wie Rudolph Valentino mit Pickeln.

21.50 – Bing hat begonnen, Sie-wissen-schon-welches Lied zu singen. Frankies Version gefällt mir besser.

DIENSTAG, 22. Dezember – ICH BIN REICH! Ich bin stinkreich, unanständig reich! Ich schwimme in Geld! Ich bade in Wohlstand! Von nun an wird Müßiggang mein Schicksal, Konsum der eigentliche Inhalt meines Lebens sein! Posaunt es in alle vier Himmelsrichtungen: ICH BIN REICH!

Ich erhielt die sagenhafte Nachricht, als ich heute morgen meine Schwester anrief. Oh, hätte ich sie doch schon vorher erreichen können! So viele Stunden, die ich unnötigerweise in grausamer, seelenzermürbender Armut verbrachte.

Verblüffende, herrliche Wendung des Schicksals: Carlottas verstorbene spirituelle Mutter, Miss Bertha Ulansky, hat mir ihr gesamtes Geld hinterlassen!

»Alles?« fragte ich Joanie ungläubig.

»Nun, fast alles, Nick«, sagte sie. »Bis auf fünftausend Dollar, die sie dem Heim für pensionierte Statisten vermacht hat, und ihren großen Farbfernseher. Den hat sie mir vererbt. Phillie hat ihn heute morgen rübergeschleppt. Das Ding ist ein Monstrum. Möchtest du es kaufen, Nick?«

»Vielleicht, Joanie. Ich werde es natürlich in Erwägung ziehen«, antwortete ich und versuchte meine Aufregung unter Kontrolle zu halten. »Wieviel, meinst du, wird denn zusammenkommen?«

»Tja, der Notar weiß es auch noch nicht. Er ist noch immer dabei, verschiedene Bankkonten und andere Geldquellen aufzuspüren. Es gibt anscheinend eine ganze Menge davon. Gestern haben sie hinter dem Kühlschrank zweitausend IBM-Aktien gefunden.«

Ich bin Aktionär von IBM! Es muß sofort ein anständiger PC her.

»Gib mir wenigstens einen Anhaltspunkt, Joanie«, sagte ich ungeduldig. »Sind es zehntausend Dollar?«

»Nick, Schatz, es handelt sich um nahezu eine halbe Million, ihre Eigentumswohnung, die abbezahlt ist, und dann sind da noch die hochwertigen Teppiche und die Toilettentische im Badezimmer mit den Kacheltresen.«

»Wieviel ist die Wohnung wert?« fragte ich atemlos.

»Nun, sie ist schöner als meine«, antwortete Joanie nachdenklich. »Ich habe nur ein Bad, und das bloß in imitiertem Marmor. Also, ich würde meine Wohnung nicht unter zwei weggeben.«

»Zwei was?« krächzte ich.

»Zweihunderttausend natürlich.«

»O mein Gott!« sagte ich keuchend und lehnte mich gegen die Wand. Zweihunderttausend Dollar für ein Apartment, das etwa so klein ist wie eine Hundehütte. Ich muß die Wohnung so schnell wie möglich verkaufen, bevor die Preise auf dem Immobilienmarkt den Kontakt zur Irrealität verlieren.

»Ich verstehe das alles nicht, Nick«, sagte Joanie. »Du hast Miss Ulansky doch nur ein paarmal gesehen. Wie kommt sie dazu, dir all ihr Geld zu hinterlassen? Ihr Anwalt sagt, sie habe ihr Testament gleich, nachdem ihr euch kennengelernt hattet, geändert.«

»Das verblüfft mich, Joanie. Ich nehme an, sie war von meiner gewinnenden Persönlichkeit absolut fasziniert.«

»Zum Glück hatte ich ihr erzählt, daß ihr Freund Frank Dillinger in Wirklichkeit mein Bruder Nick ist. Ansonsten würde der Notar wahrscheinlich noch immer nach dem Erben suchen.«

»Danke, Joanie. Du hast mein Leben gerettet. Also, wann kann ich denn nun meine Beute in Empfang nehmen?«

»Na ja, Nick, das wird noch ein Weilchen dauern. Gut, daß du angerufen hast. Der Notar will, daß du vorbeikommst, um einige Papiere zu unterschreiben.«

»Können wir das nicht per Post erledigen?«

»Ich glaube nicht, Nick. Es muß ja alles erst notariell beglaubigt werden.«

»Das kann ich doch hier machen lassen, Joanie.«

»Okay, ich werde ihn fragen. Nick, wo steckst du? Wir machen uns alle solche Sorgen.«

»Ich bin in der Nähe. Mir geht's gut.«

»Dann gib mir wenigstens eine Telefonnummer. Ich muß dich doch erreichen können.«

»Das ist nicht möglich, Joanie. Ich werde dich anrufen.«

»Wann?« fragte sie.

»Alle paar Tage.«

»Nick, hast du Mutter schon angerufen? Sie macht sich schreckliche Sorgen.«

»Ich arbeite bereits darauf hin, Joanie. Ich werde mich bald bei ihr melden. Also, danke für die tollen Neuigkeiten.«

»Nick, du bist reich. Deine Probleme haben ein Ende.«

Geld! Glück läßt sich damit zwar nicht kaufen, aber zumindest kann man schon mal eine großzügige Anzahlung darauf leisten.

12.17 – Carlotta sprudelte vor unverhoffter Lebendigkeit, als Fuzzy mit dem stibitzten Hausschlüssel vorbeikam.
»He, Nick, du hast Ferien«, sagte er. »Wieso läufst du noch immer als Carlotta herum?«
»Ich muß noch ein paar kleinere Weihnachtseinkäufe machen«, erklärte Carlotta. »Dabei fällt mir was ein, Frank. Hier ist dein Geschenk.«
»Oh, danke, Carlotta. Darf ich es schon aufmachen?«
»Warum nicht, Frank? Niemand schaut zu.«
Fuzzy riß das in Geschenkpapier eingewickelte Päckchen explosionsartig auf.
»Oh, ein Schreibset«, stellte er ohne größere Begeisterung fest.
»Das ist echt Gold«, hob ich hervor. »Es ist einem Set nachempfunden, das Präsident McKinley einst vom Herrscher von Konstantinopel als Geschenk erhielt.«
»Wow«, sagte er, schon etwas enthusiastischer. »Das wäre doch nicht nötig gewesen, Carlotta.«
»Nicht der Rede wert, Frank. Wie läuft's zu Hause?«
»Dad wirkt ein wenig deprimiert. Ich habe ihn gefragt, ob er Lust habe, mit mir zusammen einen Weihnachtsbaum zu kaufen, und er hat mich bloß giftig angefunkelt.«
»Er wird schon darüber hinwegkommen. Wie geht's deiner Mom?«
»Sie ist meistens in dem Zimmer über der Garage, schlägt mit dem Tennisschläger auf die Matratze ein und schreit rum. Carlotta, heißt dein Vater George?«
»Ja, warum?«
»Das hab ich mir gedacht. Sie brüllt ständig den Namen George.«
»Und gibt es schon irgendwelche Anzeichen für elterliche Weihnachtseinkäufe?«
»Bis jetzt noch nicht, Carlotta. Ich mache mir ernsthaft Sorgen.

Womöglich ist dies hier das einzige Geschenk, das ich in diesem Jahr bekomme. Und eins von Heather.«

»Oh, und was wirst du von Heather kriegen?«

»Sie hat mir ihr Geschenk bereits gegeben«, sagte er. »Es war etwas, was ich schon immer mal mit einem Mädchen ausprobieren wollte.«

»Und wie war es?«

»Sehr nett, Carlotta. Ich kann es nur empfehlen.«

19.15 – Carlotta ist wieder da. Erneut ein aufregender Tag, den sie damit verbracht hat, Onkel Pollys schnell dahinschwindendes Geld unter die Leute zu bringen. Jetzt gibt es keinen Grund mehr, sparsam zu sein; im Gegenteil, es wird höchste Zeit, dem Handel von Mendocino County ein fiskalisches Stimulans direkt in die Hauptschlagader zu injizieren. Carlotta begann ihren nachmittäglichen Einkaufsbummel im örtlichen Blumenladen, wo sie ein Dutzend roter Rosen für Fuzzys Mom bestellte.

Die ausgesprochen romantisch gestaltete Grußkarte unterschrieb ich mit »Dein Dich liebender Ehemann Dom«. Gleichzeitig ließ ich einen sehr maskulin eingetopften Farn an Mr. DeFalco schicken, begleitet von einer ähnlichen Liebeserklärung seitens seiner ihm in ewiger Treue ergebenen Gattin.

Dann ging es weiter zum besten Juwelier der Hauptstraße, wo ich ein diesmal angemessen wertvolles Ersatzgeschenk für die zukünftige Superfrau von Nick Twisp, dem Playboy, erstehen wollte.

»Ich würde mir gerne etwas mit blauen Saphiren ansehen«, sagte Carlotta.

Der Verkäufer betrachtete mich skeptisch. »Also, da hätten wir ein paar hübsche ein Sechzehntel Karat Ohrstecker.«

»Ich dachte eher an eine Kette.«

Zögernd holte er ein glitzerndes Collier aus schimmernden blauen Edelsteinen hervor.

»Perfekt«, sagte Carlotta. »Was kostet das?«

»Zweitausendachthundert Dollar«, antwortete der Verkäufer und hielt die Kette fest umklammert. »Zuzüglich Mehrwertsteuer.«

»Zuzüglich Mehrwertsteuer, hm«, überlegte Carlotta laut. »Ja, sie ist wirklich sehr hübsch. Leider warte ich immer noch auf einen größeren Dividendenscheck von meinem Bankbevollmächtigten. Haben Sie vielleicht auch noch etwas Günstigeres da?«

Ich entschied mich schließlich für einen hübschen Saphiranhänger mit Goldkettchen. Mit dem passenden Kästchen, Geschenkpapier und einer edlen Tragetasche aus Silberfolie machte das glitzernde kleine Schmuckstück insgesamt 593,12 Dollar. Gott sei Dank bin ich reich; deine Angebetete mit Juwelen zu schmücken ist eine ganz schön teure Angelegenheit. Damit Carlotta sich nicht vernachlässigt fühlte, kaufte ich ihr ein Paar Ohrringe aus dem Schaukasten mit den Sonderangeboten. Die schmutzigbraunen Granatstecker (viertelkarätig), die zu ihrer Augenfarbe paßten, kosteten noch mal 114,87 Dollar.

Als nächstes schlenderte Carlotta zu Flampert's, wo es von Weihnachtseinkäufern nur so wimmelte. Dort entdeckte ich zu meiner Überraschung noch drei weitere Mussolini Revival Kopien. (Eine davon schien allerdings schon über neunzig zu sein, also zählt sie eigentlich nicht.) Nachdem ich gründlich in dem Warenangebot herumgestöbert hatte, erstand ich einen gelben Notizblock für Sheenis Vater (Anwälte können gar nicht genug davon haben) und für Sheenis Mutter einige interessante Geschirrtücher, die mit einer bunten Landkarte vom Heiligen Land bedruckt waren. So außerordentlich passend – und dazu noch im Angebot!

In der langen Schlange vor der Kasse stand ich hinter einem kleinen Ambulanzzelt, das mit gewaltigen gelben Rosen bedruckt war. Diesen ausgeblichenen Stoff hatte ich nicht zum erstenmal gesehen.

»Entschuldigen Sie«, sagte Carlotta. »Sind Sie nicht die Frau, die in der Zeitung war?«
»Ja, warum«, erwiderte Mrs. Crampton, geschmeichelt, daß man sie erkannt hatte. »Das war ... tatsächlich ... meine ... Wenigkeit.«
Auch die Ehe hat ihr Sprechtempo nicht beschleunigen können, stellte ich fest.
»Ist Ihr neuer Ehemann noch immer im Hungerstreik?« fragte ich.
»Ja. Und ich ... mache mir ... solche Sorgen. Ich kaufe gerade ... ein paar kandierte Erdnüsse. Damit will ich ihn ... in Versuchung führen. Ich selbst kann ... kandierten Erdnüssen nicht widerstehen ... mein Junge auch nicht.«
Na, das wären zwei von dreien, dachte ich. »Gibt es denn überhaupt keine Fortschritte bei den Schlichtungsbemühungen?« fragte ich.
»Nein ... und ich glaube ... der verdammte Eigentümer ... sollte ... erschossen werden.«
»Das kann doch nicht Ihr Ernst sein?«
Mrs. Crampton beugte sich näher zu mir herüber. »Direkt ... zwischen die Augen ... Bumm!«
Ich fragte mich, ob sie vielleicht kürzlich in den Besitz einer gestohlenen AK-47 gelangt war. »Wo wohnen Sie denn, während Ihr Mann im Gefängnis ist?« fragte ich.
»Ich habe eine Stelle ... als Haushälterin gefunden«, antwortete sie. »Aber ich bin dabei ... mich ... nach etwas anderem umzusehen.«
»Sind Sie mit Ihrem derzeitigen Arbeitgeber denn nicht zufrieden?«
»Ich glaube ... er hat einen ... schlechten Einfluß ... auf meinen Jungen. Wissen Sie ... Mr. Twisp *trinkt*.«
»Das ist ja schlimm«, sagte ich. »Es ist gut möglich, daß bei mir demnächst eine Stelle als Haushälterin frei wird.«

»Tatsächlich?« fragte sie, offensichtlich interessiert.

»Ja, und ich werde auch ein gutes Gehalt zahlen. Allerdings könnten Sie nicht bei mir wohnen.«

»Das macht ... nichts ... ich ziehe es vor ... ungestört zu sein ... und mein Junge auch.«

Ich erschauderte. »Ja, das glaube ich gerne. Also, ich werde an Sie denken.«

Ich bin der festen Überzeugung, daß reiche Leute sich ihre Mahlzeiten nicht selbst kochen und ihre Toiletten nicht selbst säubern sollten. Das ist ja schließlich der Grund, warum Menschen überhaupt nach Reichtum streben. Es wäre ein schwerer Fehler, diese Anreize wegfallen zu lassen.

Ich setzte meine Überlegungen sofort in die Tat um und ging am frühen Abend im Golden Carp essen. Sämtliche Sparerwägungen außer acht lassend, bestellte ich das Luxusmenü für eine Person und ließ Steve fünf Dollar Trinkgeld zurück. Überflüssig zu erwähnen, daß er völlig verblüfft war.

Ich allerdings auch, als ich zu Hause den Rest meines magersüchtigen Geldbündels zählte: 63,84 Dollar. Ich hoffe, dieser Notar wird mir bald einen Scheck schicken. Andernfalls werde ich wohl vorübergehend Liquiditätsprobleme haben. Wen könnte ich um ein kurzfristiges Darlehen anhauen? Wie wäre es mit Bruno? Nein, ich glaube nicht, daß ich Lust habe, die Art von Zinsen zu zahlen, die er verlangen würde.

21.55 – Alles ist arrangiert. Aber ich mußte über eine Stunde lang herumtelefonieren, um sämtliche Details zu regeln. Die Operation Donnernder Liebespfeil beginnt morgen früh um neun Uhr dreißig. Vielleicht eine ungewöhnliche Tageszeit für eine erste sexuelle Begegnung, aber wenn man mit strengen indischen Eltern gesegnet ist, dann muß man die Gelegenheit sozusagen am Schwanz packen.

22.20 – Ich schaue mir gerade im Fernsehen *It's a Wonderful Life* an. Allerdings finde ich die Geschichte ziemlich unglaubwürdig.

George Bailey hätte zweifellos mit vierzehn von zu Hause abhauen und nie wiederkommen sollen.

MITTWOCH, 23. Dezember – 10.05 – Carlotta sitzt auf dem schlichten Einzelbett in Apurvas ordentlichem, jungfräulichem Zimmer. Die Tür ist fest geschlossen. Ich plappere mit lauter Stimme vor mich hin, lache und lasse (in voller Lautstärke) Tonbänder laufen. Ich bin allein. Apurva ist vor fünfundzwanzig Minuten mit dem Schlüssel zu Onkel Pollys Haus aus dem Fenster geklettert. Wie abgesprochen, wartete Trent an der nächsten Ecke auf sie. Sie darf nicht später als um halb zwölf wieder zurück sein. Wenn man die Fahrzeit abzieht, bleiben ihr beinahe neunzig Minuten für wildes, unbeaufsichtigtes Sie-wissen-schon-was. Ich bemühe mich, meine Eifersucht unter Kontrolle zu halten.

Nein, ich habe das Liebespaar nicht eingeladen, mein Haus zu benutzen. Das viele Kommen und Gehen der letzten Woche hat die Neugier meiner Nachbarn geweckt. (Der neugierige alte Knacker von gegenüber scheint es besonders spannend zu finden.) Außerdem habe ich gerade erst meine Bettlaken gewaschen.

Mr. Joshi ist zur Arbeit gegangen, Mrs. Joshi sieht sich im Wohnzimmer Phil Donahue im Fernsehen an (ich kann ihn durch die papierdünnen Wände hindurch hören), und das Ekel Vijay bläst in seinem Zimmer am anderen Ende des Flurs Trübsal. Apurva berichtete, er sei seit dem Tag nach dem Ball »ziemlich griesgrämig«. Dies interpretiere ich natürlich als eine positive Entwicklung.

11.02 – Soeben habe ich einen Heidenschrecken bekommen. Apurvas Mutter klopfte an die Tür und fragte, ob wir eine Tasse Tee wollten.

»Nein, vielen Dank, Mrs. Joshi«, rief Carlotta.

»Apurva, soll ich dir eine Tasse bringen?« fragte sie weiter.

»Nein, danke«, antwortete ich, wobei ich Apurvas Stimme so gut wie möglich imitierte.

Ich müßte dringend zur Toilette, aber ich wage es nicht, das Zimmer zu verlassen. Schließlich könnte Mrs. Joshi ja noch einmal zurückkommen. Warum zum Teufel habe ich heute morgen diese vierte Tasse Kaffee zu meinen Donuts getrunken? Ich versuche mich abzulenken, indem ich Apurvas Schubladen durchstöbere. Ich habe einige interessante Fotos von ihr zusammen mit ihren Freunden in Indien gefunden. Sie sitzen in Rattansesseln auf einer exotisch anmutenden Veranda. Es ist schwer vorstellbar, daß am anderen Ende der Welt ein weiteres riesiges Land existiert. Während ich diese Zeilen schreibe, marschieren Millionen seltsam gekleidete Menschen in einer fremdartigen Landschaft herum, sprechen seltsame Sprachen und gehen merkwürdigen Beschäftigungen nach. Allerdings hält eines der Mädchen auf dem Bild eine Katze auf dem Schoß, die auch in einem amerikanischen Garten nicht fehl am Platz wirken würde. Und eine andere hat gerade ein geheimes Rendezvous mit einem amerikanischen Windsurf-Fanatiker im kalifornischen Hinterland. Wir leben tatsächlich alle in ein und derselben Welt.

11.32 – Wo bleibt Apurva? Sie hätte schon vor zwei Minuten hier sein sollen. Ich konnte den Drang zu pinkeln nicht länger beherrschen. Carlotta hat einfach ihr Kleid gelüpft und aus dem Fenster gepinkelt. Hoffentlich haben die Nachbarn nicht zugeschaut.

Schon wieder hörte man Schritte vor der Tür.

»Apurva, stell die Musik leiser«, keifte Vijay. »Ich versuche mich mit Sheeni am Telefon zu unterhalten.«

»Okay«, rief ich mit sanfter Stimme und stellte die Musik auf volle Lautstärke.

11.47 – Immer noch kein Zeichen von Apurva. Vijay hämmert wie wild gegen die Tür. Mrs. Joshi wird uns bald zum Essen

rufen. Wie konnte ich mich jemals zu dieser Aktion überreden lassen?
12.12 – Apurva ist wieder da – ohne Schuhe, mit einer häßlichen Schramme im Gesicht und einer schlimmen Schürfwunde am Oberschenkel. Sie redet unzusammenhängendes Zeug von irgendwelchen Whirlpools. Dieser Trent ist ein Schuft! Außerdem scheint Apurva Onkel Pollys Hausschlüssel verloren zu haben. O Gott, gerade eben hat Mrs. Joshi gerufen, das Mittagessen stehe auf dem Tisch. Höchste Zeit für Carlotta, sich aus dem Staub zu machen.
13.30 – In panischer Angst kletterte Carlotta durch Apurvas Schlafzimmerfenster in den Garten; dabei zerriß sie sich das Kleid und verlor eines ihrer Parfümkissen. Als ich einbrüstig den Gartenweg hinauf zu meinem Häuschen schlich, kam es noch zu einer unerwarteten Konfrontation mit einem liebestollen Footballspieler.
»Hi, Carly«, rief Bruno, der mal wieder seinen Mülleimer über den Asphalt bugsierte. »Willst du mir nicht schon mein Weihnachtsgeschenk geben, Baby?«
»Fick dich doch selbst«, murmelte ich und verschränkte die Arme vor der Brust.
»He, Carly, du zeigst heute aber 'ne Menge Bein, Baby. Wie kommt denn der Riß in dein Kleid? Ist Fuzzy vielleicht doch ein bißchen zu wild für dich?«
»Das geht dich 'nen feuchten Dreck an«, knurrte ich. »Laß mich vorbei.«
Bruno trat ein paar Schritte zurück. »Ich komm später mal rüber, Baby«, gurrte er. »Du weißt doch selbst, daß du es auch willst, warum also dagegen ankämpfen?«
Carlotta hielt inne. »Ach, Bruno, hast du es schon gehört?«
»Was denn?« fragte er.
»Mertice Palmquist hat mit Mr. DeFalco Schluß gemacht.«
»Ja?«

»Warum rufst du sie nicht mal an?«

»Na ja, ich weiß nicht«, sagte er und kratzte sich am Kopf. »Wie kommst du darauf, daß Mertice an mir interessiert sein könnte?«

»Einer ihrer Freunde hat's mir erzählt.«

»Wer?«

»Ihr früherer Mitbewohner. Ein Typ namens Hurlbut.«

»Hat er das wirklich?«

»Ja. Also ruf sie ruhig an. Sag ihr, Hurlbut hätte dich darum gebeten.«

»Okay!« rief Bruno begeistert. »Das mach ich.«

Als ich endlich in meinem Häuschen war, wählte ich Trents Nummer. Niemand nahm den Hörer ab. Zwei Minuten später klingelte mein Telefon.

»Carlotta«, sagte Sheeni in heller Aufregung, »was hab ich da gehört – du hast Apurva Joshi verprügelt?«

»Wer hat dir denn das erzählt?« fragte ich.

»Vijay hat mich gerade angerufen. Er sagte, du habest sie besucht, und dann habe seine Mutter Apurva blutüberströmt und völlig hysterisch in ihrem Zimmer gefunden.«

»Hat ... hat Apurva gesagt, *ich* hätte das getan?« fragte Carlotta und verspürte wieder dieses wohlbekannte Stechen in den Hoden.

»Sie waren noch nicht in der Lage, irgend etwas Zusammenhängendes aus ihr herauszubekommen. Carlotta, du hast sie doch nicht ... doch nicht etwa angegriffen?«

»Natürlich nicht, Sheeni. Wofür hältst du mich eigentlich? Ich fürchte, in diesem Fall war dein alter Freund Trent der Täter.«

»Was!?« rief sie.

»Apurva hat mich zu einer Runde Mah-jongg eingeladen«, erklärte ich, indem ich die Wahrheit nur leicht beschönigte. »Dann hat sie sich durch das Fenster davongemacht, um sich mit Trent zu treffen. Wie sich herausstellte, hatte sie mich nur benutzt, um ungehindert zu ihrem Stelldichein verschwinden zu können und jeden Verdacht zu zerstreuen. Natürlich habe ich versucht, ihr das auszureden. Aber die beiden kann nichts mehr aufhalten. Sie lieben sich so sehr. Sie kam in dem Zustand zurück, in dem ihre Mutter sie dann gefunden hat.«

»Wie seltsam. Aber wieso bist du denn so plötzlich verschwunden, Carlotta? Dadurch bleibt der Verdacht natürlich an dir hängen.«

»Ich weiß es auch nicht«, gestand ich. »Ich nehme an, der Anblick des Blutes hat mich in Panik versetzt. Und welche Erklärung hätte ich ihrer Mutter gegenüber gehabt?«

»Ich kann nicht glauben, daß Trent so etwas tun würde«, meinte Sheeni.

»Vielleicht hat Apurva in letzter Minute doch noch einen Rückzieher gemacht, Sheeni«, sagte ich, wobei mir plötzlich ein anderes Beispiel für Apurvas mädchenhaftes Zurückweichen in meinem Wohnwagen einfiel. »Und so hat Trent sie vergewaltigt.«

»Du denkst …«

»Ja, Sheeni. Oder fällt dir eine andere Erklärung ein?«

»Ich kann es nicht glauben, Carlotta!«

»Vielleicht gibt es an Trent Seiten, die du nie erlebt hast, Sheeni. Einen Hang zur Gewalttätigkeit, der nur in Situationen extremer Leidenschaft und Erregung zum Vorschein kommt.«

»Das halte ich für äußerst unwahrscheinlich«, erwiderte Sheeni. »Ich habe Trent im Zustand höchster Erregung und Leidenschaft gesehen. Viele Male.«

Aber nicht noch ein weiteres Mal, wenn es nach mir geht.

»Nun, Sheeni, es hat keinen Sinn, hier herumzuspekulieren. Wir werden abwarten müssen, bis man mit Apurva wieder einigermaßen vernünftig reden kann.«

»Nein, das werden wir nicht«, sagte Sheeni. »Ich werde jetzt sofort Trent anrufen.« *Klick.*

Bis jetzt ist die Polizei noch nicht bei mir aufgetaucht. Sheeni hat eben noch einmal angerufen.

»Also, Carlotta, ich habe mit Trent gesprochen.«

»Wo war er denn, Sheeni? Ich habe den ganzen Nachmittag versucht, ihn zu Hause zu erreichen.«

»Ich habe ihn im Krankenhaus ausfindig gemacht, wo sein verstauchter Knöchel gerade geröntgt wurde.«

»Sheeni, was ist passiert? Hatten die beiden etwa auf dem Heimweg einen Autounfall?«

»Nein, Carlotta. Es war deine ach so muntere Freundin Sonya Klummplatz.«

»Sonya?« fragte ich überrascht.

»Ja. Anscheinend ist sie ihnen gefolgt. Sie ist in das Haus eingebrochen und hat die beiden in der Badewanne überrascht.«

»Nein! Waren sie nackt?«

»Ich glaube, sie waren weitgehend entkleidet, ja. Sie lasen sich Gedichte vor, um in die richtige Stimmung zu kommen für, nun ...«

»Ja, ja, ich weiß schon.«

»Sonya begann anscheinend die beiden wild zu beschimpfen. Eine heftige Auseinandersetzung folgte. Das Bad war feucht und glitschig. Sonya rutschte aus und fiel in die Badewanne. Alle Beteiligten erlitten Verletzungen. Sonya verbrühte sich ein wenig. Ihre Haut ist offenbar extrem hitzeempfindlich. Du weißt ja, dieser helle Teint. Sie mußten ihr die nassen, heißen Sachen ausziehen.«

»Wessen Sachen?«

»Sonyas.«

»Sie haben Sonya ausgezogen? Machte ihr das denn nichts aus?«

»Allem Anschein nach sogar sehr viel. Sie hat Apurva mit dem *Oxford Book of English Verse* geschlagen.«

»Mit der Taschenbuchausgabe?«

»Nein, mit der gebundenen.«
»Daher also die Schramme im Gesicht. Und was ist dann passiert?«
»Sonya drohte, Apurva zu ertränken. Sie leidet, glaube ich, unter irgendeiner bizarren Fixierung auf Trent. Sie hat in dieser Woche im Garten der Prestons massenhaft Zettel mit ihrer Telefonnummer in die Büsche gesteckt. Jedenfalls hatte Trent größte Mühe, sie davon abzuhalten, Apurva anzugreifen. Trent und Apurva zogen sich so schnell wie möglich an und verschwanden.«
»Wo ist Sonya?«
»Das letztemal, als Trent sie sah, rannte sie ihnen hinterher.«
»Was hatte sie an?«
»Nicht sehr viel.«
»Die arme Sonya«, sagte ich. »Und die arme Apurva. Die ganze Sache war so sorgfältig geplant, und jetzt ist wieder nichts daraus geworden.«
»Ja«, seufzte Sheeni. »Ich habe mich in der Notaufnahme des Krankenhauses lange mit Trent unterhalten. Er ist wirklich bis über beide Ohren in Apurva verliebt.«
»Das hat er dir erzählt?«
»Ja, Carlotta. Ich schätze, ich muß es akzeptieren. Die Liebe meiner Kindheit ist damit für immer verloren.«
»Und das macht dir nichts aus?« fragte ich, geradezu unbeschreiblich gespannt.
»Es tut weh, aber ich kann damit leben. Ich finde, wir sollten alles unternehmen, daß die beiden endlich zusammenkommen.«
»Meinst du das wirklich ernst, Sheeni?«
»Ja. In gewisser Hinsicht mache ich mich selbst für einige ihrer derzeitigen Schwierigkeiten verantwortlich.«
»Ihnen zu helfen wäre wirklich ein äußerst großzügiger Akt, Sheeni«, stellte Carlotta fest.

»Ich hoffe doch sehr, daß ich ein großzügiger Mensch bin«, erwiderte sie.

»O ja, auf jeden Fall«, versicherte ich ihr. »Das bist du bestimmt.«

Nachdem das Gespräch beendet war, legte Carlotta einen wilden Freudentanz auf den alten Linoleumboden. Sonya Klummplatz, meine liebe, irregeleitete Freundin, ich könnte dich küssen!

19.20 – Carlotta ist gerade von einer Essensverabredung mit Fuzzy zurückgekehrt. Sie waren in seinem Lieblingsrestaurant: McDanold's. Ich war erstaunt, als er tatsächlich die Rechnung zahlte.

»Es ist einfach unglaublich«, erklärte er freudestrahlend, als wir unsere Tabletts zu einem der gelben Plastiktische trugen. »Meine Eltern schmusen herum wie zwei Turteltauben. Sie waren noch nie so sehr ineinander verliebt.«

»Das freut mich zu hören«, erwiderte Carlotta.

»Sie haben es stundenlang miteinander getrieben«, verriet er mir. »Ich weiß immer genau, wann sie zusammen in der Kiste sind, denn dann legt Mom diese schnulzige Frank Sinatra-Platte auf. Die hatte ich seit Monaten nicht mehr gehört. Als sie endlich aus dem Schlafzimmer kamen, hingen sie aneinander wie zwei Kletten. Dad drückte mir zwanzig Dollar in die Hand und sagte, ich solle essen gehen, denn sie müßten noch einige Weihnachtseinkäufe erledigen.«

»Besser spät als nie«, bemerkte Carlotta, während sie Ketchup aus kleinen Plastikbeuteln auf meine Pommes drückte. »Wie ich sehe, hat mein Plan perfekt funktioniert.«

»Ich bin dir wirklich dankbar, Carlotta. Möglicherweise werde ich jetzt eine Zeitlang ein halbwegs normales Familienleben führen können.«

»Höchstwahrscheinlich. Und da du mir gerade so dankbar bist, Frank ... ich bin sicher, du nimmst es mir nicht übel, daß ich den Schlüssel zum Haus deines Onkels verlegt habe.«

»Was?«
»Er ist mir aus der Tasche gefallen«, schwindelte ich. »Es tut mir leid.«
»Was soll ich meinen Eltern sagen?« wollte er wissen.
»Nun, versuch's mit einer überzeugenden Erklärung. Du könntest ihnen beispielsweise einreden, der Pistolendieb habe ihn mitgehen lassen.«
»Ja, das ist eine gute Idee. Danke, Carlotta.«
»Keine Ursache. Sag mal, Frank, kannst du ein Geheimnis bewahren?«
»Unter allen Umständen, Carlotta. Das weißt du doch. Meine Lippen sind versiegelt.«
»Frank«, flüsterte ich, »ich bin stinkreich.«
»Oh, Carlotta, bist du jetzt schon wieder dabei, durchzudrehen?«
Nachdem ich ihm die Ereignisse der letzten Tage in groben Zügen geschildert hatte, konnte ich meinen Freund schließlich davon überzeugen, daß ich nicht unter Halluzinationen litt.
»Mann, Carlotta, das ist ja irre!« rief er. »Und was wirst du mit der ganzen Kohle machen?«
»Nun, zuerst einmal brauche ich eine stabile Wohnsituation. Eine Wohnung, in die ich mich nicht hineinschleichen muß wie ein Krimineller oder ein Obdachloser. Frank, glaubst du, deine Eltern würden mir das Haus deiner Großmutter vermieten?«
»Hm, ich weiß nicht«, meinte er zweifelnd.
»Warum denn nicht? In Zukunft werden sie es jedenfalls nicht mehr nötig haben, sich darin mit irgendwelchen Schwachköpfen oder Schlampen zu vergnügen.«
»Das stimmt«, sagte er. »Tja, ich kann sie ja mal fragen. Wieviel Miete würdest du denn zahlen?«
»Was sie verlangen – in einem vernünftigen Rahmen natürlich. Frank, ich hab ausgesorgt.«
»Ich wünschte, du hättest mir das erzählt, bevor ich dir die

Hamburger spendiert habe«, bemerkte er säuerlich. »Willst du mir das Geld nicht zurückerstatten?«
»Nein, Frank. Reiche Leute kümmern sich nie um die Rechnung.«
»Das kommt mir irgendwie ungerecht vor, Carlotta.«
»Frank, du fängst endlich an zu verstehen, wie das Leben wirklich ist.«
21.55 – Ein Polizeiwagen fuhr gerade die Straße entlang, aber er hielt nicht an. Gut zu wissen, daß der liebe Gott wenigstens ab und zu meine Gebete erhört. Ich sitze im Schlafanzug vor der Glotze und sehe mir *Eine Weihnachtsgeschichte* an. Da geht es um diesen Jungen, der damals, 1948, versuchte, seine zögernden Eltern zu überreden, ihm ein BB-Gewehr zu Weihnachten zu schenken. Amüsante Story, aber völlig überholt. Heute würde der Junior eine AK-47 verlangen und seinen Eltern damit drohen, daß seine Gang ihr Haus niederbrennt und den kleinen Bruder an die Nadel bringt, wenn der Weihnachtsmann nicht die Waffe rüberwachsen läßt.
Wo ist diese Unschuld nur geblieben? Vielleicht liegt es an all den Luftgewehren, die sie in den fünfziger Jahren verkauft haben. Die Kids kamen auf den Geschmack, und das Wettrüsten begann.
Da ich leider keinen Kamin habe, habe ich Carlottas Strumpfhosen an die Klappe des Küchenherds gehängt und in jeden Fuß als ein festliches Weihnachtsgeschenk an mich selbst eine Dose Kichererbsen gesteckt. Sowie mein erster Scheck kommt (ich hoffe, bald), werde ich noch ein paar sorgfältig ausgewählte Geschenke hinzufügen. Der Weihnachtsmann wird dieses Jahr äußerst großzügig sein. Bis jetzt stehen siebenundzwanzig Einzelposten auf meiner Wunschliste, wobei ich den Vertrag, den François in Sachen Vijay abschließen will, noch gar nicht mitgerechnet habe. Er meint, zehntausend Dollar seien dafür eine angemessene Summe. Ich hoffe, es gibt eine Gratisnummer

nach Detroit oder Atlantic City, über die man mit den entsprechenden Soziopathen in Verbindung treten kann. Ich würde nur ungern ein diesbezügliches Stellenangebot in der Zeitung aufgeben.
22.42 – Der Junge in dem Film hat sein BB-Gewehr schließlich bekommen und sich prompt die eigene Brille kaputtgeschossen. Geschieht ihm recht. Er hätte einen Professionellen anheuern sollen.

DONNERSTAG, 24. Dezember (Heiligabend) – Das Telefon schreckte mich um acht Uhr sieben aus dem Schlaf.
»Hallo?« meldete ich mich mit schwerer Zunge.
»Ich möchte Carlotta sprechen«, sagte eine vertraute Stimme.
»Bist du das, Sonya?« fragte Carlotta, jetzt plötzlich hellwach.
»Ja, ich bin's. Wer war denn der Typ, der sich da gemeldet hat? Das war Trent, oder?«
»Natürlich nicht, Sonya. Das war ... äh ... Mutter. Sie hat einen Frosch im Hals. Mutter, ich hab dir doch gesagt, du sollst gurgeln.«
»Oh, Carlotta, ich bin so deprimiert. Ich habe mich vor Trent total lächerlich gemacht.«
»Allerdings, Sonya. Ich hab schon von der Sache gehört.«
»Carlotta, Trent hat eine neue Freundin. Es ist nicht Sheeni, es ist nicht Janice, und du bist es auch nicht. Wer ist es?«
»Sie heißt Apurva und ist Vijay Joshis Schwester.«
»Mein Gott, Carlotta, sie schaut phantastisch aus. Ich bin so eifersüchtig. Du hättest ihren Körper sehen sollen!«
Gar keine schlechte Idee.
»Mir wurde erzählt, daß du in einen Whirlpool gefallen bist, Sonya«, sagte Carlotta. »Geht es dir gut?«
»Ja, ich glaube schon. Meine Haut ist ziemlich gerötet, aber das ist auch alles. Trent muß in Panik geraten sein, als ich zu schreien begann. Er zwang mich, meine Sachen auszuziehen,

wozu ich allerdings keine große Lust hatte, da dieses göttergleiche Wesen Apurva danebenstand.«

»Ich habe gehört, daß du eine Prügelei angefangen hast.«

»Mein Gott, Carlotta, das ist mir alles so schrecklich peinlich. Am liebsten würde ich mich in einem Loch verkriechen und sterben. Trent muß mich jetzt wirklich hassen.«

»Ich bin sicher, daß er das nicht tut, Sonya. Er weiß, welche Wirkung er auf Frauen hat. Bestimmt hat er es schon öfter erlebt, daß eine den Kopf verliert.«

»Carlotta, ich war völlig außer mir. Ich war wie von Sinnen. Ich hatte nächtelang nicht geschlafen und bin immer wieder an seinem Haus vorbeigegangen.«

»Du warst besessen?«

»Genau. Und dann hab ich dich bei Flampert's auch noch so angeschnauzt. Tut mir leid, Carlotta.«

»Das macht nichts, Sonya. Ich weiß, wie du dich gefühlt hast.«

»Schließlich mußte ich auch noch mit ansehen, wie er wegfuhr und diese dunkelhäutige Schönheit abholte. Da bin ich irgendwie ausgerastet.«

»Nun, es ist ja nichts Schlimmes passiert. Ich bin sicher, daß Trent dir verzeiht.«

»Ich werde von der Schule abgehen müssen. Ich könnte ihm nie wieder in die Augen sehen.«

»Sei nicht albern, Sonya. Bis die Weihnachtsferien vorbei sind, hat Trent die ganze Angelegenheit vergessen. Wirklich, mach dir keine Sorgen.«

»Glaubst du?« fragte sie zweifelnd.

»Ich weiß es.«

»Ich könnte ihm schreiben, mich entschuldigen und ihm versichern, daß ich ihn nie wieder belästigen werde.«

»Gute Idee.«

»Aber was ist, wenn er es überall in der Schule herumerzählt? Carlotta, ich würde sterben!«

»Das wird er nicht tun. Trent ist nicht so. Er ist über alle Maßen ehrenwert.«

»Da magst du recht haben. Danke, Carlotta. Ich fühle mich schon ein bißchen besser.«

»Gut. Und jetzt nimmst du ein schönes Bad und ißt ein großes Stück Zimtkuchen. Das mach ich auch immer, wenn ich deprimiert bin.«

»Wenigstens war ich mal in seiner Nähe, als er keine Kleider anhatte«, sagte sie. »Das war ja schon mehr, als ich eigentlich erwartet hatte.«

»Gut, Sonya. Du bist auf dem besten Weg, dich auf das Positive zu konzentrieren. Halt die Ohren steif.«

»Ja, er war richtig steif, als ich dort reinstürmte, aber dann ist er ziemlich schnell zusammengeschrumpelt. Er sah genauso aus wie diese Schaufensterpuppe aus Gummi im Sozialhygienekurs, nur größer.«

»Ich muß jetzt auflegen, Sonya. Mutter möchte, daß ich ihr die Gurgellösung zubereite. Mach's gut.« *Klick*

Mein Gott, die ist ja ganz schön verrückt. Ich hätte es eigentlich von Anfang an an der Art merken müssen, wie sie ihre Säume nähte – geradezu zwanghaft korrekt, mit diesen winzigen, ordentlichen Stichen.

11.20 – Ich bin in der Küche, mache Schokoladenbonbons und höre dazu Weihnachtslieder im Radio. Carlotta hat Sheeni versprochen, welche mitzubringen. Das Rezept auf der Kakaodose klingt ziemlich einfach. Ich konnte keine Walnüsse finden, also nehme ich statt dessen Pistazien.

12.40 – Die Bonbonmasse wollte einfach nicht hart werden, und so habe ich den Topf in das Gefrierfach gestellt. Ich hätte niemals einem Rezept trauen sollen, bei dem man ohne eine anständige Portion Maisstärke auskommt. Die Idioten in der Kakaofabrik haben wahrscheinlich keine Ahnung, wie man das Ganze andickt.

14.28 – Bonbonmasse hart wie Stein. Zu hart, um sie mit einem Messer zu schneiden; habe also die eiskalte braune Masse aus der Pfanne gemeißelt, sie in Alufolie gewickelt und mit rotem Band verschnürt. Sieht sehr festlich aus. Carlotta ist zum Ausgehen bereit. Sie trägt ihre Granatohrringe und roten und grünen Lidschatten. Ich hoffe nur, Mr. Saunders ist nicht der Typ, der sich unter dem Mistelzweig zu Vertraulichkeiten hinreißen läßt.

17.45 – Das war leider doch der Fall. Igitt. Dieser kratzige Bart und massenhaft karzinogene Pfeifentabakreste. Ich kann nur beten, daß ich keinen Lippenkrebs bekomme.

Das Weihnachtsessen bestand aus einem leckeren Rinderbraten, und jetzt sitzen Carlotta und Sheeni in Sheenis Schlafzimmer und sind dabei, ihre Tagebücher auf den neuesten Stand zu bringen. Sheeni war freudig überrascht, als sie hörte, daß Carlotta ebenfalls Tagebuch führt.

»Du mußt es mich lesen lassen«, sagte Sheeni mit einem neugierigen Blick auf Carlottas Notizbuch.

»Oh, das ist leider nicht möglich«, erwiderte Carlotta. »Dazu ist es viel zu persönlich. Ich pflege mich darin völlig offen zu äußern.«

»Das tue ich auch«, gestand Sheeni. »Ich öffne meine Seele und schreibe meine tiefsten Geheimnisse auf – verschlüsselt natürlich.«

»Vielleicht wird die Sprache deiner Tagebücher in ein paar hundert Jahren entschlüsselt, und sie sind dann eine literarische Sensation.«

»Das glaube ich kaum, Carlotta. Bis dahin werden die obszönen Passagen ausgesprochen zahm erscheinen. Und die philosophischen Erkenntnisse werden ihre sprühende Brillanz verloren haben.«

Das erinnert mich daran, daß ich versuchen muß, mehr introspektive und kontemplative Gedanken in mein Tagebuch aufzunehmen. Meinen persönlichen Aufzeichnungen mangelt es, so fürchte ich, auf beklagenswerte Weise an philosophischer Tiefe.

Aber erst mal zurück zu dem saftigen Klatsch und Tratsch jenes Nachmittags. Sheeni hat mit Vijay gesprochen. Ich bin froh, berichten zu können, daß der Verdacht eines gewalttätigen Angriffs von Carlotta abgewendet ist. Apurva hat in ihrem Ehrlichkeitswahn ihren Eltern die ganze Geschichte gebeichtet. Mr. und Mrs. Joshi sind stinksauer und haben eine Aussprache mit Trents Eltern verlangt. Das Treffen ist für morgen nachmittag geplant.

»Aber das ist doch der erste Weihnachtstag«, sagte Carlotta.

»Die Joshis haben darauf bestanden«, erwiderte Sheeni. »Ich hoffe nur, sie bringen Trents Eltern nicht dazu, übertriebene Maßnahmen zu treffen – Trent beispielsweise auf eine andere Schule zu schicken.«

Das wäre wirklich verdammt schade. Was für ein Schlag für Apurvas philosophische Bildung.

20.30 – Mein Bonbonpaket war ein voller Erfolg. Mrs. Saunders kratzte das tropfende Paket vom Kaffeetisch und löffelte den Inhalt über Vanilleeis. Dann aßen wir die leckeren Schokoladeneisbecher mit Schlagsahne und glänzenden Festtagsstreuseln (die enthielten echtes Gold, eine wahre Orgie für die Reichen). Schade, daß die Pistazien ein wenig ranzig waren; ich bemerkte, daß Sheeni alle aus ihrem Becher heraussuchte.

21.47 – Sheeni und Carlotta schützten Feiertagserschöpfung vor und konnten sich so vor dem abendlichen Gottesdienst drücken. Sobald ihre Eltern sich auf den Weg gemacht hatten, schenkte Sheeni uns zwei große Gläser Sherry ein und holte das Scrabblebrett hervor. Was für eine Demütigung! Meine Gegnerin legte gleich zu Anfang das Wort *Quatorzain*, womit sie insgesamt mehr Punkte machte, als unser Staat Schulden hat. Sie informierte mich, daß das ein dem Sonett ähnliches Gedicht sei

(vielleicht von der Sorte, wie Trent sie zu verfassen pflegt). Zum Glück vermag der Sherry den Schmerz der Niederlage ein wenig zu lindern. Allerdings fällt es mir ohnehin verdammt schwer, mich zu konzentrieren. Ich kämpfe gegen den fast unwiderstehlichen Drang an, Sie-wissen-schon-wen unter den Mistelzweig zu zerren.
23.10 – Carlotta wird bei den Saunders übernachten. Meine Gastgeber bestehen darauf. Mrs. Saunders meint, so könnten wir morgen früh alle zusammen in die Kirche gehen. Klingt einleuchtend. Carlotta schläft auf der anderen Hälfte des Doppelbetts direkt neben Sheenis jungfräulichem Lager. Während ich diese Zeilen schreibe, kann ich hören, wie meine Angebetete sich nebenan im Bad ihre exquisiten Zähne mit Zahnseide reinigt. Sollte es wirklich wahr sein, daß wir gleich Seite an Seite in der Dunkelheit liegen?

FREITAG, 25. Dezember (erster Weihnachtstag) – 2.15 – Liebes Tagebuch, ich habe sehr starke Zweifel, ob ich jemals wieder werde schlafen können. Da das aber am Ende doch wohl der Fall sein wird, kann ich ebensogut die Einzelheiten der letzten Stunden beschreiben.
Während Sheeni in aller Ruhe ihre Zähne zunächst mit Zahnseide reinigte und dann ausgiebig bürstete, nutzte Carlotta ihre Abwesenheit, um schnell in ein geliehenes, undurchsichtiges Flanellnachthemd zu schlüpfen. Zu meiner Überraschung stellte ich fest, daß meine große Liebe einen völlig anderen Geschmack in Sachen Nachtwäsche hatte; als sie aus dem Badezimmer auftauchte, trug sie ein Nichts aus schwarzer Spitze und Seidenschleifchen, die an bestimmten Stellen provozierend auf und ab hüpften.
»Mein Gott«, sagte Carlotta, der es plötzlich ganz heiß wurde, »was für ein attraktives Negligé.«
»Gefällt es dir?« fragte Sheeni, setzte sich auf die weiße Bett-

decke und bürstete ihre nußbraunen Locken. »Ich habe es letzten Herbst in Santa Rosa gekauft. Ich hatte gehofft, es einmal für meinen Freund Nick tragen zu können, aber das hat ja leider nicht geklappt.«

Ich schluckte. »Zu schade«, bemerkte ich und kroch schnell unter meine Decke. »Ich bin sicher, er hätte es äußerst … anziehend gefunden.«

Sheeni legte ihre Bürste beiseite, schlüpfte unter die Bettdecke, sah dann zu mir herüber und lächelte. »Carlotta, warum bist du so distanziert? Komm her und wärm mich ein bißchen.«

Ich schluckte erneut, schickte ein stilles Stoßgebet zum Himmel, überquerte mit wenigen Schritten den unsichtbaren, mit Teppich versehenen Graben und legte mich zu ihr ins Bett. Sheeni schmiegte ihren göttlichen Körper an mein verführerisches Flanellnachthemd.

»Carlotta, du bist so warm«, stellte sie fest. »Du kannst ruhig dein Nachthemd ausziehen. Wir sind doch schließlich beide Mädchen und außerdem ganz allein.«

»Das ist schon so in Ordnung, Sheeni. Ich fühl mich ganz wohl so. Am Abend bekomme ich immer ein bißchen Fieber.«

»Oh, Carlotta. Unsere Parfums passen ja überhaupt nicht zusammen. Das hatte ich befürchtet. Vielleicht sollte ich ein paar Tropfen von deinem nehmen. Das ist doch ›Zuckungen‹, oder?«

»Äh … ja.«

»Könntest du mir die Flasche aus deiner Tasche holen?«

»Äh … nein, Sheeni, im Moment lieber nicht.«

»Warum denn nicht, Carlotta?«

»Ich möchte im Augenblick einfach nicht aufstehen; nimm mir das bitte nicht übel.«

»Ich nehm's dir nicht übel, Carlotta. Ich finde es schön, hier mit dir zu liegen.«

»Wirklich?«

»O ja. Ich wüßte nicht, mit wem ich lieber hier liegen würde.«

»Tatsächlich?«

»Außer vielleicht mit Nick.«

»Ich bin sicher, daß Nick – wo auch immer er sich gerade aufhalten mag – auch nichts lieber täte als das.«

»Du meinst, wir drei zusammen?« fragte Sheeni unschuldig.

»Nein, Sheeni, in dem Fall würde ich mich natürlich zurückziehen.«

»Warum?«

»Nun, damit ihr beide allein sein könntet.«

»Wozu denn?«

»Na ja, du weißt schon, um miteinander zu schlafen.«

»Und warum tun wir es dann nicht?«

Mein Herzschlag setzte aus.

»Was ... hast du ... da gesagt?« stammelte ich.

»Warum nimmst du nicht endlich diese blöde Perücke ab und schläfst mit mir?«

»Sheeni, Liebling, du weißt es?!«

»Natürlich, Nick«, sagte sie, riß mir die Perücke vom Kopf und schleuderte sie quer durch das Zimmer. »So ist es besser. Und jetzt weg mit dieser albernen Brille.«

Ich blinzelte fassungslos, als meine Bettgenossin mir mein kunstvolles Brillengestell von der gepuderten Nase riß.

»Sheeni, Liebling! Schlägst du ernsthaft vor, daß wir es machen sollen, hier in deinem Schlafzimmer?«

»Ich meine, ein Schlafzimmer ist der übliche Schauplatz für derartige Aktivitäten, Nick. Aber ich bin für alle Vorschläge offen. Möchtest du es lieber draußen auf dem Rasen im Vorgarten tun?«

»O Sheeni!« stöhnte ich und griff nach ihrer gazeschimmernden Nacktheit.

»Nickie, Schatz«, sagte sie, nachdem sie meinen fiebrigen Kuß erwidert hatte, »bevor wir anfangen, schlage ich vor, du holst die Kondome aus deiner Tasche.«

»Woher weißt du, daß ich Kondome in meiner Tasche habe?« fragte ich.

»Ich habe heute abend, als du gerade ›redundant‹ nachgeguckt hast, ein bißchen herumgeschnüffelt. Dabei hatte ich dir doch gesagt, daß der Begriff existiert.«

»Ich hätte deine Worte nie in Zweifel ziehen sollen«, erklärte ich, und als ich jetzt mit sportlichem Schwung aus dem Bett sprang, um Carlottas Handtasche zu holen, war mir die Ausbuchtung meiner von Flanell verhüllten M.E. überhaupt nicht mehr peinlich.

Sheeni lehnte sich entspannt in ihre duftenden Kissen zurück. »Nickie, Liebster, möchtest du diese Schleife öffnen?«

»Und wie gern, mein Schatz. Mehr als alles andere auf der Welt.«

Und dann, liebes Tagebuch, bekam ich von Sheeni das schönste Weihnachtsgeschenk, das ein Heranwachsender jemals erhalten hat.

Fuzzy und Lefty hatten recht. Es geht ganz von allein. Natürlich waren die Rhythmen tief in meiner DNA verankert, fast so, als hätten meine Vorfahren diesen Akt äonenlang vollzogen.

Später, als wir einander ruhig in den Armen lagen, fragte ich Sheeni, wie ich gewesen sei.

»Nicht schlecht für einen fummelnden Anfänger«, antwortete sie. »Das zweitemal war besser. Mein Gott, Nick, was hast du da an der Brust?«

»Nur eine kleine Verletzung«, sagte ich. »Nichts Ernstes.«

»Es sieht aus wie die Golden Gate Bridge.«

»O Sheeni«, seufzte ich. »Du warst phantastisch. Es ist ein Wunder, daß die Menschheit zivilisatorisch so hoch entwickelt ist, da ihr doch eine so monumentale Ablenkung offensteht.«

»Ich habe mir sagen lassen, irgendwann verliert es den Reiz des Neuen.«

»Das kann ich mir nicht vorstellen, Schatz. Sollen wir es noch einmal tun?«

»Morgen früh vielleicht, Nick. Wir wollen deine begrenzten prophylaktischen Vorräte doch nicht vorzeitig erschöpfen.«

»Okay«, erwiderte ich und begnügte mich einstweilen mit ein wenig sekundärem Liebkosen. »Sheeni, sag mir eines. Seit wann weißt du, daß Carlotta Nick ist?«

»Seit jenem ersten Tag in dem Donutladen, Liebling.«

»Aber … aber *woher*?«

»Nun, Nick, deine Verkleidung war wirklich meisterhaft, aber du hast ein Detail übersehen.«

»Und welches?«

»Carlottas Auswahl ihrer Donuts. Mir ist sofort diese einzigartige und, wenn ich so sagen darf, etwas seltsame Kombination aufgefallen.«

»Natürlich! Ich hätte es besser wissen müssen und Apfeltaschen bestellen sollen. Nick haßt Apfeltaschen. Aber warum hast du nichts gesagt, Sheeni?«

»Was? Dann wäre mir ja deine Darstellung als Carlotta entgangen. Niemals!«

Mein Verstand raste. »Sheeni! Deine Affäre mit Ed Smith. Du hast doch nicht … nicht …?«

»Natürlich nicht, Liebling. Das war alles total langweilig und platonisch. Ich habe die ganze Geschichte erfunden, um dich dafür zu bestrafen, daß du meine schulische Karriere in Santa Cruz sabotiert hast. Als Carlotta dann allerdings trotz dieses Geständnisses meiner schockierenden Untreue weiterhin meine Gesellschaft suchte, wurde mir klar, daß du mich wirklich liebst, Nick.«

»Hast du das jemals auch nur einen Augenblick lang in Zweifel gezogen, Sheeni, Liebling?«

»Nur während der vielen Monate, in denen du versucht hast, Apurva Joshi zu verführen, Liebling.«

»Das tut mir leid, Liebling. Ich glaube, das muß eine zeitweilige Unausgewogenheit der Hormone gewesen sein.«

»Hm.«
»Sheeni, du liebst Vijay also nicht?«
»Ich könnte niemals einen Republikaner lieben, Nick. Das habe ich Vijay nach dem Ball auch gesagt.«
»Aber er gibt doch vor, zum liberalen Lager übergewechselt zu sein.«
»Damit konnte er mich nicht täuschen, Nick. Du solltest inzwischen bemerkt haben, daß ich mich selten täuschen lasse.«
Wie schmerzlich richtig diese Feststellung doch war.
»Sheeni! Als du diese ganzen Abendkleider anprobiert hast, wußtest du da, daß ich es war?«
»Natürlich, Nick. Ich muß zugeben, daß ich deine Verwirrung ziemlich genossen habe.«
»Ich war nicht verwirrt, Sheeni. Mir war total klar, was ich wollte. Es war lediglich so, daß das Unterdrücken dieses männlichen Bedürfnisses mich beinahe umgebracht hätte.«
»Ich finde deine Worte ermutigend, Nick. Langsam begann ich nämlich zu fürchten, daß du dich in Carlottas Rolle ein wenig zu wohl fühlen könntest.«
»Da wir gerade beim Thema sind, Sheeni, warum hast du darauf bestanden, daß Carlotta sich die Ohrläppchen durchstechen ließ? Das war wirklich mehr als qualvoll.«
»Ich dachte, das könnte dir helfen, mit deiner femininen Seite in Kontakt zu kommen, Nick. Und – war es nicht so?«
»Ich bin nicht sicher. Vielleicht. Das und das Tragen eines Büstenhalters.«
Sheeni gähnte. »Also, Nick, du kannst mich gerne weiter streicheln, aber ich werde jetzt schlafen.«
Ich beugte mich über sie und küßte ihre süßen Lippen. »Gute Nacht, Sheeni. Du hast mich sehr glücklich gemacht. Liebst du mich?«
»Liebling, es ist zu spät für existentielle Diskussionen. Gute Nacht. Schlaf schön. Und – Schnarchen verboten!«

Nein, ist sie nicht!

Ich glaube, liebes Tagebuch, sie liebt mich wirklich.

10.15 – Während Reverend Glompiphel die Gemeinde mit starken Worten dafür geißelt, daß sie in Sünde schwelgt, macht Carlotta sich in der Kirche einige Notizen. Bis jetzt hat er schon alle wesentlichen Sünden zur Sprache gebracht, außer den vorehelichen Geschlechtsverkehr; vermutlich wird er zu diesem Punkt auch bald kommen. Da wir gerade beim Thema sind – Sheeni und ich haben im Rahmen unserer privaten Weihnachtsferien heute morgen mein letztes Kondom verbraucht. Sie sagt, meine Leistung verbessere sich jedesmal um hundert Prozent. Beim Berechnen der geometrischen Progression bin ich zu dem Schluß gekommen, daß ich irgendwann Ende nächster Woche Casanova in technischer Hinsicht übertreffen werde. Nachdem wir uns so lange wie möglich im Bett vergnügt hatten, standen wir schließlich auf, duschten, zogen uns an und schminkten uns gemeinsam vor dem Spiegel. Ich hatte eine Laufmasche in meiner Strumpfhose, also lieh mir Sheeni eine von ihren. Außerdem gab sie mir einige Tips zum Frisieren meiner Perücke. Dieses gemeinsame Erleben der kleinen, alltäglichen Verrichtungen ist eine herrliche Sache – es ist fast so, als wären wir schon ein Ehepaar.

Gerade beugte sich Mrs. Saunders zu mir herüber und fragte, was ich da aufschreibe. Ich sagte, ich würde mir Notizen zu der Predigt machen. Sie lächelte und nickte anerkennend. Ich bedauere, jemals schlecht über diese hochherzige Frau gesprochen zu haben.

Ich glaube, ich sollte an dieser Stelle Gott gegenüber anmerken, daß ich im Grunde meiner Seele wirklich keine Sünden begangen habe. Meine Absichten sind eindeutig ehrenwert. Wenn es in meiner Macht stünde, dann würde ich Sheeni augenblicklich heiraten, direkt hier in dieser Kirche, mit Gott als Zeugen für die Reinheit und Beständigkeit meiner Liebe.

Kann nicht weiterschreiben. Zeit für die Lippensynchronisation einiger Kirchenlieder.

14.10 – Sheeni und ich sind in ihrem Schlafzimmer, um uns »auszuruhen«. Mrs. Saunders machte uns diesen Vorschlag nach dem Mittagessen, da sie bemerkt hatte, daß wir beide müde aussahen. Wir pflichteten ihr bei, daß ein Nickerchen uns guttun würde. Leider sind uns aber die Kondome ausgegangen, * und so müssen wir uns andere schöne Dinge ausdenken, um ein bißchen Spaß mit unserer Nacktheit zu haben. Sheeni hat beispielsweise meinen Körper gerade zu ihrer persönlichen Leinwand erklärt und ein ungewöhnliches Kunstwerk geschaffen: vier Knutschflecken, die auf der Golden Gate Bridge Sightseeing machen.

Heute morgen nach dem Gottesdienst nahmen wir ein ländliches Frühstück zu uns und versammelten uns dann um den Weihnachtsbaum, um unsere Geschenke zu öffnen. Sheeni hat dick abgesahnt, wobei sich wieder einmal bestätigte, wie weise es von ihr war, sich Eltern mit Geld auszusuchen. Sie bekam zwei Kaschmirpullover, einen grünen Wollrock, eine Brieftasche aus Aalleder, ein goldenes Armband mit Talisman, eine Schultasche aus echtem Wildleder, vier CDs mit inspirierender religiöser Musik, Fellpantoffeln, eine Leselampe, einen Schreibtisch mit zuklappbarem Aufsatz, einen Pingpongtisch, ein Mountainbike und einen teuren Saphiranhänger.

»Oh, Carlotta!« stieß sie fassungslos aus. »Der ist ja traumhaft!«

»Er ist außerdem auch echt«, bemerkte ich, um diese Tatsache eindeutig klarzustellen.

»Carlotta, das ist ja die reinste Verschwendung!« rief Sheeni und beugte sich zu mir herüber, um mir zuzuflüstern: »Womit hast du das bezahlt?«

»Ich bin reich«, flüsterte ich zurück. »Das erkläre ich dir später.«

»O Carlotta, wie hübsch!« Sheenis Mutter war ganz begeistert, als sie ihre heiligen Geschirrhandtücher auspackte.

* Gerne sage ich es nochmal:
Die Kinder sind 14!! Ich wusste
mit 14 nicht einmal, was ein Kondom ist!
:)

»Den kann ich wirklich gut gebrauchen«, sagte Mr. Saunders und zeigte uns glücklich seinen Schreibblock.
»Mein Geschenk ist so klein, Carlotta«, entschuldigte sich Sheeni und drückte mir ein hübsch eingepacktes Päckchen in die Hand. »Aber ich hoffe, es gefällt dir.«
»Da bin ich sicher«, erwiderte ich und riß ungeduldig das Geschenkpapier auf.
Es war ein Buch. Mit einem plötzlich tränengetrübten Blick las ich: *Französisch für Anfänger ohne sprachliche Begabung.*
»O Sheeni, danke!« stammelte ich gerührt.
»Ich dachte, du könntest es vielleicht gut gebrauchen, Carlotta«, erwiderte sie lächelnd. »In Paris.«
»Ich ... ich weiß. Vielen Dank. Es ist das schönste Geschenk, das ich jemals bekommen habe.«
»Dann nehme ich an, Carlotta, daß in deiner Familie nur sehr bescheidene Geschenke ausgetauscht werden«, bemerkte Mrs. Saunders. »Wie lobenswert. Sheeni, gib deiner Freundin unser Geschenk.«
»Ja, Mutter«, sagte sie und überreichte mir einen schlichten weißen Briefumschlag.
Anstelle des erwarteten dicken Schecks, was zugegebenermaßen reichlich optimistisch war, fand ich in dem Umschlag einen verwackelten Schnappschuß von einem kleinen, mageren Jungen in einem Lendenschurz. Mein Gott, wie barbarisch, dachte ich. Sie wollen Carlotta in eine Art transozeanisches Verkupplungsspiel einbeziehen. Oder sollte dieser unglückliche Junge mein persönlicher Sklave werden? Das würde mich als jungen Liberalen in eine unhaltbare Lage bringen. Dennoch wagte ich es nicht, meine Gastgeber vor den Kopf zu stoßen.
»Was für ein hübscher Kerl«, sagte Carlotta, krampfhaft um ethnische Neutralität bemüht.
»Das ist Omtu«, erklärte Mrs. Saunders. »Er ist ein armer

christlicher Waisenjunge. Wir haben in diesem Jahr in deinem Namen die Patenschaft für ihn übernommen.«

»Oh, vielen Dank!« rief Carlotta, ehrlich erleichtert. »Was für ein großzügiges und sinnvolles Geschenk. Sie sind wirklich überaus freundlich zu mir.«

»Das ist uns doch ein Vergnügen, Carlotta«, erwiderte Sheenis Mutter. »Wir möchten, daß du dich als Mitglied der Familie fühlst.«

»Oh, das tue ich, Mrs. Saunders«, sagte ich und drückte fest die warme Hand ihrer Tochter. »Das tue ich wirklich!«

Sheeni hat meiner Brust noch einen weiteren touristischen Knutschfleck hinzugefügt. Dieser, durch feiertägliche Schuldgefühle zur Verzweiflung getrieben, ist genau in dem Augenblick dargestellt, als er von der Mitte der Brücke in den Tod springt.

Ich habe meiner großen Liebe erzählt, wie es kam, daß ich zu einem wohlhabenden Teenager wurde. Sie findet die Geschichte unglaublich, aber sie hat eingewilligt, ihren eingefleischten Skeptizismus zu zügeln, bis ich in der Lage bin, ihr alles mit einem entsprechenden Kontoauszug zu beweisen. In der Zwischenzeit zeige ich ihr andere Dinge, von äußerst persönlicher Natur.

15.30 – Während die Saunders sich wieder auf den Weg in die Kirche machten (mein Gott, die sind ja unersättlich!), schlichen sich Sheeni und Carlotta die Auffahrt hinauf, um Paul und Lacey in ihrem ehebrecherischen Exil über der Garage zu besuchen. Wir überraschten die beiden dabei, wie sie fröhlich weihnachtliche Mai-Tais schlürften und ihre Habseligkeiten in Kartons verpackten.

»Fröhliche Weihnachten«, sagte Paul und stellte Carlotta seiner hübschen Mitbewohnerin vor.

Lacey lächelte beschwipst, lallte eine freundliche Begrüßung, schüttelte Carlottas feuchtkalte Hand und küßte Sheeni über-

schwenglich auf den Mund. Welch offensichtliche Bevorzugung, dachte ich.
»Sheeni, wie schön«, bemerkte ihr Bruder, »du hast aufgehört, Carlotta zu quälen.«
»Sei nicht albern«, zischte Sheeni. »Ich habe niemanden gequält. Wohin wollt ihr?«
»Wir ziehen nach Lob Ankeleeze«, sagte Lacey und brachte ihren Gästen torkelnd zwei Mai-Tais. »Wir werden berüüüüühmt.«
»Natürlich nicht sofort«, erklärte Paul. »Erst mal muß ich einen Job finden. Es kann ein oder zwei Wochen dauern, bis ich auf dem Cover von *Downbeat* erscheine.« Er hielt sein Glas hoch. »Auf die junge Liebe.«
Ein wenig befangen wiederholten Sheeni und Carlotta den Toast und stießen mit den anderen an.
»Hast du 'nen neuen Freund, Sheeni?« erkundigte sich Lacey.
»Nein, Lacey. Ich sitze immer noch mit dem alten, langweiligen fest. Carlotta, stoß mich nicht dauernd in die Rippen.«
»Du meinst Trent?« fragte Lacey. »Er sieht ja sooooo guuut aus!«
»Ja, das stimmt«, bestätigte Sheeni. »Carlotta, ich warne dich!«
»Lacey, meine Schwester ist in Nick Twisp verliebt«, erklärte Paul.
»Niiiick! Ist er zurück?« fragte Lacey mit schwerer Zunge.
»Teilweise«, antwortete Sheeni.
»Dieser Nickie ist ja auch sooo süüß«, sagte Lacey. »Wie oft hab ich nachts daran gedacht, in sein Schlafzimmer zu schleichen. Aber, Sh-Sheeni, ich hab's nie getan!«
Verdammt! Warum diese bedauernswerte Zurückhaltung?
»Danke, Lacey«, sagte Sheeni. »Das wäre wahrscheinlich auch sinnlos gewesen. Ich bin sicher, daß Nick das nicht gebilligt hätte. Meinst du nicht auch, Carlotta?«
»Natürlich, Sheeni. Soweit ich weiß, hat Nick einen geradezu manischen Hang zur Monogamie.«

»Ja, manisch ist der richtige Ausdruck«, pflichtete Sheeni mir bei. »Carlotta, *faß* mich nicht an!«
Wir tranken mit kräftigen Zügen unsere starken Drinks und tauschten, während wir plappernd und kichernd zwischen den Stapeln von Kartons saßen, unsere Geschenke aus. Sheeni schenkte ihrem Bruder ein Taschenbuch *(Dichter über Mescalin)* und Lacey ein Paar silberne Ohrringe in Form winziger Scheren.
»Wie süüüüß!« rief unsere Gastgeberin aus und versuchte erfolglos, sie sich anzustecken.
Paul schenkte meiner Angebeteten eine wandgroße Straßenkarte von Paris, und Lacey überreichte ihr ein batteriebetriebenes Gerät zum Augenbrauenzupfen – eine neuartige Erfindung aus Taiwan, die Carlotta wenige Tage zuvor bei Flampert's mit Interesse begutachtet hatte. Es war mir fast schon peinlich, daß sie auch ein Päckchen für Carlotta bereithielten.
»Aber *ich* hab gar nichts für *euch*«, protestierte ich und riß das lustige Geschenkpapier ab. »Großer Gott, was ist denn das?«
»Das issn Aaanrufbeantworter«, erwiderte Lacey und versuchte einen verirrten Ohrring aus ihrem Mai-Tai zu fischen.
»Ich werde bald nicht mehr hiersein, Carlotta«, erklärte Paul. »Also dachte ich, du könntest etwas gebrauchen, das dir die Antworten gibt.«
Ich inspizierte mein von einem Mikroprozessor kontrolliertes elektronisches Orakel. »Vielen Dank, Paul«, sagte ich. »So eine Überraschung. Das wäre doch nicht nötig gewesen.«
19.48 – Ich bin wieder zu Hause. Was für ein wunderbarer, sagenhaft schöner Tag. Ich fühle mich so großartig, daß ich beschlossen habe, Mom am Ende doch nicht anzurufen. Stattdessen rief ich meinen guten alten Fuzzy an. Er berichtete, er habe in Sachen Weihnachtsgeschenke überdurchschnittlich abgesahnt. Es ist nicht zu fassen, aber er hat sogar einen kirschroten, kaum gefahrenen 1965er Ford Falcon bekommen.

»Sie haben dir den Wagen deiner Großmutter geschenkt?« fragte ich ungläubig.
»Haben sie. Dad hat mir das Ding überschrieben. Natürlich kann er mir die Schlüssel erst geben, wenn ich sechzehn bin. Aber ich besitze einen wirklich tollen Schlitten, Nick.«
»Das stimmt«, sagte ich voller Neid.
»Tja, Nick, du wirst dir wahrscheinlich was ganz Heißes holen, wenn du sechzehn wirst.«
»Ja, ich denke an einen Porsche. Oder vielleicht einen Ferrari.«
»Cool, Nick. Ich wünschte, ich hätte soviel Geld wie du.«
»Frank, hast du schon mit deinen Eltern darüber gesprochen, ob sie mir das Haus vermieten?«
»Ja, Nick. Sie denken darüber nach. Der verdammte Streik hat ein ganz schönes Loch in die Kasse gerissen. Mom will jetzt auch Onkel Pollys Haus vermieten.«
»Und wieviel wollen sie für dieses hier haben?«
»Mom sagt, achthundert Dollar im Monat. Ist das in Ordnung für dich, Nick?«
»Das sind doch Peanuts, Frank.«
»Prima. Du mußt nur noch den Vertrag unterschreiben. Ich bringe ihn dir morgen vorbei.«
»Sehr gut, Frank. Rate mal, mit wem Carlotta letzte Nacht geschlafen hat?«
»Mit wem? Etwa mit Bruno Modjaleski?«
»Nein, du Idiot. Mit Sheeni Saunders!«
»Wußte sie denn, daß du ein Junge bist?«
»Natürlich wußte sie das. Frank, wir haben es getan. Dreimal!«
»Und, wie war's?«
»Sagenhaft, Frank. Einfach sagenhaft!«
»Nick, du bist reich. Du bist clever. Du hast eine eigene Bude. Du hast eine wunderschöne Freundin. Mann, du hast es echt geschafft!«
Da hat er allerdings recht. Ich habe zwar bisher ganz schön

kämpfen müssen, aber jetzt habe ich das Glück auf meiner Seite. Kein Zweifel, das Leben zeigt mir seine Schokoladenseite.

SAMSTAG, 26. Dezember – NEUE ENTSETZLICHE, ALPTRAUMHAFTE KATASTROPHEN! Ich werde sie nun der Größenordnung nach schildern. Laut Joanie haben wir einen neuen Stiefbruder. Mom entledigte sich der Frucht ihres Leibes gestern am frühen Morgen, als ihr älterer Sohn sich gerade von einem sehr viel großartigeren Ballast befreite. Natürlich haben sie das ekelhafte Balg Noel Lance Wescott genannt (eine ganz besonders kastrierende Namensgebung, wenn man mich fragt). Das arme Kind – belastet mit einer neurotischen Mutter, einem faschistischen Bullen als Stiefvater, einer unverheirateten und wahrscheinlich schwangeren Stiefschwester und einem blödsinnigen Vornamen, mit dem es die Zielscheibe der Hänseleien sämtlicher kleiner Tyrannen auf dem Spielplatz sein wird. Ganz zu schweigen davon, daß er ein Leben lang bei seinen Geburtstagsgeschenken zu kurz kommen wird. Dennoch würde ich liebend gern mit ihm tauschen.
Joanies größere Nachrichtenbombe: Lance Wescott ist in Los Angeles! Er hat mit Miss Ulanskys Anwälten gesprochen. Er greift mit seinen schwieligen Bullenhänden nach meinem Geld!
»Der Mann ist sogar noch schlimmer, als ich angenommen hatte«, sagte Joanie. »Warum um alles in der Welt hat Mutter ihn bloß geheiratet?«
»Das ist mir scheißegal!« schrie ich. »Was ist mit meiner Erbschaft?«
»Nick, du bist minderjährig. Du hast noch nicht das Recht, eine Erbschaft anzutreten. Das, was du geerbt hast, bekommt dein gesetzlicher Vormund.«
»Sie werden mir alles bis auf den letzten Penny abnehmen!«
»Leider ja, Nick. Lance hat dem Anwalt erzählt, du seist wahr-

scheinlich tot. Ich würde ihn am liebsten in seine fette, häßliche Fresse schlagen.«
»Und warum hast du es nicht getan?«
»Na ja, er ist ziemlich stark, Nick. Und er hatte seine Dienstwaffe bei sich. Selbst Phillie wirkte ein wenig eingeschüchtert. Es tut mir leid, Nick.«
»Du meinst, ich werde überhaupt nichts kriegen?« fragte ich benommen.
»Nun, du kannst gerne den Fernseher haben, wenn du ihn willst. Ich hab sowieso keine Lust, mir Dan Rathers Gesicht in riesiger Vergrößerung anzusehen.«
»Verkauf ihn, Joanie«, sagte ich voller Verzweiflung, »und schick mir das Geld. Schnell.«
»Wohin soll ich es schicken, Nick?«
Ich gab ihr meine (wahrscheinlich nur noch vorübergehende) Adresse, aber sie mußte mir versprechen, sie wie ihren Augapfel zu hüten.
»Joanie, Lance darf auf gar keinen Fall wissen, wo ich bin. Jetzt ist er sogar *noch* stärker motiviert, mich hinter Gitter zu bringen.«
»O Nick, das ist ja entsetzlich. Ich finde es furchtbar, daß Mutter und dieses unschuldige Baby bei einem solchen Monster leben müssen. Selbst Dad war besser als er.«
So unwahrscheinlich es auch klingen mag – meine Schwester hat recht.
12.30 – In dem verdammten Juwelierladen wollte man mir das Geld für Carlottas Granatohrringe nicht zurückgeben. Der ekelhafte Verkäufer grinste höhnisch und zeigte wichtigtuerisch auf ein winziges Schild, das an der Kasse klebte: »Umtausch nur gegen andere Ware oder Gutschrift.« Nach einer hitzigen Diskussion verkündete Carlotta, daß sie ihre Ware woanders hinbringen würde, und stampfte wütend davon. Dann weigerte man sich in einem Pfandhaus, den Schmuck zu beleihen, weil Carlot-

ta noch nicht achtzehn war. Also blieb mir nichts anderes übrig, als meine wertvollen Granatsteine an Ida, die ältliche Büfetthilfe im Restaurant von Flampert's für lächerliche vierzig Dollar zu verscherbeln – was einen Verlust von etwas mehr als vierundsiebzig Dollar für mich bedeutete. Wenigstens gab es noch einen Kaffee und ein Stück Rhabarberkuchen dazu. Nachdem mein Wunsch nach einem kostenlosen überbackenen Käsesandwich abgelehnt worden war, ging ich hinüber in die Drogerieabteilung und gab vierzehn Dollar meines Verdienstes für zwei Dutzend Kondome aus. Falls ich mich in diesem Winter zwischen Essen und Sex entscheiden muß, dann werde ich höchstwahrscheinlich den Gürtel enger schnallen (bevor ich meine Hosen ausziehe).

13.10 – Fuzzy kam gerade in seiner neuen Lederbomberjacke vorbei (teures Weihnachtsgeschenk), um mir den Mietvertrag zu bringen und von seinem Auto zu schwärmen. Als ich ihm von meiner katastrophalen Verarmung erzählte, war er ausgesprochen beunruhigt.

»Nick, das ist ja entsetzlich! Mom hat gesagt, wenn du den Vertrag nicht unterschreibst, wird sie morgen eine Anzeige in die Zeitung setzen.«

»Das kann sie doch nicht machen, Frank!«

»Wie soll ich sie daran hindern, Nick? Sie brauchen das Geld. Sie haben gerade fünftausend Dollar für Weihnachtsgeschenke verpulvert.«

»Frank, du hast Sachen für fünftausend Dollar bekommen?« fragte ich, geradezu erschrocken über so viel Glück.

»Schön wär's. Das meiste haben sie sich gegenseitig geschenkt. Nick, ich glaube, du hast da ein bißchen zuviel des Guten getan, sie sich so ineinander verlieben zu lassen. Die ganze Zeit läuft dieses Sinatraband. Ich kann es schon nicht mehr hören.«

»Tut mir leid, Frank. Mein Gott, was soll ich bloß machen?«

»Warum ziehst du nicht zu Sheeni? Du hast doch gesagt, ihre Eltern mögen Carlotta. Dann hättest du ein nettes Zuhause, kostenlose Mahlzeiten und soviel Sex, wie du willst.«

»Frank, das ist gar keine schlechte Idee. Aber du sollst wissen, daß das zwischen Sheeni und mir nicht nur rein körperlich ist; ich empfinde wirklich tief für sie.«

»Ja, ja, Nick«, erwiderte Fuzzy augenzwinkernd. »Ich sage ja auch immer: ›Je tiefer, desto besser.‹«

21.45 – Zu meiner Überraschung war Sheeni von der Idee nicht sonderlich begeistert. Wir lagen zusammen unter Großmutter DeFalcos muffiger alter Tagesdecke in meinem Schlafzimmer, auf dem Nachttisch ein kleiner verknoteter Gummischlauch, in dem zweihundert Millionen verwaiste Spermien gefangen waren.

»Nickie, das ist doch nicht wirklich dein Ernst. Du willst bei mir wohnen?«

»Warum denn nicht, Liebling? Dann könnten wir Tag und Nacht zusammensein.«

»Das ist es ja gerade, was mich stört. Was ist mit meiner Privatsphäre?«

»Sheeni, Ehepaare leben immer zusammen, ohne eine Privatsphäre zu haben.«

»Ja, und deshalb gibt es auch so viele, die sich scheiden lassen. Nein, ich glaube nicht, daß das funktionieren würde.«

»Sheeni, in zwei Tagen werde ich kein Dach mehr über dem Kopf haben.«

»Ich nehme an, damit willst du mir sagen, daß du den Anhänger zurückhaben möchtest.«

»Natürlich nicht, Liebling. Ich habe ihn schließlich für dich gekauft. Ich will, daß du ihn behältst. Ich würde lieber verhungern, als ihn zurückzunehmen.«

»Nun ja, Nick, in dem Laden wird ohnehin kein Bargeld zurückerstattet.«

»Tatsächlich? Das wußte ich gar nicht. Sheeni, ich habe eine tolle Idee. Warum kann Carlotta nicht in dem Apartment über eurer Garage wohnen? Dein Bruder zieht doch aus. Dann wären wir zusammen, und du hättest trotzdem deine Privatsphäre.«

»Ich weiß nicht, Nick. Ich hätte das Gefühl, du würdest mir hinterherspionieren. Ich würde einen Widerwillen gegen diese bedrängende Nähe entwickeln. Ich werde mit Mutter reden«, sagte sie und kuschelte sich enger an mich. »Vielleicht kann jemand aus der Kirchengemeinde dich nehmen.«

»Ich werde bald in einem Kanalisationsrohr hausen, Sheeni. Ich weiß es. Und das macht dir nicht mal was aus.«

»Natürlich macht es mir etwas aus, Nick. Jetzt ist nicht die passende Stunde für Verzweiflung.«

»Wofür ist dann die passende Stunde?« fragte ich.

»Für ein zweites Nümmerchen«, sagte sie kokett. »Falls du schon wieder kannst.«

Ich konnte.

Später machte ich uns Popcorn, und wir genehmigten uns nackt im Bett einen kleinen Imbiß.

»Nickie«, sagte Sheeni, die jeweils zwei Maiskörner verspeiste, während ich an einem kaute, »habe ich dir schon erzählt, daß ich mit Trent und Vijay gesprochen habe?«

»Nein, Sheeni«, antwortete ich. »Diese Information hast du zurückgehalten, um, so nehme ich an, meine sexuelle Leistungsfähigkeit nicht herabzusetzen.«

»Nickie, ich weiß nicht, was du meinst. Es gibt schlechte Neuigkeiten. Apurvas Eltern haben sich mit Trents Eltern getroffen. Sie haben ihm das Versprechen abgerungen, daß er Apurva nie wieder sehen und nie wieder ein Wort mit ihr wechseln wird.«

»Und wenn er sein Versprechen bricht?«

»Dann wird Apurva in das nächste Flugzeug nach Indien gesetzt. Außerdem würde er das ohnehin nicht tun. Du kennst doch Trent.«

»Nur zu gut.«

»Der arme, liebe Trent«, sagte Sheeni und kaute auf ihrem Popcorn herum. »So traurig und einsam und mit schrecklichem Liebeskummer.«

Das gefiel mir ganz und gar nicht. »Er braucht nicht allein zu sein, Sheeni. Er kann jederzeit Janice anrufen. Oder Sonya. Ich weiß genau, daß er ihre Telefonnummer hat.«

»Nickie, du kannst manchmal wirklich herzlos sein.«

»Okay, Sheeni, ich werde sehen, was ich tun kann. Carlotta hat vielleicht noch ein paar Asse in ihrem hochgekrempelten Ärmel.«

»Danke, Nickie. Sollen wir uns jetzt eine Pizza bringen lassen?«

Ich erbleichte sichtbar.

»Ich zahle, Nickie.«

Wir bestellten telefonisch eine Pizza, dann rief Sheeni ihre Eltern an und fragte, ob sie bei Carlotta übernachten dürfe. Als aufgeklärte Menschen hatten sie natürlich keinerlei moralische Einwände.

23.30 – Eine Pizza mit Peperoni und Pilzen im Bett neben der nackten Frau deiner Träume zu essen dürfte eine der wahrhaft göttlichen Erfahrungen im Leben sein. Ich habe beschlossen, mir keine Sorgen mehr zu machen und nur noch in der Gegenwart zu leben.

Im Moment stellt jemand, der mir sehr nahesteht, etwas äußerst Erotisches mit einem Stückchen Peperoni an.

Ja? Was denn?

SONNTAG, 27. Dezember – Es gibt einen zeitweiligen Aufschub meines Wohnungsproblems. Fuzzys Mutter wird diese Woche keine prospektiven Mieter interviewen. Sie ist im Gefängnis.

Die Geschichte war auf der Titelseite der Morgenzeitung nachzulesen. Auch einige Fotos wurden dazu veröffentlicht: die Verdächtige in Handschellen (Fuzzys Mutter, die sich ihre Jacke vors Gesicht hielt), die bedrohliche Mordwaffe (ein gestohlenes AK-47 Maschinengewehr), der von Einschußlöchern durchsiebte Wagen (ein geleaster BMW), das verwirrte Opfer dieser Dreiecksbeziehung (Dad, der erbost auf seine bandagierte Schläfe wies, wo ihn das tödliche Geschoß fünf Zentimeter von seinem Ziel entfernt gestreift hatte).

»Nickie, deine Familie ist wirklich erstaunlich!« rief Sheeni und trank einen Schluck von ihrem Instantkaffee. Wir saßen im Bett und frühstückten Donuts und Würstchen (um den Nachschub an lebenswichtigem Protein zu sichern).

»Meine Familie? Du meinst Fuzzys Familie. Mein Vater ist das unschuldige Opfer eines abscheulichen Attentats. Sheeni, du hast Donutkrümel auf deinen entzückenden Brüsten.«

»Versuch nicht, das Thema zu wechseln, Nick. Wenn Fuzzys Mutter sich genötigt sah, zur Waffe zu greifen, dann muß dein Vater sie auf irgendeine unaussprechlich gemeine Art provoziert haben.«

»Ich glaube, Sheeni, deine Brüste sind absolut perfekt.«

Sheeni zog die Bettdecke über ihren Busen und versetzte mir einen Schlag mit der Zeitung.

»Es ist genau so gekommen, wie ich es befürchtet hatte, Nick. Diese verfrühten Erfahrungen haben eine süchtig machende Wirkung auf dich. Das werde ich mir nie verzeihen.«

»Ich mir auch nicht«, sagte ich und legte das Gesicht an ihre feuchte, mit Krümeln übersäte Brust. Meine eifrigen Lippen fanden eine warme Brustwarze. Sheeni kraulte mein Ohr und fuhr fort, ihre Zeitung zu lesen.

»Nick, in dem Artikel steht, daß eine Frau bei deinem Vater war, als die Schießerei losging. Sie wurde durch herumfliegende Glasscherben leicht verletzt.«

»Ja? Schreiben die auch, wer es war?«

»Nickie, sprich nicht mit vollem Mund. Du tust mir weh. Mal sehen, ja da steht, bei seiner weiblichen Begleitung handle es sich um die achtunddreißigjährige Miss Radmilla Sanders aus Oakland, Kalifornien.«

»Meine alte Kindergärtnerin! Die Verzweiflung muß letztlich doch die Oberhand gewonnen haben.«

»Jede Frau, die sich mit einem Twisp trifft, ist per definitionem verzweifelt«, sagte Sheeni und küßte mich gierig. Plötzlich hielt sie inne. »Nickie, du hattest doch wohl hoffentlich nichts damit zu tun, daß Mrs. DeFalco auf deinen Vater schoß, oder?!«

»Natürlich nicht, Liebling.«

»Bist du sicher? Die Ermordung des Vaters ist bei einem Jungen ein ganz normaler, ödipaler Impuls, wie du vielleicht weißt.«

»Sheeni, ich habe mit meinem Vater nichts zu schaffen. Ich sehe ihn nur im Fernsehen. Mrs. DeFalco ist sicher wütend geworden, weil Dad sie wegen einer jüngeren und hübscheren Frau verlassen hat. Du weißt, wie verschmähte Frauen reagieren können.«

»Sei nicht so sexistisch, Nick. Der größte Teil der Gewalt auf dieser Welt wird von Männern gegen Frauen ausgeübt.«

»Als ob ich das nicht selbst wüßte. Carlotta ist von Bruno beinahe vergewaltigt worden.«

»Tatsächlich?«

»Um ein Haar. So wie die Dinge lagen, war ich gezwungen, ihm einen Gutenachtkuß zu geben.«

»Du meinst, ich habe die ganze Zeit Lippen geküßt, die schon einmal Bruno Modjaleski geküßt haben?«

»Beklag dich nicht, Sheeni. Ich habe auch Lippen geküßt, die einmal Bruno Preston geküßt haben.«

»Ja, aber mein Bruno ist absolut süß. Wenn er nur im Bett nicht so furchtbar ungeschickt wäre. Ich frage mich, ob dein Bruno auf dem Gebiet besser ist.«

»Mit ein wenig Glück, Sheeni, wird keiner von uns beiden das jemals wissen.«

»O Schatz, wenn wir nicht innerhalb von zwei Minuten aufstehen, dann kommen wir zu spät zur Kirche.«

»Sheeni, ich gehe nirgendwohin, wo ich nicht anziehen kann, was ich will. Carlotta wird jetzt deine Mutter anrufen und uns entschuldigen.«

»Dann laß dir mal eine gute Ausrede einfallen.«

Mir fiel tatsächlich eine gute Ausrede ein. Carlotta erzählte Mrs. Saunders, wir seien gerade dabei, eine telefonische Verbindung mit Omtu, meinem adoptierten Pflegekind, herzustellen. Es müsse jeden Moment klappen, erklärte ich aufgeregt und legte auf.

Sheeni und ich lungerten fast den ganzen Morgen im Bett herum und nahmen dann zusammen ein ausgedehntes Bad in Mrs. DeFalcos großer Badewanne. Entschuldige, Gott, aber es war einer der großartigsten Sonntagvormittage meines Lebens.

13.15 – Fuzzy kam gerade vorbei; er befindet sich offenbar in einer postmaternalen Inhaftierungskrise. Carlotta und Sheeni werden ihn zu einem tröstenden Brunch ins Golden Carp mitnehmen. Ich bete, daß Sheeni die Rechnung zahlen kann.

18.42 – Ich spiele den Babysitter. Fuzzy will nicht nach Hause gehen und nicht allein sein. Die süße Sheeni gab Carlotta einen leidenschaftlichen (und Fuzzy einen tröstenden) Kuß und verabschiedete sich. Ich bin froh, daß Fuzzy hier ist. Mittlerweile bekomme ich immer, wenn ich von Sheeni getrennt bin, Anfälle von Panik. Der Glücksrausch, den ich in ihrer Gegenwart empfinde, ist wie eine starke, süchtig machende Droge. Entzug, und sei er auch nur zeitweilig, ist reine schwarze Folter.

19.18 – Fuzzy und ich sehen uns die *60 Minuten Show* an. Bei der »versteckten Kamera« legte Mike Wallace irgend so einem Typen die Daumenschrauben an. Fuzzy äußerte gerade den Wunsch, Mike Wallace möge »diese Nummer« auch mit meinem Vater »durchziehen«. Mein Kumpel meint, Dad habe sein

Familienleben »für alle Zeiten ruiniert«. Ich rate ihm weiterhin zu vorsichtigem Optimismus.

21.44 – Fuzzy ist schon die zweite Stunde damit beschäftigt, ein therapeutisches Gespräch mit Heather in Santa Cruz zu führen. Ich frage mich, wer das wohl bezahlen wird. Meine Neugier ist rein theoretisch, da ich ohnehin davon ausgehe, daß ich, wenn die Rechnung kommt, in ein hübsches, feuchtes Kanalisationsrohr umziehen werde. Doch wie verzweifelt auch immer er sein mag, ich kann nur hoffen, daß Fuzzy bald auflegt. Carlotta will unbedingt Sheeni anrufen. Ich muß ihre süße Stimme hören.

22.28 – Sheeni ist wohlauf und glücklich. Sie hat mit ihren Eltern über Carlottas verzweifelte Wohnungssituation gesprochen, und die wollen versuchen, ihr zu helfen. Außerdem baten sie um einen ausführlichen Bericht über Carlottas Telefongespräch mit Omtu.

»Ich habe ihnen erzählt, ihr hättet lebhaft über die Bedeutung von Ritualen bei der Gottesanbetung diskutiert«, sagte Sheeni. »Damit schienen sie zufrieden zu sein.«

»Danke, Schatz«, erwiderte ich. »Was würde ich bloß ohne dich machen?«

»Häufiger zur Kirche gehen, nehme ich an. Wie fühlt sich Fuzzy?«

»Besser, glaube ich. Heather hat ihn wieder ein wenig aufgemuntert. Er ist draußen in der Garage und poliert die Stoßstangen seines Falcons. Ich habe ihn eingeladen, über Nacht zu bleiben.«

»Du bist ein guter Freund, Nick.«

»Und wie bin ich als Liebhaber?«

»Nicht ganz und gar inkompetent.«

»Sheeni, ich hab's mal zusammengezählt. Wir haben es bis jetzt achtmal getan.«

»Na ja, es heißt ja allgemein, Jungen seien stärker an der Mathematik interessiert als Mädchen.«

»Sheeni, ich wünschte, nicht Fuzzy, sondern du würdest heute nacht bei mir schlafen.«
»Und ich wünschte, ich würde jetzt schon schlafen. Es scheint, daß ich durch dein Schnarchen einen gewaltigen Nachholbedarf habe.«
»Das tut mir leid, Sheeni. Wir sehen uns morgen. Ich liebe dich.«
»Manchmal hege ich ebenfalls warme Gefühle für dich, Nickie. Gute Nacht.«
Sie liebt mich. Das weiß ich ganz genau.
23.07 – Wir haben für Fuzzy ein klumpiges, unbequemes Nachtlager auf dem Sofa gebaut. Als Vorsichtsmaßnahme habe ich heimlich seinen Gürtel und seine Schnürsenkel an mich genommen. Wenn man es mit emotional verwirrten Teenagern zu tun hat, kann man nicht vorsichtig genug sein. Und nun werde ich eine der wenigen mir noch verbleibenden Nächte in einem richtigen Bett genießen.
Dieses Bett ist in einem totalen Chaos. Meine Laken sehen aus, als hätten die Pfadfinder drei Tage lang darauf gezeltet.

MONTAG, 28. Dezember – Nach dem Frühstück verlangte Fuzzy wütend nach seinem Gürtel und den Schnürsenkeln und ging dann in die Stadt, um sich zu erkundigen, ob er seine Mutter besuchen darf. Er lud Carlotta ein, ihn zu begleiten, aber sie schützte eine Allergie gegen blaue Wolle und Polizeibeamte vor und lehnte ab. Da ich mich ebenfalls etwas niedergeschlagen fühlte, beschloß ich, meine eigene Mutter anzurufen. Nach dem dritten Klingeln meldete sie sich.
»Nick! Wo bist du?«
»Oh, ich bin in der Nähe.«
»Warum hast du gelogen und gesagt, du wärst in Indien, während du in Wirklichkeit die ganze Zeit bei deiner Schwester warst? Ich war ganz krank vor Sorge. Wir dachten, du würdest von irgendwelchen Gangstern festgehalten.«

»Es tut mir leid, Mom. Ich durfte mich doch nirgends blicken lassen. Was gibt's Neues bei euch?«
»Nickie, ich habe einen kleinen Jungen bekommen. Genau am ersten Weihnachtstag. Wir haben ihn Noel Lance genannt.«
»Oh, das ist aber nett«, sagte ich mit gespielter Überraschung. »Wie geht es ihm?«
»Gut. Gestern sind wir aus dem Krankenhaus gekommen. Es war die leichteste Geburt, die ich jemals hatte. Er ist ein wunderschönes Baby. Ich wünschte nur, er würde Jerry nicht so ähnlich sehen. Jedesmal, wenn ich den kleinen Engel anschaue, zucke ich ein bißchen zusammen.«
Ich versuchte mir ein Neugeborenes mit dem Gesicht von Moms arschlosem, vom Bier aufgeschwemmten, toten Liebhaber vorzustellen, aber mein mentaler Bildschirm blieb leer. Meine Vorstellungskraft versagte in Anbetracht der Taktlosigkeit dieses Ansinnens ihren Dienst.
»Wie gefällt er Lance?«
»Oh, Lance liebt ihn. Er hat ihn noch nicht gesehen, aber er hat schon zweimal mit Noelly am Telefon gesprochen. Nickie, hast du schon gehört? Eine Frau hat versucht, deinen Vater zu erschießen!«
»Ja, ich hab's gehört, Mom. Sie hat danebengeschossen.«
»Ist das nicht entsetzlich? Die Kugel hat ihn nur gestreift. Da kann man wohl wirklich von Pech reden!«
»Mom, wo ist Lance?«
»Er ... er ist verreist, Nick. Geschäftlich.«
»Mom«, sagte ich und kam auf den Punkt, »was habt ihr mit meinem Geld vor?«
»Es ist nicht *dein* Geld, Nick. Du bist zu jung. Es ist das Geld der Familie.«
»Okay. Was hat die Familie mit meinem Geld vor?«
»Wir ziehen in ein nettes Haus in den Bergen, Nick. Mach dir keine Sorgen, Immobilien sind eine gute Investition. Und für

Noelly ist das auch viel besser. Ich will nicht, daß er in dieser schlimmen Gegend hier aufwächst.«

Aha, aber für deinen ersten Sohn war die Gegend gut genug!

»Mom, kannst du mir ein paar tausend Dollar schicken?«

»Ich weiß nicht, Nick. Das Haus, das wir im Auge haben, ist ziemlich teuer. Und ich muß noch so viele Sachen für Noelly kaufen. Ich werde Lance fragen. Er soll entscheiden.«

»Und warum hat dein Mann«, wollte ich, mich krampfhaft zur Ruhe zwingend, wissen, »ein Stimmrecht, wenn es darum geht, mir auch nur einen winzigen Bruchteil *meines* Geldes zu geben?«

»Es ist nicht dein Geld, Nick. Außerdem mußten wir alles auf Lance überschreiben lassen.«

»Was?!«

»Für den Fall, daß ich wegen der Schäden, die du mit diesem Feuer angerichtet hast, verklagt werde. Wenn Lance das Geld gehört, können sie nicht drankommen. Nickie, gib mir deine Adresse. Ich werde die Sache mit Lance besprechen und dir dann vielleicht ein kleines Taschengeld schicken, wenn ich kann.«

»Äh … nein, lieber nicht. Schick den Scheck einfach an Joanie. Sie wird ihn dann an mich weiterleiten.«

»Also Nick, es tut mir sehr leid, aber wenn du deiner eigenen Mutter so sehr mißtraust, daß du ihr nicht einmal deine verdammte Adresse verrätst, dann kann ich dir auch nicht helfen.«

»Du willst mich also verhungern lassen?«

»Das hängt von dir ab. Gib mir deine Adresse, und ich schicke dir noch heute nachmittag eine Busfahrkarte zurück nach Hause. Nick, willst du denn nicht wenigstens deinen neugeborenen Bruder sehen?«

Vielleicht, von einer morbiden Neugier getrieben.

»Natürlich will ich das, Mom. Aber nicht, solange das FBI mir auf den Fersen ist. Na, dann wünsche ich euch schöne Ferien. Viel Spaß mit meinem Geld. Grüß Noel von mir. Ich hoffe, er schaut später nicht immer noch aus wie Jerry.«

»Jerry war ein sehr gutaussehender Mann«, erwiderte Mom giftig. »Paß bloß auf dein loses Mundwerk auf.«

Das hab ich doch schon mal irgendwo gehört.

12.10 – Nachdem ich ein paar billige Lebensmittel eingekauft hatte, begab sich Carlotta in die örtliche Leihbücherei, um dort die Schreibmaschine zu benutzen. Zwanzig Minuten später hatte ich diesen Leserbrief, Ausdruck meines ersten aktiven demokratischen Engagements, verfaßt:

An den Herausgeber

Die Zeit des Schweigens ist abgelaufen. Nun müssen wir den hellen Scheinwerfer der öffentlichen Wachsamkeit auf den Schandfleck der Korruption, des Rassismus und der Brutalität richten, der seinen fauligen Gestank über die Vertreter von Recht und Ordnung in dieser Stadt verströmt. Ich gehöre nicht zu denen, die im Angesicht der Kriminalität den wachsweichen Weg propagieren und sich deshalb auch noch als besonders human betrachten. Ich habe die Brutalität mit eigenen Augen gesehen, ich habe die rassistischen Sprüche und das höhnische Gelächter gehört, ich habe die Übergabe von Schmiergeldern durch Drogendealer, Zuhälter und Spielhöllenbesitzer mit angesehen. Ich bin ein altgedienter Polizeibeamter, der glaubt, daß es Zeit ist, die Wahrheit laut auszusprechen oder vielmehr hinauszuschreien. Mitbürger, euer Vertrauen ist mißbraucht worden!

Ich verlange eine sofortige und gründliche Untersuchung des städtischen Polizeiapparates durch das Landesgericht, den Staatsanwalt, das Justizministerium der Vereinigten Staaten und das FBI. Und ganz besonders fordere ich die Untersuchung der unrechtmäßigen Inhaftierung eines Lastwagenfahrers na-

mens Wally Rumpkin. Die schändliche Behandlung dieses großen, unschuldigen Mannes ist nur ein Beispiel für die zahllosen gerichtlichen Fehlentscheidungen, die ich im Dienste der Polizei beobachten mußte.

Vor kurzem brachte meine liebe Frau einen reizenden Jungen zur Welt, dem wir den Namen Noel gaben. Auch wenn ich nicht sein biologischer Vater bin, so habe ich dem kleinen Noel doch versprochen, alles in meiner Macht Stehende dafür zu tun, daß er in einer Stadt aufwächst, deren Polizeibeamte sich anständig, ehrenwert und respektvoll gegenüber den Bürgern jeder Rasse, Religion, Farbe und sexuellen Orientierung verhalten. Laßt uns die Reihen schließen und für eine gleichberechtigte Gesellschaft kämpfen. Laßt uns Brüder und Schwestern sein. Mitbürger, ich rufe euch auf, mich auf diesem großen Kreuzzug zu begleiten. Es ist an der Zeit, den Notruf für Wahrheit und Gerechtigkeit zu wählen!

Officer Lance Wescott,
Oakland Police Department

Um wirklich auf Nummer Sicher zu gehen, fertigte Carlotta sechs Kopien an und schickte sie an alle größeren Tageszeitungen in der Bucht von San Francisco. Ich glaube, daß Noel auf die mutige Tat seines Vaters stolz sein wird, oder meinen Sie nicht?

16.38 – Inzwischen ist die Zahl auf zehn gestiegen, liebes Tagebuch. Zehnmal bin ich in das göttliche Heiligtum von Sheenis innerstem Tempel eingetaucht. In manchen Momenten, so habe ich festgestellt, löst sich die Getrenntheit unserer physischen Existenz auf – fast so, als würden an den Berührungspunkten, dort, wo mein Fleisch endet und Sheenis beginnt, die Grenzen verschwimmen. Nur ein einziges trennendes Moment beeinträchtigt die Vollkommenheit unserer Vereinigung: jenes dünne fremde Häutchen aus Latex. Wenigstens einmal möchte ich wirklich hautnah Hitze an Hitze spüren, lebende Zelle an lebender Zelle, erregtes Nervenende an erregtem Nervenende. Nur einmal laßt uns unsere zurückgehaltenen Sekrete, unsere separaten geilen Feuchtigkeiten in einer gemeinsamen binären Suppe zusammenfließen (so, wie die Natur es vorgesehen hat). Hmmh... lecker, lecker...

Natürlich wagen wir das nicht. Wenn ich dieses ästhetische Problem zur Sprache bringe, dann erinnert Sheeni mich daran, daß schließlich nicht ich derjenige sei, der das Risiko einer Schwangerschaft eingehe.

Wieder verbringen wir beide einen angenehmen Nachmittag unter Großmutter DeFalcos muffiger Bettdecke damit, nackt unsere Tagebucheintragungen zu ergänzen. Alle Augenblicke lasse ich meine Hand die seidigen Schenkel meiner Angebeteten entlanggleiten, um auf diese Weise literarische Inspiration zu erlangen. Ich bohre meine arbeitsscheuen Finger in ihre kastanienbraune Matte und betaste träge jenen faszinierenden Bereich, wo ein weicher, fleischiger Hügel sich in eine exotische Furche spaltet. Es scheint sie nicht zu stören.

In den Gesprächspausen zwischen unseren liebevollen Vereinigungen erzählte Sheeni mir, daß ihre Eltern eine Lösung für Carlottas Wohnungsproblem gefunden hätten.

»Reverend Glompiphel und seine Frau brauchen ein Au-pair-Mädchen für ihre Zwillinge«, verkündete sie.

»Wie alt sind die denn?« frage ich skeptisch.

»Sie werden sieben.«

»Sind das etwa die kleinen, fetten Monster, die Heiligabend den Chorraum vor der Orgel verwüstet haben?«

»Sie sind normalerweise nicht so wild, Nickie. Mutter sagt, in dem ganzen Durcheinander während der Feiertage habe Mrs. Glompiphel vergessen, ihnen ihren Beruhigungssaft zu geben.«

»Zwei total ausgeflippte Rotzbengel. Und dazu noch auf Drogen.

Klingt gar nicht gut. Euer Pfaffe hat nicht zufällig noch mehr solche kleinen Wadenbeißer?«

»Nein, Nickie. Nur die Zwillinge. Und die Kaninchen.«

»Was für Kaninchen?«

»Mrs. Glompiphel züchtet hinter dem Pfarrhaus Kaninchen, um das magere Gehalt ihres Mannes ein wenig aufzubessern. Sie hat zweihundert Zuchtangoras. Und natürlich erwartet sie, daß Carlotta ihr gelegentlich zur Hand geht, die Tiere füttert, die Käfige säubert und dergleichen.«

»Was heißt dergleichen?«

»Jeden Tag nach der Schule, bevor du die Zwillinge aus dem Kinderhort abholst.«

»Das klingt ja wie ein echter Alptraum. Was zahlen sie?«

»Kost und Logis und hundert Dollar im Monat.«

»Sheeni, du meinst wohl, hundert Dollar in der Woche!«

»Nein, tut mir leid, Nick. Ich hab dir doch gesagt, daß Reverend Glompiphel nicht viel verdient. Mehr können sie nicht aufbringen. Aber du hättest dein eigenes Zimmer.«

»Wo? Unter dem Dach bei den Fledermäusen?«

»Nein, im Keller des Pfarrhauses. Dort hättest du dein eigenes Reich, außer dienstags und donnerstags. Da treffen sich in diesem Raum die Selbsthilfegruppen.«

»Was für Selbsthilfegruppen?« wollte ich wissen.

»Oh, das Übliche: trockene Alkoholiker, Männer, die ihre Frauen schlagen, Frischgeschiedene, Leute, die Kinder mißbrauchen, Menschen, die kürzlich ihren Job verloren haben, depressive Senioren, Kaufsüchtige, verzweifelte Teenager.«

»Vielleicht sollte ich mich der letztgenannten Gruppe anschließen, Sheeni. Ich hätte möglicherweise eine Menge beizutragen.«

»Carlotta soll sich morgen früh um halb zehn bei den Glompiphels vorstellen«, fuhr Sheeni fort, ohne auf meine Einwände einzugehen. »Mutter hat den Termin gemacht. Heuchle ein

wenig Begeisterung, und achte darauf, daß deine Titten gerade sitzen.«
Ich zog ihr die Decke unter dem Kinn weg. »Kannst du mir das mal demonstrieren?«
Das tat sie dann auch.
18.18 – Entgegen meinem ausdrücklichen Wunsch zog Sheeni ihre Sachen an (und zwar alle) und ging zum Abendessen nach Hause. Carlotta ist eingeladen, morgen nach ihrer Vorstellung als Haussklavin bei den Glompiphels mit ihr die Hunde auszuführen. Ich kann es kaum erwarten.
Ist das Fuzzy, den ich da auf der Veranda höre?
20.52 – Ich habe meinem deprimierten Kumpel angeboten, ihm einen schönen Kichererbsenauflauf zu machen, aber statt dessen wollte er Carlotta ins Golden Carp einladen. Wir bestellten das Luxusmenü für zwei Personen: Shrimp Chips, Frühlingsrollen, Huhn mit Cashewkernen, Mongolisches Rindfleisch, Reis, Eiskrem aus grünem Tee, Glückskekse und Yasmintee. Ein Fest für den Körper (wenn schon nicht für den Gaumen) für nur 10,95 Dollar. Um Fuzzys Horizont zu erweitern (und ihn von seinen Sorgen abzulenken), brachte Carlotta ihm bei, wie man die Stäbchen benutzt.
Während wir in aller Ruhe zu Abend aßen, informierte Fuzzy mich über den Verlauf der Ermittlungen gegen seine Mutter. Sie ist von dem Gerichtspsychologen untersucht worden (es handelte sich um einen ihrer früheren High-School-Lover), und der kam zu dem Ergebnis, sie sei »realitätsverbunden, reumütig und absolut charmant«. Angesichts dieser schmeichelhaften Beurteilung hoffen Fuzzys Dad und seine Anwälte sie noch im Laufe der heutigen Nacht auf Kaution freizubekommen. Nachdem er den ganzen Vormittag gewartet hatte, konnte Fuzzy sie kurz sehen, als sie zur Vernehmung durch den Flur geführt wurde.
»Es ist hart, deine eigene Mutter in Handschellen zu sehen«,

sagte er mit von Trauer oder von Cashewkernen erstickter Stimme.
»Das glaube ich gerne«, erwiderte Carlotta.
Ich versuchte mir vorzustellen, wie Mom und Lance in Handschellen und Fußeisen abgeführt wurden. Mir dieses Bild auszumalen forderte allerdings seltsamerweise nur einen überraschend geringen emotionalen Tribut. Es fiel mir noch nicht einmal schwer, dem kleinen Noel im Geiste ebenfalls Handschellen zu verpassen.
Viel später, als wir endlich aufbrechen wollten, öffnete sich die Tür, und herein trat Bruno Modjaleski – Arm in Arm mit einer strahlenden Mertice Palmquist.
»Oh, Bruno!« rief Carlotta und winkte kokett.
Das glückliche Pärchen drängte Steve, den Kellner, beiseite und kam auf uns zu.
»Hi, Carly!« begrüßte mich Bruno dröhnend. »Na, läßt du dir von Fuzz ein Chop-suey spendieren, hä? He, Fuzzy, lohnt sich das denn überhaupt? Treibt sie's regelmäßig mit dir?«
»Ziemlich regelmäßig«, murmelte Fuzzy und wurde rot.
Mertice lächelte liebenswürdig und stieß ihren Begleiter in die Seite.
»He, Leute, kennt ihr Mertice schon?« fragte Bruno. »Mertice, Baby, das hier sind Fuzzy und meine Nachbarin Carly. Sie ist das Mädchen, das mir von Hurlbut erzählt hat.«
Mertice ergriff Carlottas feuchte Hand und schüttelte sie herzlich. »Woher wußtest du bloß, daß mein süßer kleiner Hurlbut mich mit dem lieben Bruno zusammenbringen wollte?«
»Na ja, ich glaube, ich kann hellsehen«, antwortete ich. »Im Traum ist mir ein kleiner Vogel erschienen.«
»Wie schaute er denn aus?« fragte sie eifrig.
»Mal überlegen. Er war grün und hatte einen gelben Kopf.«
»Hurlbut!« kreischte Mertice so laut, daß die anderen Gäste erschrocken aufblickten. »Was hat er gesagt?«

Ich lach' mich schlapp...

»Er hat sich für einen Sittich erstaunlich klar geäußert. Er sagte, er möchte, daß du eine intensive körperliche Beziehung mit Bruno Modjaleski eingehst.«

»Nun«, verkündete Mertice und drückte Brunos starken Arm, »diesen Wunsch haben wir ihm jedenfalls erfüllt.«

»Ich bin verdammt neidisch«, log Carlotta. »Aber ich habe ja immerhin meinen süßen Fuzzy.« Ich griff nach Fuzzys haariger Hand und hielt sie liebevoll fest, während er versuchte, sie mir zu entziehen.

»Heißt du zufällig mit Nachnamen DeFalco?« fragte Mertice meinen Begleiter.

Fuzzy unterbrach seine manuellen Anstrengungen. »Ja.«

»Ich glaube, ich habe mal deinen Vater kennengelernt«, sagte sie. »Es tut mir leid, was ich von deiner armen Mutter gehört habe.«

»Ja, was für ein lausiger Schuß«, fügte Bruno hinzu. »Hast *du* ihr das Schießen beigebracht, Fuzz?«

Fuzzy runzelte die Stirn und entriß mir seine zitternde Hand. »Es ist Zeit zu gehen, Carlotta.«

Carlotta sammelte ihre Stola, Handtasche, Schirm und die eingepackten Essensreste ein und erhob sich von der roten Plastikbank. »Viel Spaß noch, Leute«, sagte sie. »Oh, Mertice, und falls Hurlbut mir mal wieder eine Nachricht zukommen läßt, dann werde ich dich sofort informieren.«

»Oh, könntest du ihn vielleicht etwas fragen?« Mertice trat ganz nahe an Carlotta heran und flüsterte ihr etwas ins Ohr, woraufhin dieses leuchtend rot anlief.

»Was wollte Mertice denn wissen?« erkundigte sich Fuzzy später, als wir durch den Regen nach Hause stapften.

»Bruno will sie unbedingt zu einem flotten Dreier überreden, und sie fragte, ob sie sich darauf einlassen soll.«

»Und an wen denkt er als Dritten im Bunde?«

»Was meinst du wohl, an wen?«

»Mensch, Carlotta, dann schließ bloß deine Türen gut ab.«
»Da mach ich mir überhaupt keine Sorgen, Fuzzy. Ich denke, daß Hurlbut in dieser Frage ganz strenge moralische Grundsätze hat.«
22.05 – Als ich nach Hause kam, war folgende Nachricht auf meinem neuen Anrufbeantworter: »Carlotta, wo steckst du? Mutter sagt, du könntest heute nacht bei uns schlafen, wenn du möchtest. Wir könnten morgen gemeinsam frühstücken und dann alle zusammen zum Pfarrhaus gehen. Falls du kommen solltest, vergiß nicht, mehrere von diesen kleinen, zweckdienlichen Dingern mitzubringen. Tschüüs. Ich hoffe, wir sehen uns noch.«
Ich danke Gott für diesen kostbaren Anrufbeantworter. Welche Tragödie, wenn ich diese Nachricht nicht erhalten hätte!

DIENSTAG, 29. Dezember – Ich bin heute früh, während die Bewohner des Hauses noch in tiefem Schlummer lagen und Scharen anonymer Vögel in der Morgendämmerung ihre Hymnen zwitscherten, bereits mehrere Male in Sheenis privatesten Bereich eingedrungen. Seltsamerweise ertappte ich beim zweitenmal meinen Geist dabei, wie er sich von der eigentlich vorliegenden Aufgabe ablenken ließ. Dies ist erst meine zwolfte Vereinigung mit meiner großen und einzigen Liebe, und ich verbringe den mittleren Teil des Aktes damit, darüber zu spekulieren, was es wohl zum Frühstück geben mag. Aber wenigstens wurde meine Aufmerksamkeit am Schluß durch das donnernde Crescendo wieder auf das Wesentliche gelenkt. Vielleicht stehe ich kurz davor, mich zu verausgaben – möglicherweise sollte ich einen vernünftigen Plan zur Erhaltung der Ressourcen aufstellen. Zu schade, daß ich nicht alles zur Wiederverwertung zurückgeben kann – ich habe gewiß genug von dem Zeug gesammelt. Sheeni zwingt Carlotta dazu, die Dinger in ihrer Handtasche nach Hause zu tragen – bevor sie die Toilette verstopfen oder von ihrer Mutter in einem Papierkorb entdeckt werden.

Das Frühstück bestand aus frischgepreßtem Orangensaft, Toast mit echtem Ahornsirup, knusprigem Schinkenspeck und starkem, köstlichem Kaffee. Während sie meine dritte Tasse genußvoll trank, kreisten Carlottas Gedanken noch einmal um den bedauerlichen Egoismus ihrer Freundin. Ich meinerseits würde in der entsprechenden Situation Sheeni gewiß einladen, ständig mit mir zusammen in meinem komfortablen Heim zu wohnen.

»Carlotta, meine Liebe«, erklärte Mrs. Saunders, »es tut uns so leid, daß deine Mutter so plötzlich verstorben ist.«

»Sie ist was?« fragte ich erschrocken.

»Der Tod deiner Mutter«, sagte Sheeni hastig. »Carlotta, deshalb bist du doch jetzt obdachlos.«

»O ja, natürlich«, bestätigte Carlotta traurig. »Mutters Tod kam sehr überraschend. Sie war allerdings auch nicht mehr die Jüngste.«

»Und sie hat dir gar nichts hinterlassen?« bellte Mr. Saunders entrüstet.

»So gut wie nichts«, seufzte ich. »Nur einige wundervolle Erinnerungen.«

»Wenn du gänzlich mittellos bist, mein gutes Kind«, riet mir der Anwalt, »dann solltest du dich um eine Vormundschaft des Staates bemühen.«

»Oh, dazu ist Carlotta viel zu selbständig, Vater«, sagte Sheeni. »Nicht wahr, Carlotta?«

»O ja«, bestätigte ich. »Ich hasse jede Form der Abhängigkeit. Lieber beiße ich mich allein durch.«

»Wie tapfer«, lobte Mrs. Saunders. »Elwyn, ist sie nicht ein tapferes Mädchen?«

»Ja, meine Liebe«, brummte er. »Dickköpfig, dumm, schlecht informiert, aber unbestreitbar tapfer.«

Beschreibt mich gut!

»Carlotta«, sprudelte es aus Mrs. Saunders hervor, »du hast mir meinen Glauben an eure Generation zurückgegeben. Ich war kurz davor zu verzweifeln. Ich fürchtete schon, alle jungen Leute in eurem Alter seien so mißraten wie dieser schlimme Nick Twisp.«

»Nick ist gar nicht so schlimm, Mutter«, erklärte Sheeni.

»Carlotta, was sagst du zu dieser unglaublichen Behauptung?« wollte Sheenis Mutter wissen.

Carlotta rückte verlegen ihren Büstenhalter zurecht. »Ich ... ich glaube, in jedem von uns steckt auch etwas Gutes, Mrs. Saunders. Vielleicht sogar in einem Nick Twisp.«

»Mein Mann hatte recht«, erwiderte sie streng. »Du bist in der Tat schlecht informiert, Carlotta.«

Nach dem Frühstück fuhren Mrs. Saunders, Sheeni und Carlotta in dem großen grünen Chrysler hinüber zur Kirche. Wir trafen meine zukünftige Sklaventreiberin und ihre Zwillingsbrut in einem düsteren, stinkenden Verschlag hinter dem schlichten Pfarrhaus aus Stein. Überall standen rostige, behelfsmäßige Käfige herum, und große, flauschige Säugetiere waren damit beschäftigt, ihre Salatblätter zu knabbern oder auf gottlose Weise vor sich hin zu rammeln. Ein jugendliches Karnickel bekam einen gewaltigen Schreck, als die Bälger – beide in Gesicht, Kleidung und kindlicher Dicklichkeit völlig identisch – seinen Käfig kopfüber in die Luft hielten.

»Dusty! Rusty! Laßt das sein, Jungs!« rief Mrs. Glompiphel, eine kräftige, schmucklos gekleidete Frau um die Dreißig mit einem Pferdegesicht. »Das gefällt dem kleinen Mr. Bunny überhaupt nicht.«

Die Zwillinge ließen den Käfig fallen und begannen statt dessen Carlotta drohend anzustarren. Sheenis Mutter machte sie alle miteinander bekannt. Jeder außer den Zwillingen lächelte mit gekünstelter Freundlichkeit und begrüßte die anderen mit Händeschütteln.

»Carlotta, dies sind meine Söhne Dusty und Rusty«, stellte Mrs. Glompiphel die Zwillinge vor. »Jungens, sagt eurer neuen Freundin Carlotta guten Tag.«
»Wieso ist sie denn ganz schwarz angezogen?« fragte einer der beiden.
»Weil ihre Mutter gerade gestorben ist«, erklärte die Pfarrersfrau.
»Und warum ist sie so häßlich?« fragte der andere.
Mrs. Glompiphel errötete. »Rusty! Benimm dich!«
Nachdem wir die Kaninchenzucht besichtigt hatten und ebenso den Gemüsegarten (sklavisches Unkrautzupfen im kommenden Frühjahr!) und den Obstgarten (sklavisches Obstpflücken im nächsten Herbst!), wurden wir in das unordentliche Pfarrhaus geführt.
»Legen Sie doch ab, meine Damen«, sagte Mrs. Glompiphel und räumte die Überreste eines kaputten elektrischen Spielzeugautos unter den lautstarken Protesten der Zwillinge von dem fadenscheinigen Sofa. »Es tut mir leid, daß es bei uns so schlimm aussieht. Ich könnte wirklich gut ein wenig Hilfe gebrauchen, um hier Ordnung zu schaffen.«
Tag für Tag sklavische Hausarbeit!
»Dusty, hör auf, deinen Bruder zu treten!« brüllte seine Mutter. »Der Reverend wurde zu einem dringenden Fall gerufen, aber ich erwarte ihn bald zurück. Möchten Sie vielleicht eine Tasse Tee?«
»Bäh, ich hasse Tee!« sagte einer der Zwillinge.
»Ich will einen Whisky-Soda«, erklärte der andere.
»Ich weiß nicht, wo sie solche Sachen aufschnappen«, entschuldigte sich ihre Mutter. »Wahrscheinlich im Fernsehen.«
»Nein, Mom«, erwiderte ihr Sohn. »Das trinkt unser Daddy doch immer.«
»Äh ... ein Täßchen Tee wäre gut, Mrs. Glompiphel«, sagte Sheeni, die bewußt jeglichen Blickkontakt mit Carlotta vermied.

Nachdem wir uns in der muffigen, mit Erdnußbutter verschmierten Küche niedergelassen hatten, braute Mrs. Glompiphel uns einen schwachen, billigen Tee und schlichtete dabei ununterbrochen die Kämpfe ihrer beiden Nachkommen, bei denen es vor allem darum ging, sich gegenseitig zu kneifen und sich die Finger in die Augen zu drücken. Sie schenkte den Tee ein, öffnete ein Paket billiger Vanillekekse und beobachtete mit Erleichterung, daß die Zwillinge einen zeitweiligen Waffenstillstand erklärten, um über den Zucker herzufallen.

»Und nun, Carlotta«, sagte sie, als sie mir eine fettige Tasse reichte, »erzählen Sie mir etwas von sich.«

Zwanzig Minuten später – der Tee war ausgetrunken, Carlotta hatte ihr Leben wie ein offenes (wenn auch rein fiktives) Buch vor ihrer Gastgeberin ausgebreitet, und die Zwillinge zeigten Anzeichen einer durch eine Überdosis Zucker induzierten Ruhelosigkeit – gingen wir in den Keller, um »mein Zimmer« zu besichtigen: düstere Zementwände, nackter Betonfußboden, zwei mit Spinnweben überzogene Fenster hoch oben in der feuchten Wand, eine Gruppe zusammengewürfelter Stühle, die unter einer nackten Glühbirne einen defensiven Kreis bildeten, darüber bloßliegende Deckenbalken, die ununterbrochen knarrten, während die Zwillinge oben miteinander rangen. Zumindest die muffige Feuchtigkeit und die allgegenwärtige religiöse Kunst erinnerten mich an mein derzeitiges, gemütliches Zuhause.

»Ich bin sicher, daß eines der Gemeindemitglieder noch ein Bett und eine Kommode spenden wird«, meinte Mrs. Glompiphel voller Optimismus.

»Ein Schreibtisch wäre auch ganz schön«, bemerkte Sheeni. Noch immer kein Blickkontakt.

»Wo ist das Badezimmer?« fragte Carlotta beunruhigt.

»Oh, das ist oben«, antwortete Mrs. Glompiphel fröhlich. »Im zweiten Stock.«

»Das ist doch ein gutes Training für dich, Carlotta«, stellte Sheenis Mutter fest.

»Hm«, machte ich.

Die Besichtigung war beendet, die Sklaventreiberin knipste das Licht aus, und wir stiegen auf den knarrenden Holzstufen wieder nach oben in die unheilvoll ruhige Küche.

»Ich sehe lieber mal nach, was die Jungen treiben«, sagte ihre Mutter.

Wir folgten ihr ins Wohnzimmer, wo wir unsere Gastgeberin in blankem Entsetzen zurückweichen sahen.

»Dusty! Rusty!« kreischte sie. »Was macht ihr da?«

»Mommy, guck mal, was wir gefunden haben«, grölten die fetten Zwillinge unisono und hielten ihre Entdeckungen stolz in die Höhe.

Abgrundtief schockiert erkannte ich, daß es die intimen Abfallprodukte unserer in der Morgendämmerung ausgelebten Sinnlichkeit waren, die da von ihren speckigen Fingern herunterbaumelten.

»Gebt das sofort her!« rief Mrs. Glompiphel und entriß ihnen die verknoteten Gummis. »Woher habt ihr die?«

Die fiesen Monster zeigten anklagend auf Sie-wissen-schonwen. »Die haben wir in ihrer Handtasche gefunden«, berichteten sie stolz.

Die beiden Mütter starrten fragend auf Carlotta, die sich dunkelrot verfärbte. War das Spiel jetzt aus?

»Carlotta«, sagte Sheeni ruhig, »wo hast du die Dinger her?«

»Ich … äh …« Hatte meine Angebetete jetzt ebenfalls vor, mich zu verraten?

»Carlotta«, insistierte Sheeni, ich weiß, daß du Luftballons sammelst, aber wo hast du denn diese bloß aufgetrieben?«

»Oh … äh … ich habe sie in der Stadt gefunden. Auf dem kleinen Weg hinter Flampert's. Ich finde Samstag morgens meistens mehrere davon. Sie sind sehr ungewöhnlich, nicht wahr?«

»Carlotta, meine Liebe«, sagte Mrs. Saunders, »bevor deine Mutter gestorben ist, hat sie da nie … nie über gewisse Dinge mit dir gesprochen?«
»Was für Dinge denn?« fragte ich unschuldig.
»Über … Männer und Frauen«, half Mrs. Glompiphel.
»Nein, daran kann ich mich nicht erinnern«, entgegnete Carlotta nachdenklich. »Warum? Gibt es da etwas, das ich wissen sollte?«
»O je«, sagte Mrs. Saunders.
»O je«, wiederholte Mrs. Glompiphel.
12.30 – Zurück in meinem gemütlichen Häuschen. Reverend Glompiphel ließ sich nicht blicken. Wir brachen hastig auf, nachdem Mrs. Glompiphel versprochen hatte, über die Angelegenheit mit ihrem Mann zu reden. Ich weiß nicht recht, ob sie davon überzeugt ist, daß Carlotta die richtige Person ist, um die moralische Entwicklung ihrer Söhne zu betreuen. Was mich betrifft, so ziehe ich es jedenfalls vor, in einem hübschen Kanalisationsrohr den langsamen Hungertod zu erwarten.
Auf der Rückfahrt verkündete Sheeni ihrer Mutter, sie werde Carlotta noch am selben Nachmittag in die Tatsachen des Lebens einweihen.
»Aber Liebes«, fragte Mrs. Saunders, »bist du denn sicher, daß du in diesen Dingen kompetent genug bist?«
»Ja, Mutter«, antwortete Sheeni. »Ich habe im Hygieneunterricht mehrere Filme zu diesem Thema gesehen.«
»Sheeni, du hattest nicht meine schriftliche Einwilligung, dir solche Filme anzuschauen! Warum weiß ich nichts davon?«
»Keine Ahnung, Mutter«, sagte Sheeni. »Vielleicht handelt es sich um eine kommunistische Verschwörung.«
»Sheeni!« fauchte Mrs. Saunders. »Paß bloß auf dein loses Mundwerk auf!«
Sheeni und Carlotta tauschten Blicke aus. Den Satz hatten wir doch irgendwo schon mal gehört.

16.27 – Was für eine Art, einen Nachmittag zu verbringen – mit den verhaßten Kötern Albert und Jean-Paul an der Leine, während die Frau meiner Träume hemmungslos mit Trent flirtete. Wenn ich nicht überzeugt wäre, daß Sheeni eines der süßesten, aufrichtigsten Mädchen der Welt ist, dann könnte ich fast annehmen, sie habe einen Hang zum Sadismus. Das Beunruhigendste an der Sache war, daß sie ihr entnervendes Flirten in die spielerische Form kleidete, für eine romantische Beziehung zwischen Carlotta und Trent zu plädieren.
»Liebe Carlotta«, zog Sheeni mich auf, »hast du nicht offen zugegeben, daß Fuzzy dich kaltläßt?«
»Fuzzy ist in Ordnung«, erwiderte Carlotta. »Er ist sehr gut zu mir.«
»Trent, Schatz«, sagte Sheeni, »hört sie sich nicht genauso an wie eine Frau, die verliebt ist?«
»Ich sehe keinen Grund, Carlottas Aufrichtigkeit in Zweifel zu ziehen«, antwortete der verzagte Poet.
»Nun, allerdings habe ich Gründe, deine in Zweifel zu ziehen«, entgegnete Sheeni. »Hast du mir nicht neulich im Englischunterricht gebeichtet, du fändest Carlotta ›absolut faszinierend‹?«
Trent errötete unter seiner Sonnenbräune. »Ich hoffe, du bist großherzig genug, Carlotta, mir meine sexistische Vermessenheit zu verzeihen.«
»Das ist okay«, sagte ich. »Schon vergessen.«
»Ich hoffe nur«, fuhr Sheeni fort, »daß ihr beide nicht aus falsch verstandener Loyalität mir gegenüber eure Gefühle zurückhaltet. Ich würde mich eurem Glück niemals in den Weg stellen.«
»Das ist zu freundlich von dir«, erwiderte Carlotta, »aber ich weiß genau, daß Trents Herz der reizenden Person gehört, deren Hund wir hier gerade spazierenführen.«
»Ja, und ich fürchte, diese Plastikleine ist zur Zeit meine einzige Verbindung zu ihr«, fügte Trent tieftraurig hinzu.
»Nun, vielleicht auch nicht«, sagte Carlotta.

Meine beiden Begleiter blieben wie angewurzelt stehen und starrten Carlotta erwartungsvoll an.
»Hast du einen Plan?« fragten sie eifrig.
»Nun, ja«, gab ich zu. »Den habe ich.«
Während Albert und Jean-Paul die schönsten Rasenanlagen von Ukiah durchstöberten und teilweise durchwühlten, trug Carlotta ihren Plan vor und widerlegte dann erfolgreich sämtliche Einwände ihrer skeptischen Freunde. Am Ende mußten sie zugeben, daß dies die einzig praktikable Lösung war. Trent willigte ein, seine moralischen Bedenken zu vergessen, und Sheeni versprach, mit Vijay zu reden, um zu sehen, ob das Rendezvous für den kommenden Abend angesetzt werden konnte.
»Bist du sicher, daß es klappen wird?« fragte Trent zweifelnd.
»Ja, wenn es Sheeni gelingt, genügend Krach zu machen«, antwortete Carlotta.
»Ich werde gewiß mein Bestes tun«, sagte meine Angebetete. »Diesmal muß es hinhauen.«
Ich hoffe, das Blitzen in ihren azurblauen Augen drückte Aufrichtigkeit aus.
Als ich zurückkam, fand ich diese deprimierende Nachricht auf meinem Anrufbeantworter vor: »Hi, Carlotta. Hier spricht Reverend Glompiphel. Ich würde sehr gerne einmal persönlich mit dir über die Pläne sprechen, sich unserer Familie anzuschließen. Komm doch morgen um halb elf vorbei. Ich werde in meinem Arbeitszimmer in der Kirche sein. Falls es dir nicht paßt, laß es mich bitte wissen. Gott segne dich.«
Noch ein Vorstellungsgespräch. Noch mehr lästige Verhöre. Noch mehr anzügliche Fragen. An welchem Punkt werden sie mich wohl an den Lügendetektor anschließen?
20.37 – Mein Geldbündel ist auf 24,53 Dollar zusammengeschrumpft. Nach einer spärlichen Mahlzeit (es sind nur noch drei Dosen Kichererbsen übrig) spülte ich das Geschirr, und

dann kam Sheeni vorbei, um mit mir über die Tatsachen des Lebens zu sprechen. Wir zogen uns aus, und sie illustrierte ihren Vortrag mit einigen extrem reizvollen Anschauungsobjekten. Ich habe jetzt so oft Geschlechtsverkehr gehabt, wie ich Geburtstage gefeiert habe. Heute allein viermal! Dennoch glaube ich, daß man mit der entsprechenden Stimulierung noch eine weitere aufschlußreiche Demonstration durchführen könnte.

Sheeni hat mit Vijay gesprochen, und alles ist arrangiert. Die Operation »Sohn des donnernden Amor« beginnt morgen abend um Punkt acht.

Meine Angebetete sagt, für einen »belesenen Transvestiten« sei ich inzwischen bemerkenswert versiert in den Künsten und Wissenschaften der körperlichen Liebe. Das Geheimnis meines Erfolgs? All die Stunden, die ich einsam in meinem stillen Kämmerlein damit verbrachte, mir einen Bildband mit raffinierten Sextechniken, der meinem ehemaligen Kumpel Lefty gehörte, anzusehen. Ich habe noch Dutzende der exotischeren Positionen und Manöver in petto. Wenn, wie ich es erwarte, Sheeni und ich dieser Aktivität während der nächsten siebzig oder achtzig Jahre nachgehen werden, dann darf ich das Vokabular der Liebe nicht zu schnell erschöpfen.

21.26 – Keine Neuigkeit von Fuzzy. Ich habe bei ihm zu Hause angerufen, aber niemand meldete sich. Sheeni und ich aßen nackt im Bett Eisbecher mit Früchten und heißer Schokoladensauce und unterhielten uns über meine schwierige Lage. Sie ist mit mir der Meinung, daß der Posten eines ständigen Hausklaven bei den Glompiphels unakzeptabel ist, meint aber, für ein »kurzes Zwischenspiel« wäre er durchaus zu ertragen.

»Und bis wann?« fragte ich. »Bis ich an Hasenkötelpest sterbe? Oder mich in einem Anfall religiösen Weltekels selbst umbringe?«

»Sei nicht morbid, Nick«, erwiderte sie und zerbiß krachend ihre letzte schokoladenüberzogene Erdnuß. »Es wird schon etwas Neues auftauchen.«

»Ja, wahrscheinlich meine von Maden zerfressene Leiche. Ich hoffe nur, sie werden dich dann nicht rufen, um mich zu identifizieren, Sheeni.«

»Das hoffe ich auch«, sagte sie und rümpfte ihre entzückende Nase. »Wenn ich Maden sehe, muß ich kotzen. Nickie, war Albert nicht süß heute nachmittag?«

»Wann denn zum Beispiel?«

»Nun, etwa als er den Polizisten in seinem Patrouillenwagen angebellt hat und der seinen Kaffee verschüttete?«

Den billigen Trick hatte ich sofort durchschaut. Der verräterische Köter hatte mich nur den Bullen ans Messer liefern wollen.

22.34 – Mit meinem Speichel auf ihren Lippen und meinem Herz in ihren Händen, verabschiedete sich meine Allerliebste und ging nach Hause. Fünfzehnmal, liebes Tagebuch. Sheeni fand den richtigen Stimulus; sie hat ein altes Buch von Paul über holistische Massage gelesen und sich bereit erklärt, die ersten Entspannungsgriffe an mir zu üben. Seltsam, daß die Massage eines Männerknöchels solche Anspannungen in anderen Körperteilen hervorrufen kann. Wie geheimnisvoll ist doch das Gefäß von Fleisch und Knochen, in dem wir hier auf Erden wandeln.

Und was ist eigentlich die Funktion des Orgasmus? Ich muß noch einmal Wilhelm Reich lesen. Ich frage mich allerdings, ob ich es wagen kann, derartige Werke in das Pfarrhaus zu schmuggeln?

MITTWOCH, 30. Dezember – Fuzzy rief mich heute morgen mit sehr bedeutsamen Neuigkeiten an. Man hat sich geeinigt. Dad wird davon absehen, seine ehemalige Flamme zu verklagen. Im Gegenzug ließ Mr. DeFalco seine lästige Dreieinhalb-Millionen-Dollar-Klage fallen und erklärte sich bereit, die Kosten für die

kosmetischen Reparaturen an Dads teurem, kugeldurchsiebtem BMW zu tragen. Natürlich wird Fuzzys Mom sich noch für den Besitz einer unangemeldeten Waffe verantworten müssen.
»Aber das ist nicht so tragisch«, erklärte Fuzzy glücklich. »Der Anwalt sagt, sie komme wahrscheinlich mit einem Bußgeld davon, oder schlimmstenfalls mit ein paar Monaten auf Bewährung.« Sollten sie vielleicht mal...
»Gott sei Dank, daß unsere Gerichte sich weigern, die Gesetze in Sachen Waffenbesitz ernst zu nehmen«, stellte ich fest. »Na, dann sieht es ja so aus, als würde sich alles zum Besten wenden.«
»Ja, Nick. Aber natürlich ist Dad ziemlich frustriert, daß er die Kohle von deinem Alten jetzt nicht bekommt. Er mußte den Streik schlichten.«
»Tatsächlich?«
»Dein Freund Mr. Ferguson kann sich glücklich schätzen. Dad mußte diesen geldgierigen Fahrern gegenüber klein beigeben. Und er ist jetzt irgendwie sauer auf Mom. Sie will wissen, wo der von dir unterschriebene Vertrag für das Haus bleibt. Sie wollen es sofort vermieten. Am liebsten morgen.«
»Scheiße!«
»Tut mir leid, Nick. So wie ich es sehe, ist es dein Vater, der an allem schuld ist.«
Da hat er natürlich recht. Dieser versoffene Karbunkel hat es noch immer in der Hand, mein Leben zu ruinieren.
Schweigend wanderte ich durch mein kleines Haus: enge, dunkle Räume, unmögliche Trampelpfade, schiefe Fenster, echt scheußliche Tapeten, geschmacklose Teppiche, vernarbte Holzdielen, alptraumhafte Gardinen, Beleuchtungskörper direkt aus der Hölle. Dennoch war dies mein erstes eigenes Zuhause gewesen, und ich war hier beinahe glücklich. Morgen wird in diesen Räumen vielleicht schon jemand anders wohnen. Und ich? Wo werde ich sein?
Kann mich jetzt nicht länger mit solchen Grübeleien quälen. Es

wird Zeit, daß Carlotta sich für ihr Vorstellungsgespräch zurechtmacht.
10.45 – Ich bin nicht hingegangen. Meine Füße weigerten sich, sich in die richtige Richtung zu bewegen. Also begab sich Carlotta schließlich zum Donutladen, wo ich jetzt sitze und diese Saga des Kummers aufschreibe, während ich tütenweise verbilligte Reste vom Vortag in mich hineinstopfe. Zum erstenmal in meinem Leben habe ich mich dazu durchgerungen, mich entschieden gegen ein heuchlerisches Spiel zu wehren. Es ist mir egal, was passiert, aber bei dieser gottesfürchtigen, gestörten Familie kann ich nicht leben. Ich kann es einfach nicht!
Soll ich Mom vielleicht doch anrufen, sie um die Busfahrkarte bitten und es mit Lance versuchen? Ich frage mich, ob ich den Leserbrief noch zurückziehen kann. Oder soll ich mal überraschend bei Dad reinschauen? Vielleicht hat er heute morgen gute Laune, da er doch dieser bedrohlichen Klage entgangen ist und seinen Wagen umsonst repariert bekommt.
O nein! Gerade ist der fette Idiot Dwayne durch die Tür gekommen. Ich hoffe, er entdeckt mich nicht. Verdammt, jetzt hat er's doch getan.
11.15 - Bemerkenswerte Entwicklungen, liebes Tagebuch. Ich versuche ruhig zu bleiben. Ob du es glaubst oder nicht, Carlottas unfreiwillige Unterhaltung mit Dwayne erwies sich als äußerst aufschlußreich.
Zuerst gab mir mein gewissenhafter Freund von seinem Weihnachtsgeld eine sehr willkommene Ratenzahlung über zehn Dollar für sein Eintrittsgeld beim Hundekampf.
»Hattest du schöne Weihnachten?« fragte Carlotta mit geheucheltem Interesse, während sie den unerwarteten Geldsegen einsteckte.
Mit der Anmut von Godzilla stopfte Dwayne sich einen wehrlosen Ahornsirupriegel in sein mahlendes Maul. »Nee, überhaup nich, Kumbel«, sagte er mampfend. »Und du?«

»Mein Weihnachten war unvergeßlich«, antwortete Carlotta. »Wirklich erinnerungswürdig.«
»Und was haste gekriegt?« fragte er und opferte als nächstes einen unschuldigen Donut.
»Ein wundervolles Buch über die französische Sprache.«
Da fällt mir ein, ich muß mit meinen Lektionen anfangen. Ich hoffe, mein Kanalisationsrohr ist fürs Lesen gut beleuchtet.
»Klingt öde«, bemerkte Dwayne schluckend. »Da hab ich bessere Sachen gekriegt – 'n Skateboard und 'ne Harmonika und 'ne Wüstenspringmaus und 'nen Hüpfstock und drei Nintendospiele und diese tolle Uhr hier.«
Dwayne hielt mir seinen fetten, unbehaarten Arm vor die Nase. Ich warf einen flüchtigen Blick auf die Uhr, und plötzlich durchfuhr mich ein elektrischer Schock des Wiedererkennens.
»Woher hast du die Uhr?« kreischte Carlotta.
Dwayne zog sein schwabbliges Handgelenk hastig zurück. »Das ist meine«, fuhr er mich an. »Der Weihnachtsmann hat sie mir gebracht.«
»Ich weiß, daß es deine ist, Dwayne«, sagte Carlotta beschwichtigend. »Und es ist auch eine sehr schöne Uhr. Was für eine ist es?«
»Weißt du das nicht? So eine will doch jeder haben. Mom mußte bis nach Santa Rosa fahren, um eine aufzutreiben. Es ist 'ne Warzenuhr.«
»Kann ich sie mir noch mal ansehen?«
Dwayne streckte zögernd seinen linken Arm aus. Carlotta beugte sich nach vorn und untersuchte den ungewöhnlichen Zeitmesser mit wachsendem Interesse. Ja, da war das häßliche Zifferblatt mit den rostigen Zeigern. Da war das getürkte Einschußloch. Und das fleischfarbene Armband mit den falschen Narben und einer großen, behaarten, künstlichen Warze.
»Das ist eine sehr schöne Uhr, Dwayne. Stört es dich, wenn ich mir mal die Rückseite genauer anschaue?«

»Wozu?« fragte er mißtrauisch.
»Ich möchte wissen, wo sie hergestellt wurde. Ich gebe sie dir sofort zurück.«
Noch immer mißtrauisch, öffnete Dwayne das Armband und reichte Carlotta seine wertvolle Uhr. Auf der Rückseite des billigen Plastikgehäuses war folgendes zu lesen: »American Fashions for Freedom Enterprises, Malibu, CA. World rights reserved. Made in Taiwan.«
Soso, meine unternehmungslustigen Freunde sind auf der sozio-ökonomischen Leiter bis ins teure Malibu geklettert. Wie seltsam, daß sie es nicht für nötig gehalten hatten, ihren Geschäftspartner über ihre Adressenänderung zu informieren.
»Gib mir meine Uhr zurück«, schnaubte Dwayne.
Carlotta reichte ihm sein Weihnachtsgeschenk. »Eine äußerst interessante Uhr, Dwayne. Geht sie genau?«
»Sie geht pro Stunde ungefähr fünf Minuten vor«, antwortete er. »Aber sie gefällt mir trotzdem.«
Ein zufriedener Kunde. Das ist das Geheimnis geschäftlichen Erfolgs.
11.42 – Carlotta kehrte eilig nach Hause zurück und rief sofort die Auskunft an. Wunderbarerweise hatten sie tatsächlich einen Eintrag für American Fashions for Freedom Enterprises. Es handelte sich also nicht um eine vom Zucker hervorgerufene Halluzination. Ich wählte unverzüglich die lebensrettende Nummer. Nach dreimaligem nervtötendem Klingeln meldete sich Kimberly, offensichtlich bemüht, wie eine hochbezahlte britische Empfangssekretärin zu klingen.
»Hi, Kimberly«, sagte ich fröhlich. »Hier spricht euer Partner Nick.«
»Wer?«
»Nick Twisp, Joanies Bruder. Du weißt doch, ihr produziert die Uhr, die ich entworfen habe.«

»Oh, hi, Nick«, sagte sie ohne große Begeisterung. »Was gibt's?«
»Die Uhr sieht toll aus, Kimberly. Wie läuft der Verkauf?«
»Miserabel, Nick. Wir müssen bei der Sache mehr oder weniger draufzahlen. Es ist ein einziges Desaster. Die hier wird uns noch um den letzten Penny bringen.«
Mir sank der Mut. »Ihr macht gar keinen Gewinn?« fragte ich.
»Gewinn? Das ist wohl ein Scherz, Nick. Ich werde mir einen Job als Kellnerin suchen müssen, damit wir diesen Monat überhaupt unsere Miete zahlen können.«
»Aber ... aber ich kenne jemanden, der eine hat. Er findet sie herrlich!«
»Na ja, wir haben eine Handvoll verkauft. Doch die Entwicklungskosten waren astronomisch. Alles mußte so schnell gehen, weil es vor Weihnachten noch fertig werden sollte.«
»Das ... das ist wirklich zu schade«, seufzte ich.
»Es tut mir leid, Nick. Wir können dir eine Uhr schicken, wenn du möchtest.«
»Nein, macht euch meinetwegen keine Umstände. Ich finde sie ziemlich scheußlich.«
Wieder ein Vermögen, das den Bach runtergegangen ist. Eine weitere Kerbe in meinem Denkmal der Mißerfolge.
11.58 – Vielleicht auch nicht. Gerade habe ich dieses sehr informative Telefongespräch mit Sheeni geführt.
»Nickie, wo steckst du? Mutter hat eben einen wütenden Anruf von Reverend Glompiphel erhalten. Du bist nicht zu deinem Vorstellungsgespräch erschienen!«
»Ich geh da nicht hin, Sheeni. Ich weigere mich, ein jugendlicher Haussklave zu werden. Lieber verhungere ich.«
»Aber Nickie, was willst du denn tun?«
»Entschuldige, ich kann im Moment nicht nachdenken. Mir ist gerade mal wieder ein beachtliches Vermögen durch die Lappen gegangen.«

»Wer ist denn diesmal gestorben?« fragte sie.
Kam dieser Sarkasmus von der Frau, die ich liebe?
Ich erzählte ihr von meinem Beinaheerfolg auf dem Markt der Teenager-Neuigkeiten.
»Was sagtest du, wie die Uhr heißt, Nickie?«
»Warzenuhr.«
»Warzenuhr! Bist du sicher?«
»Hat Edison die Entkörnungsmaschine wiedererkannt, nachdem er sie erfunden hatte?« fragte ich.
»Ich glaube, es war Eli Whitney, der die Entkörnungsmaschine erfunden hat«, erwiderte Sheeni. »Nickie, ich hab gerade im *Time-Magazin* von der Warzenuhr gelesen. In einem Einkaufszentrum in St. Louis gab es deshalb einen Riesentumult. Sechs Eltern wurden niedergetrampelt, als sie Warzenuhren für ihre Kinder kaufen wollten.«
»Du machst Witze.«
»Nein. Die Uhr ist ein unglaublicher Hit. Sie wird millionenweit verkauft.«
»Hast du Millionen gesagt?« fragte ich verdutzt.
»Nickie, unternimm jetzt bitte gar nichts. Ich bin sofort bei dir.«
Millionen. Ich glaube, ich habe gehört, wie jemand das Wort »Millionen« erwähnte.
15.20 – Sechzehnmal, liebes Tagebuch. Aber heute zum erstenmal als jemand, der der Klasse der Reichen angehört. Sheeni ist einfach brillant. Sie hat in absolut meisterhafter Manier meine Angelegenheiten in die Hand genommen (sowohl die finanziellen als auch die fleischlichen).
Sie begann damit, mich in souveräner Gelassenheit nach dem unterschriebenen Tantiemenvertrag zu fragen.
»Hm, meinst du denn, daß wir den unbedingt brauchen?« fragte ich nervös.
»Du hast ihn hoffentlich aufbewahrt, Nickie!« sagte sie, nicht mehr ganz so gelassen.

»Sicher. Er liegt hier irgendwo rum. Bestimmt!«

Zwanzig verzweifelte Minuten später fand ich das wertvolle Dokument in der verstaubten Hülle meiner Ravi Shamar-Platte. Sheeni las den Vertrag durch, lächelte triumphierend und wählte die Nummer von American Fashions for Freedom Enterprises. Diesmal meldete sich Mario. Ich hörte über den Lautsprecher des Anrufbeantworters mit.

»Hallo, mein Name ist Sheeni Saunders. Ich bin Anwältin und vertrete Mr. Nicholas Twisp.«

»Oh«, sagte Mario. Ich konnte spüren, wie er sehr heftig blinzelte.

»Ich rufe an, um Sie darüber in Kenntnis zu setzen, daß wir morgen früh am Gericht von San Francisco eine einstweilige Verfügung gegen Ihr Unternehmen erlassen werden, um den Vertrieb und Verkauf der Uhr zu stoppen, die mein Mandant entworfen hat.«

»Das können Sie doch nicht machen!« sagte Mario keuchend. »Ich habe gerade einen riesigen Auftrag von K-Mart unterschrieben.«

»Wir würden natürlich auch lieber eine kooperative Lösung zum Vorteil aller Parteien anstreben. Aber wir müssen die Bedingungen dieses Vertrags auf jeden Fall durchsetzen.«

»Wir ... wir haben versucht, Nick zu finden, aber wir hatten seine Adresse nicht.«

»Wir verlangen eine sofortige Auflistung sämtlicher Lagerbestände, Aufträge, Verkäufe und Außenstände«, fuhr Sheeni mit eiskalter Stimme fort. »Diese Auflistung muß mir bis morgen früh um zehn Uhr in meinem Büro in Ukiah vorliegen. Und dazu ein Barscheck in Höhe des ersten Gewinnanteils.«

»Okay«, kapitulierte Mario. »Kein Problem. Ich werde Ihnen alles per Kurier schicken. Reichen fünftausend Dollar?«

Fünftausend Dollar!

»Das ist nicht Ihr Ernst«, entgegnete Sheeni. »Einigen wir uns auf fünfundzwanzigtausend. Und schreiben Sie den Scheck auf meinen Namen aus.«

»Okay, okay«, sagte Mario. »Ach übrigens, könnten Sie uns eine Kopie des angeblichen Vertrags zufaxen? Unser Exemplar ist in den Akten nicht aufzufinden.«

»Aber gewiß doch«, antwortete Sheeni. »Die unterschriebene Vereinbarung liegt uns vor.«

»Das ist ... äh ... ja sehr günstig«, stammelte Mario, offensichtlich tief verunsichert. »Also, sagen Sie Nick bitte, ich bedauerte sehr, daß Kimberly ihn auf diese Weise hat abblitzen lassen. Sie ist heute ein bißchen gestreßt. Das Kaninchen ist gestorben, wenn Sie verstehen, was ich meine. Ich kann es einfach nicht fassen. Und dabei waren wir immer so vorsichtig.« Hä?

Sheeni sagte, es tue ihr leid, von diesem persönlichen Mißgeschick zu hören, und gab ihm dann ihren Vor- und Nachnamen und ihre Postanschrift.

»O Sheeni, ich könnte dich küssen!« rief ich aus, als sie aufgelegt hatte.

»Und wer hindert dich daran?«

Zwei wohlhabende junge Leute gaben sich einen leidenschaftlichen Kuß.

»Sheeni«, sagte ich und holte tief Luft, »nur eine Frage, Liebling. Warum wolltest du, daß der Scheck auf deinen Namen ausgestellt wird?«

»Damit wir ihn leichter einlösen können, Liebling«, antwortete sie. »Vergiß nicht, daß Nick Twisp noch immer vom FBI gesucht wird.«

»O ja, aber natürlich. Gut, daß du daran gedacht hast, Liebling.«

»Außerdem, Liebling, wird es mir durch diese Regelung leichter fallen, an meine fünfzehn Prozent zu kommen.«

»Fünfzehn Prozent?«

»Ja, Nickie, Liebling. Das ist meine kleine Gebühr dafür, daß ich die Angelegenheit als deine juristische Vertreterin in die Hand genommen habe.«

»Du bist wirklich ein schlaues Köpfchen, Liebling.«

Plötzlich wurde mir klar, daß ich eine intime Beziehung mit einer reichen Frau hatte. Wenige Augenblicke später liebte ich sie mit leidenschaftlicher Hingabe. Um den Anlaß gebührend zu feiern, führte ich eine neue, sehr raffinierte Liebestechnik ein. Sheeni war sichtbar (und hörbar) beeindruckt.

16.49 – Sheeni ist ins Büro ihres Vaters gegangen, um ein wichtiges Fax loszuschicken. Carlotta eilte zum Anwesen ihres Freundes Fuzzy, um ihren Vertrag für das Haus abzugeben. Ich traf meinen übermäßig behaarten Freund allein an; er war damit beschäftigt, seine widerspenstigen Muskeln auf der schweren Gewichtebank zu quälen. Als ich ihm von meinem bemerkenswerten geschäftlichen Erfolg berichtete, war er fasziniert und natürlich auch neidisch.

»Wow!« rief er. »Ich bin mit dem Typen befreundet, der die Warzenuhr erfunden hat! Warte nur, bis ich das meinen Schulkameraden erzählt habe.«

Voller Entsetzen erinnerte ich meinen Freund daran, daß niemand außer ihm es wissen durfte.

»Aber warum denn, Carlotta?« protestierte er.

»Ich kann es mir nicht leisten, in der Presse erwähnt zu werden«, antwortete ich. »Beim FBI gibt es schließlich auch Zeitungen.«

»Meine Güte, Carlotta, du wirst noch enden wie Howard Hughes – ein verrückter Milliardär, der im verborgenen lebt. Vielleicht sogar noch verrückter. Ich glaube kaum, daß Howard als Mädchen verkleidet durch die Gegend gelaufen ist.«

Das kratzt mich überhaupt nicht. Die Gesellschaft verzeiht den Reichen alle Exzentrizitäten. Die Leute finden sie sogar charmant.

18.38 – Carlotta holte sich ein schnelles Abendessen im griechischen Imbiß und schlenderte dann die Hauptstraße hinunter, um die Welt der materiellen Güter anzusehen, die mir jetzt offensteht. Im Schaufenster eines Computerladens lächelte mich ein besonders leistungsstarker Laptop sehnsüchtig an und wackelte mit seinem winzigen Modemanschluß.

»Du brauchst nicht zu verzweifeln, Kleiner«, flüsterte ich. »Bald wirst du ein schönes Zuhause haben.«

Weiter unten in der Straße entdeckte Carlotta ein erfreuliches neues Schild in Flampert's Schaufenster, auf dem in Leuchtfarben geschrieben stand: »Warzenuhren!!! Lieferung wird in Kürze erwartet. Leisten Sie Ihre Anzahlung jetzt!«

Offensichtlich ist die Nachfrage sehr viel stärker als das Angebot. In diesem Fall verlangen die unveränderlichen marktwirtschaftlichen Gesetze, daß wir unsere Preise unverzüglich erhöhen. Ich muß meine Geschäftspartner sofort darüber informieren.

19.30 – Carlotta hat sich umgezogen und ihr Make-up erneuert. Ich muß los. Wir dürfen die Liebenden nicht warten lassen.

22.05 – Wie ein Uhrwerk, liebes Tagebuch. Das Pentagon sollte mich wirklich mit der Logistik betrauen. Mein messerscharfer Verstand sollte damit beauftragt werden, die Strategiepläne für den dritten Weltkrieg auszuarbeiten.

Pünktlich um neunzehn Uhr neunundfünfzig verschaffte sich Carlotta Zutritt zum hinteren Garten der Joshis. Wie verabredet, kauerte der verliebte Dichter, ängstlich und ohne seine Gedichtbände, in der kühlen Dunkelheit hinter dem Apfelbaum.

»Carlotta«, flüsterte er, »mich plagen schreckliche Zweifel.«

»Feg sie vom Tisch«, knurrte ich. »Jetzt gibt es kein Zurück mehr.«

Carlotta nahm ihre schwarze Wollstola und band sie fest über die Augen des Poeten.

»Trent, kannst du noch etwas sehen?«

»Mein Sehvermögen ist gleich null, Carlotta. Ich bin so blind wie Homer.«

»Gut.«
Carlotta holte eine Rolle mit Klebeband aus ihrer Handtasche, schnitt ein langes Stück ab und klebte damit den Mund des Poeten zu.
»Trent, kannst du etwas sagen?«
»Nmmnmmmm.«
»Gut. Hast du dein Kondom dabei?«
»Nmmnmmmm.«
Carlotta interpretierte dies als Zustimmung, ergriff den Arm des Liebhabers in spe und führte ihn durch die Schatten zu Apurvas verdunkeltem Schlafzimmerfenster. Als wir es erreichten, hob sich das Fenster geräuschlos, und der Duft eines verführerischen Parfums hüllte uns ein.
»Pünktlich auf die Minute«, flüsterte das hübsche Mädchen und beugte sich wie eine wunderbare Vision in das matte Mondlicht hinein. Zu bedauerlich, daß ihr Geliebter keinen Blick auf die weizenfarben schimmernden Rundungen werfen konnte, die sich verführerisch unter ihrem transparenten Oberteil wölbten. Schwarze Wimperntusche betonte ihre unglaublich großen dunklen Augen, und ihr schwarzes Haar – so lange gebürstet, bis es wie Seide glänzte – fiel in verlockenden Wellen über ihre nackten Schultern.
»Hat das Spiel schon begonnen?« flüsterte ich.
»Ja, Carlotta. Hörst du sie nicht? Vijay, Sheeni und meine Eltern spielen im Wohnzimmer. Mir war nie klar, daß Scrabble eine so lautstarke Unterhaltung sein kann.«
»Doch, wenn Sheeni dabei ist, auf jeden Fall«, bemerkte ich.
Apurva griff mit ihrer wunderschönen Hand aus dem Fenster.
»Hier, Liebling. Laß mich dir helfen.«
Sie zog von oben, Carlotta schob von unten, und so hievten wir den blinden Poeten durch das Fenster.
»Fünfundvierzig Minuten, Apurva«, flüsterte ich. »Mehr nicht. Sheeni gewinnt das Spiel in Windeseile. Ich warte hier.«

»Danke, Carlotta. Du bist eine wirkliche Freundin.«

»Nmmmnmmmm«, fügte ihr glücklicher Besucher hinzu.

Apurva schloß das Fenster und zog dann, was ich gar nicht freundlich fand, auch die Vorhänge zu.

Carlotta lehnte sich an die Aluminiumverkleidung des Hauses und stellte sich auf eine lange, kalte Wartezeit ein. Fünf Minuten später blies ein eisiger Wind an meiner Strumpfhose herauf, und plötzlich wurde ich durch das Geräusch des sich quietschend öffnenden Gartentors aufgeschreckt. Mein Herz hämmerte wild, als eine wie Brobdingnagian mit einer Kapuze erhüllte Gestalt aus der Dunkelheit auftauchte und auf mich zukroch. Während ein Schreckensschrei lautlos in meinem gelähmten Zwerchfell erstarb, sprach die Gestalt mich an.

»Carlotta, bist du's?«

»Sonya?«

»Hi, Carlotta.«

»Sonya! Was zum Teufel tust du hier?«

»Er ist da drin, nicht wahr?«

»Ja, das ist er. Bist du ihm etwa wieder gefolgt?«

»Nicht die ganze Zeit. Ich liebe ihn, Carlotta. Ich weiß, daß er der einzige Mann ist, den ich jemals lieben werde. Und ich kann ihn nicht haben.«

»Du … du wirst hier doch keine Szene machen?!«

»Nein, Carlotta, ich werde ganz still sein. Wir können ja gemeinsam warten. Du liebst ihn auch, nicht wahr?«

»Nun … äh … eigentlich …«

»Das ist schon in Ordnung, Carlotta. Ich weiß, wie du dich fühlst. Und da du bereit warst, ihm zu einem Rendezvous mit Apurva zu verhelfen, werde ich ebenfalls großzügig sein.«

»Das stimmt, Sonya, wir bringen hier ein wirklich edelmütiges Opfer – ganz in der Tradition des hochherzigen Sidney Carton in *Eine Geschichte zweier Städte.*«

»Tut mir leid, das hab ich nie gelesen. Aber ich weiß, was du meinst. Bricht dir das Herz, Carlotta?«

»Ich glaube ja.«

Sie umarmte mich, eine duftende fliederfarbene Gestalt. »Geteiltes Leid ist halbes Leid, Carlotta.«

»Gute Idee, Sonya. Ich wußte den üppig wogenden Busen, wenn auch nicht das Gefühl als solches, zu schätzen.

»Ob sie es wohl gerade tun?« flüsterte sie.

»Das halte ich für mehr als wahrscheinlich«, antwortete ich.

»Mir bohrt sich ein Messer ins Herz, Carlotta.«

»Mir auch«, erwiderte ich traurig. »Eigentlich sind es mehrere, und die sind stumpf und rostig.«

»Sollen wir dieses Elend gemeinsam beenden, Carlotta?«

»Natürlich nicht, Sonya. Wir werden darüber hinwegkommen. In der Jugend erlebt man ständig solche zeitweiligen Traumata, aber die Menschen überleben sie. Eines Tages werden auch wir glücklich sein.«

»Glaubst du das wirklich?«

»Ich weiß es. Irgendwo, an irgendeinem Ort, vielleicht Tausende von Meilen entfernt, wartet der Junge auf dich, den du eines Tages heiraten wirst. Aber du kennst ihn nicht, und er kennt dich auch nicht. Du mußt weiterleben, Sonya, damit ihr einander treffen könnt.«

»Ich hoffe, er stopft sich nicht gerade mit Süßigkeiten voll oder treibt es mit einer anderen.«

»Ganz bestimmt nicht, Sonya. Er fühlt sich augenblicklich wahrscheinlich genauso einsam und elend wie du.«

»Sag nicht so was, Carlotta. Wer will denn schon einen Verlierer heiraten?«

Damit lag sie nicht ganz falsch.

Wir plauderten noch eine halbe Stunde leise weiter, dann lösten wir uns aus unserer metaphorischen Umarmung, und meine Freundin verabschiedete sich und schlich auf Zehenspitzen zurück in die finstere Verzweiflung unerwiderter Liebe. Wenige Momente später wurde das Fenster über meinem Kopf geöffnet, und langsam erschienen zwei Füße, zwei Beine, ein männlicher Torso, zwei starke Arme und ein gebräunter, göttergleicher Kopf mit verbundenen Augen.

»Auf Wiedersehen, Liebling!« rief Apurva, die mittlerweile aufreizend zerzaust aussah. »Ich werde diese Nacht immer in wunderbarer Erinnerung behalten.«

»Mmmmmm«, antwortete ihr Romeo.

»Vielen Dank, Carlotta«, fügte sie hinzu. »Nächste Woche zur gleichen Zeit?«

»Wir werden sehen«, antwortete ich. »Das hängt von deinen Eltern ab. Vielleicht haben sie fürs erste gar keine Lust mehr, Scrabble zu spielen.«

»Ich werde versuchen, sie davon zu überzeugen, daß es ihrer Bildung dient«, erwiderte sie und hauchte ihrem stummen, blinden Liebhaber einen Kuß zu.

Trent winkte zum Abschied verliebt der Garage zu, und dann führte ich ihn durch das Tor hinunter zur Einfahrt. Als wir die sichere Straße erreicht hatten, riß er seine Augenbinde und das Klebeband ab.

»Wie war's?« fragte Carlotta taktvoll.

»Traumhaft«, antwortete er, ohne den großen Schatten zu bemerken, der hinter dem Telefonmast auf der anderen Straßenseite lauerte. »Einfach überwältigend, Carlotta. Die Erfahrung war sogar noch intensiver, da ja mein Sehvermögen ausgeschaltet war. Ich bin ein veränderter Mensch, Carlotta. Ich habe den Sinn des Lebens entdeckt.«

»Oh, tatsächlich«, sagte ich fasziniert. »Und der wäre?«

»Die transzendente Verschmelzung mit unserem wechselseitigen Anders-Sein.«

Ich nehme an, der Junge redet von Sex. Das hätte ich ihm vorher sagen können.

Nach einem postkoitalen Hamburger mit Pommes bei Burger Hovel (Trent lud mich ein) ging Carlotta nach Hause und fand auf meinem Anrufbeantworter zwei Nachrichten vor. Die erste war von Fuzzy, der mich darüber informierte, daß seine Mutter am nächsten Morgen um elf Uhr dreißig vorbeikommen würde, um Carlotta das Haus zu zeigen. Ich solle dafür sorgen, daß von meinen Sachen nichts herumliege.

Die zweite Nachricht war von meiner einen und einzigen Liebe. »Hi, Carlotta. Ich hoffe, du bist mit dir zufrieden. Ich habe nicht nur endgültig die Liebe meiner Kindheit verloren, sondern auch eine demütigende Niederlage beim Scrabble einstecken müssen. Vijays Vater schummelt. Ständig benutzt er indische Wörter und unklare Computerbegriffe. Wie ich jene herzlosen Maschinen hasse. Komm doch morgen nach dem Frühstück vorbei, damit wir zusammen auf den Kurier warten können. Ich habe meiner Mutter übrigens erzählt, du hättest Reverend Glompiphels Nachricht nie erhalten und seist durch eine unerwartete Erbschaft dem Schicksal der Verarmung entronnen. Oh, hat Trent übrigens irgend etwas über sein Schäferstündchen erzählt? Ich bin ausgesprochen neugierig. Morgen mußt du mir alles berichten. Tschüs.«

Obwohl sie eigentlich nur für meine Ohren bestimmt gewesen waren, werde ich Sheeni morgen Trents schockierend intime Bürgersteig- und Telefonzellen-Geständnisse in allen Einzelheiten wiedergeben. Um ihret- und um meinetwillen muß sie genauestens darüber informiert sein, wo Trent mit Apurva steht und (wichtiger noch) liegt.

DIENSTAG, 31. Dezember (Silvester) – Nehmen Sie doch beispielsweise einmal die Morgenlatte. Welche Metapher für Hoffnung und Erneuerung! Wie kann jemand der Verzweiflung nachgeben, wenn seine eigenen Lenden jeden neuen Tag mit dieser Galavorstellung an physiologischem Optimismus begrüßen?

Und was für ein überzeugender anatomischer Anstoß zu intensiven philosophischen Betrachtungen am letzten Tag des Jahres.

Noch vor zwölf Monaten war ich ein einsamer, hoffnungsloser Dreizehnjähriger ohne sexuelle Erfahrung, der unter der Knute tyrannischer Eltern lebte. Heute bin ich ein unabhängiger, geschäftlich erfolgreicher, fast fünfzehn Jahre alter Schriftsteller/Unternehmer, der eine intensive körperliche Beziehung mit der Frau, die ich liebe, erlebt. Und meine Pickel sehen auch nicht mehr so schrecklich aus.

9.37 – Bis jetzt ist noch kein Scheck angekommen. Sheeni und Carlotta weigern sich, in Panik zu geraten, und warten in dem kleinen Raum seitlich der Eingangshalle, einem gemütlichen Zimmer, von dem aus man die Straße hinunterblicken kann. Im Wohnzimmer summt Sheenis alte Mutter irgendwelche Kirchenlieder vor sich hin und schmückt den Weihnachtsbaum ab. Mr. Saunders ist in seinem Büro und plant seine ersten vernichtenden Gerichtsverfahren im neuen Jahr.

Ich habe Sheeni über die Affäre zwischen Trent und Apurva sehr ausführlich Bericht erstattet. Sie ist natürlich traurig, aber sie trägt es mit Fassung. Sie sagte, jegliche Eifersucht werde überlagert von ihrem Mitgefühl für das bedauernswerte Paar, das Opfer einer so starken Unterdrückung geworden sei. Dennoch schien sie es nicht besonders gern zu hören, daß Trent mit seiner Geliebten kommunizierte, indem er verliebte Botschaften auf ihre Brust malte.

9.59 – Der Kurier war da! Er brachte ein großes Paket mit dicken Stapeln langweiliger Bilanzen, zwei Präsent-Warzenuhren und einen Scheck mit einem stattlichen Betrag (all diese herrlichen Nullen!). Wir werden damit unverzüglich zur Bank gehen.

11.20 – Was kann es Erhebenderes geben, als einen Scheck über fünfundzwanzigtausend Dollar einzureichen und zu sehen, wie der Bankangestellte um einen herumscharwenzelt. Da wir einen so großen Betrag einzahlen, sind wir sofort in den exklusiven Prestigeclub der Bank aufgenommen worden. Wir gewinnen damit ein Anrecht auf jede Menge Spezialserviceleistungen, die sonst nur prominenten Republikanern zuteil werden. Sheeni und ich haben ein gemeinsames Konto eröffnet – ein, wie ich meine, weiterer bedeutsamer Schritt zur Ehe. Um ein bißchen Bargeld in der Tasche zu haben, ließen wir uns von unserem dankbaren Banker jeder zweitausend Dollar auszahlen.

Dann ging es in den Donutladen, wo Carlotta ein gemischtes Dutzend Donuts und zwei große Becher Kaffee mit einer Hundert-Dollar-Note bezahlte. Die grauhaarigen Stammgäste in ihren lumpigen Flanellhemden und beschmutzten Käppis, die Reklame für irgendwelche seltsamen Kettensägen machten, waren offensichtlich beeindruckt. Einer dieser unrasierten Deppen bot Sheeni zwanzig Dollar in bar für ihre Warzenuhr, aber sie lehnte höflich ab. Carlotta war da weniger sentimental und ging bereitwillig auf den Handel ein.

12.10 – Fuzzy und seine Mom warteten bereits auf Großmutter DeFalcos Veranda, als Carlotta und Sheeni eintrafen, um das Mietobjekt »zu besichtigen«.

»Oh, wie reizend!« rief Carlotta, als sie den DeFalcos ins Wohnzimmer folgte. »Diese hübschen Tapeten! Sheeni, ist das nicht entzückend?«

»Faszinierend«, stimmte meine Begleiterin mir zu. »Offensichtlich stark durch den Nachkriegsstil geprägt.«

»Nein«, korrigierte ich sie, »das ist eindeutig der Stil der Vorkriegszeit.«

»Von welchem Krieg sprecht ihr denn?« fragte Fuzzy. »Vom Bürgerkrieg?«

»Miss, was sagten Sie noch, wie alt Sie sind?« fragte Mrs. DeFalco mißtrauisch.

»Vierundzwanzig«, antwortete Carlotta, während sie den galliggrünen Chintzbezug der Couch mit bewundernden Blicken

streifte. Um mein Alter ein wenig zu erhöhen, hatte ich mir ein Paar von Mrs. Saunders' altmodischen Ohrringen und einen Spritzer ihres Old-Lady-Parfums ausgeliehen. »Sind die hübschen Möbel im Mietvertrag eingeschlossen?«
»Wenn Sie sie haben wollen«, antwortete Mrs. DeFalco. »Und was sagten Sie noch, was Sie beruflich machen?«
»Ich bin unabhängige Kapitalanlegerin und Schriftstellerin. Geht es dort zur Küche?«
»Ja. Wir können sie ja streichen lassen, wenn Sie wollen.«
Nun begaben sich alle in die Küche, wo Carlotta sämtliche Schränke und Schubladen inspizierte.
»Nein, diese Farbe ist doch noch völlig in Ordnung«, log ich. »Und sie paßt so schön zu den Fliesen und dem Fußbodenbelag.«
»Sieh mal, Carlotta«, sagte Sheeni, »der Herd ist makellos.«
»Irgendwie wußte ich, daß es so sein würde«, erwiderte ich. »Mrs. DeFalco, bleiben die Töpfe, Pfannen und die anderen Küchenutensilien im Haus?«
»Wenn Sie Wert darauf legen. Was schreiben Sie denn?«
»Hauptsächlich Literatur. Ist dort das Badezimmer?«
»Ja.«
Die Besichtigungsgruppe marschierte durch das antiquierte Bad und dann ins Schlafzimmer, vor kurzem noch der Schauplatz morgendlicher Betrachtungen über Erektionen.
»O Mann, was für hübsche Kleider!« rief Carlotta, als sie die Türen des Kleiderschranks geöffnet hatte. »Bleiben die auch hier?«
»Ja, warum nicht?« sagte Mrs. DeFalco. »Damit würden Sie mir die Arbeit ersparen, sie in die Altkleidersammlung zu geben. Und sie scheinen ja zufällig auch Ihrem Stil zu entsprechen.«
»Das Haus ist perfekt«, erklärte Carlotta. »Ich würde es sehr gerne mieten.«

»Carlotta wird die ersten sechs Monatsmieten im voraus zahlen«, fügte Sheeni hinzu.

»Abgemacht!« gab Mrs. DeFalco ihr Einverständnis.

Ich mag eine Vermieterin, die derart impulsive Entscheidungen fällt. Ich schrieb einen Scheck über viertausendachthundert Dollar aus und nahm dankbar den Schlüssel in Empfang. Süßes, häßliches Heim. Es ist mein!

14.47 – Liebes Tagebuch, rate mal, womit ich diese Zeilen schreibe! Mit meinem neuen IBM-kompatiblen 586er Laptop mit farbigem LCD-Bildschirm mit extrem hoher Auflösung, einem 80-Megabyte-Speicher und einer massiven 600-Megabyte-Festplatte. Welche Geschwindigkeit! Welch gewaltige Kraft! Welch verlockende symbolische Aufforderung für meine kreativen Ausdrucksmöglichkeiten!

18.14 – Wo ist die Zeit geblieben? Keine Pause, kein Abendessen, und schon ist es draußen dunkel. Sheeni rief soeben an, um mir mitzuteilen, daß ein weiteres Paket aus Malibu angekommen sei. Sie bringt es sofort her. Verdammt, hoffentlich bleibt sie nicht zu lange. Ich bin gerade dabei, mein Windows-Programm zu installieren.

19.28 – Sheeni bekam einen Wutanfall und zwang mich dazu, mein neues Gerät auszuschalten. Wir werden jetzt zum Abendessen ins Restaurant gehen, um das neue Jahr »in angemessener Form« (ihre Worte) zu feiern. Ich glaube, sie will nur ihre brandneue Saphirkette spazierenführen. Das Ding macht aber auch wirklich was her.

Das geheimnisvolle Paket aus Malibu enthielt sechs Paar Musterschuhe der Marke Fußferrari und eine Mitteilung von Mario, daß bereits jemand anders die Rechte an dem Namen Roadster habe. Er will, daß wir die Schuhe zur Probe tragen und ihm von den Reaktionen hier im Ort berichten. Ein verwöhnter Teeny hat bereits seine negative Beurteilung abgegeben. Sheeni sagt, Turnschuhe in Autoform mit leuchtenden Scheinwerfern und Rückblenden paßten nicht zu einer Zweitausendachthundert-Dollar-Kette. Also werden es nur Carlotta und Fuzzy sein, die heute abend ein Schlaglicht auf die neuesten Modetrends werfen. Mein Kumpel und Junior-Vermieter hat sich bereit erklärt, den Wagenschlüssel des Falcon zu stibitzen und uns zur Gefleckten Eule, Ukiahs nobelstem (und teuerstem) Freßtempel, zu fahren.

23.30 – Wir sind zurück. Kann nicht viel schreiben. Das Butterfett verstopft sämtliche Arterien, die zum Gehirn führen. Sheeni hat gerade zu Hause angerufen und die Erlaubnis erhalten, bei Carlotta zu übernachten. Verdammt, jetzt werde ich mich heute nicht mehr mit meinem Computer beschäftigen können. Ich hoffe, sie hat nicht vor, auch noch morgen den ganzen Tag hier herumzuhängen.

Die Fußferraris waren in dem Restaurant die reinste Sensation. Sie könnten noch mehr einschlagen als die Warzenuhr. Ich muß allerdings mit Mario über die Plazierung der Batterien reden. Zur Zeit laufen dünne fleischfarbene Drähte von der Rückseite der Schuhe am Bein hinauf und enden in kleinen Batteriebehältern, die mit elastischen Bändern an der Innenseite der Oberschenkel befestigt werden. Beim Gehen entsteht ein peinliches klapperndes Geräusch, und beim Sitzen kann man sich leicht an seinen intimsten Körperteilen verletzen. Unter Carlottas Kleid sah man nichts davon, aber Fuzzy in seinen Hosen schaute so aus, als litte er an irgendeiner Krankheit, bei der die Hoden an der falschen Stelle sitzen und schlimm angeschwollen sind. Vielleicht besteht die Lösung in einer flachen, wieder aufladbaren Batterie, die man in die Sohle einläßt.

Muß jetzt aufhören. Sheeni kommt gerade aus dem Badezimmer, bekleidet mit zweitausendachthundert Dollar in glitzernden himmelblauen Steinchen. Ich wünsche mir ein frohes neues Jahr!

JANUAR

MITTWOCH, 1. Januar – Neunzehnmal, liebes Tagebuch. Letzte Nacht zweimal, während das Krachen des Feuerwerks durch das Tal hallte, und heute morgen noch einmal, zwar ohne begleitendes Krachen, aber darum nicht weniger explosiv. Was für eine wundervolle Art, das neue Jahr zu beginnen. Damit kann man sogar einen Jungen von seinem reizvollen neuen Computer ablenken.

Da Carlotta sich nach unseren horizontalen Übungen etwas hungrig fühlte, wählte sie Dads Nummer.

»Hier bei Mr. Twisp«, sagte eine leiernde, mir vertraute Stimme.

»Mrs. Crampton?«

»Nein ... hier spricht ... Mrs. Ferguson.«

»Ja, natürlich, Sie sind ja jetzt verheiratet – mit diesem inspirierenden Arbeiterführer. Mrs. Ferguson, hier ist Carlotta Ulansky. Ich würde Sie gerne einstellen.«

»Das ist ja nett ... Wann soll ich denn anfangen?«

»Sofort. Mrs. Ferguson, können Sie ein Frühstück für zwei Personen mitbringen?«

»Natürlich ... Eier mit Speck ... Bratkartoffeln ... Kekse ... und selbstgemachtes ... Johannisbeergelee ... ist das in Ordnung?«

»Sehr schön.«

»Okay, Miss Ulansky ... ich bin ... gleich bei Ihnen.«

10.30 – Rundum satt und zufrieden, verabschiedete sich meine einzige Liebe, versprach aber, heute nachmittag mit einer »hübschen Überraschung« wieder vorbeizukommen. Meine Haushälterin wäscht das Frühstücksgeschirr ab; Carlotta erholt sich in ihrem Zimmer von einem monumentalen kalorischen Angriff.

Übrigens, wie verbirgt man seine benutzten Verhütungsmittel vor den Hausangestellten? Ich frage mich, ob ein Buch für

Neureiche existiert, das bei derartigen Anpassungsschwierigkeiten nützliche Ratschläge gibt.
Mrs. Ferguson berichtet, sie habe einen kurzen Kündigungsbrief auf Dads Küchentisch zurückgelassen. Ihr bisheriger Arbeitgeber habe noch mit meiner Kindergärtnerin im Bett gelegen.
»Ich werde ... diese ... Miss Sanders ... nicht vermissen«, sagte Mrs. Ferguson. »Sie hat ... immer versucht, Magermilch ... in meine ... Küche zu schmuggeln. Ich dulde ... dieses blaue Zeug nicht. Nicht ... in meiner Küche!«
Das gefällt mir – eine Hausangestellte mit Prinzipien.
11.45 – Während Mrs. Ferguson die Tapeten im Wohnzimmer abwusch, rief Carlotta Joanie an, um ihr, Dr. Dingy und allen weiteren potentiellen Familienmitgliedern ein frohes neues Jahr zu wünschen.
»Danke, Nick«, sagte sie. »Wieso klingt deine Stimme so seltsam?«
»Wie meinst du das?«
»Du klingst wie ein Mädchen.«
»Oh, das muß am Telefon liegen«, log ich. »Was gibt's Neues?«
»Nick, Moms widerlichem Ehemann ist etwas ganz Schreckliches passiert. Lance hat irgend so einen albernen Leserbrief an verschiedene Zeitungen geschickt, und jetzt bekommt er Todesdrohungen. Er mußte in den Untergrund gehen!«
»Was für ein Pech, Joanie. Und was sagt Mom dazu?«
»Du kennst sie doch, sie ist hysterisch geworden. Lance gibt ihr die Schuld an der Sache. Er behauptet, in Wirklichkeit habe Moms alter Freund Wally Rumpkin den Brief geschrieben.«
»Der feige Schuft. Was für eine hinterhältige Verleumdung!«
»Ja, und etwas noch Schlimmeres ist eingetreten, Nick. Lance ist gar nicht nett zu dem kleinen Noel. Er sagt, Noel sei das häßlichste Baby, das er je gesehen habe.«
»Was für verdammte Verleumdungen. Und gegen unser eigenes

Fleisch und Blut! Hast du das Kind schon zu Gesicht bekommen, Joanie?«
»Nein, aber Mutter hat mir ein Foto geschickt.«
»Und – wie schaut er aus?«
»Nick, alle Neugeborenen sehen ein wenig, nun, deformiert aus – besonders Frühgeburten wie Noel. Er ist doch nur ein winziges Baby. Außerdem war das Bild unscharf.«
Ich hab's ja gewußt, mein Bruder ist ein Monster. Ich hoffe, er wird mich später, wenn ich einmal berühmt bin, nicht blamieren. Oder, noch schlimmer, von mir Unterstützung erwarten, weil alle normalen Menschen ihn meiden.
13.30 – Sheeni kam mit ihrer »hübschen« Überraschung vorbei: ein kleiner häßlicher schwarzer Hund, dazu ein Freßnapf, ein Gummiknochen, eine Hundebürste, Flohsalbe und ein vollgepinkeltes Hundekörbchen. Der verhaßte Albert ist wieder da. Noch nicht einmal François hat sich über seine Rückkehr gefreut.
»Aber Sheeni«, protestierte Carlotta, »warum kann er nicht zusammen mit seinem guten Freund Jean-Paul weiter bei Trent wohnen?«
»Carlotta, du überraschst mich«, rief sie. »Dies ist doch unser ganz persönliches, kostbares Kind der Liebe. Ich war der Meinung, du wolltest ihn stets bei dir haben. Außerdem weiß ich genau, daß der süße Albert unter der Gegenwart dieses anderen grobschlächtigen Hundes leidet. Ich konnte ihn unmöglich auch nur eine Minute länger in solch unangenehmer Umgebung lassen.«
»Hi, Albert«, sagte Carlotta zähneknirschend. »Na, kennst du mich noch?«
Der bösartige Köter knurrte und schnappte nach meinem Knöchel, wobei er eine häßliche Laufmasche in meine neue teure Strumpfhose riß. Für dieses Vergehen wird er mir büßen müssen.

15.15 – Carlotta gab ihrer Haushälterin für den Rest der Feiertage frei und begleitete dann Sheeni und das Kind der Liebe auf einen Spaziergang durch die verlassene Stadt. Alle anderen Bewohner saßen zu Hause, sahen im Fernsehen Footballspiele an und stopften fette Snacks in sich rein, um sich von dem drohenden Wiederbeginn ihres Schul- oder Arbeitsalltags abzulenken.

Als wir so dahinschlenderten, wollte Carlotta nach Sheenis Hand greifen, aber sie widerstand dem Impuls. Ukiah war, wie ich wußte, noch nicht bereit, eine offen zur Schau getragene lesbische Liebe zu akzeptieren.

»Carlotta«, sagte Sheeni, »ich bin noch einmal alles durchgegangen. Die Zahlen sind äußerst vielversprechend. Bald wirst du Millionärin sein.«

»Das ist ja schön.«

»Du klingst aber nicht sehr begeistert.«

»Ich bin dankbar für das viele Geld, Sheeni. Es ist nur so, daß ... daß ...«

»Daß was?«

»Sheeni, ich werde als traurige Bilanz meiner Teenagerjahre als Frau weiterleben müssen. Begreifst du, was das bedeutet?«

»Natürlich, Nick. Schließlich ist das ein Schicksal, das wir teilen.«

»Ja, aber für dich ist es einfacher. Du bist emotional und physisch für diese Rolle gerüstet. Für mich ist es eine enorme Belastung.«

»Wir müssen im Leben alle ein gewisses Maß an Kompromissen akzeptieren, Carlotta«, erwiderte sie. »Versuch doch einfach die Dinge so zu nehmen, wie sie sind. Überleg mal, mit was für Sachen ich mich abfinden muß.«

»Zum Beispiel?«

»Mit einem Leben in diesem stinklangweiligen Ukiah und einem computersüchtigen Freund, der schnarcht, die Wahrheit scheut

und einen gepolsterten Büstenhalter unter seinem altmodischen Kleid trägt.«
Meine eine und einzige Liebe hat wieder mal recht. Ich muß mich mit meinem Schicksal aussöhnen und dankbar sein für das, was ich habe. Ich bin reich, intelligent, gesund, zeugungskräftig, nicht übermäßig häßlich, und ich genieße die mehr oder weniger uneingeschränkte Zuneigung eines der außergewöhnlichsten Mädchen dieser und vielleicht auch aller anderen geschichtlichen Epochen. Im großen und ganzen bin ich für das wunderbare Abenteuer, das wir die menschliche Existenz nennen, hervorragend gerüstet.
16.25 – Besten Dank für diesen existentiellen Tiefschlag, lieber Gott. Ich kam nach Hause und fand die folgende Nachricht auf meinem Anrufbeantworter vor: »Carlotta, hier spricht Miss Pomdreck. Es gibt ein ernstes Problem mit Ihrem ärztlichen Attest. Miss Arbulash will Sie Montag morgen als erstes im Umkleideraum der Mädchen sprechen. Seien Sie bitte pünktlich. Und wo sind Ihre Zeugnisse?«
»Verdammt«, seufzte ich.
Albert knurrte und sprang auf die Couch.
»Hör auf, so dämlich zu grinsen!« befahl ich ihm.
Er zog die Lefzen hoch und sah mich voller Verachtung an.
»Ich wette, Miss Arbulash würde sich über einen großzügigen Sponsor für ihre Teilnahme an den Miss-Universum-Wahlen freuen«, überlegte ich laut. »Und was dich angeht, Albert, so werde ich einen großen, reinrassigen Dobermann kaufen, damit du ein bißchen Gesellschaft hast.«
Albert hörte auf zu grinsen, kroch winselnd auf mich zu und versuchte meine Hand zu lecken.
Das große Geld – manchmal erweist es sich in der Tat als nützlich.

INTERVIEW MIT DEM AUTOR

FRAGE: Warum sind Ihre Nick Twisp-Romane so düster?

CDP: Bei humoristischen Romanen geht man davon aus, daß sie von Tod und Katastrophen handeln. Das Triviale und das Weltliche sind die Themen der ernsten Romanschreiber.

FRAGE: Was versuchen Sie mit Ihrem Werk zu erreichen?

CDP: Ich schreibe humoristische Romane. Meine Absicht ist es, den Leser/die Leserin zu amüsieren und nicht ihn/sie mit tiefsinnigen Erkenntnissen zu belästigen. Was mich persönlich betrifft, so gibt es nichts, was so schnell ein Gefühl des Unbehagens hervorruft wie ein humoristischer Romanschriftsteller, der in den Morast der Philosophie abwandert. Anders als Nick bin ich nicht daran interessiert, große Literatur zu schaffen.

FRAGE: Dann sind Ihre Absichten also gänzlich frivol?

CDP: Nicht gänzlich. Ich meine es sehr ernst damit, etwas wirklich Amüsantes zu schreiben. Ich möchte dem Leser auf jeder Seite ein Lachen entlocken.

FRAGE: Aber geht es Ihnen in Ihrem Werk denn nicht um ernste Themen?

CDP: Ja, doch, natürlich. Ich persönlich würde es vorziehen, wenn der Leser die Themen selbst entdeckte. Aber wenn man mich drängt, dann kann ich ein paar aufzählen, jedenfalls die, derer ich mir bewußt bin. Dazu gehören unter anderem die Machtlosigkeit der Kindheit und die damit zusammenhängenden Schrecken, die für familiäre Hierarchien typische Heuchelei, die Dürftigkeit menschlicher Beziehungen wie Freundschaft und Liebe, die Allgegenwart der Einsamkeit, das Verdrängen von Gefühlen und dessen Konsequenzen für die Selbstwahrnehmung, die Irrelevanz von Ethik in einer unmoralischen Welt und natürlich die ständig größere Aufmerksamkeit beanspruchenden Mysterien des Sex.

FRAGE: Sind Ihre Figuren nicht zu jung, um derartig sexbesessen zu sein?

CDP: Wohl kaum. Schlagen Sie doch einmal in den Tagebüchern Ihrer Teenagerzeit nach, und unterhalten Sie sich mit ein paar Lehrern der unteren Klassen der High-School. Vierzehn ist ein sehr turbulentes Alter. Nick und seine Freunde sind (weitgehend) vernünftige, sexuell heranreifende Menschen, die praktisch keine Macht haben, ihren Bedürfnissen und Sehnsüchten entsprechend zu handeln. Sie haben fast keine Kontrolle über ihr Leben. Es gibt keine andere Phase des Lebens, in der Menschen unseres Kulturkreises sich aufgrund ihrer Machtlosigkeit und des Mangels an Privatsphäre derart eingeengt fühlen. Denken Sie nur einmal daran, daß für Nick die Fahrkarte in die Freiheit, nämlich der Führerschein, noch zwei unendlich lange Jahre weit entfernt ist.

FRAGE: Warum ist ein so großer Teil des Humors in Ihren Romanen so jugendlich?

CDP: Das nennt man Realismus. Vergessen Sie nicht, daß es sich hier, wenigstens dem Anschein nach, um die Tagebücher eines Vierzehnjährigen handelt. Junge Leute dieses Alters sind äußerst neugierig, was ihren eigenen Körper und den anderer Menschen betrifft. Sie haben es noch nicht wie die Erwachsenen gelernt, so zu tun, als wären sie sich ihrer Körperfunktionen nicht bewußt. Sie feiern ihren Körper. So schreibt Nick also sehr realistisch über Masturbation, Erbrechen, Blähungen etc. Der Humor mag flach sein, aber erinnern Sie sich mal, worüber Sie in dem Alter damals gekichert haben.

esoterisch. Außerdem muß man den Cocktailparty-Faktor in Betracht ziehen.

FRAGE: Was ist das?

CDP: Ich glaube nicht, daß Verleger gerne auf Cocktailpartys zugeben, daß sie gerade den Vertrag für ein Buch unterschrieben haben, in dem es um Pickel, Masturbierwettkämpfe und die Peyronie-Krankheit geht. Niemand möchte vor seinen Kollegen und Kolleginnen als Trottel dastehen.

FRAGE: Wie viele Nick-Twisp-Romane wollen Sie noch schreiben?

CDP: Höchstwahrscheinlich keinen mehr.

FRAGE: Möchten Sie noch etwas sagen?

CDP: Wenn Sie damit meinen, in diesem Interview, dann ist die Antwort nein.

Knaur

THAT'S IT!

Das einzig Wahre ist die Phantasie

(60215)

(60019)

(60056)

(75058)

(60283)

(60151)